疯癫亚当

MaddAddam

[加] 玛格丽特·阿特伍德 著
Margaret Atwood
赵奕 陈晓菲 译

上海译文出版社

“疯癫亚当三部曲”：前情提要

“疯癫亚当三部曲”的前声分别是《羚羊与秧鸡》与《洪水之年》。《疯癫亚当》为其终阙。

1.《羚羊与秧鸡》

故事开始，雪人住在海边的一棵树上。他深信自己是致命瘟疫席卷行星后存活下来的最后一个真正的人类。离他不远的地方生活着一群秧鸡的孩子，他们是天才科学家秧鸡通过生物工程育成的、性情温和的类人种。在遥远的过去，雪人有一个挚友兼情敌，秧鸡，两人都倾心于美丽神秘的羚羊。

秧鸡人既可免于求爱衍生的嫉妒，不受贪欲袭扰，无需衣物蔽体，也不依赖杀虫剂和动物蛋白质——在秧鸡看来，这些正是使人类遭受不幸，令星球走向衰败的肇因。秧鸡人按季度交配，发情时身体的某些部位会变成蓝色。秧鸡试图从他们身上除去符号性思考和音乐，然而他们却自成一派怪诞的曲风，并且发展出一种宗教，拜秧鸡为造物主，羚羊为动物的主母，雪人则勉为其难地担当下先知的角色。正是雪人带领他们离开出生地——高端科技打造的“天塘”圆顶屋——一路来到眼下居住的地方。

在洪水来临前的日子里，雪人的名字叫吉米。他生活的世界被分隔成两部分，公司大院和院墙之外的废市。大院戒备森严，住在里面的全都是科技精英，通过集体治安武装“公司警”操控社会。其他人都在院墙外，在贫民窟、郊区、商场里，苟营生计、尔虞我诈。

吉米在奥根农场度过了他的童年时代，他的父亲负责研究器官猪——专为器官移植设计的转基因猪，体内携带诸如肾脏和大脑之类的人体组织。后来父亲转去了荷尔史威瑟，这是一家专做健康福利产品的公司。在荷尔史威瑟高中里，少年吉米遇到了秧鸡，当时他还叫格伦。两人都沉迷于网络色情和复杂的在线游戏，渐渐拉近了彼此的距离。“大灭绝”是其中一款游戏，监制者是名为疯癫亚当的神秘人物：亚当命名了存活的动物，也命名了死去的动物。他们学会如何通过一个聊天室和疯癫亚当进行接触，只有受信赖的大玩家才能获此殊荣。

之后，秧鸡被资金雄厚的沃森-克里克录取，而像吉米这种“舞文弄墨”的，就只能在走下坡路的玛莎格雷厄姆自由艺术学院里混完大学。至此之后两人失去了联系。古怪的是，秧鸡的母亲和继父都死于某种令身体溶解的神秘疾病。再后来，一个代号为疯癫亚当的生物恐怖组织开始利用转基因动物和微生物袭击公司警和统治阶层。

多年后，吉米和秧鸡恢复了联系，其时主管“天塘”圆顶屋的秧鸡正致力于通过基因合成技术培育秧鸡人。与此同时，他还在研发一种名为“喜福多”的药片，据称该药不但能让人性福绝顶，还具有控制生育、延长青春的功效。令吉米惊讶的是，开发“天塘”的科学家的名字居然和“大灭绝”游戏玩家的用户名一模一样。事实上，那些玩家正是生物恐怖组织“疯癫亚当”的成员。秧鸡通过聊天室追踪到他们，以免罪的承诺换取他们加入“天塘”项目。然而，“喜福多”药片中含有一种隐蔽成分，药片发行的同时爆发了那场横扫全人类的瘟疫。在其后产生的大混乱中，秧鸡和羚羊双双殒命，留下吉米孤零零地与秧鸡人为伴。

如今，死去的羚羊和背信弃义的秧鸡如同幽灵般占据了吉米的记忆，怀揣对生存的绝望以及蚀骨的愧疚，雪人拖着病体徒步前往“天塘”圆顶屋，寻找记忆中的补给和武器。途中，他被逃生出来的转基因动物盯上，它们中有邪恶的狼犬兽和巨型器官猪，携带人类脑组织令他们变得更加狡猾。

在《羚羊与秧鸡》的结尾处，雪人发现了另外三个瘟疫幸存者。他应该加入他们，抛弃秧鸡人吗？还是说他已看透了同胞破坏的本性，索性杀了他们呢？《羚羊与秧鸡》以雪人的踟蹰告终。

2.《洪水之年》

《洪水之年》的故事和《秧鸡与羚羊》在时间线上齐头并进，只是前者将故事背景设置在大院墙外的废市。故事从“上帝的园丁”的视角展开。“上帝的园丁”是亚当第一创立的环保宗教组织。它的领导者——亚当和夏娃们——教导人们认识自然与《圣经》的共性，热爱造物，科技是危险的，公司是邪恶化身，当回避暴力，须得细心照料贫民窟屋顶上的蔬菜和蜜蜂。

小说开场即故事发生的时间，其时为花园历二十五年，“无水的洪水”爆发之年。“无水的洪水”是园丁对瘟疫的称呼。托比用一支古董来复枪武装好自己，藏身在安诺优美容院里，一面寻找其他幸存者——特别是泽伯，阅历丰富的前任园丁，也是她心头暗恋之人。她违反园丁的规则射杀了一头器官猪，因为它袭击了被她视为厨房的花园。有一天，她从远处看到一群全身赤裸的人列队前行，领头者是一个衣衫褴褛、脸上有胡子的男人。由于当时她对雪人和秧鸡人一无所知，她还以为自己产生了幻觉。

与此同时，年轻的瑞恩被关在“鳞尾”的隔离间里，“鳞尾”是她工作的脱衣舞夜总会的名字。瘟疫爆发前不久，一群彩弹手扫荡了俱乐部。这帮人都是丧失人性的公司的囚犯，在彩弹竞技场上残忍地杀死对手后存活下来。瑞恩深知自己很可能会活活饿死，除非她的童年好友阿曼达能赶来为她解开门锁。

多年前，托比曾经落入虐待狂布兰克的魔掌。布兰克是她工作的那家令人作呕的“秘密汉堡”店的老板。将她拯救出来的是上帝的园丁。之后她成了一名夏娃，专职领域是菌菇、蜜蜂和药剂。她的导师——老皮拉——和许多园丁一样，也是从公司逃亡出来的生物科学家。她和那边的线人还暗中保持着联系，线人当中有少年秧鸡。

瑞恩是托比在花园时代的学生，还有阿曼达，坚韧强悍、富有领袖气质的废市耗子。当初瑞恩的母亲卢瑟恩与泽伯私奔，从荷尔史威瑟大院逃了出来，但泽伯无法给出承诺，怒火中烧的卢瑟恩在瑞恩十三岁那年又从园丁那里逃出来回到荷尔史威瑟。少年吉米勾引了瑞恩又始乱终弃。最终，瑞恩选择去“鳞尾”跳舞来养活自己，这对她来说已经是最好的出路了。

由于策略上的分歧，泽伯和他的支持者们从亚当第一率领的和平主义园丁中分离出去，积极介入一系列针对公司发起的生物恐怖主义活动，利用疯癫亚当的聊天室作为集合地点。剩余的园丁被迫东躲西藏，一边继续为无水洪灾的到来做准备。

回到现在——洪水纪二十五年——阿曼达赶到“汇鳞”，救出了瑞恩。就在她们欢庆的时候，三个园丁时代的朋友出现了，分别是谢克尔顿、克洛泽和奥提斯，紧追其后的还有布兰克和另外两个彩弹手。五个年轻人逃走了，在逃亡的路上，瑞恩和阿曼达被强奸，阿曼达被绑架。奥提斯惨遭杀害。

瑞恩挣扎着来到安诺优美容院，在托比的照料下恢复了健康。之后她们前去营救阿曼达。在避开凶野的器官猪、解决掉布兰克之后，她们发现了一群住在公园泥草屋里的幸存者。泽伯也在那里，还有他那伙疯癫亚当们。他们都坚信亚当第一还活着，正四处搜寻他的下落。

托比和瑞恩再度出发，这回她们负有一项危险的使命，将阿曼达从绑匪手里救出来。在海边，她们碰巧撞进了一群怪人的营地，这些身体一部分是蓝色的人声称见过两个男人和一个女人。托比推测应该是阿曼达和绑架者，就在发现他们的时候，伤口感染后产生幻觉的雪人即将发射在“天塘”找到的喷枪。

在《洪水之年》的结尾处，彩弹手们被绑在一棵树上，瑞恩照料着伤痕累累的阿曼达和发高烧的雪人。托比遵照园丁在圣朱利安日设宽恕宴席的规矩，为每个人奉上一碗热汤，此时靛蓝色的秧鸡的孩子们正沿着海岸向这边走来，嘴里唱着怪诞的歌谣。

目录

疯癫亚当

蛋

关于蛋、羚羊和秧鸡的故事，以及他们如何创造出人和动物；关于混沌的故事；关于雪人-吉米的故事；关于臭骨头和两个坏男人到来的故事。

起初，你们住在蛋里。秧鸡在蛋里创造了你们。

没错，好心善良的秧鸡。请你们先把歌声歇一歇好吗，否则我没法继续讲故事了。

那是一只巨大的、圆形的、白色的蛋，像半个气泡，里头长着各色的树，有叶子、青草和莓果。总之都是你们爱吃的东西。

是的，蛋里也会下雨。

不，那里不会打雷。

因为秧鸡不想让蛋里面打雷。

蛋的周围被混沌包围着，混沌里有许许多多人，和你们不一样的人。

因为他们有额外的皮肤。这层皮肤叫“衣服”。是的，和我的一样。

他们中有很多都是坏人，他们互相伤害，对彼此做出残忍的事情，也对动物。比如说……我们现在不需要讨论这些。

羚羊为此非常伤心，因为动物都是她的孩子。秧鸡也因为羚羊伤心而伤心。

蛋的外面到处都是混沌。但是在蛋的内部不存在混沌。那里充满和平。

羚羊每天都来给你们上课。她教你们如何进食，教你们生活，教你们关于她的孩子，也就是动物们的知识。她教你如果有人受伤的话就吹呼噜。秧鸡在一旁看护着你们。

是的，好心善良的秧鸡。请你们别唱了。你们没必要唱个不停。我知道秧鸡会喜欢，但他也喜欢这个故事，他想听完余下的部分。

有天，秧鸡除掉了混沌以及那些伤人者，既为了让羚羊快乐，也为了清理出一块安全的地方来安置你们。

没错，有一阵子那让气味变得非常难闻。

之后秧鸡回到自己的住处，在天上，羚羊跟他一起走了。

我不知道他们为何要走。我想他们一定有充分的理由。他们留下雪人-吉米来照顾你们，他把你们带到海边。每到鱼日你们要捉一条鱼给他，他会吃掉它。

我知道你们绝不会吃鱼，但是雪人-吉米不一样。

因为他必须得吃，否则就会生病。

因为他天生就这样。

有天雪人-吉米去拜访秧鸡。回来的时候脚上有个伤口。你们对着它吹呼噜，但是它并没有好起来。

后来两个坏男人来了。他们是秧鸡清理混沌时漏掉的。

我不知道为什么秧鸡没有把他们清理掉。也许他们躲在灌木丛里，他没有看见他们。但是他们抓住了阿曼达，对她做出残忍的、伤人的事情。

我们现在不需要谈这些。

雪人-吉米试图阻止他们。之后我来了，还有瑞恩，我们抓住了那两个坏人，把他们用绳子绑在树上。然后我们围坐在火堆边喝汤。雪人-吉米喝了汤，还有瑞恩，阿曼达。就连那两个坏人也喝了汤。

没错，汤里面有根骨头。是的，那根骨头非常臭。

我知道你们不吃发臭的骨头。但是很多羚羊的孩子喜欢吃这种骨头。小山猫，浣鼠，器官猪，还有狮羊。他们都吃臭骨头。

熊吃他们。

以后我会告诉你们熊是什么。

我们现在不需要再谈论任何关于臭骨头的事情了。

当他们都在喝汤的时候，你们举着火把来了。因为你们想帮助雪人-吉米，因为他的脚受伤了。也因为你们看出有几个女人是蓝色的，所以你们想和她们交配。

你们不明白那些坏人的事情，以及为什么他们身上有绳子。他们逃进树林里不是你们的错。不要哭。

是的，秧鸡会因为坏人的事感到愤怒。或许他会降下几道闪电。

是的，好心善良的秧鸡。

请你们别再唱了。

绳索

绳索

关于那天晚上发生的事件——因为这起事件邪恶再度闯入人间——托比后来有了两个版本。她扯着嗓子给秧鸡的孩子讲了第一个版本；故事有一个美好的结局，或者说她尽可能让它显得美好。另一个留给自己的版本就没有那么欢乐了。故事一部分是关于她的愚蠢，不够留神警觉，还有一部分是关于速度。这一切发生得太快了。

没错，她当时确实疲惫不堪；她一定饱受肾上腺素回落的折磨。毕竟，整整两天来她一直在沉重的压力和食物匮乏的状态下勉力苦撑着。

事发前一天，她和瑞恩离开了疯癫亚当的泥草屋，也离开了它所许诺的安全。这块飞地为那些从灭绝人类的全球性瘟疫中残存下来的人提供庇护。她们一直在追查瑞恩最好的朋友阿曼达的下落，幸好在最后关头找到了她，那两个正在享用她的彩弹手快要把她榨干了。托比对这一类男人的行为模式了如指掌：成为上帝的园丁之前她差点死在他们的一个同类手里。所有彩弹场的熟客都会退化成爬虫类的脑袋。他们的模式是不停地操，直到你不成人形；完了之后，你就是他们的盘中餐。他们可喜欢腰子了。

托比和瑞恩蹲在灌木林里，另一边，两个彩弹手正在讨论嘴里嚼着的浣鼠、要不要袭击秧鸡人，以及接下去该如何处理阿曼达。瑞恩整个人都吓傻了；托比祈祷她不要昏过去，而她自己紧张得火烧火燎，已无暇担心这个了。应该先射杀哪一个，有胡子的还是那个短头发的？另一个人会不会乘机抓起喷枪？阿曼达帮不上忙，甚至连逃跑都做不到：他们在她脖子上套了一条绳索，另一端系在胡子男的腿上。只要托比稍稍走错一步，阿曼达就死定了。

突然，灌木丛里钻出一个古怪的男人。他步履踉跄，身上有晒伤的痕迹和累累疤痕，光着身子，手里攥着一把喷枪，差点冲着包括阿曼达在内的所有人开火。但这时瑞恩尖叫着冲进空地，这足以让这些人分神了。托比踏出掩体，将来复枪对准目标；阿曼达挣脱了束缚；彩弹手被腹股沟上挨的一顿老拳和一块石头撂倒了，然后被自己的绳子，以及托比穿的安诺优粉色连体防晒服撕成的碎布条绑了起来。

之后轮到瑞恩忙活起来，不光是受到严重刺激的阿曼达，她还去照料那个满身疤痕的裸体男人，她叫他吉米。她用剩下的连体服把他从头包到脚，柔声和他说话；看起来他似乎是她很久以前的男朋友，

现在局面安定了一些，托比终于感到可以放松了。她用园丁的呼吸练习让自己平复下来，应和着附近海浪击打出的令人舒心的节奏——哗唏，哗唏——直到她的心跳恢复正常。然后她开始煮汤。

再后来，月亮升起来了。

*

月亮升起意味着圣朱利安和众灵日的宴席开始了，这一天上帝的园丁要纪念上帝对造物的仁慈怜悯。宇宙被握在他手中的虚空里，久远以前，挪威的圣朱利安在神秘的幻象中谆谆教导。宽恕必得施予，仁爱必得践行，循环必得打破。众灵意即一切众生，无关其所行。至少在月升到月落的这段时间里。

一旦亚当和夏娃教导你什么，它们就在你心里头生根了。对托比来说，在这个特别的夜晚杀死彩弹手——冷酷无情地将之屠宰——是不可想象的，再说这会儿两人还牢牢地绑在树上呢。

绳索是阿曼达和瑞恩合力编制的。她们还在园丁学校的时候，用回收废料做过很多工艺品，因此做起编织活来很熟练。那两个男人看起来就像纸糊模型。

在那个受祝福的圣朱利安日之夜，托比将武器放在一边——她自己的古董来复枪，彩弹手的喷枪，还有吉米的喷枪。她扮演着仁慈的教母角色，盛好汤，将营养分摊给所有人分享。

她一定是被高尚仁慈的自我形象催眠了。将所有人安顿在夜晚舒适的篝火周围，一起享用热汤什么的——连阿曼达也加入了，她受到严重的创伤，几乎呈现出紧张性精神分裂症的症状；还有吉米，他因高烧浑身颤抖，对着一个站在火焰中的死掉的女人说话。她甚至也没遗漏那两个彩弹手：难道她当真以为他们会回心皈依，来个熊抱吗？奇怪的是她在施舍骨头汤的时候居然没有借机布道。这给你，这给你，这给你！放下憎恨和邪念！进入这光环里吧！

但憎恨和邪念会让人上瘾。你会因为它们而飘飘然。一旦你尝到了一点，却得不到更多，你就会开始发抖。

喝汤的时候，他们听见人声穿过海岸线上的树林向这里靠近。那些人是秧鸡的孩子，秧鸡人——基因合成的怪异的类人种，居住在海边。他们在树林中穿行，举着松针火把，唱着水晶般的歌谣。

托比曾经见过这些人，不过是惊鸿一瞥，而且那是在白天。此刻在月色和火把的照耀下，他们的身体微微发光，看起来甚至更美了。他们的肤色各不相同——棕色、白色、黑色和黄色——身高各异，但每一个都接近完美。女人们沉静地微笑着；男人们穿着全套求爱装束，递出一束束鲜花，他们赤裸的身体完全符合一个十四岁孩子的漫画书上演绎的标准身材，每一块肌肉，每一道起伏都被精确限定，闪闪发亮。他们蓝色的、大到不自然的阳具左右晃荡，像狗在示好时摇动的尾巴。

在那之后，托比总是记不清事件发生的顺序，如果可以称之为顺序的话。它更像废市①的巷战：快速行动，纠缠的肢体，众声喧哗。

蓝色在哪里？我们能闻到蓝色！看哪，是雪人！他好单薄！他病得很厉害！

瑞恩：我靠，是秧鸡人。如果他们想要……你瞧他们的……狗屎！

女秧鸡人发现了吉米：让我们帮助雪人！他需要我们给他吹呼噜！

男秧鸡人嗅来嗅去，找阿曼达：她是那个蓝色的！她闻起来是蓝色的！她想要和我们交配！把鲜花给她！她会快乐的！

阿曼达吓坏了：离我远点！我不要……瑞恩，快救我！**四个高大、美丽、手捧鲜花的裸男朝她靠过来。**托比，快把他们赶走！快开枪！

女秧鸡人：她病了。我们得先为她吹呼噜。让她好起来。要给她一条鱼吗？

男秧鸡人：她是蓝色的！她是蓝色的！我们太高兴了！对她唱歌！

另一个也是蓝色的。

那条鱼是给雪人的。我们必须留着那条鱼。

瑞恩：阿曼达，要不你先把花收下，否则他们也许会发脾气什么的……

托比，她的声音微弱无力：拜托，听我说，往后退，你们吓坏了……

这是什么？是骨头吗？闻起来糟透了。

我们不吃骨头。雪人也不吃骨头，他吃鱼。为什么你们要吃一根臭骨头？

---

① 即荒弃的贫民窟，参见《洪水之年》。

是雪人的脚闻起来像骨头。被秃鹫吃剩的骨头。噢雪人，我们必须给你的脚吹呼噜！

吉米，发着高烧：你是谁？羚羊吗？但你已经死了。所有人都死了。全世界的人，他们都死光了……他开始哭泣。

不要难过，噢雪人。我们来帮助你了。

托比：或许你们不应该碰……他被感染了……他需要……

吉米：啊！操你妈的！

噢雪人，不要踢。会伤了你的脚。其中几个人开始吹呼噜，发出类似食物搅拌机的噪音。

瑞恩，呼救：托比！托比！她！快让她走开！

托比的目光越过火堆，朝这里看过来：阿曼达消失在由赤裸的男性四肢和后背组成的摇曳林海里。瑞恩扑进这团蔓延物里，很快也被淹没了。

托比：等等！别……停下来！她能做什么？这纯粹是文化误解。假如这时她有一桶冷水该多好！

呜咽声。托比冲过去帮忙，就在此时：

彩弹手之一：嘿伙计！过来这边！

这些人闻起来糟透了。像脏血的味道。哪里有血？

这是什么？这是一根绳子。为什么他们被绳子绑起来了？

雪人以前给我们看过绳子，他住在树上的时候。绳子是用来造房子的。噢雪人，为什么绳子会绑在这些人身上？

这根绳子伤到他们了。我们必须拿走它。

彩弹手之一：对头，就是这样。我们真他妈痛苦死了。（呻吟声）

托比：不要碰他们，他们会……

彩弹手之二：该死的能不能快一点，蓝鸡巴，在那个老婊子……

托比：不！不要解开……那些男人会……

然而已经太迟了：谁能料到秧鸡人竟能这么快就解开绳结呢？

行进

那两个男人已遁入黑暗，只留下一团乱绳，还有散落的灰烬。白痴，托比心想。你不该心慈手软。用石头砸他们的脑袋，用你的刀子割开他们的喉咙，甚至不用在他们身上浪费一颗子弹。你是弱智啊，你的不作为已接近犯罪性的无知了。

尽管看不太清——篝火的火势正在减弱——她还是快速清点了一遍：至少她的来复枪还在，微小的慈悲。但是彩弹手的喷枪不见了。蠢材，她对自己说。你的圣朱利安，宇宙仁爱也不过如此。

阿曼达和瑞恩依偎着哭泣，几个美丽的女秧鸡人正焦灼地安抚着她们。吉米瘫倒在地，对着炭堆说话。得尽快回到疯癫亚当的泥草屋，越快越好，此刻他们坐在黑暗中，弱势暴露无遗。彩弹手可能会回来取走剩下的武器，如果是这样，托比心知这些秧鸡人半点用处都没有。*你为什么打我？秧鸡会生气的！他会打雷！*如果她放倒了一个彩弹手，他们会冲到她和夺命子弹中间。*噢你弄出砰的一声，一个人倒下去了，他身上有个洞，里面流出了血！他受伤了，我们必须帮助他。*

然而即便彩弹手暂时按兵不动，森林里还有其他捕猎者。小山猫，狼犬兽，狮羊；更糟的是巨大凶猛的器官猪。如今，随着人们离开城市，清空街道，天晓得那些熊何时会从北方过来？

“我们得马上走。”她对秧鸡人说。几颗脑袋转了过来，几双绿眼睛盯着她。“雪人必须和我们一起走。”

秧鸡人七嘴八舌地说开了。“雪人必须和我们在一起！我们必须把雪人送回树上去。”“这是他想要的，他喜欢树。”“是的，只有他能和秧鸡说话。”“只有他能说秧鸡的语言，知道关于蛋的事情。”“还有混沌。”“还有羚羊，她创造了动物。”“还有秧鸡如何驱走了混沌。”“善良好心的秧鸡。”他们开始歌唱。

“我们需要弄到药，”托比绝望地说，“否则吉米——否则雪人可能会死掉。”茫然的目光。他们理解什么是死亡吗？

“‘吉米’是什么？”困惑地皱起眉头。

她犯了一个错误：名字不对。“吉米是雪人的另一个名字。”

“为什么？”“为什么有另一个名字？”“‘吉米’是什么意思？”似乎他们对此的兴趣要比死亡来得大。“是不是雪人身上的粉色皮肤？”“我也要一个吉米！”最后那句话是一个小男孩说的。

该怎么解释呢？“吉米是一个名字。雪人有两个名字。”

“他的名字是雪人-吉米吗？”

“是的。”托比说，目前就这样吧。

“雪人-吉米，雪人-吉米。”他们反复向彼此确认。

“为什么有两个，”有人问，但是其他人已经把注意力转移到下一个费解的词语上去了。“什么是‘药’？”

“药是可以让雪人-吉米好起来的东西。”她冒险一试。微笑：他们喜欢这主意。

“那我们也去。”说话的人看起来像是领头的——高大、棕黄色皮肤、长着罗马人鼻子的男人。“我们会带上雪人-吉米。”

两个男秧鸡人轻松地抬起吉米。在他的眼睑中间闪耀的白色细缝令她警觉起来。秧鸡人把他举到空中时，“飞吧，”他说。

托比找到了吉米的喷枪，交给瑞恩保管。先打开保险栓：姑娘不知道怎么用这玩意儿——她为什么要知道？——但相信很快就会顺手了。

她以为去泥草屋的只有那两个秧鸡人自愿者，但是那群人全都跟过来了，孩子也在里面。他们都希望离雪人近一点。男人们轮流抬他；其他人高擎火把，时不时扯着水晶玻璃般古怪的嗓音唱歌。

四个女人和瑞恩、阿曼达一道走，不时拍拍她们的背，摸摸她们的胳膊或手。“羚羊会照看你的。”她们对阿曼达说。

“那些操蛋的蓝屌休想再碰她一次。”瑞恩粗暴地说。

“‘蓝屌’是什么？”她们问道，困惑不已。

“反正别这么干，否则给你们好看，”瑞恩说，“否则你们就有麻烦了！”

“羚羊会让她高兴的。”女人们说，虽然有点不自信。“什么是‘麻烦’？”

“我没事，”阿曼达气若游丝地对瑞恩说，“你还好吗？”

“你他妈的怎么会没事！我们把你送到疯癫亚当的地方去，”瑞恩说，“那里有床，有水泵，什么都有。我们会帮你洗得干干净净的，还有吉米也是。”

“吉米？”阿曼达说，“那个人是吉米？我以为他死了，和其他人一样。”

“我也这么以为。但很多人都没死。好吧，也就其中一些。泽伯，瑞贝卡，你和我，还有托比，还有……”

“那两个家伙去哪儿了？”阿曼达说，“那些彩弹手。我早该一有机会就砸扁他们的脑袋。”她努力挤出一点笑容，以废市耗子惯有的腔调将痛苦一笑置之，“有多远？”她说。

“他们可以抬你过去。”瑞恩说。

“不。我自己能走。”

飞蛾绕着火炬扑飞，头顶上方的树叶在夜晚的微风中打着旋。他们走了多远？对托比来说似乎好几个小时过去了，然而在茫茫月色中分不清时间。他们一路向西前进，穿过遗迹公园；身后的海潮声渐渐隐退。虽然那里有条路，但她不是很确定该怎么走，不过似乎秧鸡人知道。

她一边留心倾听声音，远处传来树林里的声音——一只足球，小树枝咔嚓断裂，咕哝声，一边紧跟在队伍末尾，手里的来复枪随时待命。呱呱，一两声啾啼：某种两栖类动物，一只骚动的夜鸟。她强烈意识到背后扑来的黑暗：她的影子延展开来，融入更深沉的闇影中。

罂粟花奶

终于他们抵达了泥草屋飞地。院子里只有一只灯泡亮着；在篱笆墙的后方，克洛泽、海牛和塔摩洛水牛正举着喷枪放哨，头上绑着从自行车商店捡回来的电池头灯。

瑞恩飞奔过去。“是我们!”她呼唤着，“没事了！我们找到阿曼达了!”

克洛泽打开大门时头灯不住跳动着。“快进来!”他吼道。

“太好了！我去通知其他人!”塔摩洛水牛说着便兴冲冲地向主屋奔去。

“克洛泽！我们办到了!”瑞恩说。她张开手臂搂住他，扔下一直拿在手里的喷枪，他一把将她抱起，转了好几圈并吻了她。最后把她放回地面上。

“嘿，你们哪儿搞来的喷枪?”他说。这时瑞恩哭了起来。

“我以为要被他们杀死了!”瑞恩说，“他们……那两个……但是你应该看看托比是怎么干的！她真是条硬汉！她有把老来复枪，后来我们用石头砸他们，把他们绑起来，但后来……”

“哇塞,”海牛检查了那些蜂拥而入的秧鸡人，他们正在进行内部交流。“这不是‘天塘’马戏团吗?”

“这么说就是他们咯?”克洛泽说，“裸体怪咖，秧鸡造的人?那些住在海边的?”

“我认为你不应该叫他们怪咖,”瑞恩说，“他们听得见。”

“不只是秧鸡,”海牛说，“我们所有人都参与了‘天塘计划’。我，敏狐，象牙喙比尔……”

“他们为什么跟过来？”克洛泽说，“他们想要什么？”

“他们不过是想帮忙而已。”托比说。她突然感到筋疲力尽；她现在只想爬到她的小屋里一觉睡死过去。“还有其他人在吗？”泽伯和她同一天从泥草屋出发的，他去搜寻亚当第一和其他可能幸存下来的上帝的园丁。她想知道他是否回来了，但她不想表现得太明显。正如园丁所说，渴望是埋怨的开始，她从不把自己的感受写在脸上。

“那几只猪倒是又来了，”克洛泽说，“它们试图在篱笆下面挖洞。我们把光对准它们照，它们就逃跑了。它们知道喷枪是什么。”

“就算我们把其中一两只做成培根，”海牛说，“‘弗兰肯培根’①，考虑到它们是基因拼接种。要吃它们我始终觉得有点怪。他们体内有人类皮质组织。”

“我希望秧鸡的‘弗兰肯人’别来和我们住一块儿。”说话的人是和塔摩洛水牛一起从主屋里走出来的金发女人。在她出发去寻找阿曼达之前，托比在泥草屋短暂逗留时就认出了她：敏狐。她肯定不止三十岁了，却穿着一件十二岁小孩的褶边睡衣。现在这种时候，她上哪儿弄来这样的衣服？是洗劫过的“潮品靓妞”还是“百元商店”？

“你一定累坏了吧。”塔摩洛水牛对托比说。

“我不知道你为什么把他们带过来，”敏狐说，“他们有太多人了。我们没法喂饱他们。”

“没必要这么做，”海牛说，“他们吃树叶，还记得吗？是秧鸡把他们设计成这样的。因此他们永远不需要农业。”

“好吧，”敏狐说，“你负责建模。我管大脑。顶叶，感觉输入修正。我尽量让他们别那么无趣，但是秧鸡不要他们有侵略

---

① 语出科学怪人弗兰肯斯坦。

性，甚至不会开玩笑。他们仅仅是会走路的土豆。”

“他们真的很不错，”瑞恩说，“至少女人是这样。”

“我猜男人们想要和你交配吧；像是他们会干的事。别让我和他们说话就行，”敏狐说，“我要回床上去了。大家晚安，祝你们和蔬菜们玩得愉快。”她打着哈欠，伸伸懒腰，慢悠悠地踱回去了。

“她怎么这么邋遢？”海牛说，“一整天都这副样子。”

“我猜和荷尔蒙有关，”克洛泽说，“不过，你瞧瞧她穿的那身睡衣。”

“她穿有点小了。”海牛说。

“你注意到了。”克洛泽说。

“或许她不修边幅还有别的原因，”瑞恩说，“女人有时候会这样，你懂的。”

“对不起。”克洛泽搂住她说。

四个男秧鸡人脱离集体，跟在敏狐后面，蓝色阳具左右摇晃。他们不知从哪儿又摘了很多花；他们开始唱歌了。

“不行！”托比口气凌厉，就像对狗一样。“站着别动！和雪人-吉米待在一起！”该怎样才能让他们明白，即便有鲜花展示、小夜曲献唱和晃动阳具助阵，他们也不能随便压在任何一个闻起来可以相好的非秧鸡女性身上？然而他们已经从主屋边上的拐角处消失了。

两个负责抬他的秧鸡人把吉米放低，他虚弱无力地搭在他们的膝盖上。“雪人-吉米应该去哪里？”他们问，“我们该去哪里为他吹呼噜？”

“他需要一个人待在房间里，”托比说，“我们会给他找张床，然后我会把药拿来。”

“我们跟你一起去，”他们说，“我们会吹呼噜。”他们又把吉米拉起来，让他坐在手臂叠成的椅子上。其他人也蜂拥而来。

“别全都跟过来，”托比说，“他需要安静。”

“他可以用克洛泽的房间，”瑞恩说，“是不是，克洛泽？”

“这人是谁？”克洛泽盯着吉米看，这个脑袋懒洋洋地歪在一边的男人，口水流到胡子上，不时从连体衣的粉色织物中伸出脏兮兮的手抓挠自己，浑身臭不可闻。“你从哪里把他捞出来的？他看上去像个该死的芭蕾舞女！”

“这是吉米，”瑞恩说，“记得吗，我告诉过你？我从前的男朋友？”

“就是那个让你受尽折磨的男人？高中时候？那个恋童癖？”

“别这样，”瑞恩说，“那时我已经不是孩子了。他发着高烧呢。”

“别走，别走，”吉米说，“回树上来吧。”

“你居然还帮他？在他那么无情地抛弃你以后？”

“是，没错，但他现在算是英雄了，”瑞恩说，“他帮我们救了阿曼达。他差一点死了，你知道吗。”

“阿曼达，”克洛泽说，“我没看见她。她在哪儿？”

“她在那儿。”瑞恩指指围在阿曼达身边一群抚摸着她、温柔地为她吹呼噜的女秧鸡人。她们退到一边，让瑞恩走进圈子里。

“那是阿曼达？”克洛泽说，“我靠，不会吧！她看起来……”

“别说了。”瑞恩用胳膊搂住阿曼达。“明天她看上去会好一点。或者下个礼拜，总之会好的。”阿曼达开始哭泣。

“她走了，”吉米说，“她飞走了。器官猪。”

“天哪，”克洛泽说，“这他妈太诡异了。”

“克洛泽，所有一切都他妈诡异。”瑞恩说。

“好吧，没错，我很抱歉。我很快就不用站岗了。我们来……”

“我觉得我应该给托比帮忙，”瑞恩说，“在这种时候。”

“看样子我得睡地板了，因为一个白痴占了我的床。”克洛泽对海牛说。

“有点大人的样子好吗。”瑞恩说。

托比在心里说，我们就需要这个，小两口斗嘴。

他们把吉米抬进克洛泽的小屋，安顿在床上。托比让两个秧鸡女人和瑞恩用她从厨房里找来的手电筒照明。然后她找到了她的药品，就在她出去找阿曼达之前放置它们的架子上。

她为救回吉米竭尽所能：给他洗海绵澡，清洗掉最棘手的污物；把蜂蜜涂抹在表皮的伤口上；用蘑菇萃取物对付感染。还有罂粟花奶，它能缓解疼痛，有助于睡眠。细小的灰色蛆虫搁在伤口上，吸食掉受感染的血肉。从气味判断，蛆虫下的正是时候。

“那些是什么东西？”其中一个女秧鸡人问，高个的那个。“为什么你要把那些小动物放在雪人-吉米身上？他们在吃他吗？”

“好痒。”吉米说。他的眼睛半睁着；罂粟花奶起效了。

“羚羊派它们来的。”托比说。这似乎是个好答案，因为她们笑了。“它们叫蛆虫，”她继续说，“它们会吃掉疼痛。”

“疼痛吃起来什么味道，噢托比？”

“我们也应该吃疼痛吗？”

“如果我们能吃疼痛的话，就可以帮助雪人-吉米了。”

“疼痛闻起来很糟糕。它的味道会好吃吗？”

她应该避免使用隐喻。“只有蛆虫会觉得疼痛好吃，”她说，“不。你们不应该吃疼痛。”

“他会好吗？”瑞恩说，“他长坏疽了吗？”

“我希望没有。”托比说。那两个秧鸡女人把手放在他身上，开始吹呼噜。

“掉下去了，”吉米说，“蝴蝶。她走了。”

瑞恩朝他弯下腰去，把他前额上的头发拨到后面。“睡吧，吉米，”她说，“我们爱你。”

泥草屋

清晨

托比梦见自己躺在那张小床上，她的家。她的狮子布偶趴在一旁的枕头上，还有那只会唱歌的毛茸茸的大熊。她的古董小猪储蓄罐摆在书桌上，做作业的写字板，她的毡头蜡笔，雏菊外壳的手机，这些都还在。从厨房里传来母亲的声音，叫唤着；她的父亲应着什么；煎鸡蛋的味道。

她梦见了动物。一只是猪，虽然有六条腿；另一只有点像猫，眼睛像苍蝇的复眼。还有一头熊，但是有胀气病。这些动物既没有敌意也没有特别友好。此时她能闻到外面的城市着火了；空气中浸透着恐惧。*都离开了，都离开了*，一个声音说，仿佛钟声敲响。动物一个接一个向她走来，用它们温暖、粗糙的舌头舔她。

在梦的边缘，她步履踉跄地跟随着逐渐褪去的梦境：燃烧的城市，派来警告她的信使。这个世界已经面目全非了；熟识的人早已死去；她珍爱过的东西荡然无存。

正如亚当第一所说：*索多玛的命运即将到来。忍住懊悔，避开盐柱。不要向后看。*

*

醒来时她发现一头魔发羊正在舔她的腿：红发，拟人类的长发被编成好几股马尾辫，每根都扎了蝴蝶结：看来疯癫亚当里面还有些温情感性的人。她一定是从羊圈里逃出来的。

“走开。”她对它说，轻柔地把它从腿上扫下来。它投给托比一记稀里糊涂的责备的眼神——它们不大聪明，这些魔发羊——啪嗒啪嗒地从门道走出去。我们应该给这里装上几道门，她想。

清晨的阳光从窗前的布片里漏进来，布片是用来遮挡蚊子的，可惜徒劳无功。如果他们能找到几扇纱窗该多好！但是他们连窗框都得自己装，因为泥草屋不是用来住人的：它原先是小公园里用来办派对和活动的小亭子，他们占用这里是出于安全考量。这里远离都市的乱石瓦砾，远离荒废的街道，乱糟糟的电线，被掩埋的河流，自从水泵坏掉以后河水就涨了起来。附近没有濒临倒塌的危楼，而且泥草屋本身也只有一层，当然也不会倒塌。

她从朝露浸湿的被单的纠缠中挣脱出来，舒展一下胳膊，感觉身体有点僵直。她累得几乎起不了身。过度疲劳，也过度消沉，她在为前晚火堆边发生的灾难生自己的闷气。等泽伯回来她该怎么跟他说呢？假设他回得来的话。泽伯确实足智多谋，但他不是无懈可击的。

她只能祈祷他的搜索之行别像她那样失败。其他上帝园丁存活下来的希望并非没有，假如这世上有人知道应该如何撑到灭绝性的瘟疫退去，那只能是他们。和他们一起度过的那些年月里，她一开始作为客人，后来成为学徒，最后晋升为上层的夏娃，在这整个期间里，他们一直都在为灾难做准备。他们建造起隐蔽的避难所，往里面填入补给品，包括蜂蜜、干黄豆、干蘑菇、蔷薇果、糖渍熟莓以及各种腌制食品。还有种子，准备播撒在他们所念望的净化后的新世界里。或许现在他们就躲在其中一个避难所里——亚拉腊庇护所——等瘟疫过去，在那里祷告，祈求安然渡过这场“无水的洪水”，他们是这么叫的。在诺亚方舟之后，上帝许诺不会再降下洪灾，然而这腐朽堕落的世界让他不得不采取行动。总之他们的逻辑就是这样。但是泽伯会去哪里寻找呢，在彼方的城市废墟里吗？说到底该从哪里开始呢？

园丁曾说过，把你最强烈的欲望具现化，它就会实现；这并不总是见效，或者说不能如她所愿。如今她最强烈的愿望是泽伯能平安归来，然而，如果他真的回来了，她将不得不再度面对现实，对泽伯来说她是一个中性区域。从不情绪化，没有性吸引力，没有女人味的花边。一个值得信赖的同志和士兵：可靠的托比，非常能干。就这些。

而且她不得不向他承认自己的失败。我是个白痴。那天是圣朱利安日，我下不了手杀人。他们逃跑了。他们带走了喷枪。她不会啜泣，不会大哭一场，不会找借口。他不会说很多，但他会对她失望。

别对自己太苛刻，当亚当第一开启温情模式时会这么说。我们都会犯错。此刻她回答他，没错，但有些错误比其他的错误更致命。如果泽伯被其中一个彩弹手杀死，这将会是她的过错。愚蠢，愚蠢，愚蠢。她真想撞墙。

她只能希望那些彩弹手受到足够的惊吓，逃到很远的地方去了。他们会一直待在那里吗？他们需要食物。或许他们可以在遗弃的房屋和商店里找到一些还没腐烂、没有被老鼠吃掉，或者在数月前的暴乱中没有被打劫掉的食物代用品。他们甚至可以炸死几只动物——浣鼠，绿毛兔，狮羊。一旦电池组弹药用完了，他们会需要更多。

而且他们也知道疯癫亚当的泥草屋里还有弹药。迟早他们会攻击最薄弱的环节：他们会抓走一个秧鸡人的孩子，提出交换，正如他们之前试图交换阿曼达那样。他们要的是喷枪和电池组，附加一两个年轻女人——瑞恩或者蓝莲花，或者白莎草——除了阿曼达，他们已经玩过了。或者一个发情中的女秧鸡人，为什么不呢？这对他们来说很新鲜，亮蓝色腹部的女人；那些秧鸡人可能不是最好的谈话对象，但是彩弹手不会在乎这点。他们还会索要托比的来复枪。

秧鸡人会把这些理解为分享。他们想要那根棍子？这能让他们快乐？你为什么不给他们呢，噢托比？该如何解释你不能把杀人武器交给杀人犯？秧鸡人不会理解杀人的意思，他们对任何事都轻信不疑。他们甚至不会相信任何人想要强奸他们——强奸是什么？或者割开他们的喉咙——噢托比，为什么？或者把他们开膛破肚，吃他们的肾脏——但是羚羊不会允许的！

假设秧鸡人没有解开绳结，她打算怎么做？她会一路带着那两个彩弹手回到泥草屋，然后把他们关起来，直到泽伯回来，接手过去，完成必要的工作？

他可能会主持一场敷衍了事的讨论。然后是两顿绞刑。或者干脆跳过预审，直接一铲子过去，他会说，何必脏了绳子呢？最后的结果和她立刻掐死他们没什么两样，当时，当场，就在篝火边上。

够了，别再冷酷地清算了。现在是早晨。她必须停止白日梦，痴想着由泽伯来扮演有决断力的领袖，执行本该由她采取的行动。她需要起床，出门，加入其他人。修复不可修复的，复原那些不可复原的，打死那些该吃枪子儿的。坚守阵地。

早餐

她在床边晃了两下腿，在地面上踩实了，站起身来。她的肌肉酸痛不已，皮肤感觉像砂纸一样，但一旦起床了感觉还不算太糟。

她从架子上挑了一张床单，薰衣草底色加蓝色圆点的。每个小屋里都有一堆床单，就像老式旅馆里的毛巾。从安诺优带出来的粉色连体衣已经破烂不堪了，况且说不定沾上了吉米身上携带的不知道什么病毒：她应该烧了它。如果有时间的话，她会把几张床单缝起来做衣服，有袖子和兜帽的，一边想着，一边将床单披在身上整理成古罗马长袍的样子。

这里不缺床单。疯癫亚当们从城市废弃的建筑里拾回来的床单够用很长时间，此外他们还囤了一屋子干重活用的裤子和T恤。但是床单更凉快，而且不挑身材，因此成了疯癫亚当们的首选时装。等床单用光了他们就得考虑其他代用品了，不过这种情况在几年内都不会发生。甚至几十年。如果他们能活那么久的话。

她需要一面镜子，没有镜子她没法知道自己现在成什么鬼样子了。或许她能想办法把镜子加到下一次“拾穗”的清单里。还有牙刷。

她把背包甩到一边的肩膀上，里头装有保健医疗用品：蛆虫、蜂蜜、蘑菇萃取物和罂粟花奶。今天头一桩事情是照料吉米，假设他还活着的话。在此之前她得先吃点早餐，总不能空着肚子对付白天，更别提对付吉米那只溃烂的脚了。她揣起她的来复枪，走进满溢的晨光里。

虽然时间尚早，日头已经白热化了。她撩起床单一角盖在头上防晒，检查了一下泥草屋的院子。那只红头的魔发羊还在四处游荡，嘴里嚼着某种葛根植物，一面透过栅栏的缝隙窥伺花园兼厨房里的蔬菜。那些被圈住的同伴们冲着它咩咩叫唤：银色的、蓝色的、绿色的、粉色的、深褐色的，还有金色的，花色齐全。换魔发刻不容缓，推销这些生物时的广告词是这么说的。

托比现在的头发是魔发移植过来的，以前没那么乌黑。或许这就是为什么那只魔发羊会跑到她的小屋里来舔她脚吧。不是盐，而是微弱的羊毛脂的味道吸引了它，于是把她当成同类了。

好吧，只要不是公羊扑上来就好，她心想。她必须警惕别犯困。瑞贝卡此时应该起床了，正在灶房里忙活早饭吧；也许她把一些草本香味的沐浴露藏到补给室去了。

在花园另一头，瑞恩和蓝莲花坐在树荫下面聊得起劲。阿曼达待在一旁，目光直直地盯着远处。灵息状态，园丁们会说。从抑郁症、创伤后应激反应，到永久性脑瘫，该名目可应用的病态范围十分之广。他们的理论是这样的：在灵息状态里，你会凝聚保存力量，通过沉思获取营养，将看不见的小枝桠伸向宇宙。托比倒真心希望这些在阿曼达身上可以应验。过去在托比的班上，阿曼达可是很活跃的，那是伊甸之崖屋顶花园时期的陈年旧事了。十年前？还是十五年前？往事居然这么快就沾染上田园风味了。

象牙喙比尔、海牛和塔摩洛水牛正在加固边界周边的护栏。在日光的照耀下，这条防御线看起来如此单薄脆弱。以过去装饰用的铁栅栏为框架，他们补上了材质参差不齐的物件：长长的缠着胶带的铁丝网，一堆杂七杂八的柱子，一排顶端削尖的枪棒，末端插在地里，尖的一头朝外。海牛还在继续插棍子；在栅栏另一侧，象牙喙比尔和塔摩洛水牛手里拿着铲子，似乎正往一个坑里填土。

“早上好，”托比说。

“你过来瞧一眼，”海牛说，“有什么东西试图从下面挖隧道。昨天晚上。哨兵没看见它们，他们那会儿在前门赶猪猡。”

“留下什么痕迹了吗？”托比问。

“我们认为除了那几头猪以外还有别的什么，”塔摩洛水牛说，“它们很聪明，懂得先转移我们的注意力，然后来个暗渡陈仓。不管怎样，它们最后没进来。”

在防线外面，男秧鸡人围成一个半圈，间隔有序，脸朝外齐刷刷地撒尿。其中有一个身上披着破烂床单的人看起来像克洛泽——事实上，就是克洛泽，他也加入这个集体撒尿大队了。

接下来会是什么？克洛泽会变成土著人吗？他会脱掉衣服，学着清唱，长出一只随着季节变成蓝色的巨大阳具吗？如果说前两项是获得第三项的代价，他一定会二话不说就做。很快疯癫亚当里的每一个男人都会对此心心念念。而一旦开了头，要不了多久他们就会操起棍子、枪棒和石头，由此爆发争斗和战争。然后……

冷静点，托比，她对自己说。不要自寻烦恼。你真的，真的，真的需要来点咖啡。随便哪种咖啡都行。蒲公英根咖啡，快乐杯。泥浆咖啡也行，如果只有这个的话。

要是有酒的话她也会呷两口。

紧挨着灶房摆了一张起居室用的长桌。桌子上方撑起了凉棚，这也是从某户人家废弃的后院里拾回来的。现在，差不多所有庭院都成废墟了吧。泳池崩裂，要么空荡荡的，要么淤积着野草；藤蔓拱出绿色的鼻子探进破碎的厨房窗户。屋子里面，耗子们用咬碎的地毯在角落里搭起巢穴，还没长毛的小老鼠吱吱叫着，歪歪扭扭地在地上爬行。蚂蚁在椽子里四处钻探。蝙蝠在楼梯井里捉蛾子。

“一旦你被树木的根须侵入了，”亚当第一很喜欢和园丁的核心圈子谈论这个话题，“一旦它们扎稳根脚，没有任何人造的建筑可以抵御得了。只需一年时间它们就可以撕裂一条街道。它们会堵塞排水沟，一旦抽水系统崩溃了，地基将被蚕食，地球上没有一种力量能够阻止那种程度的水灾，在那之后，当发电站着火或者短路的时候，更别提核电……”

“到时你就可以和早晨的烤面包吻别了。”有次亚当第一在长篇大论时，泽伯补了一句。他如旋风一般出现，刚结束了某个神秘的巡视使命回来；他看上去像是被狠狠揍了一顿，黑色的仿皮夹克被扯烂了。都市流血限制是他给园丁孩子上课的内容之一，但他并不总是无条件地赞成。“是是，我们知道，我们注定在劫难逃。我还能指望吃上一块熟莓派吗？我快饿扁了。”有时候，泽伯没有对亚当第一表现出应有的尊重。

很久以前，在一个短暂的时期中，猜想人类失控之后世界的未来成了某种令人不安的大众娱乐。甚至还有关于这个主题的在线电视节目：电脑制作的风景图片上，一头鹿在时代广场上瞪大眼睛，呼吁公平的人做出比中指的手势，热忱的专家们在讲座上大肆宣讲人类在各历史节点上如何行差踏错，犯下愚行。

从人气排名来看，人类可以接受的尺度相当大。观众用大拇指点赞，评分一度飙至最高点，之后陡然滑落，于是人们的兴趣从迫近的覆灭转向了各种现场竞赛，喜欢怀旧的就点击口吞热狗①，喜欢动物布偶的就选野蛮女友滑稽剧，喜欢看耳朵被咬下

---

① 此处有性的暗指。

来的就选无差别黑市格斗，如果对这些都腻味了，还有能听到真实惨叫的“晚安”自杀节目，“火荡”幼童色情节目，“落头”真人处刑节目。所有这些都比真相尝起来美味可口。

“你知道我一直在思索真相。”那时亚当第一会用沉痛的语气对泽伯说话，那天也一样。他对别人说话从来不用这种语气。

“是没错啦，我当然知道，”泽伯说，“找啊找，哇，终于找到了。你是对的。我没和你争。抱歉。我错在吃饱了撑的。想法不经过大脑自个儿跑出来了。”口气仿佛在说，我就是这号人。你知道。忍着点吧。

此刻如果泽伯在这里那该多好啊，托比心想。她眼前闪过一连串关于他的画面：一幢着火的摩天大楼崩塌了，泽伯消失在倾泻而下的碎玻璃和水泥块里；他嚎叫着，脚底裂开一道地缝，他掉进了挣脱水泵和下水道控制的地下湍流；他心不在焉地哼着小调，身后冒出一只胳膊，接着是手，一张脸，一块石头，一把小刀……

一大清早就想这种事情不太好吧。多思无益。于是她尽力打住。

桌子周围放了一圈杂乱无章的椅子：厨房椅，塑料椅，带软垫的，还有转椅。以玫瑰花蕾和蓝鸟为主题的桌布上摆放着碟子和玻璃碗盏，其中有些是用过的，还有杯子和餐具。整个场景像一幅二十世纪的超现实主义画作：每一件物品都是那么实在、松脆，轮廓清晰，除了一点，就是它们不该存在于此。

但为什么不呢？托比心想。为什么不该存在于此？人死了，但物质的东西不会死。过去因为数量有限不足以满足过剩的人口；现在情况倒过来了。然而这些物品如今挣断了锁链——我的，你的，他的，她的——凭自己的意志四处游荡。就像那些二十世纪早期的纪录片里所展示的暴乱过后的景象，孩子们结成集团，打破窗户，打劫商店，抢东西，你能拥有多少仅仅取决于你能抢走多少。

现在就是这样，托比心想。我们曾经宣称这些椅子、杯子和玻璃碗盏属于自己，辛辛苦苦把它们弄过来。如今这段历史已经结束了，就物品和动产来说，我们过得很奢侈，

碟子看起来像古董，反正肯定很贵。但现在她可以把整套全砸了而不会激起一丝涟漪，除了在她心里。

瑞贝卡从灶房里钻出来，手里端着一个托盘。

“我的甜心!”她说，“你终于回来了！他们告诉我你还找到阿曼达了！加五星!”

“她情况不太好，”托比说，“那两个彩弹手快把她折磨死了，昨晚……要我说她现在处于休克状态，灵息了。”瑞贝卡是老园丁，她懂什么是“灵息”。

“她很坚强，”瑞贝卡说，“她会复原的。”

“或许吧，”托比说，“只能祈祷她没得病，没有内伤之类的。我猜你已经听说了彩弹手逃跑的事。他们夺走了喷枪。真是该死。”

“有所得亦有所失，”瑞贝卡说，“你不知道我听说你活着回来以后有多开心。我以为那两个人渣铁定把你杀了，还有瑞恩。我担心得都病倒了。可是你回来了，虽然我得说你看上去糟透了。”

“谢谢，”托比说，“瓷器很棒。”

“地里刨刨，甜心。猪有三种形态：培根、火腿和猪排。”看来打破素食誓言并没有花费他们太多时间。就连嘉蕾克·瑞贝卡都对猪排没有意见了。“牛蒡根，蒲公英茎。佐以狗肉肋排。再这样继续摄入动物蛋白质，我会比现在还胖。”

“你一点也不胖。”托比说。虽然瑞贝卡一直都很壮实，甚至很久以前，当她们还在“秘密汉堡”像机器人一样卖肉的时候她

就是这副样子了，那时她们还没当上园丁。

“我也爱你，”瑞贝卡说，“好吧，我不胖。这些玻璃碗盏是真正的水晶，我可得好好享用。这玩意儿曾经价值连城。记得园丁怎么说的？亚当第一说过，虚荣心要人命，所以要么用陶器，要么去死。不过我能预见，终有一天我们不再需要为盘子操心了，用手抓着吃就行。”

“哪怕在最纯净奉献的生活中也有简简单单享有优雅的地方，”托比说，“亚当第一也对我们说过这样的话。”

“没错，只是有时候那个地方是个垃圾桶，”瑞贝卡说，“我有整整一堆膝盖大小的餐巾，我没法熨它们，因为没有熨斗，可叫我心烦了！”她坐下来，叉了块肉到盘子里。

“我也很高兴你没死，”托比说，“有咖啡吗？”

“有，如果你能忽略掉那些烤焦的梗啦、块根啦，还有其他鬼东西的话。里面不含咖啡因，但是我指望它多少能起点安慰作用。昨晚我看你带了一伙人回来，那些——话说你管他们叫什么来着？”

“它们是人。”托比说。或者说我觉得他们是人，她在心里补充一句。“它们是秧鸡人，这是疯癫亚当那伙人的叫法，我猜他们应该知道。”

“他们绝对和我们不一样，”瑞贝卡说，“连根毛都不像。那帮得遗尿病的秧鸡人。把沙坑弄得臭烘烘的。”

“他们想离吉米更近一点，”托比说，“是他们把他抬回来的。”

“这我倒听说了，”瑞贝卡说，“塔摩洛水牛给我启蒙了。他们应该回——该回哪儿回哪儿。”

“他们说他们要给他吹呼噜，”托比说，“给吉米。”

“抱歉，对他吹什么？”瑞贝卡扑哧笑了，“这是他们怪异的性习俗吗？”

托比叹了口气。“我解释不清，”她说，“你得自己去看。”

吊床

吃完早餐，托比过去查看吉米的情况。他睡在一张用胶布和绳子做成的临时吊床上，吊床悬在两棵树之间。他腿上盖的儿童毛毯上面画着拉小提琴的猫，笑眯眯的小狗，长了眼睛鼻子的碟子和咧嘴笑的汤匙手牵着手，脖子上挂着铃铛的母牛蹦蹦跳跳地跃过正乜斜着自己乳房的月亮。陷入幻觉的人就需要这个，托比心想。

三个秧鸡人——两女一男——端了两把椅子坐在吉米的吊床边。椅子原来可能是和餐桌配套的，深色木质，复古的竖琴椅背，黄棕相间的绸缎坐垫，和秧鸡人一点也不衬，然而他们仍旧是一副心满意足的样子，仿佛正在进行了不起的冒险。他们的身体亮闪闪的，像掺金的弹力纤维；硕大的粉色葛蛾在他们头顶明艳的光晕里扑翅纷飞。

他们美得太不自然了，托比心想。和我们截然不同。在他们眼中我们必定是次等人，多余的松垮皮肤，衰老的脸，扭曲的体形，要么太胖要么太瘦，毛发丛密，骨节突出。完美索求代价，但付出代价的却是不完美的人。

每个秧鸡人都把一只手放在吉米身上。他们在吹呼噜；当托比走近时，呼噜声更响亮了。

“好啊，噢托比。”两个女秧鸡人中个子高一点的那个说。他们是怎么知道她的名字的？这说明昨晚他们一定比她想象中更仔细地窥听她们说话。她该怎么回应呢？他们叫什么名字，问这个会不会不礼貌？

“好啊，”她说，“雪人-吉米今天的状况如何？”

“他越来越强健了，噢托比。”矮个的女秧鸡人说。其他人露出微笑。

吉米看起来确实好些了。脸上露出了血色，体热也下降了，这会儿睡得很熟。他们帮他拾掇了一番。现在他头上多了顶破破烂烂的红色棒球帽，手腕上戴着表面空荡荡的手表。一副只剩一块镜片的墨镜笨拙地架在他的鼻子上。

“或许没有那些东西他会更舒服。”托比指指帽子和墨镜说。

“他必须要有那些东西，”男秧鸡人说，“这些都是雪人-吉米的。”

“他需要它们，”矮个女人说，“秧鸡说他必须要有它们。看，这就是他用来听秧鸡说话的东西。”她举起他戴手表的那只胳膊。

“他从这里面看到秧鸡，”男人指指墨镜说，“只有他能。”托比本想问帽子是干什么的，但是忍住了。

“为什么你们把他搬到外面来了？”她问。

“他不喜欢待在黑暗的地方，”男人说，“在那里面。”他对着屋子点点头。

“在这里雪人-吉米可以更好地旅行。”高个女人说。

“他在旅行？”托比说，“睡觉的时候？”他们是否在梦呓吉米的梦境？

“是的”，男人说，“他在朝这里旅行。”

“他会奔跑，有时快有时慢。有时候走路，因为他累了。有时候猪会追赶他，因为它们不懂。有时候他会爬到一棵树上。”矮个子女人说。

“一旦到达这里他就会醒过来。”男人说。

“他从什么地方开始旅行的？”托比小心地问道。她不想流露出疑心。

“他过去住在蛋里，”高个女人说，“我们住的地方，一开始是的。他和秧鸡在一起，还有羚羊。他们离开了天上，到蛋里来见他，告诉他更多的故事，这样他就能告诉我们了。”

“所有的故事都是从那里来的，”男人说，“但是现在蛋里面太黑了。秧鸡和羚羊可以，但雪人-吉米不能再待在那里了。”三个人对托比露出温暖的笑容，仿佛笃定她能听懂他们说的每一个字似的。

“我能看看雪人-吉米受伤的那只脚吗？”她礼貌地问。他们没有反对，尽管手还留在原来的地方，也没停止吹呼噜。

托比揭开昨晚包在吉米脚上的布，检查下面的蛆。它们辛勤地忙碌着，清理死肉；肿胀和化脓的情况也在好转。这批蛆快要成熟了：明天她得想办法弄块腐肉，放在太阳下面吸引苍蝇，孵一批新蛆出来。

“雪人-吉米离我们越来越近了，”矮个女人说，“然后他会跟我们讲秧鸡的故事，就像他住在树上的时候那样。但是今天必须由你来跟我们说。”

“我？”托比说，“但是我根本不知道秧鸡的故事！”

“你能学会的，”男人说，“一定会发生。因为雪人-吉米是秧鸡的仆人，而你是雪人-吉米的仆人。这就是原因。”

“你必须戴上这个红色的东西，”矮个女人说，“它叫做‘帽子’。”

“是的，‘帽子’，”高个女人说，“到了晚上的飞蛾时间，你会把雪人-吉米的帽子戴在头上，倾听手臂上这个圆的亮晶晶的东西。”

“是的，”另一个女人点点头说。“然后秧鸡的话就会从你嘴里吐出来。雪人-吉米就是这么做的。”

“看到没？”男人说。他指指帽子上的字母：红袜①。“这是秧

---

① Red Sox，全名波士顿红袜，隶属于美国职棒大联盟的职业棒球队。

鸡做的。他会帮助你。羚羊也会帮你，如果故事里出现动物的话。”

“等天色暗下来以后，我们会带条鱼过来。雪人-吉米总是吃鱼，因为秧鸡说他必须吃鱼。然后你戴上帽子，倾听这个秧鸡制造的东西，讲秧鸡的故事。”

“是的，讲秧鸡如何在蛋里造出我们，清除坏人居住的混沌。讲我们如何离开蛋，和雪人-吉米一道徒步来到这里，因为这里有更多叶子供我们吃。”

“你会吃掉鱼，你会讲秧鸡的故事，像雪人-吉米那样。”个子稍矮一些的女人说。三双天真无邪的绿眼睛看着她，伴随着宽慰的笑容。看起来对她的能力深信不疑。

我还有其他选择吗？托比心想。我没法说不。他们或许会因失望而独自离去，回到海滩，坐等被彩弹手抓走。他们是容易得手的猎物，尤其是孩子。我怎么可以听任这样的事情发生？

“好吧，”托比说，“我晚上过来。我会戴上吉米的帽子，我是说雪人-吉米，然后给你们讲秧鸡的故事。”

“还要倾听这个亮晶晶的东西，”男人说，“还要吃鱼。”这似乎是某种仪式。

“好的，来个全套。”托比说。

该死的，她暗想。希望他们会把鱼料理一下再给我。

故事

收拾早餐碗碟的时候，瑞贝卡觉得自己看到一张残忍尖瘦的脸在树底下盯着她。似乎只是一场虚惊，托比心想。彩弹手并没有出现，更好的消息是瑞贝卡身上没有多出一个枪眼来，也没有秧鸡的孩子尖叫着被拖进灌木丛。尽管如此，大家的神经依然绷得很紧。

托比让那些有孩子的女秧鸡人待在泥草屋附近。每当她们看起来困惑不解时，托比便解释说这是秧鸡的指示。

时间波澜不惊地流逝着。远行的人没有一个回来：谢克尔顿，黑犀牛，胜郎。泽伯。托比把早晨剩下的时光投入到厨房花园里，翻土，拔草：这些不动脑筋的活有助于镇定身心，打发时间。有几株鸡豆开始抽芽了，菠菜叶子高高昂起，胡萝卜的头顶也变得毛茸茸的。她的来复枪架在不远的地方。

克洛泽和吸蜜蜂鸟把魔发羊从围场里放出来，领它们觅食吃草。两人都装备了喷枪，这样遇上一个彩弹手时就有二对一的优势，除非被攻个出其不意。托比希望他们靠近树的时候记得查看头顶。那些彩弹手一定是从树上跳下来，凭这招抓到瑞恩和阿曼达的。

为什么战争就跟恶作剧似的？她心想。躲在灌木丛背后，冷不丁跳出来，这和躲猫猫有什么两样，除了会流血。输掉的一方尖叫一声倒在地上，随即露出愚蠢的表情，嘴巴张大，两眼向外分开。《圣经》里那些古代的国王们，踩住被征服者的脖子，把敌对的国王吊在树上，对着一排排头颅喜悦满足——所有这些行为里都有一丝童趣的元素。

或许这就是秧鸡的动力，托比心想。或许他想了结掉它。从我们身上割去那个部分：狞笑着的、根深蒂固的恶意。赋予我们新生。

她独自一人早早吃过午餐，因为午餐时间轮到她荷枪放哨。午餐是冷猪肉和牛蒡根，还有一块奥利奥饼干，这包饼干是从一家药房里拾回来的，十分稀罕，只能限量供应。她拧开她的饼干，在吃掉巧克力包片之前，先舔一下甜甜的白色夹心。真是罪过的奢侈。

在午后的雷暴来临前，五个秧鸡人把吉米抬进泥草屋，连同他的小乖乖毛毯。下雨的时候，托比陪在吉米身边，检查他的伤口，设法抬起他的头，让他喝一点蘑菇萃取物，尽管他还处在昏迷中。她的存货越来越少，但她不知道应该去哪里找合适的蘑菇来熬制新药。

他们只留下一个秧鸡人为吉米打呼噜，其他人都走了。他们不喜欢房屋，宁愿淋湿也不愿意被囚禁。雨一停，四个秧鸡人走进来，又把吉米搬到外面去了。

云层散开，太阳探出了脸。克洛泽和吸蜜蜂鸟赶着一群魔法羊回来了。一切如常，他们说；或者说就算有问题，你也没辙。魔法羊情绪激动，很难把它们赶到一块儿。乌鸦闹哄哄的，但这又能说明什么呢？乌鸦就是喜欢起哄。

“怎么个激动法？”托比问，“怎么闹哄哄的？”然而他们也说不出个所以然来。

塔摩洛水牛戴着帆布太阳帽，微驼的肩膀上搭了件丹宁衬衫，正试图给一只泌乳期的魔发羊挤奶。挤奶过程进行地不太顺利，魔发羊不停地踢蹬叫唤，提桶被掀翻了，羊奶洒了出来。

克洛泽向秧鸡人展示如何操作手泵：过去曾是一台复古的装

饰品，如今却成了饮用水的来源。上帝知道里面有些什么，托比心想，这是地下水，附近几里之内泄漏的毒物都有可能掺进来。她会劝导他们使用雨水，至少就饮用水来说，虽然远方的火灾或者核溶解物也可能把污物蒸发到同温层，同样只有上帝知道里面有什么。

水泵给秧鸡人带来无穷的乐趣，孩子们捧着它们大呼小叫，到处乱跑。在这之后，克洛泽又向他们演示一块疯癫亚当们好不容易修好的太阳能电池板；它连着两只灯泡，一只装在灶房，一只装在院子里。他努力向孩子们解释为什么灯泡会亮，但他们还是无法理解。显然，对他们来说，灯泡就像黄昏时分跑出来的晶玫瑰和绿毛兔一样，它们会发光是因为羚羊把它们创造成这样。

晚餐在长桌上吃。白莎草系着蓝鸟图案的围裙，瑞贝卡用黄色缎带将一条淡紫色的浴巾围在腰际，从锅子里盛出食物分给大家之后也坐了下来。瑞恩和蓝莲花坐在桌子尽头，劝阿曼达吃点东西。没有执勤任务的疯癫亚当们放下手中的工作鱼贯而入。

“好啊，荒岛秧鸡。”象牙喙比尔说。他喜欢叫她从前在疯癫亚当时期的代号，以此取乐。他瘦削的身形裹在一张铺满郁金香的被单里，头上戴着与被单配套的枕套做的、类似穆斯林头巾的玩意儿。棱角分明的鼻子从粗皮老脸上突起，像极了鸟嘴。奇妙的是，疯癫亚当取的代号如何能正好对应他们的某个身体特征，托比心想。

“他现在怎么样了？”海牛说。他头上戴的宽檐草帽让他看上去像一个胖乎乎的种植园主。“我们的明星病患。”

“还没死，”托比说，“但还称不上有意识。”

“他有过吗，”象牙喙比尔说，“我们从前叫他软木花生。这是他在疯癫亚当的代号，很久以前。”

“在天塘计划里他是秧鸡的狗腿子，”塔摩洛水牛说，“等他醒来以后，我们有很多事要问他。在我把他踩死之前。”她用干笑表明自己只是打趣而已。

“软木花生，人如其名，”海牛说，“我不认为他脑子里有任何疯狂的想法。他不过是傀儡。”

“自然我们对他不会有太高的评价，坦白说，”象牙喙比尔说，“他是主动加入天塘计划的，不像我们。”他把叉子戳进一块肉里。“亲爱的女士，”他对白莎草说，“能不能请你告诉我此乃何物?”

“识-实上，”白莎草操着英音回答，“事实上，我不能。”

“我们是头脑奴隶，”海牛叉进另一块肉排，“被俘虏的科学天才，为秧鸡开发进化机器。这人太刚愎自用，自以为可以补完人类。倒不是说他不够聪明。”

“他不是单枪匹马，”苗条的吸蜜蜂鸟说，“这是笔大生意，有生物公司在背后撑腰。很多人愿意为基因合成开出天价。他们要定制自己的孩子，就像点披萨配料那样搭配 DNA。”他戴着一副双焦眼镜。一旦光学制品成为稀缺物，我们只好重回石器时代了，托比心想。

“只不过，秧鸡做得更好，”海牛说，“他在这些家伙里面加了一些你根本想象不到的零件。内置避虫体质，了不起。”

“还有永远不会拒绝你的女人。那个色彩编码的荷尔蒙技术，你不得不佩服。”吸蜜蜂鸟说。

“作为由亟待解决的问题构成的人肉电脑，这无疑是令人心动的挑战。”象牙喙比尔把注意力转到托比身上。“请容我解释。”他说话的方式仿佛他们正在上研究生讨论班，与此同时，他把盘里的蔬菜切割成均等的小方块。“比如说，以兔子的砂囊还有狒狒为台基提取生育系统的某些染色体特质……。”

“就是那个会变蓝的部分。”吸蜜蜂鸟向托比伸出援手。

“我负责的是尿液的化学合成，”塔摩洛水牛说，“针对食肉动物的威慑元素。在天塘计划里很难检测——我们没有任何食肉动物。”

“我负责发声装置，现在问题变得有点复杂了。”海牛说。

“遗憾的是，你事先没有给唱歌功能编好取消键，”象牙喙比尔说，“搞得大家心烦意乱。”

“唱歌不是我的点子，”海牛郁闷地说，“又想取消这个功能又不想他们变成吸蜜蜂鸟，根本不可能。”

“我有一个问题。”托比说。他们纷纷转过头看她，似乎没料到她会发言。

“是什么呢，亲爱的女士？”象牙喙比尔说。

“他们想让我给他们讲一个故事，”托比说，“关于秧鸡造物主的故事。但是对他们来说秧鸡到底是什么呢？他们觉得秧鸡是如何创造他们的？在天塘圆顶屋里他们究竟被灌输了什么？”

“在他们眼中秧鸡就跟上帝似的，”克洛泽说，“但他们不知道秧鸡长什么样子。”

“你怎么知道，”象牙喙比尔说，“当时你又没在天塘。”

“见鬼，是他们告诉我的好嘛，”克洛泽说，“我现在和他们称兄道弟。甚至可以和他们一起撒尿。这就像是一种荣誉。”

“他们没见过秧鸡是好事。”塔摩洛水牛说。

“少胡说八道了，”刚来的敏狐也加入了讨论，“他们会瞧一眼那个疯子造物主，然后从摩天大楼上跳下去。如果现在还有摩天大楼可以跳的话。”她意兴阑珊地补了一句，随后夸张地打着哈欠，举起胳膊，伸到后脑勺上，胸部随即挺立鼓起。稻草色的头发梳成马尾，用一根粉蓝色的编织发带扎住。她身上的床单也很讲究，镶有雏菊和蝴蝶花纹的花边，一根红色的宽腰带系在腰际。如此搭配颇有惊悚效果：天使祥云迎上屠夫的杀猪刀。

“毋需抱怨，美丽的女士。”象牙喙比尔的目光从托比移向敏狐。如果他用心蓄养的胡子再长一点，他只会显得更浮夸，托比心想。“及时行乐，抓住每一个瞬息。有花堪折直须折。”他近乎谄媚地微笑着，目光落到她的红色腰带上。敏狐面无表情地看着他。

“给他们讲一个快乐的故事，”海牛说，“细节尽可能模糊。秧鸡的女朋友，羚羊，以前在天塘干过类似的事，这样能让他们心境平和。我只希望秧鸡那个屌人别在坟墓里面施展魔法就好。”

“比如说将一切化成一摊稀屎，”敏狐说，“噢，他已经做到了。有没有咖啡？”

“唉，”象牙喙比尔说，“我们的咖啡已经告罄了，亲爱的女士。”

“瑞贝卡说她会烤制某种根茎。”海牛说。

“就算有也没有任何货真价实的奶油可以搭配，”敏狐说，“只有羊的分泌物。足够你用冰锥凿自己的小庙了。”

光线逐渐减弱，蛾子飞了出来，粉色、灰色、蓝色，全都蒙上了一层暮色。秧鸡人聚集在吉米的吊床边。他们想让托比在这里讲故事，关于秧鸡，以及从蛋里出来的故事。

雪人-吉米也想听故事，他们说。尽管他还处于昏迷状态，但他们深信他能够听到。

他们已经知道故事了，但重点在于必须由托比讲出来。她必须表演吃鱼的过程，他们带来的鱼外层烤得焦焦的，裹在叶子里。她必须戴上吉米破烂的棒球帽，以及没有盖子的手表，还得把手表举到耳朵旁边。她必须从零开始，她必须主导创世，命雨落下。她必须清理混沌，她必须带领他们走出蛋，指引他们前往海边。

最后，他们还想听关于那两个坏人的事，还有森林里的篝火，以及有根臭骨头的汤，他们简直对臭骨头上瘾了。她还得描述他们自己如何解开那两人的绳索，那两人如何逃进森林里，如何随时随地会回来，干更多坏事。最后那部分令他们难过，但不管怎样他们还是坚持要听。

在托比讲故事的过程中，他们催促她再讲一遍，然后又来一遍。他们提示她，打断她，补充她遗漏的部分。他们想从她那里得到的是毫无破绽的表演，他们所求的信息远远超过了她所能知道、所能发明的。她是雪人-吉米糟糕的替补，但是他们尽最大努力帮她润色。

就在她第三次讲到秧鸡清理混沌的时候，他们突然齐刷刷地别过头。他们朝空气中嗅了嗅。“有男人过来了，噢托比。”他们说。

“男人?”她说，“逃走的那两个? 在哪里?”

“不，不是闻起来有血腥味的男人。”

“别的人。不止两个。我们必须去向他们问好。”他们又齐刷刷地站起来。

托比朝他们看的方向望过去。有四个人——四个模糊的身影，沿着小公园边界杂乱的街道渐渐走近。他们的头灯都亮着。四个黑暗的轮廓，每个都引来一道亮光。

托比感觉绷紧的身体松开了，空气随着长长的、无声的呼吸渗进胸腔。心脏会跳出来吗? 一个人会因为宽慰而晕眩吗?

“噢托比，你在哭吗?”

回家

是泽伯。她的愿望成真了。他比她记忆中块头更大，更潦倒——尽管距离托比上次看见他只过了几天——也更苍老了。发生了什么事？

同泽伯一道回来的是黑犀牛、谢克尔顿和胜郎。等他们靠近以后，她能看出他们脸上的疲惫神伤。一等他们安顿好行李，其他人全都围了过来：瑞贝卡、象牙喙比尔、敏狐、白鲸；海牛、塔摩洛水牛、吸蜜蜂鸟、白莎草；克洛泽、瑞恩还有蓝莲花；甚至连阿曼达也来了，离人群远远的。

每个人都在说话，或者更准确地说，每个人类。秧鸡人待在人群的最边缘，挤作一团，睁大眼睛观察着。瑞恩抱住泽伯泣不成声，这倒也合情合理，毕竟泽伯是她的继父。当他们还在花园的时候，泽伯和瑞恩的妈妈，丰腴性感的卢瑟恩一起生活了一段时间。卢瑟恩没有好好珍惜泽伯，托比心想。

“别难过啦，”泽伯对瑞恩说，“看！你不是把阿曼达带回来了！”他伸出一只胳膊，阿曼达顺服地由他搂住。

“是托比做的，”瑞恩说，“她手里有枪。”

托比静待片刻，然后走上前。“干得好，神枪手。”泽伯对她说，尽管她没有向任何人开枪。

“你没找到他们吗？”托比问，“亚当第一还有……”

泽伯神色凝重地看了她一眼。“没找到亚当第一，”他说，“但我们找到了费洛。”

其他人靠过来听他们说话。“费洛？”敏狐问。

“老园丁，”瑞贝卡说，“他抽了太多……他喜欢搞‘幻象探求’。园丁闹分裂的时候，他站在亚当第一那边。他在哪里？”从泽伯的表情可以看出他已经不在人世了。

“我们瞧见一群秃鹫在停车场的屋顶上，于是就爬上去看一下，”谢基说，“在老福利诊所附近。”

“我们以前上学的地方？”瑞恩说。

“尸体还很新鲜。”黑犀牛说。这意味着失踪的园丁中至少有人挺过了第一波瘟疫，托比心想。

“其他人都不在吗？”她说，“一个人也没有？是不是……他病了吗？”

“没有迹象，”泽伯说，“但我猜他们应该在哪里转悠。亚当应该会吧。有什么马上能吃的东西吗？我饿得能吃下一头熊。”这意味着他现在不想回答托比的问题。

“他吃下一头熊！”秧鸡人对彼此说。“绝对没错！就和克洛泽跟我说的一样！”“泽伯吃下一头熊！”

泽伯朝秧鸡人的方向点点头。“看来我们有伴了。”

“这是泽伯，”托比对秧鸡人说，“他是我们的朋友。”

“我们很高兴，噢泽伯。你好。”

“就是他，就是他！克洛泽告诉我们的。”“他吃下一头熊！”“是的，我们真高兴。”他们脸上堆起试探性的微笑。“什么是熊，噢泽伯——你吃下的那只熊。”“是鱼吗？”“它有臭骨头吗？”

“他们跟着我们回来的，”托比说，“从海岸那边。我们阻止不了，他们想待在吉米身边。和雪人在一起。雪人是他们对吉米的称呼。”

“秧鸡的小伙伴？”泽伯说，“那个天塘计划搞出来的？”

“故事很长，”托比说，“你应该吃点东西。”

炖肉还剩一些，海牛过去拿了。秧鸡人撤回安全的距离，他们不喜欢烹饪肉类发出的异味。谢克尔顿狼吞虎咽地扫荡完他那份炖肉之后，挪过去和瑞恩、阿曼达还有白莎草坐在一块儿。黑犀牛一个人吃掉两份食物，吃完就去洗澡。胜郎表示要帮瑞贝卡整理背包里的物品：他们又拾回来了很多黄豆正餐，几卷胶带，几包冷冻鸡肉球，些许能量条，还有第二包奥利奥饼干。真是奇迹，瑞贝卡说。现在要搞到一包没有被啮齿类动物啃过的袋装饼干可不容易。

“我们去院子里查看一下吧。”泽伯对托比说。托比心里一沉：这意味着泽伯有些坏消息要在私下里告诉她。

萤火虫开始飞舞了。盛开的薰衣草和百里香在空气中撒播馨香。几株野生的晶玫瑰沿着栅栏发出幽光。几只亮莹莹的绿毛兔正在啃食垂到低处的树叶。硕大的灰色葛蛾飘飘摇摇，似极了褐色的尘埃。

“费洛不是死于瘟疫，”泽伯说，“有人割了他的喉咙。”

“噢，”托比说，“我懂了。”

“后来我们看到彩弹手了，”泽伯说，“就是那两个掳走阿曼达的家伙。他们正在一只巨猪身上开膛剖肚。我们开了几枪，被他们逃掉了。于是我们放弃寻找阿曼达，尽快赶回来，因为他们可能在附近一带转悠。”

“我很抱歉。”托比说。

“为什么？”泽伯说。

“我们抓住他们了，就在前一天晚上，”托比说，“我们把他们绑在树上。但我没有杀死他们。那天是圣朱利安日，我下不了手。他们逃了，带走了喷枪。”

她哭了出来。她像刚出生的老鼠幼崽，瞎眼的、粉嘟嘟的小东西，一个劲儿地啜泣，简直是病态了。她并不想这样。但此时此刻，她就是这样的。

“嘿，”泽伯说，“没事的，别担心了。”

“你错了，”托比说，“不可能没事的。”她转身走开了。如果一定会变成失态难堪的局面，她宁愿独自流泪。无依无靠，这是她此刻的感受，以后也会一直如此。你已经习惯孤独了，她对自己说。你要成为凡事无动于衷的人。

然后她将自己裹了起来。

她等了这么久，已然放弃等待了。她渴望这一刻的到来，拒绝相信它的存在。然而现在一切变得如此简单，就跟回家的感觉一样，对那些曾经有过家的人来说。穿过门厅，走进熟悉的所在，它了解你，向你敞开，准许你进入。为你讲述你想听的故事。还有手啊，嘴啊的故事。

我很想念你。谁在说话?

黑夜的窗面上浮现出一具形体，闪烁的眼睛。黑暗的心跳。

啊。

终于来了。原来是你啊。

举熊者

关于泽伯在山上迷路，吃掉熊的故事

之后秧鸡把混沌倒掉，为你们腾出一个更安全的地方。再后来……

我们知道秧鸡的故事。我们听过很多遍了。现在给我们讲讲泽伯的故事吧，噢托比。

泽伯吃掉一头熊的故事！

对！吃掉一头熊？熊！熊是什么？

我们想听泽伯的故事。还有熊。被他吃掉的熊。

秧鸡希望我们听到这个故事。如果雪人-吉米醒着，他会告诉我们的。

好吧。让我听听这个属于雪人-吉米的亮晶晶的东西。然后我就能听见话语了。

我很努力在听。你们唱歌对我没有帮助。

好吧。这是泽伯和熊的故事。故事一开始只有泽伯。他独自一人。后来熊来了。或许明天来。要等到熊出来，你们得耐心一点。

*

泽伯迷路了。他在一棵树下坐下来。这棵树长在一个空旷的地方，宽阔平坦，就像海滩，除了没有沙子和大海以外，那里只有几个凉飕飕的游泳池，还有很多飞蛾。在很远的地方有群山环绕。

他怎么走到那里的？他飞过去的，乘着……别管这个了。这些在另一个故事里面。不对，他不能像鸟一样飞。不许再问了。

山？山是很高很大的岩石。不对，那些不是山，那些是建筑。建筑倒下来会产生塌方。山也会倒下来，但有个过程。不，山没有倒在泽伯身上。

于是泽伯看着周围遥远的群山，心想，我怎么才能穿过这些山呢？它们是如此高大。

他需要穿过这些山，因为人住在山那头。他想和人在一起。他不想独自待着。没有人想独自待着，对吗？

不对，他们和你们不一样。他们身上有衣服。有很多衣服，因为那里很冷。是的，是和混沌同一个时期，在秧鸡把它倒掉之前。

于是泽伯看着山、泳池，还有飞蛾，心想，我该吃什么呢？然后他想到，山里头有很多熊。

熊是体型庞大、全身被毛覆盖的动物，长着巨爪和许多锋利的牙齿。比小山猫大。比狼犬兽大。比器官猪大。就是这么巨大。

它说话时带着咆哮。它十分饥饿。它能把任何东西撕成碎片。

是的，熊是羚羊的孩子。我不知道为什么她把它造得如此巨大，还长着利齿。

是的，我们必须友善地对待它们。最友善的方式是尽可能离它们远一点。

我不认为这会儿我们附近有熊。

然后泽伯心想，或许熊已经闻到了我的味道，或许它现在要过来了，因为它很饿，饥肠辘辘，它想要吃掉我。我必须和熊搏斗，我只有这把小刀，它锐利的刀锋可以在任何东西上戳出一个窟窿。我必须打赢这场战斗，杀死熊，然后我必须吃掉它。

很快就会讲到熊的事情了。

是的，泽伯打赢了。泽伯百战百胜。因为事情就是这样发生的。

是的，他知道羚羊会伤心。泽伯为熊感到伤心。他不想伤害它。但他不想被它吃掉。你不会想要被熊吃掉，对吗？我也不想。

因为熊不能只靠吃树叶生存。因为这会让它们生病。

不管怎样，假如泽伯不吃那头熊，他就会死掉，现在他也不会和我们在这里了。这样你们也会伤心的，难道不是吗？

你们再哭下去我就没法继续讲故事了。

毛皮交易

故事背后还有一个真实的故事，然后还有一个关于故事如何讲述的故事。还有在故事里漏掉没说的事，这些也是故事的组成部分。

在泽伯和熊的故事里，托比漏掉了那个死人，他名叫查克。他也在泳池、飞蛾、群山和熊的世界里迷失了。他也不知道该如何走出去。只字不提，抹杀他的存在，对他来说似乎不公平，然而把他放进故事里又会扯出一团托比还没想好该怎么对付的、纠结不清的乱麻。比如说，她还不知道打从一开始这个死人是怎么钻进故事里来的。

“可惜这混球居然死了，”泽伯说，“否则我会从他嘴里挖出来。”

“挖出什么？”

“是谁雇用他的。他们想要什么。他本来打算在哪里干掉我。”

“我觉得死这个词有点过于委婉了。他又不是心脏病突发。”托比说。

“不要这么尖刻嘛。你懂我的意思就好。”

*

泽伯迷路了。他在一棵树底下坐下来。

或者说，他并没有彻底迷路。他对自己所在的位置稍微有些模糊的概念，知道是靠近麦肯齐荒山附近，距离任何有快餐店的地方好几百里远。也不是坐在树底下，更准确地说是旁边；也不是树，更像是灌木，但是不怎么浓密，形态更偏纤细。类似细长版的云杉。他甚至连树根的细节、低矮处枯死的枝丫、披盖的灰色地衣都注意到了。刻满褶皱、交错缠绕，目光可以穿透过去，像妓女的底裤。

“你对妓女的底裤了解多少？”托比说。

“比你希望我了解的多，”泽伯说，“总之，当你把注意力放在这些细节上面——毫无必要地放大，搞到清晰过头的时候，你准是被吓得不轻。”

一架爱尔兰古风社①的振翼机还在兀自燃烧。幸运的是，他赶在它爆炸之前就把事情搞定了，也得感谢在这架软式汽艇的组件爆炸前，安全带上的数码释放开关还该死的能工作，否则他就死定了。

查克肚皮朝下躺在冰冻苔原上，他的脑袋扭成不自然的角度，弯折一百八十度，凝视着自己的肩膀，像一只猫头鹰。但不是看着泽伯。他看着天空。那里没有天使，至少当时还没有现身。

泽伯的脑袋上有某处正在流血，他能感觉到温暖的热流滴落下来。只是皮外伤而已。没有危险，只是血流得有点多。他那个反社会的父亲过去常说，你的头是你身上最肤浅的部分。除了你的大脑以外。还有你的灵魂，老天保佑，如果你有的话，虽然我很怀疑这点。瑞夫一直是鼓吹灵魂至上的拉拉队队长，除此之外，他还认为自己是这些灵魂的老板。

此刻泽伯发现自己正在思考查克是否有灵魂，以及它是否还

---

① AOH，全称 Ancient Order of Hibernians，1836 年成立于纽约市的由爱尔兰移民组成的互助性团体。

在他的尸首上萦绕不去，像一缕微弱的气味。“查克，你这个傻逼。”泽伯嚷嚷着。如果是他接到指令要为了那些大脑推土机的利益绑架自己，他一定会干得比查克更像样，这蠢货。

可惜查克死了，以某种方式——他身上肯定也有好的一面，或许他喜欢小狗——但现在世上少了一个混球，难道不应该加分吗？在光明力量的名册上打个勾，或者黑暗力量，端看是谁在清点这本两面开的道德账本了。

但查克不是一般意义上的混球：他从不发牢骚，不好斗，和混球模式全开时的泽伯可不一样。完全是另一种路数。太友善，太渴望政治正确了：人类将会被淘汰，注定要自取灭亡，恢复自然界的平衡等等，这个那个的，他做得太过头了，看起来反而显得荒诞不经，再加上这套“助熊者”的行头——皮衣婊指数满点、染成绿色的奇装异服——要使别人信服还真得费点功夫。

然而并非所有人都是皮衣婊：有些人就号称追求挑战。冒险派，天不怕地不怕，拒绝受人摆布，文身装点，像老电影里的摩托车骑手那样扎一根油腻的老鼠辫——肌肉造型拗到极致，靴底厚到走路嫌热。这就是泽伯为自己安排的角色：靠天然胆固醇养得膘肥体壮，恪守本分，临危不乱，脚底生风，总是差钱，喜欢在阴暗的边缘地带转悠，在那种地方，官方的人不能把触角伸进你的后袋，而别人被盗取的银行账户可能被遮遮掩掩地藏在什么地方。

尽管皮衣婊的正规军们因为长着环保教信徒的势利眼而瞧不起泽伯，嫌他过于锋芒毕露，但他们倒是没有强制向他推行他们的行动纲领，所谓的纲领说穿了就是“我放的屁不臭”。他们需要壮丁，因为并非所有人都认为用各种空中运输方式将数不清的、酸臭的生物垃圾货物搬运到北极地区让一堆熊科动物免费大快朵颐是个好主意。

“那是在燃油危机爆发之前吗？”托比说，“不然他们绝不会允许你把如此珍贵的原材料浪费在熊身上。”

“那是在很多事情都还没发生之前呢，”泽伯说，“但是油价已经破表了。”

“助熊者”有四款从灰市买来的旧式振翼机。昵称是“会飞的河豚”。振翼机号称使用了生化设计：它们拥有以氢氦气为燃料的软式汽艇的机身，据说其外壳可以像鱼鳔那样吸收和排放分子，其原理是鱼鳔通过收缩和膨胀来负载重物的功能。此外，它们还拥有起到稳定功效的腹鳍，可盘旋飞行的双翼，四扇翅状扑翼，在低速飞行时便于手动操纵。优势在于最小化能源消耗，超高的载重量，以及低空慢速飞行的能力。缺点则是耗时过长，内置软件会逐渐失效，而会修理这些畜生的人却寥寥无几。然后就不得不从数码黑市泛滥滋生的巴西招揽来，或者说偷渡来背景可疑的数字机械师。

只消被那些骇客看上一眼，你便毫无秘密可言。挖出政治家的医疗记录、肮脏丑闻，揭露名人的整容手术——这些朝阳产业不过是小头罢了。最大宗的买卖是帮一家公司入侵另一家公司。入侵一家有权势的公司就等于栽进屎坑里，哪怕你在另一家大公司的隐藏工资名单上，这样的防火墙也护不了你。

“我猜你真这么干了，”托比说，“你说的搅屎棍的事情。”

“没错，我是干过，不就是为了混口饭吃嘛，”泽伯说，“这也是我为什么选择在‘助熊者’那里喘口气的原因，巴西远在光年以外。”

“助熊者”是一场骗局，至少在某种程度上是。稍微有点脑子的人很快就会识破。不同于许多骗局的是，它的用意是好的，但不管怎样，骗局终归是骗局。它赖以生存的土壤是特定类型的城市居民的善意，他们有的是用完即抛的情感，喜欢把自己看成拯救者，来自真正的原初时代的垃圾们，裹在一件可爱的狗熊服里的是人类集体灵魂的碎片。他们的观念很简单：极地熊正在忍饥挨饿，因为极地的冰雪正在融化，它们再也不能捕食海豹了，所以让我们用剩菜剩饭喂养它们吧，直到它们重新适应环境，“适应”是那会儿的热词，如果你有印象的话。虽然我怀疑你年资还不够，我敢打包票你现在一定还穿着沙滩装。学着点，把你的男性杀手扭起来吧。

“别调戏我了。”托比说。

“为什么？你喜欢这样啊。”

“我还记得‘适应’，”托比说，“‘算你倒霉’的另一种说法。说给你不打算帮助的人听的。”

“你懂了，”泽伯说，“不管怎么说，给这些熊喂剩饭剩菜无助于它们适应，只会教会它们食物从天上掉下来的道理。每次听到振翼机的声音它们就开始淌口水，都有自己的‘船货’崇拜了。”

“但是骗人的地方就在这里。没错，冰层确实融化得七七八八了；没错，一些极地熊确实在忍饥挨饿，但是其余那些正在往南方漂流，和灰熊配对，二十万年前分道扬镳的同类。因此我们有掺棕毛的白熊，或者掺白毛的棕熊，或者全棕、全白的熊，但是外表差异不能说明它们各自的脾气。灰北极熊大部分时间都远离人类，和灰熊一样；灰白熊多数会攻击你，像极地熊。你永远不知道某只熊确切地属于哪一种。你只知道你不希望你的振翼机从天上掉下来，砸到熊的国度里。”

这样的事情切实地在泽伯身上发生了。

“你这个傻逼，”他又对查克说了一遍，“雇用你的家伙是双料傻逼。”他补充了一句，尽管他们听不到。或者说——他突然有了一个病态的想法——如果他们真的听得到呢。

坠机

在“助熊者”那里一切相安无事，直到查克出现为止。那时候，泽伯确实碰上了点麻烦……

“说得好像你平时不会碰到一样。”托比说。

“你在嘲笑我吗？嘲笑一个受父母暴力迫害而深感迷惘的年轻人？再说我又特别早熟？”

“我会嘲笑你吗？”

“你就是嘲笑了，”泽伯说，“你的心肠就像页岩一样刚硬。你就是欠一顿结实的压裂①。”

那时候，泽伯确实碰上了点麻烦，但是“助熊者”中心的人似乎没人知道，或者没人在乎：他们自己都有一半人身陷麻烦，所以他们的对策是睁一只眼闭一只眼。

日常作业简单明了：去“白马镇”② 和“黄刀镇”装填可食用废弃物，偶尔也去“图克”，波弗特海③离岸钻井平台上的油轮会在那里倾倒垃圾，如果没走非法途径的话。那会儿，钻井平台还会制造出真正的动物蛋白质泔脚，对那些油轮工来说没什么

---

① 地质学上的概念，开采页岩气时所用的方法，用水压将岩石层压裂（fracking），从而释放出其中的天然气或石油。

② 育空特区（Yukon）的首府。“Yellowknife”、“Tuk”也是该地区的城市。“Tuk”的全称是“Tuktoyaktuk”。

③ 波弗特海（Beaufort Sea）是北冰洋的一部分，位于加拿大西北地区，育空和阿拉斯加以北，北极群岛以西。其延伸的大陆架内包含大量的石油和天然气资源。

是消受不起的。猪肉——他们食用许多猪肉类副食品——还有鸡肉，或者差不多的东西。就算是人工肉制品也一定是最高级的，做成香肠或者烘肉卷，真假难辨。

你把剩菜堆打包填进振翼机，然后灌杯啤酒下肚，一路飞到“助熊者”的卸货点，一边在空中盘旋一边抛货，再一路飞回去。除了无聊到令人发指以外倒也没啥，除非遇到坏天气或者机械故障。碰上这种情况你只能先降落下来，尽量避开山坡，等恶劣的天气过去，要么干耗着直到维修人员出现。如此这般，循环往复。最悲惨的是你在镇上的酒吧里往嘴里猛塞食物时还得听绿鼻子的皮衣婊说教。而这顿豪华大餐其实就是他们运回来的各种泔脚货，大桶大桶地分给大家。

除此之外，就是吃饭、睡觉，挑个好日子和组织里的姑娘滚个床单，为此泽伯必须多长点心眼，因为有些姑娘特会来事儿，还有些早已名花有主；他尽可能避免争端，因为他可不想见到自己滚到酒吧的凳子底下和别人格斗的场景，那些白痴火气一上来，以为靠一对小酒窝和早泄的鸡巴赢得的永久打炮权受到了威胁，很可能还揣上了刀子。不可能是手枪，因为那个时候公司警已经开始没收枪支了，打着市民安全的幌子，彻底垄断了远距离射杀的权力。一些人藏起了他们的格洛克手枪，或者其他牌子货，埋在石头底下，到万不得已的时候拿出来用，但是出于同样的原因，他们也不会拿着枪招摇过市。然而在这荒郊野外，大家也都不是遵纪守法的良民。在北方，很多事情都没有明确的分界，习惯打法律的擦边球。所以说不准。

回到姑娘的话题吧。如果姑娘的脸上——不管大的小的，尺寸不计——写着“滚一边去”，他总是老老实实地滚一边去。但若有人借夜色掩护潜入他的宿舍，他该向谁去哭诉呢？从小他就被认定拥有淫虫的道德观，而且他痛恨让人失望，更何况拒绝一个姑娘的主动暗示会伤害她的自尊心。其中一些白天看起来姿色平平，但有一个屁股松软肥美，还有一个两只奶子像装在网兜里的保龄球，还有……

“信息量太大了。”托比说。

“不要吃醋嘛，”泽伯说，“她们已经死了。你总不能吃一群死人的醋吧。”

托比沉默不语。泽伯曾经的情人，卢瑟恩华丽的尸体飘荡在空气中，不可见，不可触碰，当然也未曾被遗忘，至少在托比看来是这样。

“活着总比死了强。”泽伯说。

“我没意见，”托比说，“但是再一想，没试过怎么知道。”

泽伯笑了。“你的屁股也很赞，虽然不是那种松软的。够紧实。”

“还是说说查克这人吧。”托比说。

查克刚进“助熊者”中心时，那样子就像蹑手蹑脚地走进一个禁闭的房间，又要装得理所当然。偷偷摸摸的，同时又趾高气扬。在泽伯看来，他的衣服太新了。看起来仿佛刚从挺括的男装商店里走出来，浑身布满了拉链、尼龙搭扣和兜盖，像某些解谜视频游戏里的变态人物。干掉这家伙，找出小妖精，奖品入手。永远不要信任一个穿新衣服的男人。

“但是衣服总有新的时候，”托比说，“或者说它们曾经新过。总不可能一做出来就是旧的。”

“真男人知道怎么一秒弄脏衣服，”泽伯说，“在泥浆里打个滚就成。除了服装之外，他还有一口夸张的大白牙。我一看见这种牙齿就想用瓶子温柔地敲上去。看看是不是假牙，看它们打颤。我爸，瑞夫，也有一口和他一样的牙齿。他以前做过牙齿美白。这种牙齿配上晒黑的皮肤，他看上去就像某种发光的深海魔鬼鱼，或者横陈在沙漠里死透了的马头。笑起来的样子比不笑时还瘆人。”

“一旦遁入童年，”托比说，“你会情不自禁地哀怜自己。”

“哀怜，你的死对头？不向悲伤屈服？别对我说教，宝贝。”

“对我挺管用的。遁入哀怜中。”

“你确定？”

“然后呢，查克怎么了。”

“查克的眼睛很有特点。层压板似的，坚硬，闪耀。上面覆盖着近乎透明的眼睑。”

那天，查克头一回端着托盘出现在食堂的餐桌旁。“我可以坐你旁边吗？”他上下打量着泽伯，层压板似的眼睛全方位滚动了一周。像在扫描一道条形码。

泽伯抬头瞥了他一眼。他没有说行，也没有说不行。只是含混地咕哝了一声，便继续埋头对付橡胶皮似的香肠。你以为查克这样的人会发起一连串私人问题——你从哪里来，你怎么来到这里的，诸如此类——可是他没有。他的开场白是“助熊者”。他谈论着这个组织有多伟大，但因为没有看到泽伯点头附和，他又暗示自己栽了大跟头，得销声匿迹一阵子，所以才到这里来，等风头过去。

“你到底干了什么呢，挖鼻孔吗？”泽伯说，查克笑了，露出死马般的牙齿。他说他估摸着“助熊者”里都是些好家伙，像外籍兵团那样的，然后泽伯问外籍什么，谈话便到此结束了。

以粗鲁的方式对待他并不能使他动摇。查克有点退缩，但依然努力使自己无处不在。当泽伯在酒吧里努力制造次日早晨的宿醉时，查克会冷不丁跳出来，豪气干云地撒下下一轮的酒钱。泽伯去厕所撒泡尿，又碰上查克，像梦魇物化成形一般，和泽伯隔着两个坑位撒尿。在白马镇最污浊不堪的场子里，泽伯挨着角落脚底打漂的时候，猜猜发生了什么，查克也挨着最近的角落脚底打漂。他很有可能趁泽伯不在的时候闯进他那跟杂物间差不多的房间翻他的东西。

“欢迎他来，”泽伯说，“让他翻去吧，真正的猛料都在我脑子里。”

但他究竟唱的是哪一出？很明显他另有所图。一开始，泽伯以为他是基佬，要搞同性恋那套，然而并非如此。

接下去几星期查克和泽伯搭伙出了几趟任务。一般来说“河豚”会安排两个飞行员，以便轮流打盹。泽伯尽可能避免和查克搭班，有他在总觉得芒刺在背。头一次是因为原本和他搭班的家伙被召去参加姨妈的葬礼，查克主动顶了他的缺，后来因为另一个家伙食物中毒便又有了第二回。泽伯甚至想过查克是否给他们塞钱了。指不定那个姨妈就是他勒死的，或者为了看起来更可信，把大肠杆菌加到披萨里。

在半空中的时候，泽伯等着查克发问。也许他知道一点泽伯过去干过的勾当，正在替某个未知的黑道分支猎头，目的是要泽伯处理一系列被严禁的骇客活动。或许是瞄准某财阀的敲诈机构，或许是和网址盗用挂钩的雇佣黑客，他们需要一连串专业的跟踪作业来辅助他们绑架某家公司的天才科学家。

还有一种可能，那是个诱饵——查克可能会以玩笑的口气提议去干犯法的事情；一旦泽伯同意了，他就会当作证供录下来，之后巨大的执法铁钳就会举起来，把他捏碎；或许查克会愚蠢地勒索他，以为从石头里可以榨出油来。

事情并没有朝这两个方向发展。泽伯想，说不定是给我吃颗定心丸，让我放松警惕。难道他那无足轻重的样子只是个隐藏得很深的幌子吗？

他差不多就要得手了。泽伯开始以为自己得了被害妄想症。在黑暗中打颤。连查克这种油滑的小人物也会令他心生疑虑。

那天早晨——坠机的那天早晨——和平时没什么两样。早餐内容如下：内容不详、添加了某种神秘调味料的圆面包三明治，两杯咖啡代用品，一片吃起来像锯木屑的烤面包。“助熊者”配给的食物都很低端，自认为其动机高尚可贵：自己吃代用食物，把好料留给北极熊，照理说应该会让人由衷地产生谦卑奉献之心。

吃完早饭开始装货，把生物降解麻袋里的内脏用叉车填进“河豚”的肚子里。原定和泽伯搭班的人从当日名单上去掉了，据说是嗑了某种痴呆药嗨到了九重天上，在当地妓院里为了逞能光脚跳舞时割伤了脚。泽伯本来应该和一个叫罗杰的人搭班，可是进了机厢以后却发现是查克，挺括的拉链和尼龙兜盖披挂上阵，笑意蔓延在马一样的大白牙上，却不在层压板似的眼睛里。

“罗杰接到电话了？”泽伯说，“祖母死了？”

“是父亲，”查克说，“天气真不错。嗨，我给你带了啤酒。”他也给自己带了一瓶，就为了表现得像个普通人。

泽伯咕哝着接过啤酒，拧开盖子。“我得先去撒泡尿，”他说。进了厕所以后他把啤酒全部倒进了洞里。虽然盖子似乎是封死的，但这可以伪造，这年头什么都可以伪造。查克碰过的东西他才不想大吃大喝呢。

“河豚”起飞的过程总是特别复杂。振翼机的螺旋桨和以氢氦气为燃料的汽艇提供爬升的动能，但是诀窍在于等升到足够的高度以后再启动扑翼，掐准时间关闭螺旋桨，否则的话整个机体就会翻滚转圈。

但是那天特别顺利。振翼机按常规飞行，穿行在佩利山脉的座座山谷之间，时不时停下来，用熊最爱的美味轰炸地面；然后再飞到海拔更高的被麦肯齐山环绕的荒原，横跨老输油管道的遗迹，那里偶尔点缀着二战时期建造的电线杆。

振翼机反应良好。它停止扇动机翼，开始绕着卸货点盘旋飞行，机舱也顺利打开了，生物垃圾被倾倒出去。到了最后一个喂食点，两头熊——一只偏白，一只偏棕——已经朝着它们的私人填埋场晃晃悠悠地跑过来了。泽伯能看见它们的毛皮像抖动的粗毛毯那样上下起伏。每次近距离接近它们时总会激起一阵震颤。

泽伯调头向西南方飞行，准备返回白马镇。他把操控权移交给查克，因为闹钟提醒他该去打个盹了。他向后仰躺下来，弹出枕头，合上眼睛，但是他不允许自己睡过去，因为在整个飞行过程中查克表现得过于警觉。在没有发生任何事的情况下你不会一副打了鸡血的样子。

朝着第一座峡谷飞行了差不多三分之二的路程时，查克动手了。通过半闭的眼皮，泽伯看见一只手鬼鬼祟祟地伸向他的大腿，手里握着一样闪光的东西。他迅速站起来，狠狠击向他的气管。但是还不够狠，因为虽然查克大口喘息着——不是喘息，很难描述——虽然他发出那样的声音并扔掉了手里的东西，他还是用两只手掐住了泽伯的喉咙，泽伯又给了他一拳，当然这个当口上没人操纵飞机，在扭打的过程中，腿、胳膊、手肘之类的碰到了什么按钮，这时振翼机收起四只扑翼中的两只，朝一边侧倾，一头栽了下去。

然后泽伯发现自己坐在树底下，盯着树干猛瞧。每一条褶皱的边缘都无比清晰，地衣也是，淡灰色中蕴染着绿影，他又看见一道更深邃的边缘，如此精细……

站起来，他命令自己。你必须站起来走动。但他的身体却充耳不闻。

补给

过了很久——至少感觉上过了很久，像是淌过了透明的泥浆水——泽伯翻过身，手撑在地面上挣扎着站起来，靠住那棵细细长长的云杉。他吐了。之前完全没有察觉到任何不适，毫无征兆地吐了。

“很多动物会这样，”他说，“抗压反应。意味着你不必把能量浪费在消化上。减少负担。”

“你身体发冷吗?”托比说。

泽伯牙齿发颤，全身冻得发抖。他把从查克身上扒下来的羽绒背心套在自己身上。背心破损的情况并不严重。他在口袋里找到了查克的手机，用石头毁掉了所有 GPS 定位和窃听功能。就在他准备动手之际手机响了。他差一点就要接起电话，假装自己是查克了，好不容易才忍住。或许他应该接的，就说泽伯死了。他本来可以打探点消息。两三分钟后，他自己的手机响了，他等铃声停下来以后也把它砸扁了。

除了手机以外，查克还有其他几件玩意儿，但这些泽伯都不缺。小刀、防熊喷剂、驱虫喷剂、太空时代的折叠锡箔救生毯，诸如此类的东西。他运气实在太好了，平时为了应对着陆和遇袭之类的紧急情况而预备的猎熊枪，当时跟查克一道被甩了出来。虽然有禁枪法，但猎熊枪是例外，因为就连公司警那帮混账都知道去那边不带枪等于送死。公司不喜欢“助熊者”，但也不想让它关门大吉，尽管只需动动手指头就行。它能发挥一定作用，给人一星半点希望，目的是让老百姓忽视他们的实际举动，也就是把整个星球铲平，榨取每一滴利润。他们并不反感“助熊者”的标准广告，这些面带微笑的环保皮衣婊向全世界宣扬自己如何广兴善举，如果你们不想承受害死熊的罪恶感，速速把钱送来。甚至连公司也在捐款的行列里。“那时候他们还在努力经营公众良心的形象，”泽伯说，“一旦自己获得了拍板的权力就用不着为这费心了。”

当他看见那把猎熊枪的时候，他几乎立刻停止了打颤。他真想拥抱它，至少有一半希望能活下来了。他没有找到查克打算用来扎他的针头，太可惜了，他很想知道上面涂了什么。很有可能是使人昏迷的毒药。将他清醒的自我冻结住，然后飞到某个污秽的约定地点，等在那里的是天知道受雇于谁的大脑推土机，接着他的神经数据就成了露天矿场，等所有过去盗取的信息和雇主的资料都被榨取出来以后，他拖着用剩的、瘫痪枯竭的空壳，因药物作用丧失记忆，跌跌撞撞地走到某个偏远的、残破凋敝的沼泽地，直到当地人偷走他的裤子，回收他的器官拿去卖钱。

但是就算他把针头拿到手又能怎样呢？拿他自己做测试？还是在一只旅鼠身上扎一针？“不管怎样，起码可以保存起来，预防紧急情况。”泽伯说。

“紧急情况?”托比在黑暗中笑了，“这难道不就是紧急情况吗?”

“不算真正的紧急情况，”泽伯说，“比如说在那里遇上什么人，这才算。疯子才会傻站着理论。”

“口袋里有没有线呢?”托比说，“你永远猜不出什么时候线会派上用场。或者绳子。”

“线啊。有啊，既然你提到了。还有一卷钓鱼线，我们总是随身携带着，外加几枚钩子。引火物。迷你望远镜。指南针。‘助熊者’给了我们全套童子军家当。基础求生工具。但我没有拿查克的指南针。我已经有一个了。你不需要两个指南针。”

“糖块呢?”托比说，“能量口粮?”

“有啊，几小块脏兮兮的能量棒，仿制花生。一包咳嗽糖。我把这些都拿走了。还有。”他停顿了一下。

“还有什么?”托比说，“说下去啊。”

“好吧，我可要提醒你，接下来我要说的事情有点恶心哦。我取走了查克的一部分。我用小刀劈下来的，也可以说锯下来。查克有一件折叠式防水夹克，我用来包住那东西。在荒原上没什么可以充饥的，我们都知道，毕竟我们上过‘助熊者’的课程。有兔子，地松鼠，还有菌菇，但是我没有狩猎采集的时间。不管怎样，光吃兔子也会死人的。他们管这叫兔饥荒。这些东西都不含脂肪。就像那种叫啥啥膳食的，那种纯蛋白质食品。你的肌肉会慢慢溶解。你的心脏也会变得瘦巴巴的。”

“你取走了查克身上的哪个部分?”托比说。她有点惊讶自己居然没有呕吐的冲动。换做以前，当呕吐还是备选之一的时候，她也许会这么做。

“最肥的部分，”泽伯说，“没有骨头纯肉的部分。换成你也会做同样的事。任何有理智的人都会。”

“你会感到不舒服吗?”托比说，“别再拍我屁股了。”

“为什么?”泽伯说，“丝毫没有。换作是他也会这么干的。要是轻轻抚摸呢，像这样?”

“我太瘦了。”托比说。

“是啊，多拍两下对你有好处。我给你弄一盒巧克力来，假设能找到的话。把你喂肥一点。”

“还要附上鲜花，”托比说，“把整套泡妞的仪式都祭出来吧。我打赌你这辈子还没试过呢。”

“你会吃惊的哦，”泽伯说，“我风光的时候还献过花束呢。某种特别的花。”

“继续刚才的话题吧，”托比说。她不愿意去想泽伯的花束，哪种花，或者送给谁。“于是你站在荒原上，与群山遥遥相对，查克的残躯横在地上，一部分落进你的口袋里。那时大概几点？”

“可能是下午三点，或者五点，见鬼，说不定八点也有可能，即便这么晚也依然还有光线，”泽伯说，“我失去时间概念了。那会儿是七月中旬，我之前提过吗？太阳在那里几乎永不落山。只是蘸进地平线，染出一圈美丽的红边。没几个小时又升起来了。那地方还没到北极圈，但是纬度已经足够高到形成冰冻苔原了：树龄有两百年的古老柳树枝叶横陈，状似藤蔓，银莲花正开得灿烂，因为夏天总共只有个把星期。倒不是说我当时有注意到它们。”

他觉得为了掩人耳目还是把查克藏起来为好。于是他重新帮查克套好裤子，塞进一侧机翼底下。他换上了查克的靴子——反正总比他自己的好，而且大致还算合脚——然后把查克的一只脚露在外面，远看会误以为是泽伯躺在那里。依照他的判断，制造出死亡假象更安全，至少可以拖延一阵子。

当“助熊者”中心发现与他们失去联系时，一定会派人前来。极有可能是维修人员。一旦他们发现没什么好修理的，也没有人坐在附近放闪光弹，挥白手绢，他们就会调头离开。当时的时代气氛就是这样：不要为尸体浪费汽油。让大自然自行回收吧。熊会负责照料他们，还有狼啊、狼犬兽啊、渡鸦之类的。

但是“助熊者”不是唯一会过来瞄上一眼的人。很显然，这回的夺脑勾当，查克肯定没和“助熊者”联手。否则的话，早在基地的时候他就该毫不犹豫地动手了，也能得到支援。泽伯早就会是幽灵镇上一具被切除脑叶的空皮囊了，被榨得一滴不剩，假护照，无指纹。事实上他们都懒得做到这一步，因为谁还会念着他呢？

看起来查克的老板一定另有其人，电话从哪里打来的，他们就在哪里。但是到底离这里有多近？诺曼矿井？白马镇？不管在哪儿都必须有飞机跑道。泽伯应该尽快离开坠机地点，找到一个有遮挡的地方躲起来。然而在几近裸露的茫茫冻土上这谈何容易啊。

但是灰北极熊和白北极熊却可以，尽管它们体积更大，但也更有经验。

泵站

泽伯动身了。振翼机降落的山坡缓缓倒向西面。他决定往西走。他的头脑里保存着一张该地域的粗略地图。没有纸质地图这点很吃亏，为了预防数码装置失灵，平时飞行时他总是在膝盖上摊张地图。

冰冻苔原滞涩难行。土壤绵软稀松，饱含水分，到处是隐蔽的池泽，湿滑的苔藓，芒草堆里更是险象环生。泥炭里不时冒出古老的飞机残骸，这里一根支架，那里一片金属，这些残渣都来自二十世纪那些好大喜功的丛林探险计划，飞行员被大雾式突如其来的风卷了下来，已经是很久以前的事了。他看见一朵蘑菇却没下手。他对菌类的知识相当贫乏，但有些蘑菇有致幻作用。邂逅蘑菇神灵，绿色、紫色的泰迪熊扇着小小翅膀朝他飞掠过来，咧开嘴，粉嘟嘟地笑着，还有比这更有益身心的体验吗？今天发生的事情已经够超现实的了。

猎熊枪上好了膛，喷雾剂也随时待命。如果你惊动了一头熊，它会暴起进攻。除非你能令它的眼睛充血①，否则喷雾剂就派不上用场。因此从揿动喷头到开枪只能有极短的空隙。如果你碰到的是灰北极熊，整个流程就像这样。但如果是白北极熊，它会尾随你，然后从背后扑上来。

在一块潮湿的沙地上，他发现一份印刷品，一只左前爪，再

---

① 防熊喷雾的一般成分是辣椒水，它能引起眼膜、鼻子和肺部的肿胀，造成短时间失明，呼吸困难。

往前走几步出现了一坨新鲜的动物粪便。说不定此刻它们正在观察他。它们知道他身上有包带筋的肉，哪怕他裹得再仔细，它们也能嗅出来。它们能嗅出他的恐惧。

尽管穿着查克的极品靴子，他的脚还是湿透了。靴子不像他预计的那般合脚。他想象裹在袜子里的脚板泡成了苍白起泡的生面团。为了让自己不去想这些——熊也好，死掉的查克也好，所有一切——也为了制造噪音警告那些灰熊，这样无论是它们还是自己都不会受到惊吓，他开始唱起歌来。这是他所谓的青年时代遗留下来的习惯，只要被困在黑暗中他就会吹口哨，不管哪种黑暗。物理的黑暗，心灵的黑暗，甚至有光的黑暗。

老爸是个虐待狂，老妈是变态，

闭上眼，睡着就好。

不行，不能睡，就算累成狗也不能睡。他得继续走。硬着头皮大步向前。

傻瓜傻，傻傻瓜，

我真是个疯呀么疯小子。

下坡路上描出一道深色的绿线，指示不远处有溪流。他循迹往前，接二连三地翻过土坡，苔藓地，碎石地；在严冬霜寒天里，土里的卵石都浮到地表上来了。天气并不算太冷，在太阳曝晒下甚至还嫌热，但是他依然冻得直打摆子，像一头湿透颤抖的狗。他不禁拥住穿在身上的查克的羽绒背心。

快走到小溪的时候——这么湍急的水流，都算得上一条小河了——他突然闪过一个念头，万一背心被人动过手脚呢？万一里面缝入了小巧的发报器呢？他们会以为查克还活着，正在移动，虽然不知出于什么神秘的原因没有接电话。他们会派人过来接他。

他脱下羽绒背心，蹚进溪流里，一直走到水流劲急处，然后把背心浸到水里。背心包住空气膨胀起来，沉不下去。他可以在口袋里放几块石头，但是他有个更好的主意，于是任它漂走，渐渐远去。他目送它顺流而下，心想，它看上去多像一只浮肿的怪异水母。或许这不是什么见鬼的好点子。我有些分神。

他掬起一把冷水送进嘴里——别喝太多，不然肚子要闹水灾了——寻思着刚刚是不是喝了一尿壶的海狸热寄生虫。虽然很显然这里不可能有半只海狸。狼会让你染上什么病呢？狂犬病，但不是通过水源传播的。那么溶解的麋鹿大便呢——里面会不会有许许多多细小的蠕虫，在你体内钻咬出隧道来。如果是某种肝吸虫呢？

你干吗站在水里大声地自言自语呢？他问自己。况且是在如此暴露的环境里。他命令自己沿着溪谷笔直走下去。以灌木为掩护，避人耳目。他在脑袋里打着算盘：从查克没接电话开始算起，他手里能有多少时间？或许是两小时，如果你把不明真相时的焦虑、召开远程或其他各种会议、原地踏步、互相扯皮、暗中嫁祸这些因素统统考虑在内的话。所有这些狗屁东西。

这里有一片及肩高的柳树，挡住了风沙侵袭。杂草丛生，蚊虫也不少。据说这些苍蝇、黑蝇和蚊子能把驯鹿逼疯。你会看到它们撒开雪足，漫无目的地在泥沼地里奔突。他用了一些驱虫剂：不是很多，数量有限，得省着点用。只要一路往西走，就会抵达他记忆中的那个地方——如果记忆没出错的话——也就是输油管通道的遗迹。通道已经没剩下什么了，但是他记得，过去他从空中看到沿路还有几栋建筑。一座老旧的泵站，一两间棚屋。

他的目标是一根倾斜的电线杆，古董级别的木制电线杆。旁边躺着一团纠缠不清的铁丝，一具驯鹿的骨架，鹿角拧在一起。再往前走有一只油桶，然后是两只，接着是一辆红色的卡车，除了没有轮胎以外几乎保持原样。很可能是当地猎手捕获的猎物，被装上他们的四驱车运走，那时候他们还供得起长途狩猎的油费。轮胎应该被拿去派某种用场了。卡车是弧形的流线造型，四十年代的款式，那时候通道刚造好不久。二战期间政府计划通过一根管道将燃油输送到内地，以防近海潜水艇的爆破打击。他们从南方召来大批士兵兴建工程，其中有很多黑人。这些人从未经历过零度以下的冰寒，长达五天的暴风雪，以及二十四小时的黑夜；他们一定以为自己来到了地狱。在当地的传说里，三分之一的人都发疯了。即使暴风雪还没来，他也能看见同样的命运在等着他。

一只脚疼得厉害，肯定是长水泡了，但他不能停下来检查。沿着崩塌的道路，灌木丛越长越高，越挨越近，他一路三蹦两跳，不时瞄一眼天空，这时泵站出现了。低矮狭长的建筑，木头的，没有门，但屋顶还在。

赶快躲进阴影里。然后他等待着。在一片死寂之中。

到处散落着废弃的金属残片，碎木头，生锈的铁丝。床原本应该摆在那个地方。扶手椅四分五裂。收音机只剩下外壳，款式是当年流行的面包圈的样子，上头的手柄还留着。汤勺。炉子的残留物。焦炭的味道。阳光透过天花板的裂缝，过滤着尘埃。一丝年代久远的寂寥，几抹褪色的悲情。

等待比走路还难熬。他感到身体的局部在抽搐，他的脚，他的心脏。他听见自己嘶嘶的喘息声。

这时他开始怀疑，某非是谁在他身上动了手脚？哪怕只是作为一种假设，如果查克趁泽伯不注意，把小型接收器滑进他的后袋里，那他现在不就成俎上肉了吗？他们能听见他的呼吸声吧，甚至有可能还听过他唱歌呢。他们会瞄准他，发射迷你火箭，然后淡定地挥散硝烟。

就算如此他也无能为力。

过了一会儿——或许是一小时，——他看见一架奥恩无人机飞了过来。没错，正是从东北方向过来的，诺曼矿井。它直抵失事地点，俯冲了几次，向基地传送图像。然后基地那边的操控者做出了决定。它向被撞毁的、同时也是藏有查克尸体的机翼开火了，砰砰几声巨响，然后炸飞了振翼机剩下的部分。泽伯仿佛能听见他们的对话：没有人存活下来。你确定吗？绝对不可能。两个人都死了？应该是的。无论如何先去确认一下，现在就去地面搜索吧。

他屏住呼吸。但是无人机并没有要追踪漂浮背心的迹象，也无视管道这里的废弃泵站，而是掉头朝来时的方向回去了。他们本打算第一时间赶到，清扫残余，然后赶在“助熊者”的维修机出现之前迅速消失。

它确实出现了，还是那副不紧不慢的老样子。你能不能飞快一点啊，泽伯心想。我肚子饿了。维修机绕着失事振翼机的残骸盘旋着。得了吧，就你这命，活该一辈子倒霉。接着它也离开了，向白马镇回航。

绯色的黄昏降临了，雾气凝聚起来，气温开始下降，此时泽伯已躲进屋里，垫着一块厚金属板稍稍生了点火，免得把屋子烧掉，而且烟雾也会撞到天花板，消散无踪。这样就不会出现泄密的烟柱。他用这个办法让身子暖和一些。然后他煮了点东西，吃了起来。

“就这样了？”托比说，“会不会有点唐突？”

“什么意思？”

“好吧，这有点……我的意思是……”

“你的意思是我竟然吃肉？你转型成素食主义者了？”

“别犯傻了。”

“你要我先做祷告吗？神啊，感谢你造就了查克这个傻蛋，你令查克赐给我所需，以如此无私、虽然绝非故意但蠢到极点的方式。”

“你又不正经了。”

“那就别拿老园丁那套东西来压我。”

“喂，你自己不也是老园丁嘛！你是亚当第一的得力心腹，你是支柱……”

“可我那时还不是呢。操你妈的支柱。不管怎样，那完全是另外一个故事了。”

当然，事情并没有那么简单。泽伯把肉切成小块，串在用生锈铁丝做的扦子上，一边谆谆教导自己：这是营养，纯粹只是营养！难不成你以为没有营养你还能活着从这里出去吗？吞咽是另一个问题。幸运的是，在无视送进嘴里的食物方面，他素来不缺锻炼的机会，尤其是最近在“助熊者”那里吃的大便。说不定还真是大便呢，里面富含的蛆虫干燥一下可是最时髦的蛋白质补品哦。

然而更早以前他就接受过这方面的训练了。在瑞夫的惩戒式教育中，有一条原则是：谁要是满嘴污言秽语，就强迫他把说的那些秽物吃下去。你绝对不敢闻，不敢看，也不敢多想，就像妈妈梳妆台上那三只“非礼勿视，非礼勿听，非礼勿言”的猴子，一瞎，一聋，一哑，蹲在迷你油桶上，爪子盖住相应的洞眼，成为妈妈热衷效法的楷模。你病了吗？你脸上那些是什么？他说，你这狗东西，吃自己的屎吧。他把我的头按进……好了，泽布隆（泽伯的本名），别再编故事了。你知道你父亲不会做这种事的！他很爱你！

打住，该干吗干吗。倒不如想想怎么暖和身子更实际些。角落里有张皱巴巴的防潮纸，用处不大但值得一试。他把它铺在地板上，指望能起到阻挡蒸发、保存热量的作用。干袜子会很有帮助，他支起一顶小小的圆锥形木架，把湿袜子盖在上面，挨着火堆的余烬，一面祈祷着不会烧焦。然后他把几块中等大小的石头放在煤炭里面烤热。做完这些准备工作后，他把冰冷的脚裹进羽绒背心里，展开两块太空反射救生毯，一块是他自己的，一块是查克的，然后蜷着身子钻进去，把热石头垫在下面。关键部位一定要保暖，这是基本要领。别让脚断掉，要知道前头永远有路。记得别让手指头掉下来，否则就无法完成启用小肌群技能的任务了，比如说系鞋带。

泵站外面是不是有什么在咕哝，还有抓门的声音？这里没有大门，任何东西都能长驱直入。狼犬兽，狼，还有熊。可能是烟阻止了它们。他睡着了吗？八成是。天亮得好早。

他一醒来就开始唱歌。

漂到东来漂到西，一条内裤走天涯。

我的甜心浑身毛，

屁股大又肥。

尽管粗哑走调，听起来像动物发情时的嘶吼，但能激发力量。速成型的雄性共同体的连带感。“闭嘴吧，”他对自己说，“你想连死都死得这么猥琐吗？”但很快又反唇相讥，“有什么关系呢，反正没人看。”

他的袜子没有干透，但比起之前好多了。我真够傻的，当时干吗不把查克的袜子扒下来呢，他到现在还记得查克那鱼肚皮似的脚背。他套上袜子，叠起救生毯塞进口袋里——这东西一旦被拆开就再装不回它的小包装袋里了，整理好那堆号称救生工具的破铜烂铁，把野餐的剩余物打包以后，他走到屋子外面小心查看情况。

雾气四处弥漫。惨灰的天色像肺气肿患者的咳嗽。这样也不赖，因为如此一来飞行能见度就降低了，对空中狙击手来说是有效的阻碍。但坏处也不少，比如认不清路之类的。尽管他能做的无非就是沿着黄砖路一直走，只不过没有黄砖，旅途的终点也没有翡翠城①。

---

① 这里的典故是《绿野仙踪》，黄砖路是桃乐丝被指引从小人国到翡翠城，寻求大魔法师奥兹帮助所要走的路。

可行的方向只有两个。东北方向通往诺曼矿井，沿途横七竖八地堆列着从冰川冲刷下来的大石头。西南方向通往白马镇，必须经过寒意料峭、云山雾罩的峡谷。不管往哪个方向走，终点都遥不可及，如果要赌一把的话，他可不会把赌注压在自己这边。但是这条白马镇线路在延伸到育空的领土之后，将会连上一条真正的马路，可以通行机动车辆的马路。在那里搭便车的成功几率更高。或者别的什么。

出发了。他从迷雾中辟出一条路来，尽量不离开破败的碎石地面。如果这是一部电影，他应该会慢慢淡出画面，这时在他头上就会升起片尾字幕。别这么急，再慢一点行不，他还活着呢。“及时行乐吧。”他敦促自己。

我酷爱在婊子的屁股中间游荡，
唱歌来助兴啊，发疯又何妨，
操就要操个爽，啦啦啦……

“你都没把这当回事，”他责备完自己，又顶回去，“你闭嘴吧，我已经听够了。”自说自话可不是什么好兆头。如果还是大声嚷嚷的，那就更糟了。不管怎么说，至少现在他还没神经错乱。然而他凭什么肯定呢？

上午十一点左右，雾气消散殆尽。天空一片蔚蓝，清风阵阵。两只渡鸦在他头顶洒下阴影，时而从高空落下来端详他，交换着不怀好意的议论。它们在等，等什么玩意儿把他吃掉，乘机分上一杯羹。对渡鸦来说，插入第一刀向来不是它们的专长，因此它们总是跟在其他捕猎者的屁股后面混。他吃了一根劲力棒，走到一条溪流那里，桥梁已被流水浸蚀了。现在他不得不做出选择，让靴子湿掉，或者脱掉靴子然后把脚给扭了。他选择靴子，首先得脱掉袜子。水很凉，冰凉的凉。“冷得钻心啊。”他说，就是那样。

他不得不再次作出选择：把袜子穿回去，付出湿透的代价，或者，享受光脚穿靴子步行的“乐趣”，这样一来脚上的水泡会越加严重，这是毫无疑问的。而且很快靴子也会废掉。

“你大致能想象吧，”他说，“一整天差不多就是这类破事儿，反反复复，尽管阳光温煦，清风正好。”

“你走了多远？”托比问。

“这要怎么算呢？在那种地方，公里不算数。就这么说吧，我走得还不够远，”他说，“但那时候我已经两手空空了。”

到了晚上，他蹲在两块大圆石中间度过长夜，冻得瑟瑟发抖，就算身上裹了两条嘎吱作响的金属救生毯，用柳树枯枝和溪边的迷你桦木生了火，统统都不顶用。

当粉扑扑的朝阳第二次露脸时，他手头的库存已经见底了。他不再担心会遇上熊，相反，他开始渴望这种相遇，一头肥肥大大的熊，然后把牙齿埋进它的肉里。他幻想脂油像雪球一样从天空洒落下来，必须是球状的雪粒，而不是雪花。他幻想它们落在他身上，渗入体内的沟沟回回，把他撑得圆鼓鼓的。大脑是由纯胆固醇构成的，他需要补给，不，他渴求。他的视线仿佛可以穿透身体，看见肋骨包住一个空洞，空洞里排满了牙齿。如果他伸出舌头去舔那油脂雨，空气尝起来一定像鸡汤那样美味吧。

在朦胧的暮色中站着一头驯鹿，它看着他，他也看着它。射击的话距离有点远，要追的话他的速度不够快。这些生物可以在泥沼的地表上滑行，脚底像踩着滑雪板一样。

第二天阳光明媚，甚至有点燠热。远处物体的轮廓看起来摇曳不定，宛如海市蜃楼。他还有饥饿感吗？很难说。他能感觉到词语从体内升腾起来，随即蒸发在阳光里。很快他将变得沉默无语。他还能思考吗？能，不能，不能，能。他得挺身面对，面对将眼前展开的虚空填满的一切，不再有语言的玻璃屏障隔开自我与非我。现在非我正突破防线，侵入自我的边缘，将其形态一寸一寸地蚕食掉，并伸出根须钻进他的大脑，如同毛发逆长。很快他就会像苔藓一样失控疯长。他必须不断前进，只有这样才不至于形消神散，依靠他散布在空气中的波动，自发形成冲击波来界定自我。时刻警醒，调整波长，把波长调整到和什么一致呢？和任何他可能遭遇、令他愕然止步的事物。

当他走到第二座被流水浸蚀的桥梁时，在河边低矮的灌木丛里，一头熊幻化为肉身。它不在那里，然而它又在那里，它直起身躯，被惊愕定住，准备好献出自己。它有过咆哮吗？有过怒吼吗？是否散发出恶臭？答案无疑是肯定的，但他完全不记得了。他一定是用喷雾喷射它的眼睛，然后近距离向它射击了，但是没有任何照片记录下这一切。

等他再有记忆的时候，他发现自己正在屠杀那头熊，用那把可怜的小刀干这活着实费劲。鲜血蔓延到手腕，接着该处理熊的宝藏——肉和毛皮了。两只渡鸦远远伫立着，发出嘎嘎的噪音，等着轮到它们。大块的熊肉属于他，剩下的残羹就归它们了。

“别吃太多。”他提醒自己。他一面咀嚼，一面回忆空腹暴食的害处，尤其是如此油腻饱和的食物。“一次只能吃一点。”他的声音听起来仿佛隔了层什么，像是从地下给自己打电话。味道怎么样？管它呢。他连心脏也吃了，这是不是意味着他会说熊的语言了呢？

你就这么想吧，到了第二天，还是第三天之类的，他差不多走了一半的路，说不清到了哪里，尽管他始终坚信自己没有彻底迷路。他为自己弄了双新袜子：真皮袜子，有毛的一面作衬里，用细绳交叉绑在脚上，像漫画里穴居人的摩登玩意儿。除此之外，他还有了皮斗篷，皮帽子，充作睡袋的皮具的重量是所有这些装备的两倍，又沉又腥。他扛着一大坨肉，还有老大一包肥膘。如果有时间的话，他很想把肥膘榨成油水，涂遍全身，结果他只是把油脂挤进嘴里，像口服剂量的燃油。它确实是燃油，他点着过。可以感受到热量在他的血管里奔腾。

“我从此无牵无挂。”他唱着。渡鸦盯住他不放，一路投下阴影。现在变成四只了，他倒是成了带领渡鸦的魔笛手了。“一只蓝鸟停在我的窗棂上。”他对着它们唱歌。他母亲特别喜欢这类曲调轻松欢快的复古垃圾。除此之外，就是充满活力的赞美诗。

这时，沿着前方相对平坦的道路，有什么东西正从远处向他靠近，是一个骑行手。某个在内啡肽的作用下头脑发热、面目沧桑的山地车冒险者。他们偶尔会经过白马镇，在户外用品店扩充装备后再向群山进发，在老输油管道上锤炼坚忍不拔的精神。他们骑到泵站那里停下来，然后再骑回去——这是他们的常规路线，人比来时更精瘦，也更疯癫。有些人会捎回外星人绑架的故事，有些谈论狐狸，还有人抛出在夜阑人静的冰冻苔原上听见有人说话的段子。或者是半人的声音。企图引诱他们。

不对，是两个骑行手。一个远远骑在前头。八成是恋人，他猜测。恋人就喜欢黏在一起。

山地车是好东西。还有挂包，以及里面装的东西。

泽伯藏在溪水边的灌木丛里，等第一个人过去。是个女的，金发，大腿令人联想到女神造型的不锈钢胡桃夹子，全身裹在闪亮紧身的骑行装里。头顶着流线型头盔，被风吹得眯起眼睛，挂在时髦的护目镜上方的两道稀疏的眉毛紧蹙着，透出一股狠劲儿。她骑过去了。一路遇到磕磕碰碰的时候，屁股纹丝不动，似乎做过隆臀手术，现在那个男人过来了，始终保持距离，板着脸一副闷闷不乐的样子。他一定惹她不高兴，知道要吃苦头了。泽伯可以帮他解除苦难。

“啊啦。”泽伯喊了一声，或者类似的。

“啊啦?”托比笑了。

“你懂我的意思就行啦。”泽伯说。

简而言之，过程是这样的：他突然从灌木丛里跳出来，扑到男人身上，披挂着一身熊皮狂吼乱叫。他的目标发出一声窒闷的惊呼，然后是金属碰撞翻倒的声音。没必要再揍这个可怜虫，他已经差不多不省人事了。接下来只需顺走这辆车，连带车座两边对称的挂包，溜之大吉就完事了。

他回过头，看见那女孩停了下来。他想象女孩那张紧闭的嘴巴张成大大的圆形，“哦天哪”的“哦”。现在她会为之前把可怜的男友臭骂一顿的行为后悔不已。她一定会“唰唰”地摆动大腿，奔过去跪在地上服侍他，各种抚摸安慰，擦掉污物，掬一把热泪。那小子会醒过来，和她没戴护目镜的眼睛对视一阵，那个装酷的软蛋，于是之前发生的事就一笔勾销了，管它是什么。之后他们会用她的手机求救。

他们会怎么说？他能想象得出来。

他一路骑下山，转过弯，等到确定自己在视野范围之外以后才把挂包翻了个遍。简直是藏宝箱啊。一大把劲力棒，某种类似奶酪的制成品，备份的防风夹克，带油桶的迷你炉，一双干袜子，还有多余的厚底靴——尺码有点小，不打紧，他可以把脚指头露出来。手机。最棒的是，一个身份，说不定能派上用场。他砸烂了手机，藏到岩石下面，随后继续在冰冻苔原上曲折前行，脚下的山地车踩得嘎吱作响。

幸亏他找到一座被挖开的泥炭丘地，无疑是某只暴怒的灰北极熊的杰作，它们对擅长逃窜的地松鼠毫无办法。他把自己和山地车一同埋进湿黑的泥土里，在土块缝隙间留出一个放风口。经过了漫长潮湿的等待，直升机来了。在盘旋的机身下方，一定是那对颤抖着抱作一团、感激涕零的情侣。然后软梯会降下来，再过一会儿，慢悠悠地贴地飞行的直升机就会把他们带走。这样的故事难道不值得大说特说吗。

他们还真说了。他回到白马镇以后——那时熊皮早就被脱下来沉入池塘里，换上老天赏赐的行头，顺利搭上了便车，面目焕然一新，连发型都改了；他盗取了那个骑行者的身份信息，通过某个记忆中的渠道转移出一笔钱，很快就以这笔钱为本金利滚利，赚得盆满钵满——在这所有一切结束之后，他读到了整个故事。

事实是北美野人确实存在，他们也确实迁徙到麦肯齐荒原了。但不可能是熊，因为熊不会骑山地车。不管怎样，那生物有七尺高，眼睛酷似人类，并且显示出人类智慧的迹象。甚至还有一张照片，用女孩的手机拍的：一团棕色的物体，被红线圈了出来，和周围其他棕色的团块区分开来，特别显眼。

不出一个星期，来自世界各地的大脚信徒自发组织起来，一伙人向发现地点发起远征，筛遍每一寸土地，寻找指纹，几根头发丝，粪堆。很快，他们的领袖会宣布自己掌握了确凿无疑的基因组合，而那些嘲弄者就会暴露出他们的本质，堕落败坏、陈腐过时的真理抗拒者。

很快。

关于泽伯的故事，以及谢谢和晚安

谢谢你们给我带来这条鱼。

谢谢的意思是……谢谢的意思是你们为我做了某件好事。或者你们觉得是好的事。那件好事就给我带来鱼。这样我就会很高兴，但是真正让我高兴的是你们想让我高兴。这就是谢谢的意思。

不，你们没必要再给我鱼了。我现在已经很高兴了。

你们难道不想听泽伯的故事吗？

那你们可得好好听着。

当泽伯从山顶积雪、高大雄伟的群山回来之后，当他剥下熊的皮肤，然后披在自己身上以后，他对熊说了**谢谢**。对熊的灵魂。

因为熊没有吃他，而是允许他吃掉自己，同时也因为它给了他毛皮穿。

灵魂是当你的身体死亡后没有死亡的那部分。

死亡是……当鱼被你们抓住，再被烤熟之后，鱼就死亡了。

不仅仅是鱼会死亡。人也会死。

是的。所有人。

是的，你们也一样。有时候。不是现在。要到很久以后。

我不知道为什么。这是秧鸡决定的。

因为……

因为如果没有死亡，但是所有东西都会生下越来越多的宝宝，世界就会变得很拥挤，不再有多余的空间。

不，你们死的时候不会被放在火上烤。

因为你们不是鱼。

不，熊也不是鱼。它会以熊的方式死亡。而不是以鱼的方式。所以它不会被放在火上烤。

是的，或许泽伯也对羚羊说了**谢谢**。就像对熊那样。

因为羚羊允许他吃掉她的一个孩子。羚羊知道有些孩子会吃掉另一些；因为它们就是这样被造出来的。那些有尖锐牙齿的。所以她知道泽伯也可以吃掉她的一个孩子，因为他很饿。

我不知道泽伯是否对秧鸡说了谢谢。或许你们可以去问泽伯，等你们下次见到他的时候。不管怎么说，秧鸡不负责管熊。羚羊负责管熊。

泽伯穿上熊皮是为了保暖。

因为他非常冷。因为那里更冷。因为那里到处都是山，山顶上有积雪。

雪是水结冻后变成小小的一片片叫做雪花的东西。结冻是水变得像岩石一样硬。

不，雪花和雪人-吉米没有任何关系。我不知道为什么他名字的一部分和雪花很像。

我把手放在额头上是因为我头痛。头痛是脑袋里面有疼痛的意思。

谢谢。我相信吹呼噜会起作用。但是如果你们不再提那么多问题会更有帮助。

是的，我认为阿曼达肯定也在头痛。或者其他什么痛。或许你们可以帮她吹吹呼噜。

今晚的泽伯故事差不多讲到这里吧。看，月亮升起来了。该到你们上床的时间了。

我知道你们没有床。但是我有。所以现在是我的上床时间了。晚安。

晚安的意思是我希望你们能够睡个好觉，早晨平平安安地醒来，没有什么糟心事发生。

好吧，比如说……我想不出你们会遇到什么样的糟心事。

晚安。

伤疤

伤疤

每天晚上给秧鸡人讲完故事后，她独自一人，尽可能低调谨慎、掩人耳目地去与泽伯夜会。然而她可骗不了谁，只要他们是人类。

自然，他们权当成一桩笑话来看。或者那些年轻人是这样，敏狐，蓝莲花，还有克洛泽和谢基……甚至可能还包括瑞恩。甚至阿曼达。被光阴蹉跎的人重燃爱火什么的，无非是茶余饭后的笑料。对年轻人来说，相思病和褶皱的皮肤互不兼容，至少在没有发展成闹剧的情况下。过了某个时刻，融化似的甘甜火热就会变得干硬枯萎，丰饶的海洋会变成寸草不生的瘠土，显然他们一定觉得托比已经过了那个时刻。酿酿草药，采集蘑菇，照料蜜蜂，涂涂蛆虫，摘除树瘤——巫婆一类的角色。这些才符合她的身份。

至于泽伯，比起嘲弄，他们或许更倾向于困扰。从他占据的社会-生物性优势来看，他应该表现得更像一个雄性领袖：扑倒痴醉的妙龄少女是他与生俱来的权利，放倒她们，以那些具有生殖能力的雌性为媒介传递他的基因，而不是托比。他们肯定是在想，到底为什么他要把珍贵的精子包浪费在她身上，而不是更睿智地投资在，比如敏狐的卵巢里呢？显然她的身体语言无不在传达一种讯息，这就是她对待事物的方式：眉目传情，挺耸胸乳，发梢轻扫，展示腋窝。她也应该闪起蓝灯，像那些秧鸡人那样。突然泛起的情欲。

打住吧，托比，她对自己说。事情往往就是这样开始的，在逃亡的奴隶中间，在失事的船只，被围困的城堡里——封闭的圈子：嫉妒，倾轧，舆论墙壁上的一道缺口。敌人乘隙而入，谋杀、阴影纷纷潜入我们忘记锁上的大门，因为我们都被内心的黑暗部分转移了注意力：忙于照料我们无谓的恨意，一味地纵容琐碎的怨怼，互相对骂，砸锅摔碗。

被围困的群体很容易化脓溃烂：反咬，内斗。园丁就这个主题举办过高度警惕谈话会。

即便他们成了情人，托比依然会梦见泽伯离她而去。真实世界里，在她做梦的那会儿他的确离开了，因为在她那个扫帚间一般的小屋里，单人床板容不下他们两个。于是每晚到了半夜，泽伯就会偷偷溜走，像古老的英国乡村闹剧里的人物，在黑暗中摸索着回到他自己窘迫的小屋里。

然而在梦里，他是真的走了。去了很远的地方，没人知道他去了哪里。托比站在泥草屋的护栏外面，望向道路尽头，此时已爬满了葛藤，被倒塌的房屋还有撞毁汽车的碎片堵截。她听到有个声音轻声说，还是在哭泣？“他不会回来了，”一个模糊的声音说道，“他永远不会回来了。”

是女人的声音：瑞恩？阿曼达？还是她自己？这幅图景充满甜美的、多愁善感的风格，像一张蜡笔画的贺卡——清醒的时候她必定会恼怒，但是梦里却毫无讥讽感。她哭得那么厉害，以至于衣服都被泪水浸透了，荧光闪闪的眼泪，宛如蓝绿色的瓦斯火苗，在眼前浮现出的黑暗里摇曳着，她是在洞穴里吗？然而此时，一只硕大的猫形动物跑过来安慰她。它往她身上磨蹭着，呼气如风。

她醒来的时候发现房间里多了个秧鸡人小男孩。他解开了缠在托比身上的潮湿的被单，此刻正轻柔地抚摸着她的腿部。他闻起来像橘子，或者类似的什么。柑橘类空气清新剂。他们闻起来都是这个味道，但年纪小的气味更浓烈。

“你在干什么？”她尽可能使声音保持镇定。我的脚指甲脏得吓人，她心想。不但脏，而且像锯齿一样参差不齐。记得把指甲剪放到“拾穗清单”上去。和这孩子手上如初生般娇嫩的皮肤相比，她的皮肤更粗糙难看了。他的身体里面在发光吗，还是说他的皮肤是如此细致白皙，足以折射光线？

“哦托比，你下面有腿呢，”男孩说，“和我们一样。”

“没错，我有。”托比说。

“你有乳房吗，哦托比？”

“是的，我也有。”她微笑着说。

“是两只吗？两只乳房？”

“是的，”她忍住没添上一句，“眼下还是。”难道他以为是一只，或者三只，或者说四只、六只，像狗那样？他曾经凑近看过狗吗？

“你的两条腿中间会有婴儿跑出来吗，哦托比？在你变成蓝色以后。”

他是在问像她这样的非秧鸡人能不能生孩子，还是在问她能不能生？“如果我再年轻一些，或许会有婴儿跑出来，”她说，“但现在不行。”然而对她来说年龄并不是最根本的原因。如果她的人生不是这样。如果她那时不那么需要钱。如果她生活在另一个宇宙里。

“哦托比，你哪里不舒服吗？你受伤了？”男孩抬起他那漂亮的胳膊搂住她。那奇怪的绿眼睛里含着的是眼泪吗？

“没事的，”托比说，“我不会再为此受伤了。”过去当她还住在废市的时候，在园丁接纳她以前，为了付房租她卖过卵子。发生了感染事故。她未来可能有的孩子，都被断绝了可能。当然，她早在很久以前就埋葬了自己的悲伤。如果还没有，她应该这么做。从整体处境来说——曾经被视为是人类种族的处境——这种情绪理当被视为毫无意义。

她差点就要补充一句，“我有伤疤，在里面，”但她克制住了自己。什么是伤疤，哦托比？这会是下一个问题。然后她将不得不解释伤疤是什么。伤疤就像是在你身上书写。它告诉你在你身上曾经发生过什么，例如你身体上的一道伤口，流出血的地方。什么是书写，哦托比？书写就是在一张纸上做记号，或者一块石头，任何平坦的表面，比如说沙滩上的沙子，每个记号对应一个发音，这些发音汇总起来就变成词语，词语汇总起来就具有了意义……你怎么才能书写呢，哦托比？你用键盘，哦不是，过去使用笔或者铅笔，铅笔就是……或者用小树杈。哦托比，我不明白。你在你的皮肤上做了一个记号，你割破皮肤，然后有了伤疤，然后那个伤疤变成了声音？它会说话，它会告诉你事情？哦托比，我们能听到伤疤说什么吗？教我们怎么让伤疤说话！

不，她应该避开所有关于伤疤的话题。否则这些秧鸡人可能会受到启发开始在身上划刀子，看能不能放出声音来。

“你叫什么名字？”她问小男孩。

“我叫黑胡子。”男孩神情肃穆地说。黑胡子？那个臭名昭著、杀人如麻的海盗[①]？这甜美的孩子？一个长大以后绝无可能长胡子的孩子？秧鸡在他的新人类里去除了体毛。许多秧鸡人都有奇怪的名字。据泽伯说，给他们起名字的是秧鸡。秧鸡是有股扭曲的幽默感。不过话说回来了，鉴于他们整体的异常性，为什么他们就不能有奇怪的名字呢。

“我很高兴认识你，哦黑胡子。”她说。

“你会吃便便吗，哦托比？”黑胡子说，“像我们那样？为了

---

① 16世纪到17世纪初的海盗，传说他拥有无数宝藏，为人心狠手辣。他的事迹后被改编成很多小说和电影。

更好地消化青草?"

什么便便?可食用粪便吗?怎么没人警告过我这个!"你该回去找你妈妈了,哦黑胡子,"托比说,"她一定很担心你。"

"不,哦托比。她知道我和你在一起。她说你人很好,又温柔。"他笑了,露出完美无瑕的牙齿。简直摄人心魄。他们太吸引人了,就像修图后的化妆品广告。"你像秧鸡一样好,像羚羊那样温柔。你有翅膀吗,哦托比?"他伸长脖子,试图看她的背后。说不定之前那个拥抱也是,为了偷偷试探她背后有没有毛茸茸的短茬,日后会像开苞一样吐出翅膀来。

"不,"托比说,"我没有翅膀。"

"等我长大以后,我要和你交配,"黑胡子说,他像是在大无畏地献身一般。"即便你……即便只有一点点蓝。然后你会有个宝宝。他会在你的骨穴里长大!你一定会很高兴!"

只有一点点蓝。这意味着他一定在相对意义上看出了她的年龄,虽然秧鸡人的语言里没有表示"老"的词语。"谢谢,哦黑胡子,"托比说,"好了,你快点回去吧。我得吃早饭了。然后我必须去看望吉米——我必须去看望雪人-吉米,看他是否好些了。"她站起身,顿了顿脚,以示男孩可以离开了。

无疑这不是男孩明白的信号。"什么是早餐,哦托比?"他说。她忘了,这些人没有用餐这种概念。他们放牧,像食草动物那样。

他瞅瞅她的望远镜,用手指戳了戳她那堆床单。现在他开始抚摸她的来复枪了,她把它放在屋子角落里。很像普通人类孩子的行为:四处溜达,信手把玩各种东西。"这是你的早餐吗?"

"别碰那个!"她语气有些尖锐。"这不是早餐,这是个特殊的东西,是用来……早餐是我们在早上吃的东西——和我同类的人,有额外皮肤的。"

"是鱼吗?"男孩说,"你说的早餐?"

“有时候是，”托比说，“但是今天的早餐，我要吃动物身体的一部分。有毛的动物。或许我会吃它的腿。里面有根臭骨头。你一定不想看到这样的臭骨头吧？”她说。这样就能摆脱他了。

“不想。”男孩不是很有自信地说。他皱起了鼻子。然而，他看上去似乎被吊起了胃口：谁不想从窗帘后面偷看巨魔的恐怖料理呢？

“现在你可以走了。”托比说。

但他依然磨蹭着不走。“雪人-吉米说，以前混沌里的坏人吃羚羊的孩子，”他说，“他们杀了又杀，吃了又吃。他们总是在吃它们。”

“没错，他们的确是这样的，”托比说，“但是他们吃的方式是错误的。”

“那两个坏人也是用错的方式吃吗？那两个逃走的人？”

“是的，”托比说，“是这样没错。”

“你是怎么吃的，哦托比？羚羊孩子的腿？”他那大大的眼睛定在她身上，仿佛她会吐出尖牙，朝他扑上来。

“用正确的方式。”托比说，暗自希望他别问什么是正确的方式。

“我看到过一根臭骨头。它就在厨房后面。这是早餐吗？那些坏人也吃这种骨头吗？”黑胡子问。

“是的，”托比说，“但是他们还会做别的坏事。许多许多坏事。更糟糕的事。我们必须得多加小心，而且不要一个人去森林。如果你看到那两个坏人，或者和他们很像的人，你必须马上过来告诉我。或者告诉克洛泽，或者阿曼达，或者瑞恩，或者象牙喙比尔。我们当中的任何一个。”关于这点，她已经对所有秧鸡人重复过好几次了，包括那些成年的秧鸡人，但不确定他们究竟听进去多少。他们凝视着她，点点头，嘴巴里一面缓缓地嚼着，仿佛在思考一般，但是他们看起来并不害怕。这点颇令人担心，他们缺乏恐惧感。

“除了雪人-吉米和阿曼达，”男孩说，“我们不能告诉他们。因为他们病了。”至少他能够领会到这个程度了。他停顿了一下，似乎在思考。“但是泽伯可以把坏人赶走。然后一切都会平安无事。”

“是的，”托比说，“然后一切都会平安无事。”现在秧鸡人已经在泽伯身上构筑起惊人的信心。很快他就会变成全能者，能解决所有问题；这有点棘手，因为很显然他并不能。甚至连我也不这么认为，托比心想。

然而提起泽伯的名字似乎让他安心了不少。他再度绽开笑颜，举起手，轻轻一挥，像一位年迈的总统，骑兵队伍中间的女王，又像电影明星。他从哪里学会这个手势的？此刻他正悄无声息地朝着门边后撤。直到绕过转角为止，他都没有把视线从托比身上移开。

我是不是吓着他了？当他回到那群人中间时，会不会大讲恶心人的惊险故事呢，就像真正的孩子——孩子会做的那样？

自然生态厕所

主屋外面的生活还在继续。其他人应该早就用完了早餐，虽然敏狐和象牙喙比尔还没有离席，两人正你来我往地打得火热，可悲的是她权当练手，而他却真心投入了。

托比找了一圈，但是哪里都没见着泽伯的影子。或许他在冲澡吧。克洛泽正准备带一群魔发羊出去放牧；吸蜜蜂鸟也跟着去，背着喷枪，背上裹得严严实实。吉米的吊床挂在树下面，由三人组的秧鸡人看守着。

蓝莲花和瑞恩在帮忙搭建泥草屋的附加建筑物。疯癫亚当们投票决定增加隔间的数量。新屋子将会盖得更宽敞一些，更像真正的房子。屋子的核心结构被打造成怀旧的风格。刻意的仿古，好比水泥塑的恐龙。过去这里曾是举办“生命之树自然物材交易会”的地方，托比还记得以前她跟着园丁，一道在这里兜售他们的回收再利用肥皂，还有醋，蜂蜜，菌菇，屋顶蔬菜什么的，那时候还有购买这回事，以及购买东西的人，还有出售以及出售东西的人。

我应该去附近找找有没有蜜蜂，她心想。一定有逃出来的，栖息在树上。蓄养新的蜂群既有助于情绪安定，也有实际用途。

泥草屋的搭建必须按步骤进行。今天上午，瑞恩和蓝莲花在一个有米老鼠装饰的浅水游泳池里把泥土、稻草和沙子搅拌在一起。木材框架已经搭好了，涂泥浆的工作必须分批次进行。每干燥一层泥浆都得视当天下午的雷雨状况而定。幸好他们捡回来一些可以做遮盖的塑料垫子。

阿曼达坐在她们俩旁边，手放在膝盖上，什么也不干。她经常这样，什么也不干。或许她正在慢慢复原，就像慢火熬煮一样，托比心想。或许以那样的方式，最后的结果会更好。至少现在她的体重增加了一点。在过去几天里，她也算付出了一定的努力：拔出一两根野草，摘下奇怪的鼻涕虫或者蜗牛。在伊甸之崖屋顶花园的时候，他们把“我们的食素者同伴再安置”到大街上——祷词是这么说的，蜗牛也有权利生存下去，虽然它们可能会出现在不合适的地方，比如说在沙拉碗里，有可能面临被嚼食的危险。但现在它们数量多到惊人，每株植物似乎都在自发地长出鼻涕虫和蜗牛，因此一般情况下，通过某种未被宣之于口的默契，他们的下场都是被扔进盐水里。

阿曼达似乎有些享受这项工作，虽然尽是些翻滚啊，吐泡泡啊。但是盖房子对她来说过于吃力了。她以前那么坚强，无所畏惧。她曾经是精悍的废市老鼠，跌打滚爬地生存下来，没什么是她对付不了的。她和瑞恩两个人比，瑞恩一直是怯懦胆小的那个。无论阿曼达遭遇到了什么，那两个彩弹手对她做了什么，那一定极尽残酷。

几个小秧鸡人在一旁围观泥土搅拌，不消说，他们肯定会抛出各种问题。*为什么你要那样做？你在做混沌吗？那些是什么，它们头上圆圆黑黑的东西？什么是米老鼠？但它们长得不像老鼠，我们见过老鼠，老鼠没有白色的手*，诸如此类。他们在疯癫亚当领地上发现的每样东西都是惊奇之源。昨天，克洛泽在放牧的路上想尽法子拾回了一包烟，打那以后秧鸡人就没消停过。*他点着了一根白色的棍子！他把它放进了嘴里！他在烟雾里呼吸！为什么你要这么做，哦克洛泽？烟不是用来呼吸，而是用来烤鱼的*，等等。

“告诉他们这是秧鸡教的，”托比说，于是克洛泽照做了。秧鸡战略总是屡试不爽。

几个秧鸡人——其中有几个女性，还有几个小孩——待在曾经的游乐场上，靠近泥草屋的边防线，一点点啃食垂挡在秋千上的葛藤。葛藤是他们喜爱的植物之一，说明秧鸡很有远见，很长一段时间他们都不愁没得吃了。红色的塑料板几乎完全露出来了，孩子们抚摸着它，仿佛它是活的一样。要不是多亏他们大嚼一番，谁还记得那里有台秋千架。

托比朝生态厕所走过去，一方面因为有此需要，另一方面在敏狐离席之前她不想过去吃早饭。她有意识地克制自己使用“荡妇”这个词：女人不应该对其他女人使用这个词，尤其是在没有特殊原因的时候。

真的没有原因吗？她听到自己内在的声音在说：荡妇。你知道她看泽伯时的样子。她的睫毛就像俗称“维纳斯睫毛”的捕蝇草，还有斜扫放电的眉眼，令人不由想起过时低俗的机器人妓女广告片：抗菌纤维，百分百液体冲刷，真人呻吟，抓握力仪表，为你带来极致满足。

她深吸了口气，唤醒她在园丁时代的冥想训练。她想象愤怒像蜗牛触角一样顶出皮肤，接下来再让怒气的小小花蕾凋谢，散落殆尽。她朝敏狐的方向看过去，宽容地笑了。你想要的无非是滚个床单而已，你想捕获他，仅仅是要证明自己有这个能力。你想把他挂在你的光荣柱上。你不了解他，你不明白他的价值，他不是你的，你不知道我等了多久……

有什么意义呢？谁会在乎？这里不存在忠诚和所有权。她没有权利要求什么。如果泽伯倒在敏狐床上，甚至急切地爬上去，哪怕陷入那张床里，她唯一可以说的，就是无话可说。就她所知他已经在脚踏两只船了，留她沉浸在事后甜美的倦意里——然而他们是不是有点太像好哥们了，是不是多了几分同志般的情谊？——自己却仍秘密地饥渴着。于是他没入黑夜，钻入另一道门里，迫不及待地塞进欲火如焚的敏狐。

想到就痛苦地无法忍受，所以她不会去想。不会想，也不可以去想。

生态厕所原本就是公园附属设备的一部分。分成男士用三个，女士用三个。他们的太阳能零件还在工作，给紫外线LED灯和排气扇的马达供电。只要这些厕所还能用，疯癫亚当们就不用挖掘室外粪坑了。幸运的是，这附近可以捡到足够的卫生纸，在瘟疫爆发后的洗劫阶段，这些不算重点抢劫物品。一卷卫生纸顶什么用？又不能拿来喝个烂醉。

厕所的墙壁上依然布满了废市特有的涂鸦。上面是好几代人的笔迹，一层叠上一层。有段时间，那些正派的人曾试图刷掉这些涂鸦，然而那些在性表达方面采取无政府主义的孩子们只消一个小时就可以毁掉一名员工花三天粉刷的白墙。

致达因，我是你的婊子，你是我的国王。

我满脑子都想肏你。

枭蛋的警察

劳瑞斯是只破鞋

我希望你被100 000只斗牛强奸

在这面厕所墙上，都是智慧的讲话，写的人搓屎球，看的人吃屎球。

给我打电话/对你$最好/你连着尖叫24/7，然后死在一池子口香糖里

滚远点，否则我刀你

还有这种羞涩的未完成作品：试着去爱这个世界需要

吃什么，在哪里拉屎，如何遮风挡雨，要杀死谁，杀死什

么：这些莫非才是最基本的？托比思考着。这是我们踏上的道路，还是堕落的方向，抑或是回去的归途？

你爱谁？谁爱你？谁又不爱你？好好想想，谁对你恨之入骨？

眨眼

树底下，吉米还在熟睡。托比测了他的脉搏，已经安定下来了。脚上的伤口不再化脓，给他换了一批蛆虫，把掺了罂粟花奶的蘑菇萃取物敷在他身上。

一圈椅子把吊床围了起来，仿佛吉米是宴会上的主菜：一条大鲑鱼，或者盛放在盘子上的野猪。三个秧鸡人在轮流给他吹呼噜；两男一女，皮肤分别是金色，象牙白，檀木黑。每过几小时这些人就会变个模样。难道吹呼噜是有限度的，是不是像电池那样必须充电？当然，他们需要去吃草喝水，但是吹呼噜本身是否也有一定的能率呢？

我们永远不会知道，托比心想，一面捏着吉米的鼻子让他张开嘴巴。不可能给他们绕上电线，对他们的大脑进行科学研究。以后都不可能了。对他们来说倒是件好事。过去他们曾被竞争对手的公司从“天塘”绑架过，注射，电击，插入探针，最后切成片，研究他们是如何组成的。观察行为的动机，吹呼噜的原理，还有，如果有的话，生病的原理。他们的最终归宿是成为冷冻箱里的 DNA 切片。

吉米咽下汁水，叹了口气；左手抽搐了下。“他今天状态如何？”托比问那三个秧鸡人，“他到底醒过没有？”

“没有，哦托比，”金色皮肤的男人说，“他正在旅行。”此人有一头明亮的红发，修长的四肢。除了肤色，他看上去就像儿童故事书上走出来的人物。一则爱尔兰童话。

“但他现在停下来了，”檀木黑肤色的人说，“他爬上了一棵树。”

“不是真正的树，”象牙白肤色的女人说，“不是他现在待着的这棵。”

“他去这棵树上睡觉了。”檀木黑男人说。

“你的意思是他在睡梦中睡觉？”托比说。听上去有问题，这不可能。“在梦里面他待在树上？”

“是的，哦托比，”象牙白女人说。三双温顺的绿眼睛齐刷刷地凝视着她，仿佛她正在缠一团毛线，而他们是三只厌倦的猫。

“或许他会睡很久，”金色男人说，“他被困在那里了，在那棵树上。如果他不能醒过来，然后赶到这里来的话，他将永远无法醒来。”

“但是他正在好转！”托比说。

“他很害怕，”象牙白女人用一种就事论事的语气说，“他害怕这个世界的一切。他害怕坏男人。他害怕猪。他不想醒过来。”

“你能对他说说话吗？”托比说，“你能告诉他还是醒过来比较好吗？”试一试总归没有坏处。或许他们之间有某种无声的交流，可以传到吉米那里，不管他在哪里。一种波长，或者振动。

然而此刻他们不再看着她。他们看着瑞恩和蓝莲花，她们正朝这儿走过来，拖着阿曼达一起，她躲在后面。

三人在空椅子上坐下来，阿曼达有些犹豫。瑞恩和蓝莲花干完工地活身上沾满泥污，而阿曼达却是一尘不染。其他两个每天早上帮她洗澡，为她挑选干净床单，帮她梳头。

“我们想要不休息一下，来看看吉米，”瑞恩说，“看看雪人-吉米的状态如何。”

女秧鸡人露出开怀的笑容，而男秧鸡人笑得就没那么开怀了。现在，如果有泥草屋的女人在场，秧鸡男性就会变得很紧张。虽然他们已经懂得肆意群交是不被允许的，但却不知道他们应该怎么做。眼下他们开始窃窃私语，撇下女秧鸡人包办吹呼噜的活。

她是蓝色的？有一个是蓝色的。其他两个有一阵是蓝色的，我们用自己的蓝色和她们结合，但这不能让她们高兴。她们和我们的女人不一样，她们不开心，她们很伤心。她们是秧鸡造出来的吗？为什么秧鸡让她们变成这样，于是她们就不开心了呢？羚羊会照顾她们。如果她们不是我们的女人，羚羊会照顾她们吗？等雪人-吉米醒过来，我们要问他这些事情。

我情愿变成墙上的苍蝇，托比心想。也好过听吉米为秧鸡对待男性，或者准男性的方式辩护。

"吉米，雪人-吉米会好起来吗？"蓝莲花问。

"应该会吧，"托比说，"这取决于……"她不想说"免疫系统"，因为秧鸡人会听见。（什么是免疫系统？就是某些在你自身里面，会帮助你，让你变得强壮的东西。我们在哪里可以找到免疫系统？它是秧鸡发明的吗，是他给我们带来免疫系统的吗？等等）"这取决于他的梦境。"秧鸡人没有发表评论。到目前为止，一切进展顺利。"但我不确定他能否很快醒过来。"

"他需要吃东西，"蓝莲花说，"他太瘦了！他不能什么都不吃。"

"你可以在没有食物的情况下撑很久，"瑞恩说，"他们不是会斋戒吗，那些园丁？可以维持几天。几个星期。"她靠过去，伸出手理理他的头发。"我希望可以帮他洗个澡，"她说，"他都发臭了。"

"我觉得他好像说了什么。"蓝莲花说。

"那不过咕哝而已，我们可以用海绵给他洗一下，"瑞恩说，"就像海绵擦身澡那样。"她又靠前一点。"他看起来像是在发抖。可怜的吉米。但愿他不要死。"

"我有给他补水，"托比说，"这里有蜂蜜，我喂他吃这个。"为什么她听起来像护士长？"我们有帮他洗澡，"她辩解道，"我们每天都帮他洗。”

“不管怎么说，他身上没那么烫了，”蓝莲花说，“他的体温正在下降。你觉得呢？”

瑞恩摸摸吉米的额头。“我说不上来。吉米，你能听见我吗？”所有人都在看着，吉米没有动静。“我觉得他身上是温热的。阿曼达？你有什么看法。”她试图让阿曼达参与进来，引发她对事物的兴趣。托比心想。瑞恩一直是善良的孩子。

如果她是蓝色的，那个莲花什么，我们应该和她交配吗？不，我们不能。不要对她们唱歌，不要采花给她们，不要对着她们摇鸡巴。这些女人会惊声尖叫，即使我们送上一枝鲜花，她们也不会选我们，她们不喜欢摇晃的鸡巴。我们不能令她们快乐，我们不知道她们为什么要尖叫。但有时候她们不是因为恐惧而尖叫，有时候她们……

“我需要躺一会儿，”阿曼达说。她站起来，跌跌撞撞地朝泥草屋走去。

“我很担心她，”瑞恩说，“她今天早上吐了，吃不下任何东西。相当严重的灵息。”

“或许是她吃的东西有问题，”蓝莲花说，“我们需要其他更好的方式来清洗餐具，我不知道这水……”

“快看，”瑞恩说，“他眨眼了。”

“他听见你了，”象牙白女人说，“他听见你的声音，现在他开始走路了。他很快乐，他想和你在一起。”

“和我？”瑞恩说，“真的吗？”

“是的。看，他笑了。”他的脸上确实露出了笑容，或者微笑的痕迹，托比心想。虽然也有可能只是打嗝，像婴儿那样。

象牙白女人挥手赶走一只停在吉米嘴上的蚊子。“他很快就会醒来了。”她说。

泽伯在黑暗中

泽伯在黑暗中

此刻是晚上。托比避开了和秧鸡人例行的故事时间。这些故事让她伤透了脑筋。不仅仅因为她不得不带上那顶荒谬的红帽子，吃那条仪式性的鱼，有时候你很难说是不是有妥当地料理过。而是因为她需要捏造的东西实在太多了。她不喜欢说谎，她并非刻意说谎，不是那种，但她在更黑暗、也更纠缠不清的现实边缘游走。好比烤吐司时尽量在不烤焦的情况下烘透。

"我明天来，"托比说，"今晚我要为泽伯做一件重要的事情。"

"你要做的重要的事情是什么，哦托比，我们想做你的帮手。"至少他们没问什么是**重要的**，他们似乎形成了与此相关的概念：介于危险和可口之间的某处。

"谢谢，"托比说，"但这件事只有我才能做。"

"和坏男人有关吗？"小黑胡子说。

"不，"托比说，"我们有好几天没看到坏男人了。或许他们已经走远了。但是我们必须多加小心，一旦看到就要通知大家。"

一头魔发羊不见了，克洛泽私下告诉她，红色的、扎辫子的那只。但或许她只是在吃草时走散了而已。或者是一只狮羊干的。

或者更糟。托比心想。兴许是人类干的。

天气闷得快要窒息。下午的雷暴雨也没能清走湿气。通常在这种情况下——什么又算*通常*？——这样的天气应该会榨干情欲的威力，仿佛被蒙在潮湿的席子下面。照理说，她和泽伯应该会觉得瘫软虚脱，疲惫不堪才对。但恰恰相反，他们比平时更早溜出众人的视线，湿滑欲就，每个毛孔都在渴求甘霖，每根毛细血管都鼓胀开来。简直像在一汪泥水里扑打翻滚的蝾螈。

此刻是深夜。紫色的黑暗从地面上升起，蝙蝠振翅飞过，像皮身的蝴蝶。夜晚的花开放了，空气里飘着一股麝香气。他们坐在菜园里，吹吹晚风，或者那里有的别的什么。两人随意交握着手指。托比能感觉到——现在依然觉得——微弱的电流通过彼此的身体。彩虹色的小蛾子在头上嗡嗡盘旋。我们闻起来是什么味道？她不由揣想。像蘑菇？碾碎的花瓣？还是像露水？

“帮我想想办法吧，”托比说，“我需要更多信息，总得继续下去，为了那些秧鸡人。他们对有关你的话题向来永无餍足。”

“比如说？”

“你是他们的英雄。他们想要听你的生平故事。你伟大的出身，神灵般的丰功伟绩，你最喜欢的食谱。你就像他们的王。”

“为什么是我？”泽伯说，“我以为秧鸡已经除掉这些东西了。他们应该不会有兴趣才对。”

“不管怎么说，他们就是有兴趣。他们对你入迷了。你是他们的摇滚巨星。”

“见鬼去吧。你就不能随便扯上一通？”

“他们像律师一样验查旁证，”托比说，“起码我需要一些基本信息。原始材料。”她想要了解泽伯是为了秧鸡人还是为了她自己？都是。但主要是为她自己。

“我这人向来不掩饰。”泽伯说。

“别敷衍了事。”

泽伯叹了口气。“我讨厌去想过去的事情。我努力把日子过下去，而不是重活一遍。谁在乎这些呢？”

“我在乎，”托比说。还有你自己，你依然很在意。“我听着呢。”

“你可真是坚持不懈啊，”

“我有整晚的时间。说起来，你出生在……”

“没错，我承认，”他又叹了口气，“好吧。首先你要明白：咱俩都有个糟心的老妈。”

“糟心？怎么说？”她瞧着他那张已经无法看清的脸。颧骨勾勒的面目。一团阴影。闪烁的眼睛。

关于泽伯出生的故事

我已经戴上了雪人的红帽子。我吃了鱼。倾听过那些“亮晶晶的东西”。现在我来讲讲泽伯出生的故事。

你们没必要唱歌。

泽伯不是从秧鸡那里来的，他和雪人不一样。他也不是羚羊造就的，不像兔子。他是被生出来的，和你们出生的方式一样。他在骨穴里发育成形，像你们一样，然后从骨头通道里钻出来，像你们一样。

因为在“衣肤”下面，我们和你们一样。几乎一样。

不，我们不会变蓝。虽然有时候我们闻起来是蓝色的。

我不认为现在有必要讨论蓝色阳具的事情。

我知道它们变大了。谢谢你们向我指出这点。

是的，我们有乳房。女人有。

是的，有两个。

不，现在我不会给你们看。

因为这个故事不是讲乳房的。这是关于泽伯的故事。

*

在很久很久以前的混沌时期——在秧鸡把它清除掉之前——泽伯住在他母亲的骨穴里。那里有羚羊照看他，正如她会照看所有居住在骨穴里的生物一样。之后，他经过骨头通道的旅行，来到这个世界上。然后他成了一个小婴儿，再然后他长大了。

他有一个哥哥，名叫亚当。但是亚当的母亲和泽伯的母亲不是同一个人。

因为在亚当年纪还很小的时候，亚当的妈妈从亚当的父亲身边跑路了。

跑路的意思是她以很快的速度去了另一个地方。虽然她或许并没有“跑”。或许她是用走的，或者驾驶……于是亚当再也没有见过她。

是的，这对他来说肯定很难过。

因为她不止想和一个男人配对，不仅仅是和泽伯的父亲。或者泽伯的父亲是这么告诉他的。

是的，有这种愿望是件好事，她和你们在一起一定会很幸福。她可以同时和四个男人配对，像你们那样。她会非常非常开心！

但是泽伯的父亲并不这么认为。

因为他和她做了一件叫做结婚的事。结婚意味着一个男人配一个女人，一个女人配一个男人。虽然有时候不止一个，但这是不应该的。

因为那是混沌。混沌就是这样的。所以你们无法理解。

结婚已经消失了。秧鸡把他清除了，因为他觉得很愚蠢。

愚蠢的意思是秧鸡不喜欢。秧鸡认为愚蠢的事情还有很多。

是的，好心善良的秧鸡。你们再唱歌我就不继续往下说了。

因为这会让我忘记要说什么。

谢谢。

就这样，后来亚当的父亲找了一个新的女人结婚了。然后泽伯出生了。小亚当不再孤单，因为他有了弟弟。亚当和泽伯扶助彼此。但是泽伯的父亲有时候会伤害他们。

我不知道为什么。他认为痛苦对孩子有好处。

不，他没有那两个伤害阿曼达的坏男人那么坏。但他不是一个善良的人。

我不知道为什么那时候会有不善良的人。混沌就是这样吧。

泽伯的母亲经常打瞌睡，或者做其他她感兴趣的事情。她对小孩子不是特别感兴趣。她说：“你这个死妈货。”

死妈货的意思很难解释。意味着她对他们做的事很不满意。

不，泽伯没有杀死他的母亲。死妈货只是一种说辞而已。她经常挂在嘴边。

为什么她要说假话？是因为……有些人就是这么说的。这跟是真是假无关。算是介于两者之间。或许有些人以这种方式来表达某种情感。这是一种惯用语。惯用语的意思是……

你们说的没错。泽伯的母亲也不是善良的人。有时候她会帮泽伯的父亲把泽伯锁进衣橱里。

锁进的意思是……衣橱的意思是……那是一个小房间，里面很黑，泽伯出不来。或者他们认为泽伯出不来。但是泽伯很快就学会了怎样打开锁住的门。

不。这位母亲不会唱歌。她和你们的母亲不一样。还有你们的父亲，以及你们。

但是泽伯会。他被锁在衣橱里时干过的所有事情里面，其中一件就是唱歌。

岩石圣油教的耗子

泽伯的母亲特雷迪是个温良恭俭的好女人。而亚当的母亲费内菈则是水性杨花的破鞋。或者特雷迪和瑞夫是这么吹的。由于两人都把泽伯说得一无是处，把自己塑造得道貌岸然，泽伯自然以为他是被领养来的。因为他不可能出自如此高洁的基因。

他曾经在白日梦里想象自己被费内菈抛弃，她才是自己真正的、不中用的母亲。她被迫离开，走的时候过于匆忙，以至于没法把他一道拎走——她把他装进纸板箱，放在别人家门口，就为了等那个叫特雷迪的女人把他带走，再肆意践踏。她和泽伯没有血缘关系，却撒谎说他们有。费内菈——无论她身在何方——深深地后悔抛弃了他，打算一旦站稳脚跟就回来把他带走。然后他们会一起去很远、很远的地方，把瑞夫讨厌的行为统统干个遍。他看见他们坐在公园长椅上，吃着甘草味麻花冰淇淋，快乐地擦擦鼻子。只是举个例子。

但那时候他还小。一旦他搞明白了遗传学问题，他得出的结论是，特雷迪偷偷和一个拿扳手的修理工搞过了，此人同时还是入室行窃犯和小贼。要不就是个园丁：她曾经使唤过墨西哥非法移民，他们有着和泽伯一样的黑发。她克扣工钱，让他们在她的岩石花园里转着手推车翻松土壤，拔除灌木，倾倒更多石头。这是她在照料和培育方面唯一有兴趣的活动，至少就泽伯所知而言。她总是和其中一个巧舌如簧的年轻除草工待在一块儿，不然就是用热醋捣毁蚁巢。

“当然咯，我的犯罪倾向应该是从瑞夫那里遗传来的，他有那种染色体，”泽伯说，“只不过他把不正当的行为包装得体面可敬，老天却赏给他我这么个儿子。他行事隐蔽，诡计多端，我就像让他当面难堪的存在。”

“别这样贬低自己，”托比说。

“你没明白，宝贝，”泽伯说，“我是在炫耀。”

瑞夫成立了自己的邪教。那个年代，如果你想凭空变出几百万来，而且你恰好具备恐吓和威慑的技能，再加上一条“鞭笞式”宣教的三寸不烂之舌，但是却缺乏其他同样介于灰色地带却高度市场化的技能，比如说搞微商之类的。告诉人们他们想听的话，把自己称之为宗教，从奉献金里捞一把，经营自己的媒体渠道，再打造成自动语音电话和花哨的网络宣传，拉拢或威胁政治家，逃税。你还真不得不佩服他。他心灵的扭曲程度不亚于扭结脆饼，他的确是头顶锡纸光环的性变态虐待狂恶棍，但是他不蠢。

只需看他获得的成就便可知道。泽伯大一点的时候，瑞夫已经有了自己的教堂，玻璃墙板、橡木靠背长椅、仿花岗岩，该有的都要，样样不缺，地点远在滚动草原上①。“岩石圣油教”隶属于更主流一些的“磐石浸信教”②。有阵子教会搞得特别红火，当时正好赶上供油短缺，油价爆表，废市陷入一片绝望。很多公司高层人物出现在教会里，作为受邀嘉宾。他们感谢全能者让煤烟和毒素泽被大地，眼睛定定地看着上方，仿佛汽油会从那里掉下来，那副虔诚的样子，简直见鬼了。

“虔诚地见鬼去了，”泽伯说，“这话地道，我喜欢。以我谦卑的目光来看，虔诚和魔鬼其实是硬币的两面。”

---

① 例如北美的中央大平原。

② 这里作者玩了个文字游戏。Petroleum（石油）是由 pretro（拉丁语的“岩石”）和 oleum（拉丁语的“油”）组成的。所以“Petro Bapatist”既有磐石浸信教的意思，又可以理解为“油金（oil money）浸信教”。

“谦卑的目光?”托比说，“你什么时候开始有这种东西了?”

“从我遇见你开始，”泽伯说，“只消看一眼你那绝伦的屁股，上帝的杰作之一，我就会意识到相形之下我是何等的粗制滥造。接下去你就会让我舔地板了。让我喘口气吧，免得我一个大男人闹红脸。”

“好吧，我允许你偶尔有谦卑的目光，”托比说，“继续说。”

“我能吻你的锁骨吗?”

“再等一小会儿，”托比说，“等你先讲到故事的要害。”她还不太习惯调情，但乐在其中。

“你想要我的要害?色情的意义上?”

“下个回合。你不能说到一半吧。”托比说。

“好，成交。”

瑞夫罗织出一套神学，帮助他搜刮金钱。他自有经文为此背书。《马太福音》，第十六章第十八节:“你是彼得，我要把我的教会建造在这磐石上。”

“瑞夫曾说过，哪怕不是火箭科学领域的天才，你也能发现**彼得**在拉丁语里是岩石的意思，所以‘彼得’的真正意义是指石油，或者从岩石里出来的油。‘由此可见，亲爱的朋友们，这句经文不仅仅在说圣彼得:这是预言，它预见了石油时代，亲爱的朋友们，证据就在你们眼前，看啊!当今世界上有什么获得了比石油更高的价值呢?’你不得不说这王八羔子确实有一套。”

“他真是这么布道的?”托比说。她应该笑吗?从泽伯的口气判断不出来。

“不要忘了还有另一半，‘Oleum’。它甚至比**彼得**的部分还重要。瑞夫经常连篇累牍地颂扬它。‘亲爱的朋友们，正如我们所知，Oleum 在拉丁语里是油的意思。的确，油在整本《圣经》里都被视为神圣之物。除此之外，还有什么能为神父、先知和国王们行祝圣礼？正是油！它代表了特别拣选之意，神圣的膏油礼！我们还需要别的什么证据来证明这实实在在为我们所有的油的神圣性吗？上帝降此于大地，让信徒们分别使用，来彰显祂的事工。’他让炼油工具遍布我们统治的这颗星球，不但如此，他还让油充溢大地！《圣经》里不是说，你应该避免把灯放在斗底下吗？除此之外，还能靠什么让灯火长明不熄呢？没错！是油，朋友们！神圣之油不可以被隐藏在斗底下，换言之，就是埋藏在岩石里。因为这样做就是侮辱这个词语！高声歌唱吧，让石油之泉以更加强劲之势奔涌而出吧。”

“你这是在模仿？”托比说。

“妈的，你说对了。我可以毫不费力地把整套推销辞令在我脑袋里演一遍，我真是听够了。我和亚当都是。”

“你很擅长嘛，”托比说。

“亚当做得更好。在瑞夫的教会里——还有瑞夫的餐桌上——我们不为恕罪祈祷，甚至都不求赐雨，虽然上帝知道我们两样都需要一点。我们祈求赐给我们油。哦，还有天然气，瑞夫把它也列入了赐给选中者的神圣礼物清单里。每次当我们做饭前祷告时，瑞夫会指出是油给我们这些食物，因为它让犁田的拖拉机开动，提供车辆所需要的燃料——运送食物到商店的卡车，还有我们虔诚的母亲特雷迪开到商店去买食物的车。还有提供料理出这些食物所必需的热量。我们最好喝油，吃油——从某种意义上说也的确如此——所以现在给我跪下！”

“演讲差不多进行到这个环节的时候，我和亚当开始在桌子底下用脚互踹。我们的想法是，狠狠踢到对方叫出声来，或者退缩，但是自己却不露半点声色，因为制造噪音的人会被暴打一顿，或者被逼喝尿。或者更糟。但是亚当从来不软脚。我很佩服他这点。”

“不是字面上的意义吧？”托比说，“喝尿？”

“我以心脏起誓，”泽伯说，“咦，我把那石头似的冰冷玩意儿放哪了？”

“我以为你们喜欢彼此，”托比说，“你和亚当。”

“我们是。在桌子底下互踹是男人的作风。”

“你们那时候多大？”

“已经很大了，”泽伯说，“虽然亚当更大。只比我大两岁。但他是园丁说的那种早熟的灵魂。他很聪明，我很笨。我一贯如此。”

亚当是个瘦巴巴的小个子。虽然年长，但等泽伯过了五岁之后，亚当就不如他壮实了。他是个条理派，他沉思，喜欢前思后想。泽伯是冲动型，他屁股着火，轻易被愤怒冲昏头脑。这让他陷入麻烦，也能把他搭救出来，两边一样使力。

但是合并起来在两人身上都发挥出了显著效果。他们俩在精神上合为一体。泽伯是坏的那个，但是坏事干得很好，亚当是好的那个，但好事却办得很糟。或者说他把好事当作干坏事的挡箭牌。亚当（Adam）和泽布伦（Zebulon），就像A和Z形的书挡。可爱的对称名字是瑞夫的主意，他喜欢把一切都搞成主题公园。

亚当总是被立为榜样。为什么泽伯就不能表现得好一点呢，像他哥哥一样？坐正了，不要动来动去，好好吃饭，你的手不是叉子，不要在衬衫上擦手，照你父亲说的去做，说“是，先生”，“不，先生”。这是特雷迪说话的方式，几乎跟乞讨一样。她想要的无非是和平和安静，并不享受泽伯表现抵触情绪和郁郁不乐的样子——皮带，瘀青，疤痕。她不是施虐狂，不像瑞夫。但是她是自己世界的中心，绝对而彻底。她想要更多乐子，而瑞夫能够为购买乐子提供源源不断的钞票。

在絮叨一番亚当是何等的模范少年之后，她会继续讲述，亚当的循规蹈矩是多么特别，多么值得嘉许，考虑到……说到这里她就会开始闪烁其词，因为只要她和瑞夫忍得住，他们从不曾深谈亚当的母亲，费内菈的事。你或许以为她会把费内菈的淫乱行径当作鞭子来抽打亚当——通过侮辱他的血统——可是他们没有。他太过天真无邪，或者善于表现得天真无邪，大大的蓝眼睛，圣徒似的瘦削的脸颊。

泽伯保存着一些费内菈的旧照片——它们被存进一个迷你驱动盘，藏在衣橱最底下的收纳盒里，他经常被拘禁的那个衣橱。他在里头藏了一个迷你电灯，以便在黑暗里观看。他发现了驱动盘，偷过来以后插上瑞夫的电脑，看看会发生什么。这玩意儿还能用：里面大约有三十来张费内菈的照片，有些和小亚当在一起，有些是和瑞夫，他们都很少笑。驱动盘应该是一时疏忽，因为屋里其他地方都没有费内菈的照片。她看上去一点也不淫荡；她有一张和亚当一样的脸，大眼睛、瘦削、值得信赖。

泽伯对她极为着迷：如果他可以和她说话，告诉她发生了什么，她一定会站在他这边的，和他一样鄙视整场骗局。她肯定已经做过了，她不是逃走了吗？虽然她看上去不像那种类型的人，她看起来内心不够强大。

有时候他会嫉妒亚当，因为他一度有费内菈做他的母亲，而泽伯只有特雷迪。他被对亚当逃避惩罚的自我保护系统的憎恨冲昏了头脑，于是试图搞砸亚当的私生活：床上的大便，水槽里的死老鼠，调换沐浴的冷热水龙头的位置——那时他已经搞定水管系统了——或者仅仅是把苹果派涂到床单上。男生的捣蛋行为。瑞夫股票炒得不错，再加上神父身份开掘的财源正井喷而出，他们住在一栋大房子里，他和特雷迪的房间和亚当、泽伯的房间位于房子的两头。因此也听不见亚当的尖叫。虽然他从不尖叫。他只是投射出那种“我原谅你”的宽恕目光，却令人倍加恼火。

有时候泽伯会拿费内菈的事取笑亚当。他会说她一定全身刻满纹身，奶头上，到处都是。他会说她是个瘾君子。还有她和一个摩托车手私奔了，不对，是一帮摩托车手，挨个搞了一把。她在维加斯站街，卖身给发狂的瘾君子和患梅毒的皮条客。为什么他要这么糟蹋一个他视为自己的分身、有迷幻药作用的精神护工、近似大理石女神一般的女人呢？天知道。

奇怪的是，亚当从不回嘴。他只是超然地微笑着，仿佛他知道什么泽伯不知道的事情。甚至在那时候他就是个藏得很深的家伙了。不管怎么说，大多数时候他们是一伙的。在学校里——冠岩预科学校，由石油公司赞助的私人学校，只限男生——因为父亲的特殊身份，他们被称为“岩石圣油教小鬼”，但是没有人敢当面戏弄他们，至少泽伯长大以后这种事就不再发生了。一个人的时候，亚当很容易被当成活靶子，细长精瘦的他看上去宛若透明一般。但假如有人敢朝他的方向做挑衅的手势，泽伯就会把他揍得屁滚尿流。他一共只干过两次。但是流言总是传播得很快。

斯奇里基的手

面对特雷迪和瑞夫这样的洗脑组合，亚当和泽伯联合起来采取规避措施。规避惩罚，除此之外还有什么？还有所谓的正道，也就是瑞夫和特雷迪孜孜不倦地激励他们遵循的“岩石圣油”之道。

亚当的办法就是瞪大他那双蓝眼睛，做出无辜的表情。他可以成功地让除了泽伯之外的所有人相信他如同娘胎里的婴儿一般无辜。泽伯则有飞贼的天赋。在衣橱里消耗掉的时间也不乏好处。通过巧用发夹，用不了很久他便可以在无人察觉的情况下，在屋里四处走动，探入长辈的文件柜和邮件，虽然此时他本应该和一堆冬用外套和过气电子产品困在一起。撬锁自此成了他的兴趣爱好，很快，通过学校数码设施上操练得到的情报特训，加上在公共图书馆度过的闲暇时间，骇客成了他的专长。在他的幻想世界里，没有一道密码可以阻挡他进入，没有一扇门可以把他关住，随着年纪和技术的增长，幻想逐渐铸造为现实。

一开始，他专注于色情网站，盗版迷幻摇滚，怪胎秀的音乐——不消说，这些都是教会的禁物。教会自己的嗜好则是一路扣到脖子的衣领，公开场合的守贞誓言，而它自己的音乐难听得像一千只外太空来的水蛭怪兽。于是泽伯戴上耳机观看荧光尸体，胰腺癌，或者双极性白化十二指肠虫，一边浏览以新颖巧妙的方式肢解女孩的身体。他并没有干什么坏事。反正这些视频都已经拍出来了，他所做的不过是某种意义上的时间旅行而已。他没有引发任何事。

不久，当他觉得准备好了的时候，他决意增加筹码，来搏个大的，试试自己到底有多少斤两。

岩石圣油教由高科技架动，拥有多个成熟的网络社交媒体和募款网站，二十四小时全年无休地从信徒身上敛财。任何潜在的窃贼在破解储蓄账号之前都必须突破这些网站理应万无一失的双层罗网。这套安全系统的确制止了这些窃贼，然而对内部勾当却毫无防备，比方说像泽伯在未满十六岁时创下的辉煌战绩。

瑞夫的弱点在于他对自己太过自信了，因此毫不设防。而且他记不住数字和字母的组合密码，把所有密码都写了下来。他还藏在那么明显的地方，连复活节兔子都会嘲笑他。装袖扣的盒子？礼拜日皮鞋？真是老年痴呆，泽伯一边叹气，一边取出薄纸片，记住那些潦草的密码，再把盒子或鞋子分毫不差地放回原来的位置。

一旦泽伯掌握了通往宝库的钥匙，他开始着手将捐款导流到自己的数个账户上——不是全部，仅仅是其中 0.09%，可容许的偏差值，他又不是傻瓜。他得确保信徒收到来自教会的毕恭毕敬的例行致谢，诱发罪恶感的励志信息，加上一两句仇恨口号，针对上帝圣油的敌人们：“太阳能板是撒旦的作为”，“环保是疯子所行”，“魔鬼想要你冻僵在黑暗里”，“连环杀人犯相信全球变暖”。

为了把钱藏到安全的地方，他将其他人的身份碎片拼接起来编成自己的账号。被他攻击的对象通常是些安全防范薄弱的目标物——有些是 3D 替身的游戏地址，还有“收养一条鱼吧”之类的关爱生物慈善组织，以及郊区购物中心的“感受高科技装备”色情设施。（“触觉反馈带给您真实的、肉体对肉体的感官体验！向伪叫床说再见！来点真家伙吧！警告：请不要将您的电子设备暴露于潮湿的环境。不要将终端放入口中或者其他黏膜组织区域。可能会导致严重灼伤。”）

当他在某次征途中发现瑞夫也是这类触感淫秽网站的常客时，他并不感到特别意外，虽然瑞夫是躲在自己家里享用。在购物中心被人发现可不太妙。他将反馈终端藏在高尔夫球袋里。他偏爱的网站内容往往包含鞭笞、酒瓶插入，还有灼烧乳头。他还是历史重现斩首网站的忠实粉丝。这些地方相对要贵一些，可能是因为那些道具和戏服的关系。“玛丽，苏格兰女王①：感受这颗血红头颅的喷发吧”；“安妮·博林②：皇室的婊子！她和她的兄弟干过了，她也会从了你，再削掉她那颗淫秽的小脑袋也不迟”；“凯瑟琳·霍华德③：挥起你的利剑，让这只冷面狐狸变成冰冷的石头吧”；“简·格雷夫人④：这位尊贵处女必须为她的傲慢付出代价，有蒙眼选项。”这些能让你亲“手”体验到，用斧头砍下女人脑袋是什么滋味（趣味性！历史性！教育性！）

支付额外的金额，你就可以选择先让她们裸体，再砍她们脑袋，这样倍加刺激。泽伯自己也轮番试了几把——由瑞夫的账号赞助，他在上面动了点手脚——因此同时体验了着衣和裸体两种模式。一个跪在地上的裸体女人，很快将被斩首——这到底哪里吸引人了？是因为他已经麻木不仁了？还是说自己是心理变态，或者其他什么？不，心理变态的脑子里缺少某种组件，亚当说的，他读过这方面的书。他们缺乏同理心；哀鸣和眼泪对他们来说不过是恼人的噪音。因此他们对自己的所作所为不会感到懊悔或激动，泽伯可不是这样。

他想过把网站黑掉，重新编写程序，设定为当斧头落下来的

---

① 玛利亚·斯因亚特（1542—1587），苏格兰女王，后被英女王伊丽莎白一世处死。

② 安妮·博林（1507—1536），英格兰王后，亨利八世第二任妻子，伊丽莎白生母。

③ 凯瑟琳·霍华德（1520—1542），亨利八世的第五任妻子。

④ 简·格雷（约1537—1554），英格兰女王，在位时间只有九天，一般不被正式看作女王。她的继位违反了英国议会法令，其王位后被否认。

时候，你接收到的刺激不是传递到手上，而是传到你自个儿的脖子上。你觉得自己的脑袋被砍掉会是什么滋味？会痛吗？还是说过于震惊，反而什么都感觉不到了？或许你会感到一阵同情心的涌动？但是同情心太过泛滥也不是好事。你的心脏可能会停止跳动。

那些光着身子跪在地上、马上就要被砍头的女人究竟是真实的还是虚拟的？他觉得应该不是真的，因为网络上的真实不同于日常生活的真实，现实中肉体能够受到伤害。况且他们也不允许在屏幕上明目张胆地谋杀女人。那肯定是非法的。但是效果实在是爽翻了，还有那3D效果，你得闪避那些喷出的血液。

当亚当知道这些事情以后，他并没有受到诱惑，至于他为何会知道，是因为泽伯按捺不住硬要和他分享瑞夫的私密生活。在某种程度上，现在也是他的了。

“太堕落了。”这是亚当的评论。

“没错！你捉到重点了！难不成你是基佬？”泽伯说，但亚当只是笑笑。

瑞夫内在的扭曲冲动急需找到宣泄口，泽伯已经长大了，而且脾气乖戾，已经不适合充当施虐的对手了。他或许还会还手，瑞夫骨子里是个懦夫，因此抽皮带啊，喝尿啊，还有关禁闭都成为过去时了。他也没法指望特雷迪帮他，就算她不敢忤逆她的长期饭票，她也永远不可能接受露背皮装，乳头穿刺，藤条鞭打，或者吃自己的排泄物。信息就是力量，泽伯感谢幸运女神帮他找到了这个触觉反馈网站，他记录下瑞夫的登录次数，小心翼翼地保存好这个圣诞老人的红丝绒礼物袋，以备未来之需。虽然瑞夫也有可能电死自己，在电流通过他老二的同时，那玩意儿会像一根胀开爆裂的热狗，泽伯当然不会放过从钥匙眼里观赏这场绝妙闹剧的机会。他一度考虑要不要改装触觉终端以达成这个目的，但他不确定这需要多大的电压量。一个严重烧伤却没有死透的瑞夫将会是个大麻烦。他铁定会追查是谁干的。

那时泽伯已经炼成了魔法手指，他操作计算机代码就像莫扎特摆弄钢琴，可以一边吹口哨一边编写像甲骨文一样的代码；他可以跳着华尔兹轻松翻过防火墙，就跟从前跃过马戏团火圈时不伤毫发的老虎似的。要想溜进圣油教的账户——双份，包括官方账面和实际账面——只需一眨眼的功夫，而他确实这么做了，并且定期进行。这样持续了两三年，当百分之零点零九不断累积的同时，泽伯的身高和体毛量也直往上蹿。在冠岩预科学校，除了去健身房锻炼体魄，他很明智地把成绩维持在钟形曲线的中间段，尤其是信息科技方面，这样他的骇客天赋就不会被人察觉了。

还有六个月他就要毕业了，之后呢？他本人有些想法，但他的监护人显然也有自己的算盘。根据瑞夫公布的计划，他可以通过关系帮泽伯在北部石油沙漠里找到一份令人艳羡的工作，驾驶巨怪般的采掘机器，“照料”那些富含石油的沥青砂地。这将会使泽伯成为男人，他说，虽然*男人*的定义就像飘浮不定的空气一般悬在两人中间。（虐童者？宗教欺诈师？网络上的少女斩头狂？）而且收入也颇为可观。等工作一段时间以后，泽伯可以决定自己想要追求的使命是什么。

潜台词是这样的：第一，瑞夫想让泽伯走得远远的，因为他开始有点怕他了，而且这种害怕是正确的。第二，运气不差的话，泽伯应该会患上肺癌，或者长出第三只眼睛，或者像穿山甲那样的鳞片：那里的毒空气可以让你在一星期之内变成异形。

最后还有第三点，泽伯并不出类拔萃，不像亚当。他被寄予继承伪教会生意的期望，被送去“纺锤尖”大学，主修“岩石神学”，讲道术，以及“岩石”生物学；最后一个领域，在泽伯看来需要你先学习生物学再推翻自身。这要求你具备某种特别的智识，而这正是泽伯欠缺的。干苦力更符合他的层次。

“我觉得这个计划非常好，”特雷迪说，“你应该对父亲为你的付出心存感激。不是每个男孩都能有幸拥有这样的好父亲。”

微笑，泽伯命令自己。“我知道。”他说。在希腊语里，“微笑”是“切肉刀”的意思。他在网上看到的，当他没在忙着砍历史人物脑袋的时候。

亚当不在身边的时候，泽伯挺想他，他假定这种思念是相互的。除了彼此，他们还有谁可以谈论他们生活中常人难以想象的暗层。谁还能逐字逐句模仿瑞夫献给圣露斯克·卢卡斯——从上帝那里得到“圣油”启示的人——的祈祷文？

不在一起的时候，他们避免使用短信、电话，或者任何由电子信号传输的通信手段：众所周知，网络就像晚期癌症患者一样千疮百孔，瑞夫几乎肯定会打探，就算不对亚当出手，至少泽伯是逃不掉的。然而，当亚当放假回来的时候，那一周就会充满欢迎回老家的气氛。泽伯迎接他的方式是往鞋子里放两栖动物，袖扣盒里藏节肢动物，或者一两枚刺果颇具艺术性地塞在内裤里，尽管以他们的年纪已经不大适合玩这类游戏了，更多是出于怀旧之情。

然后他们会去网球场，一边假装打球，一边利用短暂的空隙时间，隔着球网交换信息。泽伯想要知道亚当有没有滚过床单，这个问题被技巧性地回避了。亚当想知道泽伯从教会里刮走了多少钱藏在他的秘密寄身账号里，因为他们决意一旦有了充足的资金就从瑞夫的圈子里消失。

那是亚当毕业前的最后一次假期。在瑞夫的家庭办公室的监视器前，泽伯戴着医疗乳胶手套，低声哼着小曲，亚当站在窗边望风，以防瑞夫的豪车兼吃油大户或者特雷迪的“蜂鸟车”突然出现。

“你有一双斯奇里基的手。”亚当的语气依旧平淡。这是夸奖吗？还是单纯的就事论事？

“斯奇里基？”泽伯说，“我操，那个狗娘养的老混蛋又在盗用公款，这回又刷新纪录了！瞧这个！”

“我希望你不要骂脏话。”亚当的语气不能更柔和了。

“你早点撑死吧，”泽伯欢快地说，“他把这笔钱藏在大开曼群岛的账户里！”

“斯奇里基是二十世纪著名的白帽子①，”亚当说，他对历史有浓厚的兴趣，不像泽伯。“他从来不用炸药，全凭双手解决。传奇般的人物。”

“我猜老恶棍准备跳票，”泽伯说，“今天在这里，咻的，明天早上他就在某个热带海滩啜着马提尼，抱着租来的舞娘吹了个爽。那些该死的信徒就只能光着屁股吹冷风。”

“不会在大开曼，他不会这么做，”亚当说，“他们大部分交易都在水下。但是那些银行现在都转移到加那利去了，那里有更多山。只不过他们还挂着大开曼的公司名号。保留传统。我猜。”

“你说他会不会带上他的老伙计特雷迪呢，”泽伯说。亚当对银行的知识令他有点吃惊。但是亚当对很多事情的知识都令他吃惊，很难说有什么是他不知道的。

“他不会带上特雷迪，”亚当说，“她在金钱方面的胃口越来越大。她已经察觉到他心里在打什么算盘了。”

“你怎么知道的？”

“有根据的猜想，”亚当说，“身体语言。吃早饭的时候，在他不注意时她乜眼看他的样子。她跟他唠叨度假，以及什么时候

---

① 黑客的一种。相对于攻击系统漏洞以此来牟取私利的黑客而言，他们挖掘系统漏洞的活动主要以维护网络安全为目的。

去。她对室内装潢的野心也有点熄火了。留意她那些墙纸样品和色卡的展示集。而且她已经厌倦了为了信徒集会扮演温良恭俭的牧妻。她觉得自己对家计有所贡献，她想要更大的空间。”

“和费内菈一样，”泽伯说，“她曾经也想要更大的空间。好歹她走得还算及时。”

“费内菈没有走，”亚当的语调丝毫没有起伏，“她在岩石花园下面。”

泽伯从瑞夫的人体工学转椅上转过身。“她怎么了？”

“他们回来了，”亚当说，“两个人同时回来的，像一支车队。撤退吧。”

哑巴与窃贼

“再说一遍。”泽伯说。他们此时在网球场上，不必担心被窃听。虽然两人都不擅长网球，但假装在练习。他们各站一边，把球打来打去，球越过球网，或者更多时候撞在上面。他们的房间被窃听了，泽伯很多年前发现了这个事实后，便培养出一种爱好，将误导信息输入他的台灯，再通过瑞夫的电脑回传给自己。然而最好还是装聋作哑，把窃听器留在原来的地方。

“在岩石花园下面，”亚当说，“费内菈就在那里。”

“你确定？”

“我看见他们把她埋进去的，”亚当说，“从窗户。他们没有看见我。”

“这不会是……你不是在做梦吧？”泽伯说。“你那时还他妈的在娘肚子里呢。”亚当瞪了他一眼。他不仅仅觉得说粗口不对，而且一直都不适应。“我的意思是，你那会儿还太小了，”泽伯补充道，“小孩会编造故事。”他在发抖。没办法清晰地思考。

如果亚当的故事真的——再说他为什么要编造呢——那将彻底颠覆泽伯对自己的认识。费内菈构成了他的童年故事，以及关于他未来的故事，但突然间，费内菈成了一堆枯骨。她早已不在人世。也就是说，不再有秘密的拯救者了。应该说从来都不曾有过。即便他找到出口的标志，解开看不见的锁，冲破铁网栏槅、与豺狼共处的畜棚，也不会有暖心的亲人等待他去寻找了。折了半边翅膀的他独自飞翔，身边只有被共同的伤口连在一起的兄弟，然而他的这位兄弟很有可能皈依正信，发自内心地，他有这种天赋。而泽伯将会一个人漂浮在寒冷与黑暗中，有点像从前那些打五星的太空电影里游离在太空中的宇航员。他用力把球送向球网。

“我那时快四岁了，”有时候亚当说话的口气——我既然这么说了那事情就是这样——和瑞夫相似的程度让人有些不安，“关于那时候的事情我有清晰的记忆。”

“你从来没有告诉过我。”泽伯说。他有点气愤：亚当没有把他视为值得信赖的人。这点很伤人。他们本该是一伙的。

“你有可能说漏嘴，”亚当说，“然后，谁知道他们会干什么？”“很可能你也会在岩石花园下面了。我就更不用提了。”

“等等，”泽伯说，“他们？你他妈的意思是特雷迪也有份？”

“我都跟你说了，”亚当说，“没有必要说脏话。”

“抱歉，我他妈说溜嘴了。”还轮不到亚当来教他该怎么说话。“良善的特雷迪？”

“起因多少和她有关，这点是肯定的。”亚当摆出一副“随你怎么玩”的口吻。“如果只是被当作敲诈的把柄倒好了。或者费内菈挡了她的路，她需要清理掉这块绊脚石。我猜她那时肚子里已经怀了你。岩石圣油教不批准离婚，因为在婚礼上受过涂‘油’礼。这事儿我们都知道。”

所以说这是泽伯的错咯，费内菈的死。“他们怎么做的？”“他们俩？把砷偷偷掺进她的茶里，还是……”不可能是砍头，泽伯心想，他感到羞愧。他们还不至于做到这一步。

“我不知道，我只有四岁，我只看见他们埋她的时候。”

“这么说来，说她是婊子破鞋的什么的，抛弃自己小孩之类的，只不过是……”

“这是教会的人想要去相信的，”亚当说，“他们也相信了。他们爱听坏母亲的故事。”

“或许我们应该通知公司警，”泽伯说，“让他们带上铲子过来。”

“是我就不会冒这个险，”亚当说，“上面有不少磐石浸信会的信徒。教会高层里也遍布着石油警察。在对方阵营里安插人马，便于输送利益。他们在摧毁异见者方面已经达成了共识。所以像谋杀妻子这种单纯直白的犯罪，公司警一定会帮瑞夫擦掉，只要不威胁到自己那份就行，因为他们很清楚丑闻对信用的打击。他们会指控我们精神不安定。关起来，塞强效药。或者像我前面说的那样，在岩石花园里挖两个新坑。”

“可我们是他的儿子啊！”连泽伯自己都觉得他听起来像个两岁大的孩子。

“你觉得这可以阻止他吗？”亚当说，“血缘的纽带比金钱脆弱。他会如期听到上帝的声音，让他为了成就更大的善献上自己的儿子。还记得以撒吧。他会割开我们的喉咙，点起火堆，因为这次上帝不会再派来替罪的羔羊了。”

泽伯从未见过亚当如此黑暗的一面。“所以呢，”他说，他感觉自己几乎快要窒息了，虽然两人几乎没有动过，“为什么现在告诉我这些？”

“因为如果真像你说的那样，那笔钱已经如数进了你的口袋，那我们已经攒得足够多了，”亚当说，“况且你还有被教会逮住的风险。是时候离开了，趁我们还走得了。赶在他们把你送去柏油坑里等死之前，”他补充道，“当然，他们会称之为事故。”

泽伯颇为震动。亚当居然在指望他。一直以来他都比泽伯想得更远。

他们一直等到第二天，瑞夫去参加他的高层会议，特雷迪去她的妇女祷告小组。他们打了辆太阳能出租车去子弹火车车站，为了蒙蔽司机的顺风耳，他们故意交换虚假信息。这些司机几乎都是探子，不管是正规的还是非正规的。按照他们的剧本，亚当回斯平德托普①，泽伯为他送行。一切都显得很平常。

他们去了车站的一家网络咖啡店。当泽伯忙着清空瑞夫在大开曼的兔子洞账号时，亚当在边上装做若无其事，一边扫视身边任何表现出过度关心的人。在确认瑞夫的资金成功转移之后，泽伯给那个蛇蝎肚肠的渣滓发送了两条信息。为了拖住潜在的赛博猎狗，他采取了蛙跳法。首先侵入一则男士腋下除臭剂的视频广告，再点击那个全身除毛的种马的肚脐眼——他不是第一次穿过这个像素虫洞了——从那里接入一个居家园艺网站——这倒是颇为应景，随后挑了把铲子，以它为桥梁发送信息。

第一条信息是，“我们知道谁在石头底下。不要追踪我们。”第二条信息中包含了瑞夫从岩石圣油教的慈善行动基金里偷钱的细节，以及警告：“不要离开镇上，否则这些信息将被公开。禁止一切行动，等待进一步指示。”这样会让老恶棍以为这是常规的敲诈流程，背后的动机无非是勒索，因此那边还会再来联系，他只要躺着等就行。

“这样就行了，”亚当说，但是泽伯忍不住又发送了第三条信息：触感反馈网站的交易流水单。根据这份流水单，简·格雷夫人是瑞夫的宠儿，他至少砍了她十五次脑袋。

在火车上，泽伯说，“真想看看他打开邮箱时的模样。尤其当他看到自己在大开曼营造的巢穴就这么飞了，那表情一定很赞。”

“幸灾乐祸是性格上的缺陷。”亚当说。

“你管我。”泽伯说。

---

① 得克萨斯州的巨大油田。

旅程剩下的时间，他都在眺望窗外掠过的静谧风光：和他们逃出来的地方有点相似的隔绝的社区，黄豆田，水利装置，层叠的巨型卡车轮胎，碎石堆，弃置的陶瓷马桶垒起来的金字塔，大约有十来人在小山般的垃圾中间翻弄探寻。废市的棚户区，利用一切捡来的东西搭盖的破屋。孩子们站在破屋的房顶上，垃圾和轮胎的山丘上，挥舞彩色塑料袋做的旗子，或者放荧光风筝，或者朝泽伯竖中指。从脑袋上方垂挂下来的是从前监控交通状况的摄像机，忠实地记录下所有路过的、来历不明的面孔。然而一旦它们被用来追踪特定的人，你准得倒霉。关于这方面，他听过不少网上的传闻。

然而这会儿搜索应该还没开始。瑞夫还在他的午餐会上大嚼人造肉制作的餐前点心，还有养殖的罗非鱼①。

编译演算，铁轨石蒜
妈妈在花园，不要朝后看

泽伯哼着小调。他希望费内菈能够死得干脆一些，没有尝到瑞夫那些令人作呕的嗜好。

他身边坐着睡着的亚当，看上去比醒着的时候更苍白消瘦了，也更像那种让人来气的寓言式人物。谨慎。诚实。忠诚。

泽伯太兴奋，根本没法睡着。此外，尽管并不想这样，他还是有点紧张。他们刚越过一道厚实、巨大、缠布着铁丝网的防线，他们刚打劫了食人魔怪，卷走了他的财宝。等待他们的将会是怪物的震怒。因此他必须保持警惕。

谁杀了费内菈，

---

① 美国超市常见的一种养殖鱼，又称非洲鲫鱼。

那个邪恶的孬种
砸她的头，
重重给她一下，
世界变得漆黑，
她已经玩完啦

有什么东西滑下他的面颊。他撩起袖子抹干。不许哭哭啼啼，他对自己说。不要让他①有机会得意。

抵达旧金山之后，亚当和泽伯决定分开行动。“他不会一直坐视不动，”亚当说，“他有不少熟人。他会拉起红色警报，利用他在石油公司的人脉。我们在一块儿太惹眼了。”

一点没错。他们就像两个极端。黑暗与光明，一个壮硕，一个羸弱；这种非对称性很容易让人记住。而且瑞夫在描述的时候应该是把他们放在一块儿，而不是逐个说。

马特和杰夫，泽伯哼唱着。哑巴和窃贼。可爱与灵巧。

“不要发出这种拟音乐的噪声，”亚当说，“会勾起别人的注意。而且你的音位偏低了。”他说中了。两点全中。

后来在黑市里一家钟点出租的“擦除过去”的装备商店里，泽伯为他们编制了两个身份，纸糊的门面而已，经不起严格的盘查，而且有时效限制，但是足够应付旅程的下一个阶段。亚当往北方走，泽伯去南方，

亚当和泽伯商定了一个存放信息的空间。某个点击率很高的意大利旅游网站上，波提切利的名作《维纳斯的诞生》，西风神播撒的玫瑰里最上面的那朵。泽伯本想选维纳斯左边的乳头，但

---

① 此处指瑞夫。

被亚当否决了：太惹眼，他说。而且他们至少得等六个月之后再联系，否则也太惹眼。他补充道：瑞夫的报复心很重，而且他也怕了。

泽伯细想了一下这种报复心和恐惧可能导致的结果。将心比心，如果是他被两个从来没喜欢过、自作聪明的混账儿子卷走了肮脏秘密，他又会怎么做呢？震怒。遭到背叛。他为亚当付出了那么多。还有泽伯。他那些体罚还不都是为了他们的精神成长吗？或许他还在用这些自圆其说的狗屁安慰自己。

他还会雇佣多克斯：网络寻人专家。这些人要价很高，但据说成绩可观。他们会设置一个依据某种算法的搜索引擎，在网上搜集所有符合的文档。所以必须尽可能远离数字网络。网上冲浪。购物。社交。黑客活动。色情。这些全部得戒掉。

“只要不做你自己就行。”这是分手时亚当给泽伯的建议。

深入废市

泽伯在旧金山剪了头发，蓄起了胡子。他还在黑市上买了酷炫的隐形眼镜，不只能改变眼睛的颜色，还具有增加散光、伪造虹膜特征的功效。然而，这类装备要应付走过场的审查是可以，但万一碰上严格的审查，依然不值得冒险。此外他买的“随心所欲的手指”指纹修改器，在专家眼里根本不值一哂。所以最好别在子弹列车上赌运气了。况且那些乘客中的大多数都是守法公民，还相信法律的合法性以及秩序的有序性。他们自会听从苦口婆心的劝导，举报任何可疑的迹象。

因此他决定赌一把高速公路。他一路搭便车远至圣乔瑟，在“A 柱卡车”公路的停车站上打点工，以此来支付车费。他尽量装得比实际年龄更大一些。有些卡车司机暗示他接点“私活”，但碰上泽伯那样的壮汉也不能硬来。

还有另一种危险。让路边酒吧里工作的专业人士帮你破处。然而迄今为止他唯一一次体验是在线性交，通过触感反馈网站。他还没有准备好肉体对肉体的性爱。此外，他对和他人接触这件事十分警惕，无论是多么短暂的接触。谁知道有多少人会在私底下兜售信息呢？有些妓女穿着高雅到甚至有些可疑，看上去也并不饥渴。

然后还有疾病。他最不希望发生的事情就是被困在医院里——假定他的身份证件能通过审查的话；或者忍受医院警里面的某些流氓保安一顿暴打——假定他没有通过审查，这种可能性更高。一旦他的真实身份被人挖出来，瑞夫就会接到电话。要么发出一道就地处理的指示，要么把他绑上塑料手铐送回去，回去面对“我永远正确”之歌：我会教你如何尊重我，我有支配你的权力，上帝厌恶你，你不配做人，趴到地上去，给我喝桶里的东西，躺在地板上，把棍子递给我，你想要来点狠的对吧。诸如此类熟悉的宗教虐待狂般重金属风格的淫秽连祷。睡前的娱乐节目。

等瑞夫办完事，泽伯的每一根神经都会彻底垮掉，卸去武装，瑟瑟发抖的身体，末了它的归宿也只能是花园底下吧。然而这些还不会发生，直到他在酷刑折磨下吐露出联络亚当的路径，被迫在网上撒下诱饵，发出指示，其中包括：不要把瑞夫在财务和性方面的不端行径公之于众，急需和他在线下碰头，这样一切都能解释清楚。瑞夫和他的帮凶们将会欣然地对他施加折磨，泽伯不会天真到以为自己可以熬过去。

所以医院倒也是一个选项，比如说治疗下身糜烂。其他进入医院的通行证还有阴部湿疹，勃起障碍，阴茎糜烂之类，听起来都不怎么诱人。这些惊悚网站上常见的内容会让他做绿色脓状的噩梦。然而要抵住卡车停靠站上那些女妖们的勾引，再也没有比这更好的理由了。哪怕红色的齐逼皮裤里鼓出的屁股多么肥润结实，仿豹皮船鞋的鞋跟高耸，龙和头盖骨的纹身深深刺入皮肤，隆过的半颗蜜瓜从黑丝绒的系带上装里勾勒出来，如同发酵膨胀的面团。虽然他并没有近距离见过膨胀的面团。但他看过视频。复古怀旧风的妈妈厨房，老实说，他看的时候忍不住想哭。死去的费内菈也发酵过面团吗？因为他敢用脑袋打赌，特雷迪肯定没有。

因此当那些风骚放浪、瞳孔因毒瘾放大的隆胸美人说，“大个子，要来一发吗？到甜甜圈铺后门去怎么样？”他没有说我就来，或者等我死的那天还差不多，他也没有说，你他妈脑袋进水了吗？他什么也没说。

除了怕得病，还有个原因是，他还没有摸透废市背面的秘道暗门；他可不想搞上某个一无所知的陌生人，盲目地踩进某条巷子，或者破落的汽车旅馆，可疑的洗手间兼炮房，在担架床上或者甚至是裹尸袋里达到高潮。更有可能的情况是，他们会把他扔在空地上，任凭耗子和秃鹫处置。既然越来越多的公共服务部门都私有化了，妥善埋葬像他这样的流浪汉？门都没有，也别提慎重思度了——他们倾向于用这个词，他被捅刀子的原因只能是为了打劫兜里那几毛钱。

他的身高以及壮硕的体格根本起不到保护作用。他就像一片绿叶林，醒目的标志物。他们只消一眼就能认出来，然后朝他直冲过来。废市和小时候的学校操场完全是两个世界，体型大小不再能决定一切。“个子越大，摔下来的时候更惨痛，”不止一个人对他这样说过，那些爱挑衅的小不点，他的回复通常是“没错，但个子越小越容易摔倒”。接着飞快地抽过去，甚至没动拳头就能把他们打发走了。

然而在废市最黑暗的那些地方，并没有这样的斗嘴前戏。没有像眼镜蛇发出嘶嘶声般的以示警告，先来点讥讽戏谑，而是突然就捅上去，砍过来，或者是一颗从某支老式的违法枪械里出膛的子弹。“棉絮头”① 的黑帮尤其阴险毒辣，根据网络上的传言。还有“染黑的红鱼”。亚洲共融。以及那些德墨人，他们在毒战时常常玩那些把戏：人头山堆，没有腿的身躯挂在过去是影视城的大帐篷上。他猜一路往南的“A 柱卡车”高速公路被不少德墨人控制着，这里离他们的地盘很近。

除开这些顾虑，或者老实说是这些懦夫的恐惧，他知道要想短期内隐蔽起来，待在镇上最危险的角落里是他唯一能指望的了。挥霍会引来瑞夫的走狗。以他混江湖的智慧来说，要悟出这

① 见《洪水之年》第九章第二页注④。

个道理并不难。因此在圣乔瑟，他行事低调，避开酒吧，尽量融入到下层人中间，这些人就像垃圾桶里的老鼠一样，在废市底层的漩涡里打转，拼命抓住一切能到手的东西。

有段时间，他在秘密汉堡店里兜售仿肉制品。一天工作十小时，拿不到最低工资，还得穿印有公司标志的T恤，戴那狗日的棒球帽，但“秘密汉堡”不会对你的身份刨根问底。他们还会保护自己的员工不受街头混混骚扰，打点好官方和非官方的包打听，所以没人找他麻烦。他很同情女员工，她们拿到的报酬比男员工更少，也必须穿那种T恤，还得挡开顾客的骚扰，而且还有经理的；应该给她们发那种硬邦邦的塑料帽舌盖住乳头。

然而他的同情也没有阻止他最终得到了实打实的销魂体验，和其中一个叫薇妮特的汉堡女郎，浅褐色皮肤，有一双黑眼圈严重的、饥渴的大眼睛。除了她迷人的个性以外——他现在不得不承认，这是对她略显单薄的阴道的一种委婉表达，虽然这也正是他被吸引的地方。他请求原谅，但是对浸泡在荷尔蒙里的青少年来说，这不过是自然的召唤罢了，而且他认为自己坠入了爱河，所以见鬼去吧——她的最大优势是拥有一个小房间。

大多数在“秘密汉堡”工作的卖肉女郎甚至连这点都办不到：她们共享过于拥挤、没有电梯的公寓房，或者挤在一栋老旧破落的回收房[①]里，要么站街拉客，来供养孩子、有毒瘾的亲戚，或者浮夸俗气的皮条客。但是薇妮特个性谨慎，又很节俭，从不铺张浪费，因此有能力获取一定的隐私。她住的地方位于一家卖马尿般的酒和油漆去除剂的杂货铺楼上，但那时候泽伯不太挑剔，所以他经常顺手带一瓶喂给薇妮特，在他们做爱之前，因为她说这有助于她放松。

---

① Repossion，因贷款人拖欠贷款而被回收的房屋。

“感觉一样好吗?”托比问。

“什么感觉?和什么一样?”

“和薇妮特的性爱。是不是和被砍头的简·格雷女士一样好。”

“苹果和橘子,”泽伯说,“有什么好比的。”

“试试看嘛。”托比说。

“好吧,简·格雷可以重复。现实却不行。既然你想知道,这样说吧,它们有时候都挺不错。同样的,有时也会让你失望。”

雪人的进展

花床单

她在穿过窗户照进她铺位的阳光中醒来。鸟儿啼鸣，秧鸡人孩子们的声音。魔法羊在咩咩叫。世上没有不幸的事。

她撑起身子，努力回忆今天是什么日子。蓝藻的宴席？感谢主，你创造了蓝藻，这些可爱的、蓝绿色的藻类，正是它们在数百万年之前——再漫长的时间跨度在你不过一眨眼——带来了充溢着氧气的环境，不但我们赖以呼吸，还有栖息在这片土地上的其他兽化人，如此多样，美丽，每次见到都是全新的面貌，让他们领受你的启智……

但也有可能是圣简·古德尔①日。感谢主，赐给圣简·古德尔有福的生命。我们无畏的同伴，上帝的丛林子民，她无数次勇战危难，甚至吞噬虫子来跨越种族的鸿沟，多亏她对我们的近亲黑猩猩的爱和不懈努力，使我们懂得了对生拇指②和大脚趾的价值，以及我们自己深层的……

我们自己深层的什么？托比搜肠刮肚，拼命回想下一句该怎么说。她的记忆力在打滑。应该全部写下来的。每天写日记，就像她在安诺优时那样。她还可以再进一步，记录下如今已不复存在的上帝的园丁的言行，为了未来，为那些尚未出生的世代，正如那些政治家在试图扩充票仓时常说的那样。如果未来人类还存在，如果他们还认识字。仔细想想，两个如果都要大写。就算他

---

① 简·古德尔（Jane Goodall），英国生物学家、动物行为学家，动物保护人士。致力于研究黑猩猩。

② 指大拇指可以和其他四指对握，便于抓取工具。

们还能认字，这样一个崇尚自然，一度非法后被强制解散、行事古怪的异教会让他们感兴趣吗？

或许相信有这样一个未来有助于实现它，园丁经常说类似的话。她没有纸，但她可以拜托泽伯下次去拾穗时帮她捎一点；如果他能找到没有受潮、被老鼠咬烂搭窝，或者被蚂蚁啃过的。对了，还有铅笔，再补充一项。或者钢笔，或者粉笔。有了这些她就可以着手干了。

然而还是很难集中注意力去想未来。她太沉浸于现在了。泽伯存在于现在。未来或许不在。

她渴望夜晚的到来，渴望跳过刚刚拉开序幕的白天，像扎进泳池一般，一头扎进夜里。倒映着月影的泳池。她渴望在液状的月光里游泳。

但是把一切寄托给夜晚是危险的。白天变得微不足道。你开始变得粗心大意，忽略细节，失去现实感。这些天来，她常常半夜醒来，发现自己站在房间中央，手里提着一只凉鞋，寻思自己是怎么来到这儿的。或者发现自己站在屋外的树下，看着树叶在风中打旋，然后戳戳自己：*快走。现在。快点行动起来，你必须*……到底必须怎样？

不只她一个人这样，不仅是她的夜间生活造成的。她注意到其他人也一样松垮委顿。没有任何原因呆立不动，倾听着听不见的声音。然后突然打个激灵，回到感知的世界中，显然付出了不少努力。埋头于园艺、围栏、太阳能，为扩建泥草屋奔忙……随波逐流是一种诱惑，秧鸡人就是那样。他们没有节庆，没有日历，没有期限。没有任何长远目标。

她清楚地记得自己曾经有过这种漂浮不定的情绪，那时她花了几个月时间藏身在安诺优，等杀人如麻的瘟疫病毒过去。然后——当她听不见哭泣，哀求，不再有人捶门，也不再有躯体瘫倒在草坪上——除了等待没有其他事。等待出现还有人活着的迹象。等待一个有意义的时刻发生，生活可以再度启动。

她一丝不苟地履行每天的例行公事。喂自己吃饭喝水，用琐碎的事情填满时间，写日记，努力推开那些想要钻进脑袋里的声音，它们在你孤独时乘虚而入。她还得忍住跑到树林里去的冲动，打开门，迎接落到头上的一切，或者老实说，把自己了结了。画个句号。

这种感觉有点像催眠，或者梦游。*放弃自我。放下一切。与宇宙融为一体。这样对你更好。*仿佛有人，或者有什么东西在轻声低语，引诱她进入黑暗：*来吧，到我这儿来。你会得到解脱。事情将会完结。别担心，不会很痛。*

她不知道是否还有其他人听到这样的耳畔低语。沙漠里的修道士听到过，地牢里的囚犯听到过。但或许现在并没有人听到：这里不像安诺优，不是隔离牢房；每个人都有彼此为伴。即便如此，她还是发现自己每天早上都会数一遍人头，确定每一个疯癫亚当和前园丁还在原来的地方；没有人在夜里遁入黑暗，消失在枝叶、鸟鸣、风声和沉默的迷宫里。

有人在敲打她隔壁的墙面。“哦托比，你在里面吗?”是黑胡子这个小家伙，过来瞧瞧她情况如何。或许在某种层面上他也分享了她的恐惧，不希望她消失吧。

“是的，”她说，“我在里面，你在外面等一会儿。”她匆匆披上当日床单。和平时质朴的几何图形风格略有不同，更多花卉，更感官一些。盛放的玫瑰；交织缠绕的藤蔓。她变得虚荣浮夸了吗？不，她在庆祝自己获得了新生。这是她的借口。她看起来是不是很可笑，老太婆打扮成大姑娘？在没有镜子的情况下很难说。她的主要任务是挺起肩，充满自信地迈步向前。她把头发撩到耳后，盘成结。这样就好了，不再有垂须摇摆。最好还是表现得有所克制。

“我会把你带到雪人-吉米那里去，”等她准备好了，黑胡子郑重其事地说，“然后你可以帮助他，用蛆。”他对于自己学会了这个词感到自豪，于是又重复了一遍。“蛆!”他笑得一脸灿烂。“蛆是好的。羚羊创造了它们。它们不会伤害我们。”他瞄了她一眼确定自己没说错，然后再次展露笑颜。“很快雪人-吉米就不会生病了。”他拉起她的手，拽着她往前走。他懂得规矩，他是她的小小影子，像海绵一样吸收一切。

如果我有孩子，托比心想，会不会就像这样？不，他不会是这样的。不要怨天尤人了。

吉米还在沉眠中，然而他的气色转好，热度也退下了。她喂了他一勺蜂蜜水，掺入菌菇提取物。他的脚正在迅速愈合，很快他就不需要蛆虫了。

“雪人-吉米在赶路。”秧鸡人告诉她。今天早上值班的有四个，三男一女。“他走得很快，在他的头脑里。很快他就会到这里了。”

“今天?”她问他们。

“今天，明天，”他们说，“很快。”他们冲她微笑。“不要担心，哦托比。”女秧鸡人说。“雪人-吉米现在很安全。秧鸡派他到我们这里来。”

“还有羚羊。”个子最高的男人说。亚伯拉罕·林肯，大概是。她真得好好分清楚他们的名字。“她也派他过来。”

“她吩咐她的孩子不要伤害他。”女秧鸡人说。女帝约瑟芬?

“即使他的尿还很弱，而且它们一开始不明白不可以吃他。”

“我们的尿很强。我们男人的尿。羚羊的孩子能懂这种尿。”

“有尖锐牙齿的孩子会吃那些尿弱的人。”

“尖牙利齿的孩子会吃他们，有时候。”

“有些孩子像熊一样，大块头，有爪子。我们没有见过熊。泽伯吃过熊，他知道熊是什么。”

“但是羚羊不许它们这样。”

“不许它们吃雪人-吉米。”

“秧鸡派雪人-吉米来照顾我们。羚羊也派他过来。”

“是的，羚羊也是。”其他人表示赞同。其中一个开始唱歌了。

少女打扮

这天的早餐桌上格外热闹。

象牙喙比尔，海牛，塔摩洛水牛，吸蜜蜂鸟已经清空了他们的杯盘，正热火朝天地讨论后基因学①。秧鸡人的行为有多少是先天遗传，有多少是文化濡染？除了基因表现型之外，他们真的有所谓的文化吗？还是说他们更接近蚂蚁？那唱歌是怎么回事？就算它是某种形式的交流，到底是领地行为，像鸟类啼鸣那样，还是说可以称之为艺术？当然不是后者，象牙喙比尔认为。秧鸡没有预料到会出现这种情况，也很不喜欢，塔摩洛水牛说，但他们的团队无法根绝这点，非要如此就会产生没有情感的个体，从不发情，也不利于种族延续。

显然，交配圈是遗传性的，吸蜜蜂鸟说，其他遗传行为还有伴随着情欲贲张，引发多人性行为的女性腹部的变化和生殖器着色，以及男性身体的相应变化。这些如果在一头鹿或者绵羊身上，那只能说是发情，象牙喙比尔说，但是对秧鸡人来说，这些行为在不同环境下是否会有所变化呢？在天塘圆顶屋的时候没有机会测试这些假设，他们都认为十分可惜。他们本可以做一些变种进行实验，海牛说。但是秧鸡的管理手段是铁腕式的，塔摩洛水牛说，彻头彻尾的独裁者。他不想听到除了他自己的想法以外任何关于改进的建议。而且他一万个不愿意自己的种子实验品毁

---

① Epigenetics，可译作“后遗传学”，“表现遗传学”或“表征遗传学”，发生生物学概念。研究在 DNA 序列不变的情况下，通过一些机制（后天环境影响）引起基因表达或细胞表现型的变化。

在任何有可能劣等的组件上，吸蜜蜂鸟说，因为秧鸡说他们将成为超级摇钱树。或者说故事这么编的，塔摩洛水牛说。

“他摆明了一直在耍我们。”吸蜜蜂鸟说。

“是没错，但是他得到了结果。”象牙喙比尔说。

“正是我们想要的呢，”海牛说，“狗娘养的。”

“问题在于*为什么*，而不是如何”，象牙喙比尔一边说着一边仰头望天，仿佛秧鸡真的在那儿，或许会打个雷作为回复。“他为什么要这么做？在喜福多药片里加入毁灭性的致命病毒？他为什么那么希望人类灭绝？”

“或许他就是玩坏了而已。”海牛说。

“鉴于我们在讨论问题，同时也是为他说句公道话，他可能觉得不是他自己，而是其他一切统统玩坏了。”塔摩洛水牛说，“生态圈遭到大肆破坏，全球气温节节攀升。”

“如果他的解决方案是秧鸡人，他应该知道必须保护他们不受我们这种人伤害，我们或许有侵略性，但没到杀人的地步。”

“他那样的自大妄想狂总是会有这种想法。”海牛说。

“毫无疑问，他把秧鸡人看成原住民，”象牙喙比尔说，“而智人则是贪婪、暴虐的征服者。在某些方面……”

“但我们有贝多芬啊，”海牛说，“还有，你懂的，世界宗教，这个那个的。难道这帮家伙能整出更好的？”

白莎草也在旁边，专注地看着他们，但或许没在听。如果有人在听见什么声音，托比想，那只可能是她。她长得很美，可能是疯癫亚当组织里最好看的姑娘了。昨天她建议大家开始瑜伽晨练，成立冥想小组，但是没人买账。她穿了件有白百合花纹的灰色床单，黑头发盘成发髻。

阿曼达坐在桌子最边角的位置。她看上依旧面色苍白，无精打采。蓝莲花和瑞恩围着她团团转，逼她吃东西。

瑞贝卡在喝他们默契地命名为“咖啡”的玩意儿。托比坐下来时，她转身和她说话。

“今天又是火腿，还有葛粉松饼。对了，如果你想要的话，这里有些巧益多。”

“巧益多？”托比说，“你从哪里搞来的？”全世界巧克力工厂倒闭以后，为了挽救孩子们的可口早餐麦片，垂死挣扎的结果就是巧益多。据说里面含有烤豆子。

“泽伯和黑犀牛他们不知道从哪儿拾回来的，”瑞贝卡说，“谢基也一起去了。称不上新鲜，甚至可以说，不要问售卖期限比较好，所以我估计最好现在就吃掉。”

“你估计？”托比说。巧益多装在碗里。看上去像小石头，棕色的、异样的，来自火星的颗粒。大家过去一直吃这种东西，托比心想。他们早就习以为常了。

“最后的咖啡馆，”瑞贝卡说，“有点像怀旧旅行。是啦，我以前也觉得有点恶心，但是配魔发羊奶喝还不赖。不管怎么说，它添加了维他命和矿物质。包装盒上是这么说的。所以我们有一阵不用吃泥巴了。”

“泥巴？”托比说。

“你懂的，为了补充微量元素。”瑞贝卡说。有时候托比分不清她是开玩笑还是认真的。

托比叉起火腿和葛粉松饼放进嘴里。“其他人在哪儿？”她问道，尽可能不带感情色彩。瑞贝卡如数道来：克洛泽吃过饭把魔发羊赶出去放牧了。贝鲁嘉和谢克尔顿跟他一起去了，他们带了一把喷枪，把守后方。黑犀牛和胜郎昨晚担任警戒，现在在里面睡觉。

“敏狐呢？”

“她可不着急，”瑞贝卡说，“可能在打个盹什么的。我听见她昨晚在灌木丛里翻滚，和一个追求者，或者两个。”她的笑容仿佛在说：和你一样。

还没说到泽伯。托比试着不要着急打探。他是不是也在打盹呢?

等她好不容易喝完苦涩的咖啡，敏狐过来加入他们了。她今天的行头是：无袖透视内衣，短裤，软趴趴的帽子，粉绿色和粉色。把头发绑成马尾，用凯蒂猫发夹别住。扮学生妹装嫩啊，托比心想，这要是在从前，事情可别想就这么算了。敏狐曾经是一名资深基因艺术家，因此也曾因为害怕闹笑话，担心失去地位，把自己收拾成成年人应有的样子，以此来推销她的档次。但如今剥掉了那些地位和档次，她到底在推销什么呢?

别对她太苛刻，托比对自己说。毕竟她冒了很大的风险。她曾经是疯癫亚当的卧底线人，直到秧鸡绑架了她，把她送到天塘圆顶屋和其他被绑架的疯癫亚当们一起，被当成白袍子的技术奴隶。他几乎把他们都挖过来了。

除了泽伯：秧鸡从来没有把泽伯逼入困境。他把自己藏得太好了。

“大家好啊，”敏狐一边说，一边伸懒腰，挺起胸部，瞄准象牙喙比尔。“呜，我真想马上回到床上去！希望你昨晚睡了个好觉。我他妈压根没睡好！我们得对那些虫子想点办法。”

“有喷雾，”瑞贝卡说，“我们还剩些柑橘皮油杀虫剂。”

“等药效退了，”敏狐说，“它们又会咬你，弄醒你。然后你就会听见别人说话什么的，你会以为自己是在那种虚报姓名、围墙是纸板搭的汽车旅馆里呢。”她又冲象牙喙比尔笑了笑，无视海牛，后者看着她，嘴唇紧抿着。托比心想，这是表示反感呢，还是极度的渴望。在有些男人身上很难区别。

“我觉得我们应该给声带套把锁。”敏狐继续说，一边斜眼瞧了瞧托比。表情仿佛在说，我听见了。如果你们非得沉湎于灰头土脸、荒唐可笑的中年性爱不可，起码用袜子堵住嘴巴吧。托比感到脸有些发烫。

“亲爱的女士，”象牙喙比尔说，“我相信我们偶尔在夜间举行的热烈讨论并没有吵醒你。海牛，塔摩洛水牛和我……”

“哦，不是你们，而且那也不是讨论，”敏狐说，“那是巧益多吗？我以前扔了一整碗，在我还能够宿醉的时候。”

阿曼达站起来，用手紧紧地掩住嘴巴，匆匆离开了。瑞恩跟了过去。

“那女孩不太对劲，”敏狐说，“看起来像被摘除了脑叶或是别的什么。她一直都是这副弱智相吗？”

“你知道她经历过什么。”瑞贝卡皱了下眉头。

“是没错啦，但也是时候振作起来了吧。找点活干，像其他人那样。”

托比感到一股怒气。敏狐对工作从不积极，她也从来没有和彩弹手近到只有咫尺之遥。她不知道被当成性爱机器，像狗一样被绑起来掏空榨干是什么感觉。阿曼达比她好一百倍。但除了这些，托比很清楚自己的愤恨是由于敏狐之前针对她的那些含沙射影，更别提透视内衣和可爱的短裤了。还有她的“胸器”和少女风马尾。托比很想说，它们和你脸上开花的皱纹不搭。装腔作势是要付出代价的。

敏狐又笑了，不过不是对着，而是笔直穿过了托比。配合全方位展露牙齿和酒窝。“嗨，”她换上了轻柔的语气。托比转过身，是雷诺和胜郎。

还有泽伯。当然，当然了。

“早安，”泽伯对大家说，并没有给予敏狐特别的关注。对托比也是如此。晚上是晚上，白天是白天。“有人有什么需要吗？”他说，“我们要快速搜查附近这一带，个把小时就回来，只是去了解一下情况。我们会经过一些商店。”他没有说出自己真正的目的，也没有必要，他们都知道他在寻找彩弹手的行踪。这是巡逻。

“苏打粉,”瑞贝卡说,“或者泡打粉,哪种都可以。我不知道没了它们该怎么办。如果你去迷你超市的话……”

“你知道泡打粉是从怀俄明州的碳酸钠石沉淀物里提取的吗?”象牙喙比尔说,“或者说过去是来自那里。”

“哇噢,象牙喙比尔,”敏狐对此报以鼓舞的微笑。“只要有你在,谁还需要维基百科呢?”象牙喙比尔乐得半咧开嘴,他觉得这是赞美。

“酵母,”吸蜜蜂鸟说,“野生酵母。如果你还有面粉的话。你可以用这个办法做酸面包。”

“大概可以吧。”瑞贝卡说。

“我也一起去,”敏狐对泽伯说,“我需要一整间药房。”

一阵停顿。所有人都看着她。

“只要把单子告诉我们就可以了,”雷诺对她裸露的大腿皱紧了眉头。“我们会帮你弄到的。”

“女生的东西,”她说,“你不知道应该去哪里找。”她朝瑞恩和蓝莲花的方向瞄了一眼,她们正坐在水泵边上,帮阿曼达擦身。“我是为大家着想啦。”

又一阵停顿。卫生巾,托比在心里说。她说得也有道理,储藏室的存货正在不断消耗。谁也不想指望撕成碎片的床单。或者苔藓。虽然这不过是早晚的事。

“这主意糟透了,”泽伯说,“那两个男人还在那里。手里有喷枪。他们都是三进宫的老手了,脑袋里的同情回路已经半点不剩了。你不会希望他们抓住你的,他们不会对你客气。你看到阿曼达变成什么样子了。她还算走运,至少保住了肾。”

“我完全同意,这的确是个糟糕透顶的主意,你不该离开我们温暖安全的小窝。我去就行了。”象牙喙比尔表现出一副大无畏的样子。“如果你放心把购物清单交给我……”

“但你会和我在一起啊。”敏狐对泽伯说。“会保护我。”她压低了睫毛。“我会很安全的！”

泽伯对瑞贝卡说，“有咖啡吗？或者叫这名字的垃圾。”

“没问题的，我去换下装备。”敏狐换上简洁干脆的语气。“我能跟上的，我不会拖累你们。我知道怎么摆弄，你懂的，喷枪。”她又添加了几分慵懒，垂下眼睛，使之飘忽不定。紧接着又恢复了一贯的傲慢。“嘿，我们可以把午餐打包带去。找个地方野餐！”

“那就快点收拾吧，”泽伯说，“我们吃完就动身了。”雷诺张口想说什么，又止住了。胜郎盯着上方看。“我估计不会下雨。”泽伯说。

瑞贝卡朝托比望去，挑了挑眉毛。托比尽可能保持面无表情。敏狐在斜眼看他。

狐狸狐狸，人如其名，她心想。摆弄喷枪，是呢，一点没错。

雪人的进展

“哦托比，快来，快来看!”是小黑胡子，使劲儿拽着她的床单。

“怎么了?”托比说，试着压抑住怒火。她想留在这儿，和泽伯告别，即便他不是去很远的地方，也不会离开很久，只有几小时。还是说，她想在他身上留下某种记号？当着敏狐的面。一个吻，一个紧紧的拥抱。*这是我的。给我滚远点。*

然而这也没什么用处。只会让自己变成笑话。

“哦托比，雪人-吉米醒了！他现在醒过来了。”黑胡子说。他听起来既焦虑又激动。小孩子经常这样，一旦碰上游行或者烟花大会，任何稍纵即逝的奇景。她不想让他失望，于是任由自己被领着走了。她一度回了头，泽伯，雷诺，胜郎在埋头吃早饭。敏狐匆匆离席，去换掉那顶愚蠢的帽子和“唯恐别人不看”短裤，换上条包臀迷彩裤。

托比，管好你自己。这里不是高中，她对自己说。然而在某种意义上也可以算是，多多少少。

*

吉米的吊床周围人头攒动。大部分秧鸡人都来了，成年人和孩子，看上去幸福快乐，兴致勃勃，和往常一样。其中一些已经开始唱歌了。

“他回来了！雪人-吉米又和我们在一起了!”

"他回来了!"

"他带了秧鸡给我们的话!"

托比努力挤到吊床那里。两个女秧鸡人在帮吉米吹呼噜。他的眼睛大睁着。看上去迷迷糊糊的。

"跟他打个招呼吧，哦托比，"叫亚伯拉罕·林肯的高个子说。他们都在留神观察，用心倾听。"他去过秧鸡那儿。他有话传给我们。他给我们带了故事回来。"

"吉米，"她说，雪人。她将手放在他的胳膊上。"是我，托比。我那时在篝火边上，海边附近。记得吗？阿曼达也在，还有两个男人。"

吉米抬头看着她。他的眼睛意外的清澈，眼白是眼白，瞳孔有点扩张。他眨了眨眼。似乎没认出来。"狗屎，"他说。

"这个词是什么意思，哦托比？"亚伯拉罕·林肯说。"这是秧鸡的传话吗？"

"他太累了，"托比说，"不，不是这个词。"

"狗日的，"吉米说，"羚羊去哪儿了？她当时在那里，就在那团篝火里。"

"你大病了一场。"托比说。

"我杀了人吗？那些人当中的……我大概是做了一场噩梦。"

"不，你没有杀任何人。"

"我杀了秧鸡，"他说，"他抓住羚羊，他手里有刀，他割开……上帝啊，鲜血喷溅在粉色的蝴蝶上。然后我，我朝他开枪了。"

托比警觉起来。这话是什么意思？更重要的是，秧鸡人会怎样拿它们来编故事。最好不会，她由衷地希望。这些话对他们来说毫无意义，就像一堆空洞的发音。因为秧鸡住在天上，不可能死掉。"你做噩梦了。"她温柔地说。

"不，我没有。那不是噩梦。操蛋的。"吉米躺回去，闭上眼睛。“哦，操蛋。”

“谁是哦操蛋？”亚伯拉罕·林肯说。“他为什么要和这个‘哦操蛋’说话？这里没有人叫这个名字。”

托比好半天才反应过来。因为吉米说了“哦，操蛋”，而不是单单是“操蛋”，他们以为这是一种称呼方式，就像哦托比一样。怎么跟他们解释“哦，操蛋”的意思呢？他们永远不会相信交配可以用来表达不好的意义。嫌恶，侮辱，失败。对他们来说，至少就她所知，这种行为只能是纯粹的快乐。

“你们看不见他，”托比有点绝望地说，“只有吉米，只有雪人-吉米能看见。他是——”

“操蛋是秧鸡的朋友吗？”亚伯拉罕·林肯问道。

“是的，”托比说，“也是雪人-吉米的朋友。”

“这个操蛋在帮助他吗？”一个女人问。

“是的，”托比说，“一旦遇到麻烦，雪人-吉米就会呼唤他帮忙。”在某种意义上是真的。

“操蛋住在天上，”小黑胡子自豪地说，“和秧鸡一块儿。”

“我们想听操蛋的故事。”亚伯拉罕·林肯很有礼貌地要求。“以及他是如何帮助雪人-吉米的。”

吉米再次睁开眼睛，半眯着。现在他在看盖在自己身上的被子，图案是“嗨，摇摆摇摆”主题。他抚摸着猫和小提琴，微笑的月亮。“这是什么？去你妈的奶牛。我的脑袋简直是一锅粥。”他举起手挡住光线。

“他希望你们能往后退一点。”托比说。她凑近他，祈祷这样可以屏蔽掉他接下来说的话。

“我搞砸了，不是吗？”他说。所幸他几乎是在低声细语。“羚羊在哪儿？她刚才还在的。”

“你需要睡觉。”托比说。

“狗日的猪猡快把我吃了。”托比说。

“你现在安全了，”托比说。对一个刚从深度昏迷状态醒来的人来说，陷入幻觉也很正常。但是该如何向秧鸡人描述幻觉是什么呢？就是当你看到某些并不存在的东西。但是如果它们不存在，哦托比，你又怎么能看得到呢？

“什么东西快把你吃了？”托比耐心地问。

“猪，”吉米说，“巨型猪。我觉得他们已经那么干了。抱歉，我脑袋里全乱了。那些我没有射杀的家伙是谁？”

“你现在什么也不用担心，”托比说，“你饿吗？”在断食之后，开头最好先轻量进食。如果有香蕉那该多好。

“去他妈的秧鸡。真是被他玩够了，都是我纵容的。真他妈一坨屎。”

“没事的，”托比说，“你做得挺好。”

“好个屁啊，”吉米说，“我可以来一杯吗？”

秧鸡人之前敬虔地隔开一定距离，现在又倾身向前。“我们必须吹呼噜，哦托比。”亚伯拉罕·林肯说，“让他强壮起来。他的头脑里有些东西纠缠不清。”

“你是对的，”托比说，“他有些东西纠缠不清。”

“是因为梦，还有走到这里的路途。”亚伯拉罕·林肯说。

“之后他就会告诉我们秧鸡的话。”一个黑皮肤女人说。

“还有操蛋的话。”象牙白肤色的女人说。

“我们会为这个操蛋唱歌。”

“也为羚羊。”

“还有秧鸡。好心善良的……”

“我去给他弄一点新鲜的水来，”托比说，“还有蜂蜜。”

“有酒吗？”吉米说，“操，感觉像屎一样。”

瑞恩，蓝莲花和阿曼达坐在矮墙垣上，挨着户外水泵。

“吉米怎么样了？”瑞恩说。

“刚醒，”托比说，“但脑子有点不大清楚。这也不奇怪，毕竟他断片了这么久。”

“他说了什么？”瑞恩说，“有问起我吗？”

“你认为我们能过去看他吗？”蓝莲花问。

“他说脑袋里一团乱。”托比说。

“反正他一直都这样。”蓝莲花说。然后大笑起来。

“你认识他吗？”托比说。她知道吉米和瑞恩早年有过一段，接着是跟阿曼达。但是蓝莲花？

“没错，”瑞恩说，“我们已经弄清楚了。她确实认识吉米。”

“在荷尔史威瑟高中时我是他的实验搭档，”蓝莲花说，“生物课，基因分裂入门。那是在我坐上子弹列车和父母一起去西部以前。”

“沃库拉·普莱斯。他跟我说过，”瑞恩说，“他那时完全被你迷住了！他说你伤透了他的心。但是你从没有给他回应，不是吗？”

“他是个混球。”蓝莲花说。语气里有几分宠溺，仿佛吉米是个闹心又讨喜的孩子似的。

“接下来他让我伤透了心，”瑞恩说，“天晓得他在抛弃我之后又对阿曼达说了什么。极有可能是说我伤透了他的心吧。”

“他没法给出承诺，”蓝莲花说，“我知道有很多男人是这样的。”

“他以前脑子就不太清楚，”阿曼达说。自从彩弹手事件以来托比还是头一次听她说这么多话。

“在高中时我们管这叫鱼柳。”瑞恩说。

“货真价实的鱼肉不过两成，还记得不？”蓝莲花说，“天晓得里头到底加了什么。”她们不约而同地大笑起来。

“人工肉糊，”蓝莲花说，“但谁还管这些。来来，只管吃就行啦。”

“我倒是不介意现在来一条，”瑞恩说，“还有奶油夹心蛋糕。”她叹了口气。“它简直是传统在当代的创新。”

“说得好像你在吃家居用品一样。”蓝莲花说。

“我过去瞧一眼。”阿曼达站起来，紧了紧床单，把头发拨到后面。“我们应该打声招呼，看看他有什么需要。他也是吃了不少苦头。”

终于，原来那个阿曼达的影子又回来了，她在园丁时期认识的阿曼达。那种能量，那种聪慧。道地，以前人们会形容这样的人。阿曼达是发起者，是规则的逾越者。曾经甚至连那些强壮的男孩都敬她三分。

“我们一起去。”蓝莲花说。

“咱们来玩‘惊喜’游戏吧。”瑞恩说。两人咯咯笑个不停。

破碎的心也不过如此了，貌似瑞恩不再为情所伤，至少不再为了吉米。“或许再等等比较好，”她说。如果吉米睁开眼看到三个爱过的女人弯身站在面前，犹如命运三女神，命令他交出始终如一的爱，道歉，以及用猫食盆呈上他的血，会受到怎样的冲击呢？或者更糟糕的情况是，要求他给予她们玩母婴游戏的机会，用柔情令他窒息。虽然他或许还挺喜欢这样。

然而她的担心是多余的，因为当她们到那边的时候，吉米已经合眼了。吹呼噜有助眠效果。此刻他又回到睡梦中去了。

*

拾穗小组沿着街道前进，或者过去曾是街道的地方。泽伯打头，后面依次是黑犀牛，敏狐，胜郎垫后望风。他们小心翼翼地行进，时而走进、时而绕过瓦砾。他们在排查埋伏，丝毫不能冒险。

托比好想跟在后面奔跑，像个被留下的孩子——等等！等等！我和你们一起去，我有来复枪！——然而这有什么意义呢？

泽伯没有问她要帮忙带什么。如果他问了，她会说什么呢？一面镜子？一束花环？她至少应该问他要纸和铅笔。但不知怎么就是问不出口。

他们渐渐走出了视线。

日子继续着。太阳慢慢爬过天空，阴影平展开来，食物送上来被吃掉，话语从嘴里吐出。餐具摆上桌面，又被收下去洗刷。放哨的换岗。泥草屋的围墙升高了一截，墙外的铁丝网又绕了一圈，菜园的杂草拔了，衣物洗净晒干。影子再度伸长，午后的云朵聚拢起来。吉米被搬到屋里，暴雨如期而至，伴随着惊人的雷鸣。然后乌云散去，天空明澈，鸟儿又开始赛嗓子，西边的云彩浸入红霞。

不见泽伯。

魔发羊和它们的牧羊人回来了，克洛泽，贝鲁嘉和谢基。现在，人口混杂的隔离群落里又加入了三个雄性荷尔蒙旺盛的男性。克洛泽跟在瑞恩屁股后面，谢基对阿曼达死缠烂打，吸蜜蜂鸟和贝鲁嘉都在偷看蓝莲花。爱的戏码在他们当中上演，无论在年轻人之间，还是在卷心菜叶上亲热的蛞蝓和亮晶晶的绿甲虫之间，这都没有太大不同。窃窃私语，耸耸肩膀，向前一步，退后一步。

托比按部就班地干活，仿佛在修道院里，兢兢业业，数着时针。

依然不见泽伯。

他会遇到什么事呢？她排开那些画面。或者是试图排开。动物。涉及到牙齿和爪子。有植物，一棵倒下的树。还有矿物，水泥，钢铁，碎玻璃。或者人类。

假设他突然不在了。漩涡打开了入口，她赶紧合上。她的损失并不重要。其他人会怎样呢？其他人类。泽伯有重要价值，他的知识无人能够取代。

他们的人数如此之少，因为互相需要。有时候，这种隔离感有点像度假，其实并不是。他们并没有逃离日常。此刻他们就生活在其中。

她告诉秧鸡人今晚没有故事，因为虽然泽伯把故事留给了她，但有些故事太难理解，她在说之前必须整理一下。他们问鱼是不是有用，她说现在不用。然后她一个人坐在花园里。

你已经失去了，她说。你失去了泽伯。这会儿敏狐一定占有了他。张开胳膊，大腿，或者身上任何饥渴的孔穴，紧紧地箍住他。他把托比像空纸袋那样扔到一边。为什么不呢？她没有得到任何承诺。

微风止息，潮湿的热气从地面腾起，阴影融成一片。蚊子呻吟着。月亮出来了，不再那么圆满。又到了飞蛾活动的时间。

没有移动照明靠过来。没有声音。什么也没有。

后半夜她都在吉米的铺位上照看他，听他呼吸。一支蜡烛燃烧着。在火光中，他被单上摇篮曲风格的图案晃动着，膨胀开来。母牛咯咯笑，狗在哈哈笑。碟子和钥匙手牵手私奔去。

药品店罗曼史

到了早上，托比避开餐桌上吃饭的人。她现在没心情听后遗传学讲座，也不想承受好奇的目光，或者管别人怎么猜测她对泽伯背叛的反应。他本可以坚决地拒绝敏狐，但他没有。他的意思已经很明确了。

她绕去伙房，给自己弄了点昨天剩下的冷猪肉和牛蒡，倒扣在碗里，有点发蔫了。瑞贝卡不喜欢浪费食物。

她坐下来，环视四下。背景处，魔发羊漫无目的地溜达，等克洛泽把它们放出来，领它们去吃道旁的野草。他这不是来了吗，裹在那身《圣经》人物般的床单服里，手里握着一根长棍。

秋千群那边，瑞恩和蓝莲花搀扶着吉米，在一个六条腿的、笨重的拼贴艺术装置里来回走动。他的肌肉状态不太理想，但很快就会恢复足够的力气。在饱经风霜的皮肤下面，毕竟是年轻的肉体。阿曼达也在，坐在其中一顶秋千架上，还有几个秧鸡人，啃食着无处不在的葛藤，表情有点困惑，但并不害怕。

远看和谐的田园牧歌，总有几处跑调。失踪或逃走的魔发羊依旧不见踪影，阿曼达神色漠然，凝视着地面，从克洛泽绷紧的肩膀，以及他扭头不理瑞恩的样子判断，他在为瑞恩呵护吉米宝宝的事吃醋。托比本身也是跑调的音符之一。虽然在旁人眼中她显得很镇定。还是这样比较好，而且经过漫长的园丁训练，她深知如何做到不露声色，以及端起温柔的笑容。

但是泽伯在哪里？他为什么没回来？他找到亚当第一了吗？如果亚当第一受伤了，他就需要被人抬着。这会使他们放慢脚步。在她看不见的那个荒废都市里到底发生了什么？如果手机还能用该多好。但是电信塔倒了。就算还有电力中心残存下来，这里也没人知道如何修复电脑。手摇式收音机，但是也停止运作了。

我们得从头学习如何狼烟传讯。一支信号烟的意思是他爱我，两支是他不爱我。三支则是怨愤不平。

她把白天的时间都投入到菜园里，基于她相信它能起到安抚作用。如果有蜂巢可以照顾就好了。她会和蜜蜂们分享每天的新闻，她和老皮拉以前在屋顶花园时就是这么做的，在皮拉去世之前。向它们征询建议。命令它们飞出去，勘探，再飞回来向她报告，就跟生化间谍蜂一样。

今天我们一起缅怀圣简·斯瓦姆默丹①，他第一次发现蜂王是女王，而非国王，所有同巢的工蜂都是姐妹。圣佐西玛，来自东方的蜜蜂保护者，在沙漠中过着无欲无求的修道士生活，我们以自己的方式向他看齐。还有C·R·里班斯，他对蜜蜂交流策略细致入微的观察令我们受益匪浅。更感谢造物主，赐予它们酿蜜和授粉的天赋，多亏了它们无价的劳作，我们才能够五谷丰饶、草木兴盛，它们还为疲惫的身心带来舒缓放松，方式便是丁尼生笔下所写的无数蜜蜂的低鸣……

皮拉教她在工作前先把蜂王浆涂在皮肤上。这样它们就不会把她看作威胁。它们爬在她的胳膊和脸上，细足的触感像睫毛一样轻柔，像云朵飘过一般轻盈。蜜蜂是信使。皮拉以前说过。它们穿梭于此岸和彼岸之间传递信息。如果你至爱的某人跨过了幽冥的边界，它们会告诉你。

---

① 简·斯瓦姆默丹（Jan Swammerdam，1637—1680），荷兰博物学家，著有《昆虫通史》和《大自然的圣经》。

今天菜园里突然来了一群蜜蜂，围着豆子花忙活个不停。附近一定新来了野生的移巢蜜蜂。其中一只飞落在她的手臂上，品尝她的咸味。难道泽伯死了吗？她无言地自问。快点告诉我。但是它没有留下任何信号又飞走了。

她真的相信这些吗？老皮拉那套民间智慧？不，她不是真的相信，或者不全信。很有可能老皮拉自己也不相信，但这是一个治愈的故事，死去的人并没有真的死去，而是以另一种形式活着。必须得承认这是一种更虚弱的存在，某些部分也更黑暗。但依旧能够传递信息，假如它们能够被辨识和解读。人们需要这样的故事，皮拉某天说，因为再怎么黑暗，黑暗发出声音也比沉默的真空好。

靠近傍晚的时候，雷声刚停住，拾穗小组回来了。托比看着他们在废弃的卡车和太阳能车之间穿进穿出，背对着西沉的太阳，她甚至在认出脸之前就开始数剪影的数量了。没错，一共四个。一个没少。同时也一个没多。

当他们走近圈住泥草屋的围栏时，瑞恩和蓝莲花飞奔过去迎接他们。一群小秧鸡人跟在后面。阿曼达也是跑着去的，虽然没她们快。托比走过去。

“真够折腾人的，”敏狐一走近就开始说，“但我们总算是走到了药房。”她脸涨得通红，微微冒汗。身上脏乎乎的，情绪高涨。她放下背包，呼啦一下打开。“看看我都搞到了点什么。”

泽伯和黑犀牛看上去累得快趴下了，胜郎稍微好一些。

“发生什么事了？”托比对泽伯说。她没有说，“我担心得快疯了。”他肯定知道。

“故事有点长，”泽伯说，“过会儿再说。我现在需要洗澡。有麻烦吗？”

“吉米醒了，”她说，“他有点虚弱。瘦多了。”

"很好，"泽伯说，"我们把他喂肥，带他练习走路，多个帮忙的人手也好。"说完后便离开她，朝泥草屋后门走去。

托比突然觉得有点恼火。他这一走都快整整两天了，回来就跟我说这些？她又不是他老婆，没有发牢骚的特权，但这也阻止不了她去想象那家荒废的药房，在成排货架之间翻滚的泽伯和敏狐，想象泽伯就着一堆含有护发素和洗发水的染发剂撕裂她的迷彩服，或者再往前几排，靠近安全套和催情啫喱膏？或许他们选择收银台来碾压彼此的身体，或者压在婴儿产品上面——事后用了一整盒湿纸巾。诸如此类的事情。一定发生了什么，敏狐脸上才会有那种得意的神气。

她这会儿在说，"指甲油，止痛药，牙刷！看，还有镊子！"

"看起来你把药房扫荡了一遍。"蓝莲花说。

"没剩下什么了，"敏狐说，"已经被抢过一轮。貌似他们对药品比较感兴趣。奥克西①，喜福多，任何含有可得因②成分的。"

"美发产品用处不大？"蓝莲花说。

"没用。还有女性用品——他们没拿那个。"敏狐说。她开始卸下包里的东西，舒而爽，卫生棉条和苗条曲线。"我让男同胞们也分担了一些。他们还搞到一些啤酒。这倒是小小的奇迹。"

"为什么花了这么长时间？"托比问。敏狐微笑着看着她，并不是在挖苦。相反，她表现得太过友好，太过纯真，像一个刚刚摆脱枷锁的少年。

"我们有点像是落到陷阱里去了，"她说，"我们一路搜查一路收集，但那天下午，就在我们准备返回的当口上，来了一群巨型猪——就是那些想要打劫菜园被我们打死几只的。"

---

① 一种基于鸦片提炼物的兴奋剂。

② 从鸦片中提取的碱质。

“刚开始，它们只是偷偷跟在我们后面，但当我们在药房打包完了，正准备出来的时候，我们看见它们朝我们过来了。于是我们跑回药房，但是外窗被打碎了，没有任何东西可以把它们挡在外面。我们穿过储藏室天花板上的暗门，设法爬到屋顶上——它们不会爬高。”

“它们看上去很饿吗？”瑞恩问。

“我们怎么知道一头猪的想法呢？”

它们是杂食动物，托比心想。什么都吃。但是不管饥饿与否，它们会杀戮，出于恶意。或者复仇。我们一直在吃它们。

“然后呢？”瑞恩说。

“我们在屋顶上待了一阵子，”敏狐说，“然后那帮猪从药房跑出来，看见我们在屋顶上。他们找到一箱土豆片，拖到外面大开派对，但整个过程里一直盯着我们。它们是在炫耀这些土豆片，因为它们知道我们很饿。泽伯说应该数一下头数，以防它们兵分几路，一拨负责吸引我们的注意力，另一拨准备偷袭。然后它们朝西面去了，一路小跑，好像有目标似的。我们也朝那边看了，似乎有什么。哪里在冒烟。”

这座城市时不时就有什么东西着火了。某个还接在太阳能设备上的连接电路；一堆潮湿的有机肥料，突然一下自燃引爆了。贮藏起来的碳素油，被阳光加热点燃。冒烟并不是什么稀罕事，托比不但这么想，也如是说了。

“这回不太一样，”敏狐说，“这回比平时更细，像营火。”

“你们为什么不射它们？”蓝莲花说。

“泽伯说这只能是浪费时间，因为它们数量太多了。而且我们不想把喷枪的电池组用光。泽伯认为我们应该过去看看情况，但天色暗下来了。所以我们待在药房过了夜。”

“在屋顶上？”托比问。

“在储藏室里，”敏狐说，“我们用几个盒子堵住门。但是什么也没发生，除了耗子。那里可真不少。等天亮后我们走到昨天看见有火的地方。泽伯和谢基猜是那两个彩弹手。”

“你看见他们了吗？”阿曼达问。

“我们看见火堆的余烬，”敏狐说，“燃烧殆尽了。那些猪到处留下痕迹。还有些是我们的魔发羊留下的。那只红色头发的？它们吃了它。”

“哦，不。”蓝莲花说。

“彩弹手还是魔发羊？”阿曼达说。

“都有，”敏狐说，“但我们没看到任何两个家伙。泽伯说猪把他们赶跑了。我们确实发现一只死了的猪仔，在稍远一点的地方，被喷枪打死的，泽伯说。它的后腿骨被砍了下来。泽伯说我们应该晚点过来回收，因为那些猪不太可能再来自投罗网了，尤其是在它们的幼崽还被杀了的情况下，所以我们应该最大化利用任何迷途的猪肉。但我们听见有什么东西，就是那些疯狂阴毒的狗，基因分裂种，所以我们可能需要为此打一仗。那里就像一个动物园。”

“如果那里真的是动物园的话就会有围栏了，”蓝莲花说，“那头魔发羊是被偷走了对吧？所以说它不是自个儿溜达出去的。那两个家伙准是一度离我们很近，而且没被人看见。”

“听着有点瘆人啊。”瑞恩说。

敏狐没在听。“看看我还弄到什么了，”她说，“验孕棒，尿在上面的那种。我觉得我们都会需要。或者我们中的一些人。”她笑了，但没有看托比。

“别把我算在里面，”瑞恩说，“谁想在这种地方养小孩。”她举起胳膊一路扫过去，泥草屋，树，最低限度的生活保障。“连自来水也没有，我的意思是……”

“我敢保证你会需要这个选项的，”敏狐说，“从长远来看。不管怎样，我们要负起延续种族的责任呢。你觉得呢？”

“谁会是爸爸？”蓝莲花饶有兴致地说。

“要我说，到时随你挑，”，敏狐说，“排队的人多了去了。你只需要挑个舌头最长还挂在外面的。”

“那我估计你就只能绑在象牙喙比尔身上了。”蓝莲花说。

“我是说最长的舌头吗？”敏狐说。她和蓝莲花咯咯地笑开了，瑞恩和阿曼达没有反应。

“给我看看那些验孕棒。”瑞恩说。

托比凝视着黑暗。她应该跟过去吗？这会儿他应该冲完澡了。在泥草屋里冲澡从来不会很久。除了敏狐这种人，会用光所有太阳光加热的水。但是泽伯并没有要出现的迹象。

她待在自己的铺位上，一直没合眼，以防万一。月光把她的眼睛晒成银色。猫头鹰在呼唤，爱抚彼此的羽毛。没有一样是她想要的。

拔草

整个早上都不见泽伯。没人提到他。她也没问。

午餐是汤，加了某种肉——烟熏狗肉？——和葛粉，还有大蒜。繁梅可以再熟一点。混合蔬菜沙拉。“我们必须弄清楚醋的做法，”瑞贝卡说，“然后我就能做出道地的色拉了。”

“首先应该酿葡萄酒吧。”吸蜜蜂鸟说。

“我举双手赞成。”瑞贝卡说。她在沙拉里加了点芝麻菜的种子，起到黑胡椒的效果。她有一套关于制盐装置的计划——一个蒸发用的淘洗盘，安置在岸边。一旦海岸清空了。她说。一旦跟彩弹手清算好。

午餐过后有一段室内时间，隐蔽时间。太阳爬升到高处燃烧着。雨云尚未成形。空气中布满粘着的湿气。

托比待在铺位上，试着打个盹，结果却一直在哭。不许抽抽搭搭，她对自己说。不许舔伤口。她甚至不确定是否有伤口要舔。虽然她感觉自己受伤了。

那天下午晚些时候，已经下过雨了。四下无人，除了负责放哨的克洛泽和海牛。托比跪在菜园里，灭杀蛞蝓。曾几何时，这样的行为会让她感到内疚。因为蛞蝓难道不也是上帝的造物吗？亚当第一会说，它同样有权要求呼吸空气，只要他们呆在一个更适合的地方，除了我们的屋顶花园以外。但现在，杀死它们为托比提供了一个发泄的出口。什么东西的出口？她不希望再深入想下去。

更糟的是，她发现自己还把想法说出来了。去死，邪恶的蛞蝓！她把摘下来的蛞蝓扔进一只铺了草灰和水的锡罐里。他们之前用过盐，但是盐太珍贵，半点都不能浪费。用一块扁平的石头迅速干脆地给它一下或许对蛞蝓来说更仁慈——草灰一定让它们很痛苦——但是她没有心情挑挑拣拣，选一种相对仁慈的处刑方式。

她用力拔出一株野草。我们任意给上帝神圣的野草贴上标签，然后无视它们。然而野草不过是我们给那些妨碍我们，惹恼我们的植物强加的名字罢了。请想一想它们很多都是那么有用！可食且美味。

没错。但这个不是。从样子来看应该是豚草。她把它扔进那堆废弃物里。

"嘿，你在这儿呢，我的死亡之翼。"有个声音在说话。是泽伯，他正朝她低下身，咧嘴笑着。

托比一个踉跄，差点摔倒。她的手很脏；她不知道该拿它们怎么办。他一直睡到现在才起床吗，还是什么？她不能问敏狐发生了什么，或者做了什么。她拒绝表现得像个怨妇。

"我很高兴你能平安回来。"托比说。她确实很高兴，远比她表达出来的更强烈。然而甚至连她自己都觉得这话听起来有点假。

"我也是，"泽伯说，"这趟出门比我指望的糟心多了。累得像条狗，睡得跟猪似的。我真是老了。"

这会是烟雾弹吗？她的疑心是有多重呢？"我很想你，"她说。就是这个。真的有这么难吗？

泽伯扯起唇角。"我就知道你会的，"他说，"给你带了点东西。"一只化妆盒，附有一面小圆镜。

"谢谢，"她努力挤出一丝笑容。这算是歉礼吗？出于内疚心理？丈夫和同事激烈地偷情之后送给妻子的玫瑰？可她不是妻子。

“我还帮你弄到一些纸。几本学校用的笔记本，药房还在出售。我猜这是为那些买不起平板电脑的废市孩子准备的。几支中性笔，铅笔。还有毛毡尖记号笔。”

“你怎么知道我需要这些?”托比问。

“我曾经和一个会读心术的人共事过，还记得吗?”他说，“草书笔记是园丁必备的技能，对不?我猜你可能需要把每天的事情记下来。嗨，来抱一个吧。”

“我会把泥弄到你身上的。”她有点不情愿地笑了。

“我还有比这个更脏的时候呢。”

即便手指上沾满湿滑的蛞蝓体液，她怎么能不用双手拥抱他呢?

阳光普照，蜜蜂在黄色的南瓜花丛中飞舞。“你知道我最想要的是什么吗?”她把头埋在泽伯烟熏味的胡子里。“阅读用的眼镜。还有蜂巢。”

“你可以认为它们已经是你的了，”他停顿了一下，“我想让你看下这个。”

他从袖子里面抽出一只鞋子。凉鞋。手工制作，材料都是废品的再利用：轮胎面做的鞋底，自行车内胎鞋扣，银色胶带镶边。虽然沾满尘土，但还不算破旧。

“园丁，”托比说。她鲜明地回想起这种着装风格，或者倒不如说回想起它的缺失。“可能是。我猜别人也可能会做这种。”

她的脑袋里已经出现了一幅画面：亚当第一以及其他活下来的园丁，蹲在亚拉腊藏身窝里——例如以前用来培植蘑菇的地窖——就着烛光拼拼缝缝，打磨手工凉鞋，像一群洞穴里的精灵，小口啜饮着储藏的蜂蜜和黄豆小食。在他们头顶上，城市熊熊燃烧，分崩离析，人类正在消融，最后化为乌有。她很想去相信这不可能是真的。

“你在哪里找到它的?”她问。

“在猪仔被杀的地方,”泽伯说,“我没跟其他人说。”

“你认为这是亚当的。你认为他还活着。你认为他是故意把这个留给你,或者别的什么人。”这些并不是提问。

“你也是,”泽伯说,“你也是这么想的。”

“不要抱太大希望,”她说,“希望会把人摧毁。”

“好吧,你是对的。但那又怎样。”

“如果你是对的,”她说,“那亚当会不会也在找你呢?”

头灯
黑色的光

泽伯和操蛋的故事

你不用每次都跟他们讲故事吧。别去了，跟我来。今晚就搁一搁吧。

我已经暂搁过一晚了。我不能让他们太过失望。他们有可能会离开，一旦回到海滩就很容易遭到袭击。那些彩弹手会……我永远不会原谅自己，如果……

好吧。那可以简短一点吗？

我不太确定那是否可行。他们老是问一堆问题。

叫他们撒泡尿自己照照。

他们不会理解的。他们认为尿是好东西。就像操蛋一样——他们认为有一个不可见的实体叫操蛋。秧鸡的好帮手。在关键时刻出现。也是吉米的帮手，因为他们听见吉米说哦操蛋。

我站在他们这边。操蛋！一个不可见的实体！关键时候出现的好帮手！对头！

他们想听关于他的故事。事实上是关于他和你的。你们俩，经历过男子汉的冒险。你们这会儿都是大明星。他们吵着要我讲你的故事。

我能去听吗？

不要，你会笑的。

“看到我的嘴了吗？超固封箱带！如果我有强力胶，我会……嘿，我可以把我的嘴粘在你的……”

别老是想歪。

生活本来就歪七扭八的。我只是随大流罢了。

谢谢你们的鱼。

看，我戴上了红色帽子，我也听过我手臂上戴的这个圆圆闪亮的东西了。

今天我来说说泽伯和操蛋的故事。因为你们一直要我讲。

泽伯的爸爸和妈妈对他不好，他离开家以后，在混沌中徘徊了很久。他不知道接下去该去哪里。他也不知道他的兄弟，亚当，在什么地方，亚当是他唯一的朋友和帮手。

是的，操蛋也是他的朋友和帮手，但他是不可见的。

不，那不是动物，那边的暗影里，灌木丛旁边的。那是泽伯。他没在笑，他在咳嗽。

所以，泽伯的兄弟，亚当是他唯一可以看见、触摸的朋友和帮手。亚当失踪了？他被偷走了？泽伯并不知道，这让他很难过。

但是操蛋陪在他身边，给他建议。操蛋生活在空气里，像鸟一样四处飞翔，这就是为什么他可以一会儿和泽伯在一起，下一秒就在秧鸡身边，又能陪雪人-吉米的原因。他可以同时出现在多个场所。如果你遇到麻烦，然后呼唤他，哦操蛋，只有你需要他，他会一直在。而且你一旦说出他的名字，立刻感觉好多了。

是的，泽伯确实咳得很严重。但你们不必现在给他吹呼噜。

是的，有一个像操蛋那样的朋友和帮手真好。我希望我也有一个。

不，操蛋不是我的帮手。我的帮手是另一个人，她的名字叫皮拉。她死了，然后换上植物的形体，现在她和蜜蜂住在一起。

是的，我会和她交谈，即便我看见她。但她并不是那么……不是操蛋那种突兀的存在。她不那么像打雷，更像清风。

我以后会跟你们说皮拉的故事的。

于是泽伯走啊走，不断深入危险的地方，那里住着一大帮恶人，他们会做残忍无情的事。然后他来到一个地方，那里的人会把秧鸡的孩子煮来吃，他知道这样做是不对的。当他向操蛋寻求建议的时候，操蛋让他离开那个地方。然后他住在一些小房子里，四周环绕着水，然后他认识了一条蛇。那里很危险。于是他说，哦操蛋！然后操蛋就飞过来，跟泽伯说话，并告诉泽伯他会带他安全离开那里。

今晚差不多了，就说到这里吧。你们已经知道泽伯平安无事地逃离了，因为他此刻就坐在那里，难道不是吗？他很高兴听到这个故事。这就是为什么他这会儿在笑，而且不再咳嗽了。

谢谢你们跟我说晚安。我很高兴你们希望我能睡个好觉，没有噩梦。

我也祝你们晚安。

是的，晚安。

晚安！

够了！你们可以暂停说晚安了。

谢谢。

漂浮世界

有天，泽伯在薇妮特，前“秘密汉堡”的肉贩子身边醒来，意识到她闻起来像烤肉饼，又像放久了的食用油。虽说他自己也是，但那不一样，你对自己的味道习惯了，泽伯说。但你并不希望你的欲望对象散发出这种味道。这是灵长类的特性，是种本能，他们做过测试。不信你随便在疯癫亚当那些人里找个生物宅问问。

别忘了还有洋葱，然后还有挤瓶里装的那种胶水状的红色酱汁，它能让客人如此狂热，里头一定放了快克①。一旦场面嗨起来，最后演变成一场大乱斗，总有人跑过来拿红色酱汁，到处喷洒。然后它会和被撕裂的头皮里飞溅出来的血液混在一起，你分不出究竟那人是大量失血徘徊在垂死边缘，还是仅仅浸泡在酱汁里而已。

只要他们两人在那里工作，那种气味大杂烩就会执拗地渗进他们的衣服和头发，甚至皮肤毛孔里。即便这里有洗澡水供应，还是怎么都洗不掉那股恶臭。而且它和薇妮特抹在身上消臭的糊状物也不是很搭调。那牌子名叫德里拉，化妆水加上胶原蛋白的双重功效，让你仿佛跋涉在垂死百合的海洋里，或者奋力穿过一群老女人，那种喜欢在岩石圣油教堂里扎堆的上年纪的女信徒。

---

① 原意破裂，裂缝，这里是一种液晶状的可卡因（cocaine），因为在加热过程中会发出噼啪声而得名。

当你很饿或很饥渴，或是两种感觉都有时，这两种味道——秘密汉堡和德里拉——还不算太糟，但也不算可口。

我操，泽伯在心里说，那个如梦初醒般的早晨，他躺在那里，呼吸着悲惨的百香盒①。这种生活毫无未来可言。

如果说有未来，那也是灰暗的，因为除了闻起来有点微妙之外，薇妮特开始变得好打听了。名义上是因为爱，以及了解真实的、完整的他，她想要进入他的深处探索，一种比喻式的说法。换句话说，就是要他亮出底牌。如果她刺探得过于卖力——不断揭开他蒙在故事上的盖子；他意识到自己在编造这些故事时并没有足够谨慎，然后发誓下回骗人时一定注意改善——如果她揭开盖子，就会发现底下没多少东西是信得过的。如果她继续深入下去，或许会对他从哪里来，以及他的出身做出某种猜测。要不了多久她就会告发他，这样就能领到灰色地带给出的赏金，不管金额多少，这类信息往往通过废市耗子的关系网口口相传。

泽伯毫不怀疑这笔赏金确实存在。他们手里甚至还可能握有他的生物学测定统计学数据，比如耳朵的照片，走路身姿的动图，以及学校时代留下的大拇指指纹。就泽伯所知，薇妮特在那些帮派“包知道”里头没有熟人。而且她穷到负担不起笔记本电脑或者平板电脑。但她可以在那种按钟点出租的咖啡店里便宜搞到网络，假如她被惹毛了，说不定会去人肉搜索他。

现在，她已经渐渐从起初泽伯创造的不乏感官色彩的魔法般的迷梦中醒过来了。这种魔法的实质是与外星人接触般的冲击性初体验带来的生殖器亢奋以及伴生的快速泄精。小伙子在性事上往往没有品味可言，这不是偏见。他们就像那些令维多利亚时代的人震惊的企鹅，它们会顶撞任何有洞的物体，而对泽伯来说薇

① 把干燥花瓣和香料混合放在罐子或盆子里用来熏香房间。

妮特就是现成的对象。不是吹牛，在那些胴体交缠的夜晚，她兴奋得直翻白眼，一半时间看起来像个僵尸，她的叫床声像放大数倍的摇滚噪音，引来邻居激烈地砸墙抗议，不管是来自底楼卖酒的商店，还是来自楼上那些悲惨的蚁族。

但现在，她有点误解了泽伯的动物性冲动，以为其中另有深意。她想要炮后来一番耳鬓厮磨。她想和他分享彼此的要害，精神层面上的。此外她还开始提问，她的胸部够大吗，亚麻绿色是否适合她，为什么他们只做一次，而不像开始那样每晚都要做两次？诸如此类带陷阱的问题。这样的夜间盘问环节令人厌倦。或许，泽伯总结道，他对薇妮特的感觉并不是真爱。

“别这样看我。我那时真的很年轻。而且别忘了，我那阵子过着不健康的社交生活。”泽伯说。

“我怎么看你了？”托比说，“这里比山羊肚子里还黑。你根本看不见我。”

“我能感觉你比石头还硬、比冰河还冷的视线。”

“我只是为她感到难过，就那样。”托比说。

“不，你不会的。如果我留在她身边，此刻就不会和你在一起了，难道不是吗？”

“好吧，你说的完全正确。我收回我的歉意。但那又如何呢？”

*

他还不算特别人渣。他给薇妮特留了点钱，还有一张便条，诉说了永不褪色的爱慕，还附言说他因为某些肮脏的勾当受人威胁——他没说是哪种威胁，他不能容忍因为自己的缘故令她身陷囹圄。

“你当时用了那个词？”托比说，“囹圄？”

“她喜欢罗曼史，”泽伯说，“骑士之类的玩意儿。她有几本平装书，放在她租的房间里，都已经散架了。”

“你不想扮演骑士？”

“不想当她的，”泽伯说，“我想当你的骑士。”他吻了吻她的手指尖。“拂晓之剑，随时赴命。”

“我可不信，”托比说，“你刚才还说自己多会撒谎骗人。”

“至少我还劳神为你撒谎，”泽伯说，“撒谎比不加遮掩的真实更费心。你把它假想成某种求爱的角色扮演吧。我已经老得不成样子，身心俱疲，不像我们的秧鸡人朋友，我没有蓝色大屌，所以我需要智慧。尽管剩得不多。”

泽伯沿着A柱卡车公路一路匆匆南行，在圣莫妮卡的残迹上停下来休息一阵。上升的海平面冲走了海滩，昔日的高档旅馆和分租房一半淹在水里。一些街道成了运河，附近的威尼斯从此不负水城之名。整个区域被称为漂浮世界，大部分时候也确实是漂着的，尤其是满月涨潮的时候。

原本的业主都离开了。领不到保险金——因为海水吞噬陆地只能是上帝的作为——他们都往山上逃难去了。这里拥入了大量的不法占据者和临时移民，虽然所有市政服务都停止工作了：地下排水系统和主要供水管彻底瘫痪，不久前电力也中断了。

然而它由此获得了某种放荡的名声，那些高地上流地区的中年观光客很乐意来漂浮世界冒险，他们需要来点怪诞的波希米亚式心跳体验，搭上太阳能马达水上出租车“突突突”地巡游沉没在水中的街道。他们来此是为了赌博，违禁物品交易和女孩。除此之外也为了观赏实况马戏团一般将建筑碾碎压垮、移动商店的表演，起因是房体内浸水过多，或者一场猛烈的风暴扫平了另一处海岸线，以及更多的房屋。

漂浮世界能提供很多东西；而且利润很高，因为操作的人不需要付租金或者加税。这里不分昼夜地进行着一场肮脏的游戏，在此出入的睡眼惺忪的玩家要么是嫌在线游戏不过瘾，要么就是神经已经对危险上瘾了。除此之外，他们需要避人耳目，他们相信网络上的窥视孔就像A柱卡车公路上的汽车旅馆里的一样多，他们也不想留下至关重要的DNA。

那里有一家娃娃女郎商店，里头有真人，也有机器妓女，取决于你想要多少比重的程序化互动，倒不是说你一定分得清楚。有一群街头空中飞人在水淹的街道上方拉起绳子，表演火炬走钢丝，他们有时会摔下来，折断某个部位，比如脖子。受伤甚至死亡的可能性极具诱惑，随着网络世界预先编辑的程度越来越高，越加整齐划一，甚至在所谓真实秀网站的观众心里也对其真实性存疑。粗粝、不加修饰的肉体世界开始展现出神秘的魅力。

在那些马戏表演者里有一个魔术师，五十岁上下、眼神忧伤的男人，他身上穿的那件膝盖鼓出的西装八成是从哪家慈善旧货店里偷来的。他干的营生赚头并不多。他在一家从前的铂金级旅馆的夹层楼面上搭建了一个临时舞台，在那里翻弄纸牌、硬币和手帕，把女人锯成两半，让她们从盒子里消失，表演读心术。这样的快乐如今在电视和网络上已不见踪影，因为在数字世界里展示技巧缺乏直接感受性，故而不被信任。你怎么知道这不是特效呢？然而，当漂浮世界的魔术师将一大把针放进自己嘴里时，你能看到这些是真的针，如果它们被穿在线上从嘴里带出来，你能去摸那根线。当他把一刀纸牌扔到空中，黑桃A停在天花板上时，你能看到它们实实在在地发生在你眼皮底下。

每到周五周六有魔术表演时，夹板楼层都会人满为患。他称自己为“斯雷特之手”，取自亚伦·斯雷特，二十一世纪研究神秘主义艺术的历史学家。尽管很少有观众知道这一点。

但是泽伯学到了，因为正是斯雷特之手给了他一份工作。他的艺名叫罗塔，肌肉发达的助手，裹在一件假豹皮的土气演出服里。他举着盒子四处走，把它颠倒过来以示里面没有东西，或者把美丽的姑娘放进盒子里，等着被锯成两半。虽然有时候他会假扮成观众，为读心术表演收集情报，或者大声叫好，引开观众的注意力。白天的时候，他被派去漂浮世界采购，那里有迷你超市和白天醒着的人。

*

“我从斯雷特那里学到不少东西。”泽伯说。

“怎么把人锯成两半？”

“那也算是吧，但这种把戏谁都能做到。诀窍在于，你在锯的时候得让她们保持笑容。”

“我猜那需要镜子，”托比说，“还有烟雾。”

“我发过守秘的誓言。在老斯雷特教给我的东西里面，最有用的是误导。引导他们的目光从你真正在做的事情转到别的上面，你就能放手干了。斯雷特把他的每一任美女助手都称之为‘引导小姐’。他用类别来命名她们。”

“或许他分不清楚她们谁是谁？”

“或许是这样。她们在那方面不能引起他的兴趣。但是她们必须很衬亮片装，不过亮片也不是很多。那个时期的引导小姐名叫卡特里娜·吴，来自帕罗奥图①的亚洲混血儿，长着小猫似的眼睛。我在心里叫她卡特里娜·呜呜，试图和她搞好关系。“秘密汉堡”的肉女郎薇妮特为我打开了一整个世界的可能性，我那

① 美国加州西部城市。

会儿有股子蛮勇。但是引导小姐呜呜身上没有这些特质，一样都没有。每个周末，我都搂着她，把她塞进盒子或者箱子里，帮助她被锯成两半再消失不见，把她平放在桌子上，让她可以浮在半空中。我会故意使劲儿捏她一把，然后朝她抛出骨头都会酥掉的媚眼——我当时是这么认为的，然而她却用微笑嘘我，意思是，你给我马上住手。”

“你刚才嘘得很棒。或许老是被锯成两半，她的液体都被抽干了。”

“没那回事儿。她有她的钢索男罩着呢。平时不用为斯雷特工作时，那家伙会教她高架秋千舞。他们两个正在捯饬一出高空脱衣舞秀。她为此准备了几件服装，一套仿鸟的，一套蛇皮的。演蛇的时候她还配备了真蛇，像是前脑叶白质被切除的蟒蛇。它的名字叫三月，因为据呜呜小姐说，三月是希望的月份，而她的蟒蛇总是充满希望。

“她似乎很中意那东西；在某些表演中，她会把它绕在脖子上，任它来一番交缠。我对三月很友好，帮它抓过老鼠，我以为那些吓坏的老鼠可以抓住呜呜的心，但门儿都没有。”

“女人和蛇到底哪里招人了？”托比说，“或者女人和鸟，像她那样。”

“我们喜欢把你们想象成野性的动物，”泽伯说，“在那些虚饰底下。”

“你是指愚蠢？或者亚人类？”

“让我喘口气吧。我的意思是不可控制的凶猛兽性，积极意义上的。长着鳞片或羽毛的女人特别诱人，魅力值加分。像女神一样，需要冒险，极端。”

“好吧。我们下回折中一下，然后呢？”

“然后就是某天卡特里娜和那个高空钢索男私奔了。然后蛇王三月，三月也跟他们一块儿走了。这让我烦恼了好一阵，倒不是为了蛇，而是为了呜呜小姐。我那时被丘比特那枚腐烂的箭头感染了。我得承认我哭得稀里哗啦的。”

“我想象不出你哭得稀里哗啦的样子。”托比说。

“是真的。心都在滴血。没人注意到，于是我就默默地心口滴血。有流言说卡特里娜和钢索男去东面闯荡了。几年后，我发现他们完成了蛇鸟主题，成立了一家高级脱衣舞夜总会，名叫“鳞尾”。小规模起家，现在发展成承包制连锁店了。那是在公司全面接手性交易之前的事了。”

“你是说像‘排水沟’里的‘江鳞’那种店吗？就在伊甸之崖屋顶花园附近。是成人娱乐吗？”

“你懂的。以前园丁的孩子们会去那里捡被丢掉的红酒，用来酿醋。同一家连锁店。不管怎样，后来在关键时刻救了我一命。以后跟你说。”

“是关于你和那个蛇女的故事吗？你最后得手了？我等不及现在就想听。那条蛇也在故事里吗？”

“别激动嘛。我在努力按照时间顺序来讲。嘿，我说，不是所有事都要和我的性生活扯上关系吧。”

托比想说，到目前为止确实是这样啊，但她忍住了。她到底意识到，是她要求听完整的故事，到这时候再有抵触显得很不公平。“好，你随便讲吧。”

“卡特里娜从漂浮世界消失后，老斯雷特为了找到下一任引导小姐四处奔走，或许也为了找一个审美上更有吸引力，并且不会栽进水里的表演场所吧。我有点闲散，这可大有好处，因为当你处在寻找下一站幸福的状态时，你会睁大眼睛，竖起耳朵，于是我注意到几个家伙在附近晃悠，一副混混腔，拼命融入这里。你能感觉到这种刻意，如果一个男人还不习惯他的马尾辫，乱蓬蓬的胡子，还戴着过分张扬的鼻部饰品，总之在脸上捣鼓太多时，反而欲盖弥彰。他们穿的裤子也不对头。虽然他们没有像查克那样，犯了穿新裤子的错误，但是那些褶皱啊撕裂啊都太艺术了。或者说这只是我的个人判断。于是我踏上另一条可以搭便车的 A 柱卡车公路。”

“这次我一路直奔墨西哥，我估摸就算瑞夫的触角再长，也够不到这么远的地方吧。”

骇客之家

在墨西哥，有一票患妄想症的毒贩子把泽伯也当成同类人，以为泽伯要和他们抢生意。那些头皮上烙有奥义纹身和郁金香造型的男人除了摆黑脸之外，还有几次为了表明态度甚至操过刀子，这样闹过几次以后，泽伯便沿着地图往下走，一路上光撒铜板。遇到意外情况时他坚持用现金付账，因为他不想在网络上留下足迹，不管这足迹是属于约翰，还是罗贝托，或者是再后来的某个迪阿兹。

他自科苏梅尔①出发，从加勒比海里的一个岛屿跳到另一个，最后来到哥伦比亚。虽然他和陌生人喝酒扯皮的功夫更加炉火纯青了，也从不少意外里挺了过来，他在波哥大②没有什么奔头。再说，他也太出挑了。

里约就是另一个故事了。那会儿它的昵称是骇客之家。那是在迷你直升机空袭，破坏电线管基建设施的行动把真正的行家（能够存活下来的）赶到柬埔寨的丛林里重起炉灶之前的事了。当时的里约正处于全盛期。它被称之为网络版的狂野西部，你可以找到任何国籍的人，表情酷酷的、年轻的黑帽子，网络空间的神偷手。这里有成堆的潜在顾客，企业家窃听其他企业，政治家为其他政治家布下陷阱，然后还有军事方面的利益。虽然他们也出钱筛查那些有前途的雇员，但这种活泽伯不想接手。但是说到

---

① 墨西哥尤卡坦半岛附近加勒比海中的一个岛屿。

② 哥伦比亚的首都和昆迪纳马卡省的省会。

底，里约还是卖方市场，手续快捷，不多问，不管看上去怎样，只要足够奇怪就能融入这里。

由于太久不敲键盘，泽伯的技艺略有生疏。他把太多力气都用来兜售肉饼，协助斯雷特之手，朝引导小姐抛媚眼，以及和蟒蛇缠斗了。但是他很快便重新找回了感觉。接着开始找工作。不到一星期他就找到一个空缺，可以充分发挥所长。

他的第一个雇主是“背骨”，一个专门攻击电子投票机器的组织。这在本世纪头十五年里还很容易，同时收益不菲，如果你能控制住投票机器，就可以让你想要的候选人上位，只要真实的票数难分上下。但是这样做会引起公愤，舆情哗然，那时候大家还认为有必要撑住民主的面子。一旦防火墙装起来以后撬锁就变得更复杂了。

此外还有点无聊——有点像编织活，一针一针地勾出基本形状的花边，更像是为了展示，而非实际的安全。你会在上班时打瞌睡，试图打起精神来。因此当“骇锯”有限公司招揽他时，他接受了，尽管事后证明他的决定有点仓促。他那时并没有喝醉，但确实碰过伏特加。伏特加，还有拍后背，同志间的开怀大笑，以及吹捧。负责撬边的三个男人表现得情真意切，一个爱好吹嘘，一个挥金如土，最后那个很少说话的大概才是正牌杀手。

“骇锯”设在一艘停靠在里约的游艇里，摆出一副万有性集市的姿态来。不仅仅是姿态而已，因为这里从鸡汤到果仁，带骨还是去骨，应有尽有，附带赔本甩卖的尖叫。在这艘“死亡之星”① 里度过的神经绷紧的头四个月里，他为一帮猥琐变态的俄罗斯妓女贩子工作，他们已经厌倦了哀怨和流血，以及他们嗷嗷待哺的人类本能，想要通过某种更少伤筋动骨的方式充实自己的收入。他们让泽伯侵入一家纸牌弹珠机赌博网站来偷税。这个任

---

① 电影《星球大战》中的太空战舰兼终极兵器。

务让他倍感压力，因为据一名码奴说，骇客圈以狠辣来偷税著称，一旦你在解码时手脚太慢，其他人就会把你送去海里喂磷虾。

还有一种可能就是和程序打好交道。使用方法不对没关系，只要商品损坏得不算太严重就好，因为破坏商品是付费客户的特权。工资包里包括每周给员工发几张不限时间的打折券，以及附带的薯片、肉、饮料等弹珠机奖品。但投入个人情感是被严令禁止的。

“骇锯”的性集市生意超越了表面的浮夸艳俗。尤其是幼童生意。他们以限时使用为前提，把孩子们从贫民窟里带出来，以飞快的速度淘汰替换，就像养金鱼一样。这和瑞夫养育孩子的方式过于相似，对泽伯来说挺不是滋味，他一定是没藏好自己的情绪，因为热情高扬的同志情谊很快便冷却下来了。合同开始仅一个月，他就通过和俄罗斯人警卫分享伏特加的方式溜进一艘快艇里，然后狠狠给了他一下子，搜出他口袋里的身份证，再把他扔出船外。那是他第一次杀人，对那个警卫来说太不幸了，一个头脑简单暴力的家伙，他早该学乖，不应该信任一个像泽伯这样邪恶的小青年，从定义上说是这样，因为他为“骇锯”工作，尽管他并不“小”。

他带走了几行“骇锯”的代码，还有一些密码。它们应该能派上用场。他还带走了一个姑娘。他用甜言蜜语哄来当他自己的引导小姐。他用打折券买了她一个钟点，让她穿着分配到的睡衣——其实就是奶酪包布①的碎布条——从醉醺醺的警卫面前经过，既露骨色诱，又神秘可疑，分寸恰到好处——你要去哪儿？——正好让那个木鱼脑袋的警卫转过头来。

---

① 一种平织粗布，常被用来制作奶酪。

泽伯本来可以把女孩留在游艇里，但是他为姑娘感到难过。兄弟们会发现她的背叛行径，不在乎她是否出于自愿，然后把她捣成一摊土豆泥。她之所以会在游艇上，仅仅是因为被虚假的诱惑和三流奉承从铁锈桶墨西哥的故乡小镇拐骗出来。他们说她很有天赋，还说这份工作是跳舞。

他还没笨到把快艇开到一般的码头上。同志们这会儿或许发现有两个人失踪了——三个，加上那个警卫——已经出动去搜查。他把船停靠在一家海岸旅馆，把姑娘藏在装饰喷泉后面，直到他用警卫的身份证订了房间，得到进入走廊的许可为止。接着他破解出管理员密码，潜入一间库藏丰富的卧室，偷了几件衣服给她，也给自己弄了件衬衫：尺寸太小，但是卷起袖子还好。他用肥皂在浴室的镜子上留下一条“引导小姐”式威胁信息：我还会再来。复仇。他打的算盘是，住这里的家伙十个中有九个过去是个凶残暴戾的恶徒，因此他们应该会火速离开旅馆，不会报失橱柜里的失窃物。

或者报失他们的车钥匙。或者是车。

一旦他们走得足够远，他找了家网络咖啡吧，几经辗转、不留痕迹地进入他百分之零点零九的秘密金库，然后转了一大笔钱到另一个账户，再支付给自己。在干完这一切以后，他抹掉了所有痕迹。然后他借了另一辆正好摆在眼前的车。有时候人真是粗心。

迄今为止一切还算顺利。但是那姑娘有点不对劲了。她的名字叫敏塔，给他的感觉就像有机口香糖。新鲜，绿色。在他们的逃亡之旅中，她一直保持镇定，没有神经错乱，还有点沉默。很可能是处于刺激后的休克状态，因为她没能坚持很久。她从内心深处开始枯竭，他也说不上来究竟是精神性的还是生理性的。

只要他们在有人的地方她就没什么问题——她可以在短时间

内保持正常——然而一旦走进内部空间，不管是这里那里的房间，甚至在车里，当他们一路蛇行往北往西走时，她可以把全部的时间用在她的两项特长上：绝望地哭泣，以及眼神空洞地凝视前方。电视不能帮她转移注意力，做爱也不能。她不想要泽伯碰她也是完全可以理解的，尽管出于感激以及某种形式的报答，她愿意做任何事来帮他自行解决。

“于是你就欣然接受了？”托比尽量保持轻松的语气。她怎么可以嫉妒这样一个垮掉的女人，一个幽灵？

“没有，实话实说，”泽伯说，“毫无快感可言。还不如去购物中心雇一个帮你自慰的机器人妓女呢。跟她说不必这么做还有点乐趣。之后她确实有让我稍微抱抱她。我以为这会让她镇静下来，结果反而让她颤抖。”

敏塔开始出现幻听——偷偷摸摸的脚步声，沉重的呼吸声，金属撞击的声音，而且每次他们离开不管是哪里的肮脏污秽的旅馆房间时，她都会胆战心惊。泽伯负担得起更高级的住宿，但最好的方法还是混迹于废市底层，躲在阴影里。

令人难过的是，敏塔从圣地亚哥的阳台上跳了下去，结束了自己的生命。那时他不在房间里，他出去帮她买咖啡了，但是他看见聚集的人群，也听到了鸣笛声。这意味着他必须尽快离开避免可能会有的盘查。这也意味着对他的描述会列在谋杀嫌疑人名单的头几个，假设权威机关决定跟进的话，尽管他们越来越少这么做了。再说了，他们也无从下手啊。敏塔没有身份证。他也没有丢下任何相关证件——对于每次出门把随身物品全部带在身上这点，他都不折不扣地去做——但谁知道这里就没有安全监控摄像头呢？这里和废市的灰色地带不同，但谁也说不准。

他一路到了西雅图，飞速地瞄了一眼《维纳斯的诞生》里的西风神，他和亚当共享的云端投递箱。里面有条留言：“确定你还在肉身里。”有时候亚当会故意戏仿瑞夫的布道模式说话。

“在谁的肉身里?”泽伯发出留言。

这是他的陈年旧梗了。他以前总是取笑瑞夫的葬礼悼词,“如今已不在肉身中”。他开这个玩笑是为了让亚当确信是他本人发出的信息,而不是别人冒充的。实际上,亚当很有可能是故意放上这个是否“在肉身”的问题,因为他知道泽伯难以抗拒。同时假扮泽伯的人或许会给出一个更直接的答案。通常亚当的思考回路总会绕几个弯。

他下一步去的地方是白马镇。他在里约的某家酒吧里听说了助熊者,估计应该是个不错的藏身之处,因为没有人能猜到他会去那儿。“骇锯”的人不会,他们和他有笔账要算。他们会到其他骇客的热门目的地去找,例如果阿邦①。瑞夫也不会。泽伯过去从没表露过去荒野生活的兴趣。

“好了,”泽伯说,“这就是我最后落到麦克齐山脉的平原上,穿着熊皮,跳上山地车,然后被错当成巨足猩猩‘大脚’的全部经过了。”

“挺合理的,”托比说,“哪怕你没穿熊皮也会被误会吧。”

“你是故意找茬吗?”

“我这是在夸你。”

“我得好好品味一下。不管怎么说,事情变成这样我并不感到难过。”

再次快进到白马镇:他洗完澡,打扮整齐,头脑回归原位,假如真有那回事的话。他尽力避开助熊者的指挥中心,以及普通的酒窖子,因为那些人以为他已经死了,那样的话他又何必牺牲

---

① 印度西南的前葡萄牙殖民地。

掉“不存在”带来的好处呢？于是他把数量可观的时间消磨在了汽车旅馆里，嚼着假花生米，叫披萨外卖，看付费电视，有啥看啥，思考下一步该去哪里？该怎么混出去？这次如神意般降临到头上的选择又会是什么？

此外他还在琢磨，是谁派查克过来用针头扎他的？在乐意见他倒霉的那几拨人里，谁会用像查克这样无能、戴墨西哥阔边帽的蠢蛋来担当毒箭头的发射人呢？

冷菜

他以两种状态存在：他真正的伪装模式，即顶着假名的路人；以及他之前假扮的身份，那已经在振翼机坠毁时被炸成了碎片。有些人会说真可惜，但对其他人而言，这倒是方便了。他属于后者。

但他不想让亚当以为他死了——助熊者活动时，通讯曾长时间中断——所以在消息泄露前，他要先和他取得联系。

他穿上所有衣服，飞行员头盔、蓬松的冒牌羽绒服、墨镜，突袭当地两家网吧之一的“青年角”，这里店面整洁，供应膨胀的有机大豆饮料和欠火候的巨型松饼。他两个都点了：品尝当地食物是他的原则。然后，他付了半小时上网费，用西风的云端给亚当发了一条消息。“某个白痴想要我的命。所有人都以为我他妈的已经死了。”

十分钟后，他得到回复：“戒掉脏话会有助消化。保持死亡状态。也许会有工作机会。尽快抵达新纽约地区。到时再与我联系。”

“好的，帮我弄个工作确认的代号？”他答道。

“行。等你，”亚当回复。他在哪儿？没有线索。但他肯定已经在自己感觉安全的地方降落了，或者说至少那地方能供安全着陆。这让泽伯松了一口气。失去亚当就像缺胳膊断腿，丢掉脑袋。

 他回到汽车旅馆的房间，思考该如何去新纽约。虽然他已经死了，但他还有临时拼凑出来的身份，说不定在沿A柱卡车公路到达像加尔加里那么远的地方后，他就能幸运地登上子弹列车。

然而最主要的问题还在困扰着他。是谁想通过查克抓他？他试着缩小范围。首先，谁会有本事猜到他在哪里，在助熊者里指认了他？他那时还叫德夫隆，之前是拉里，再之前，凯尔。他看上去不大像凯尔，可有时候起个相反类型的名字更好。在那之前，他至少还有六个名字。

他在灰市里较为隐秘的地方买过超过半数的身份，那些家伙出卖他也没有好处可拿：他们有自己的生意要做，要在顾客中维持良好的信誉，再说，他们也不可能指明他的买家身份。对他们而言，他只是一个潜逃者，要躲避债务，或离开贪婪的老婆，挪用了公司公款，或盗取了IP地址，抢劫了便利店，或精神有问题，陷入连环谋杀案，甚至还牵扯到男扮女装和撬棍等；他们可不管具体原因是什么。他们会事先问一句，假装有原则、守伦理——不能是娈童的混球——他再献上说了不知多少遍的废话，虽然彼此都明白那只是胡扯。但是这样做才符合礼节，就像他们会说“很高兴为您服务”，意思是“让我看看你带的现金”。

所以，任何网络侦探若想剥开他一层又一层的虚假身份，就不得不动用大量资源。他把个人行踪隐藏得很好，除非有人已经确切地知道该去哪儿找他。无论那个人是谁，他肯定有强烈的动机。

他或多或少排除了“背骨”，他身上哪儿会有他们的把柄，一旦泄露出去，他们就会完蛋呢？投票机器被黑已是公开的秘密，可是就算人们在所谓的新闻界怨声载道，也没有人真的愿意回到原来的纸质体系里。而且，拥有机器、选择赢家、承担不良后果的公司，它们的公关工作做得晦涩，所以无论是谁极力反对，都会被污蔑为脑子有问题的共产党人：执意破坏所有人的兴致，连本身没什么乐子的人也要干预，败坏他们将来可能拥有的愉悦心情。那些仍在天上、还没落下的乐趣。

因此，他对“背骨”构不成威胁，因为就算他想煽动肮脏的公民社会里所谓的暴民，听得进去的人也都会被认为脑子里长了致命疮。如果他真的疯了，说不定会黑进已经被黑的机器——代码在他自己虚拟的参议员手里，或诸如此类——只作为一次试运行项目，以证明这件事有多么简单。

“可你又没疯。”托比说。

“要是有时间，我说不定会因为这事儿好玩儿就做了。像我这样抑郁的键盘天才，开开转瞬即逝的玩笑，以示对体系的无效反抗。”

“所以不是‘背骨’了，”托比说。“那肯定是‘骇锯’?”

“他们有理由回击，”泽伯说，“我喂他们的守卫吃了鱼，偷了他们的船，解救了他们中的一位不幸的少女；但更糟糕的是，我让他们显得狼狈。我能想象他们想将我公之于众——用锁链把我吊在桥上之类的，砍掉一条腿，放光全身的血；展示我的软骨组织。但是，若要充分利用这场表演，他们就不得不袒露我对他们的所作所为，那他们同样会脸面丧尽。

“不管怎么说，我想他们不可能一路追我到白马镇的助熊者那里。那儿离里约很远，他们很有可能以为白马镇白雪皑皑，四处都是圆顶小屋，倘若他们真的想过这回事的话。不仅如此，我也无法想象查克这样拘谨的人为他们工作。我甚至无法想象他们待在同一家酒吧。‘骇锯’那类人在接受你之前，肯定会要先和你去酒吧。查克还不会用电脑，穿的衣服也不对。‘骇锯’那帮人才不会雇用穿这么蠢的裤子的人。”

他越想查克，想到查克那令人厌恶的干净的“查克特色”，就越觉得关键就在这里。溜须拍马的友好，露出白色牙齿的虚伪友善……他肯定是“岩石圣油教”。可教士及其手下，甚至是花钱请来的专家，都不可能披荆斩棘追踪到泽伯。这他妈的绝对不可能。

接着，他发现自己正在反过来看这整件事。教士、整个教会、如“闻名水果”般虔诚的亲密团体，以及他们的政治伙伴——他们都极其讨厌生态怪人。他们的广告里会出现一位可爱的金发小女孩，旁边是一类特别恶心的濒危物种，比如负子蟾或大白鲨，广告语是“这个？或这个？”，暗示如果要让负子蟾繁衍生息，那么所有可爱的金发小姑娘都将面临被割喉的危险。

除此之外，任何喜欢闻雏菊气味的人，喜欢有雏菊闻、有不含汞的鱼吃、不愿因喝下含有剧毒污泥的饮用水而生下三眼婴儿的人，都是被魔鬼附了身、活在撒旦手下的黑暗奴仆，这群人带着破釜沉舟的决心，蓄意破坏美国方式和上帝圣油，两者是一回事。至于助熊者，他们虽然逻辑不通，运送系统不畅，但所处的地理位置还是有可能挖掘出更多圣油，或者说圣油仍有妥当运输的可能。与此同时，运行故障、圣油泄露和瞒天过海的事还会照常发生。

所以，自然而然地，瑞夫和他的圈子肯定已经试着渗入助熊者组织。该组织对接纳何人并不十分挑剔。查克肯定是真正的岩石圣油教信徒，被派了去监督皮衣婊，汇报他们正在策划的邪恶阴谋。他不可能专门去找泽伯，尽管碰巧遇到，他也能认得出。他那时和瑞夫很亲：分享家庭照片。不孝子。但你……我真想有你这样的儿子。叹气。愁苦的笑容。手搭在肩膀上。粗暴的、强壮的拍击。诸如此类。

接下来就是这样：查克的告发报告，瑞夫的指令，获取放倒对手的针头，振翼机里的失利。燃烧的残骸。

泽伯的怒火再次被点燃。

他又一次穿上所有的衣服，动身去发另一组消息。这次他去了当地另一家网吧“急速拇指”，位于迷你商业区里较肮脏的地方。旁边是一家靠触觉反馈提供远程性生活服务的店家，名叫

“真实的感觉”：“真实的感受，真正的交易！永远安全！刺激，喷射，无菌！”但他拒绝怀旧，径直走过“真实的感觉”，到达“拇指”，登录。

首先，他给岩石圣油教的高级长老发了一条信息，附上了瑞夫挪用公款的数据，告诉他真正的现金不在加那利群岛大开曼的银行账户里（其实在），而是以证券的形式装进了金属盒，埋在特雷迪家假山庭园的地底下。他建议长老不仅要派手拿铁锹的六名大汉同行，还要带上一队配有泰瑟枪的安保人员，因为瑞夫全副武装，可能会有危险。他在信息下的签名是“阿尔戈斯”。希腊神话里的百眼巨人，贴有《维纳斯的诞生》的同一个网站上也有这个巨人的图片。倒不是说拥有一百只眼睛就能在审美的角度更迷人。网站上还有位女神拥有一百个乳头，这又是一例实证：数量不能代表质量。

他希望自己已经搅黄了瑞夫的夜晚，接着他取空了瑞夫在大开曼的秘密账户。他之前经常会去查这个账户，以确保瑞夫听从了他的指令，没有动户头。没错，钱还都在。他把钱全部转移到他为亚当开的一个账户里，放在里克·巴特尔比名下，他还为里克设计了一个令人信服的身份：新西兰克莱斯特彻奇企业家。他给亚当留言，说他在维纳斯右边的乳头找到一个银行账户，附有密码，是个大惊喜。想象亚当终于点击乳头的画面令他感觉甚佳。

他觉得还应该给助熊者发一条消息：让他们知道查克已经打入他们当中，告诉他们对于突然冒出来的油嘴滑舌的马屁精，或许要查清身份背景才行，尤其是身着尽是口袋的新衣服的家伙。也许还可以警告他们不是所有人都像他们一样，认为他们和他们自认的行事方式很迷人。他的签名是“赤脚”，一点击完“发送”，他就后悔了：这有点儿太像提示了。

之后，他回到肮脏的旅馆，坐在配有平板电视的酒吧里，等待《瑞夫奥拉马秀》的结果。显然，发现费内莅尸骨和残骸的事件出现在全国各地的晚间新闻报道中。画面中有捂着脸被带走的瑞夫；有甜似奶昔的特雷迪，抹着眼睛说她不知情，说这些年都生活在一个无情杀手身边多可怕。

聪明的表演，给特雷迪加分：他们完全不可能加罪于她。那时，她肯定已经知道瑞夫拥有一笔秘密财产——长老们肯定就挪用公款一事问询过她——并且猜到他可能一直想要甩掉她。跑去海边安全的小屋，晒晒太阳，宠爱未成年的孩子，或是将他们暴打一顿，怎么高兴怎么来。因为她当然知情，他的变态她一直心知肚明。但她选择不知情。

他再次套上一层又一层的冬装，徒步到青年角，又给亚当发了一条消息：非常简短，只有一个链接，即逮捕的新闻。亚当肯定会满意：瑞夫的佣金取消或至少大幅削减后，他们俩都能稍微松口气。

可他需要立即离开白马镇。刑事司法或类似职位的人可能已经在通过他发给岩石圣油教长老的信息追踪他的下落了，如果成功，他们就会翻遍白马镇找人，这地方并不大。他们不会去找泽伯——他已经死了——但找人的举动总不好看，他们定位到他也无需很长时间。说不定他们已经找到了：他有不好的预感。

于是，他并没有回旅馆。相反，他大步走向高速货车最近的一站，跳上一列车队。一旦到达加尔加里，他就能钻进封闭的子弹列车，几次换乘后，还没来得及说“我刚刚可能做了一件非常傻的事”，就已经身处新纽约了。

“一件非常傻的事？”托比说。

“告发瑞夫，抢走他所有的钱，可能并非明智之举，”泽伯说，“他那时肯定已经猜到我并没有死。你知道他们是怎么形容复仇的呀——就像一盘菜，得等菜冷了再吃。也就是说，生气的时候不宜行事，因为你会搞砸。”

“可你没有啊，”托比说，“没有搞砸。”

“差不多算是了。但我运气不错，”泽伯说，“瞧，月亮出来了。有些人会说这很浪漫。”

是啊，月亮就在那儿，升上枝头，来到东方，几乎满月，几乎红了。

为什么这总是个惊喜呢？托比想。月亮。哪怕我们知道它要升起。每次见到它时，我们还是会驻足，屏息。

黑光前灯

新纽约位于泽西海岸，或者应当说现在已经成为海岸的一部分。已经没有多少人住在旧纽约，尽管名义上，那里闲人不让进，也就不收租金，结果一些居民仍然铤而走险，住在摇摇欲坠的破旧大楼里，建筑都已进满了水。泽伯可不会这样；他脚上没有蹼，也没有遗嘱，而且虽然新纽约也不算天堂，但里面好歹人多些，能为他提供背景色与保护色。人多，便于隐身其中。

一到新纽约，他便钻进一家充斥着松软椒盐卷饼的廉价网吧，给亚当发去一条报告消息——A计划不错，B计划是啥？——接着就干等，随亚当磨蹭，管他娘的在哪，又他妈的在忙些啥。他读到的最后一条消息只有一句回见。

泽伯的藏身之处以前是上流社会的公寓，不仅有游泳池，也有专供开派对的房间。这地方叫"星爆"——或许得名于一种烟火，可现在只会让人联想到烧焦的星际碎片。不久前，"星爆"进入半衰期：原本奢华的涡卷装饰的铁门如今主要供小狗撒尿，发霉又漏水的大楼被隔成不同单元出租。这些地方构成了珊瑚礁生态群，里面有商人、瘾君子、诱饵、酒鬼、妓女、走狗、层压式推销的夜间讨债人、骗子、收租婆，全都寄生在他者之上。

同时，"星爆"的主人又将所需的维修推迟，等待下一轮住户。付低租金的艺术家会先搬进来，他们活力满格，愤世嫉俗，怀着能够改变世界的幻觉。接着，是创业的设计师和图片公司，盼着肮脏的炫酷能为他们抹上一层光泽。之后，便是惹人质疑的基因贩卖商、时尚业男妓、冒牌美术馆、最新开业的饭店，分子组合大杂烩里有干冰、实验室制肉、夸恩①、濒临灭绝的物种做成的大胆小装饰：椋鸟舌面团是这些地方近来大热的菜品。“星爆”的业主最有可能是一帮依附超级企业捞金的家伙，指望在房地产业愚人耳目。椋鸟舌面团的热度一旦消退，他们就会拆毁衰败的租赁单元，再建一整套上架时间有限的高档楼宇。

不过“星爆”还没到最佳拆迁点，所以只要泽伯不多管闲事，继续蹒跚而行，就是安全的，别人只会以为他不过是又一个嗑坏了脑子的瘾君子。他远离所有人、任何事，因为他不想再招来查克那样的间谍。

他从新闻里得知，虽然瑞夫在等候审判，却已保释出来，还发声明以表自身清白：他是受害者，反宗教、反圣油的左翼阴谋集团绑架并谋害了他圣洁的第一任妻子费内菈，还恶意散布谣言，称她逃走去享受背德的生活了；这对瑞夫而言，是从未间断的折磨，因为他就是这样认为的。这个卑怯的阴谋集团还把费内菈的尸骨埋在瑞夫的院子里，只为诽谤他的英名，同时也企图玷污圣油本身。

因此，保释后的瑞夫住在了自己家里，因此就能与他的岩石圣油教成员取得联系——倘若不和那些真正的真信徒，这些人无疑会因挪用公款一事躲避他，至少也会和更愤世嫉俗、为了钱加入的势力接头。而且，如今的他心肠冷漠歹毒，一心只想复仇，因为他实在拿不准是谁告了密，泄露了费内菈可怜的尸骨正在他的假山庭院里变成植物化肥。

同时，特雷迪抓住绝佳时机，发表了带有自传性质的诉苦宣言，接受无数家网络采访。瑞夫把她骗得好惨，嫁给他时她是真的相信他正处于丧妻之痛中，并把自己献给了更伟大的善，而她又多么渴望成为他神圣事业中的伴侣，成为费内菈的儿子小亚当

① 肉类替代品的品牌名。

的母亲。难怪这个小伙子总也找不着，他是多么敏感，该又多么厌恶公众愤怒的目光，就像她一样。认清瑞夫的残虐本性后，多让人震惊！自从得知此事，她就开始为费内菈的灵魂祈祷，乞求她的原谅，尽管那时她对事实真相还毫无头绪。因为她，特雷迪，当时和其他所有人一样，以为费内菈和得克萨斯南部的某个渣男私奔了。她为自己如此武断地妄下判断感到羞愧。

而如今，她教会中的自己人，她当作兄弟姐妹的成员，有一些都拒绝与她交谈，甚至指控她一直都是瑞夫的同伙，这些血腥的谋杀及偷窃罪行的同谋。唯有她的信仰能见证她是如何走过了这段备受考验与折磨的苦难时光；她只希望她失踪了的亲爱的儿子泽布伦，能再看她一眼。他已步入歧途，这也难怪，瞧瞧他的父亲。可她还是为他祈祷，无论他身在何方。

这位失踪了的亲爱的儿子心意已决，就想玩失踪；尽管他也心思蠢动，巴望着黑入特雷迪放在网上的感伤故事，装成鬼魂般幽灵的声音，谴责她一番。他从父母那儿遗传到的DNA甚为纤细：父亲是个骗术惊人的变态，母亲自私爱财、谎话连篇。他只能希望特雷迪除了自恋与贪婪外，私底下还背叛了教士，令人作呕地在花园工具棚里和陌生黑人做爱。这样的话，他那暧昧不清的才能——拥有女人缘、善于在真实与虚拟的窗口间隐秘穿行、相比勇敢更为谨慎、并不总是很保险的隐身技巧——就可能是来自那位真正的无名父亲：流浪黑人，肮脏的艺术家，会经常和高档客户们闪着珠光宝气的夫人同享人间至乐。

或许这就是教士如此讨厌泽伯的原因：他知道特雷迪将一个不速之客强加在他身上，但他又不能直接报复，因为他俩的手都不干净。除了杀死她，只能忍耐她，她和她的放荡行为。要是泽伯能偷点儿教士的DNA就好了，几根毛发或是剪下的脚指甲，这样他就能去做DNA测试，让心情恢复平静，或搅乱一池春水。但至少他就能知道自己亲生父母的身份了，无论结果如何。

不过，至于亚当，则毫无悬念：活脱脱的小教士。当然，费内菈改善了儿子的状况。这个可怜的姑娘很可能相当圣洁，渴望助人行善。她的双手洁净，不涂指甲油，头发向后拢起，白色的内裤毫无修饰。无疑会是个甜心。而那位变态，显然是欺骗了她，让她以为自己会成为他珍贵的伴侣，而这是一种更高贵的召唤，尽管他也会告诉她，在为他和他的使命服务时，必须丢弃欢欣与享乐。泽伯以为他是不会有耐心等待女性高潮的。两人肯定做过爱，世俗意义上很烂的那种。

泽伯躲在潮湿的“星爆”房间里看日间新闻时就在想这些。或者他正躺在高低不平、沾满污渍的床垫上辗转反侧，听着勉强锁上的门外传来此起彼伏的尖叫声。动物性欢腾，嗑药后的狂欢，仇恨，恐惧，疯癫。尖叫分为很多种。半途停下来的那种才是你需要担心的。

终于有亚当的消息了。见面地址、时间、着装要求。红色和橙色不行，如果可以的话，一件简单的棕色T恤就好。绿色也不行：政治意味太浓，和生态怪人有血仇呢。

地址是位于新阿斯托利亚的一家难以描述的快乐杯，距离海滨被淹了一半的危楼并不算太近。泽伯缩在快乐杯花里胡哨的小桌边，屁股下的微型椅让他想起了幼儿园——他小时候也塞不进那些椅子——慢慢地啜着快布奇诺，用半根能量条武装自己，揣摩着亚当葫芦里卖着什么药。他肯定已经帮泽伯安排好了工作，不然也不会约出来见面，不过会是什么工作呢？采集昆虫？种狗场的守夜人？不管亚当跑去哪儿了，他都在培养什么样的线人呢？

亚当暗示过，这次见面他雇用了一个情报员做中间人，泽伯害怕不安全：这两人向来谨慎，只信任彼此。没错，亚当会很小心。但他办事太有条理，而条理会出卖你。是无法预测最保险的伪装。

泽伯坐在拥挤的椅子里，密切关注着进来的顾客，希望能看到情报员。会是这个身穿三角背心、头戴三根角的闪亮头饰的双性金发人吗？但愿不是。要不就是这个嚼着口香糖、一条奶油色短裤、脚蹬坡跟鞋、腰系复古紧皮带的丰满女人？她看起来也太傻了，虽说尤其对女孩子而言，傻兮兮的模样几乎是万无一失的伪装。还是这个温和的怪咖男呢？感觉这小孩儿哪天会端着机关枪去扫射一整个礼堂满脸爆痘的同班同学。不，也不是他。

可突然之间，惊喜：亚当自己现身了。看到亚当的肉身出现在对面的椅子上，泽伯有些受惊。这椅子刚刚还空着。灵媒降神般的出现，可以这么说。

亚当看起来就像自己的护照照片，已经在光影中逐渐褪色。他仿佛死而复生了，周身散发出一股鬼魅的气质。他穿了件米色T恤，棒球帽上没有标语。点了一杯快乐摩卡，好像他们俩是刚从书呆子工作中出来休息的怪咖，或是某家新成立的企业里出来开会的职员，而这公司注定会像没入水中的软式飞艇般内爆。快乐摩卡和亚当不搭：泽伯很好奇，亚当到底会不会喝这东西，如此不纯净的玩意儿。

“声音放轻点。”这是亚当说的第一句话。回到泽伯的生活还没两秒钟，就已经在发号施令了。

“我他妈的还想尖叫呢，”泽伯说。他等着被阻止说脏话，但亚当没有上钩。泽伯瞪着他：他变了。他的眼睛还是又圆又蓝，但他的头发有些发灰。会不会变白？还新长了胡子，也是灰色。“见到你也很高兴。”他补充道。

亚当笑了：一抹笑痕。“你要准备出发去旧金山附近的西荷尔史威瑟，”他说，“去做数据输入员。我已经联系好了。离开这里时，把你左腿边上的购物袋带走。你需要的东西都在里面。你得为了新的身份录入指纹、扫描虹膜——地址我写好了。旧的身份就抛到一边吧：网上信息全部删除。我其实不用多费唇舌的。”

“你到底去哪儿了？”泽伯说。

亚当笑了，还是以往那种圣人的笑，令人抓狂。表面天真无邪，从来如此。“机密，”他说，“牵扯到其他人的命。”就是这种话逼得泽伯想把癞蛤蟆丢到他床上。

“好，我的不是。那这个西荷尔史威瑟是什么东西？我要去干吗？”

“那是一个大院，”亚当说，“研发处。医学药物：强化维他命添加剂；转基因嫁接和基因增强物质，尤其是荷尔蒙混合物与模拟物。这公司很强。有很多超级天才。”

“你怎么把我弄进去的？”泽伯说。

“我新认识了一群人。”亚当说，脸上还是那种“我知道的比你多”的笑容。“他们会罩着你。你会很安全。”他望向泽伯身后，之后又看了一眼手表。或者说他装作在看手表。泽伯对成功转移注意力的举动很敏感：亚当在扫视房间，寻找蛛丝马迹。

亚当笑容依旧。“你会成为黑光前灯，”他说，“到了那里之后，在网上登入时要格外小心。我们有了一个新云端和配套的新网关。不要再回西风网站了，那里已经暴露了。”

“黑光前灯是什么？”泽伯说。可是亚当已经起身，拽平了米色T恤，快走到门口了。他的快乐摩卡一口也没喝，所以泽伯就体贴地帮他喝了。在这样的废市，留着快乐摩卡不喝会惹人怀疑的，只有男妓才有钱挥霍。

泽伯慢慢走回“星爆”。他的后颈一路刺痛，他很确定有人在监视他。可是并没有人从他背后袭击抢劫。一进门，他就用自己最新一部可以随意丢弃的手机搜索“黑光前灯”。他发现“黑光”是本世纪头几十年内出现的新事物：它能让你在黑暗中也看得见，或者说它能让你在黑暗中看到某些东西。眼珠。牙齿。白色床单。夜光发胶。雾。至于“前灯”，就是字面的意思。自行车店有的卖，露营设备供应商那儿也有。倒不是说现在还有人露营，就算有，也是在废弃的大楼里。

真是太感谢了啊，亚当，泽伯想。真他妈有用。

然后，他打开了亚当的购物袋。他的新卖相，都整齐地放好了，等着他。现在他要做的就是坐上前往旧金山的货车，钻进这副新皮囊。

游戏：肠内寄生虫

亚当准备得很充分。有一张阅后即焚的待办事项列表，一个塞满了现金的大信封，泽伯去灰市找被指派的人伪造通行证的时候用得着。还有信用卡，这样泽伯就能拥有亚当认为他理应拥有的衣橱了。他还给了介绍：休闲的极客装扮，棕色灯芯绒裤，中性T恤，格子衬衫——棕色和灰色，一副没有度数的圆框眼镜。至于脚上则推荐穿运动鞋，鞋子上的交叉橡胶多到让泽伯看起来像个跳莫里斯舞①的同性恋，或是刚从罗宾汉角色扮演的环节中逃出来的家伙。帽子是2010年代的蒸汽朋克式圆顶高帽：又流行了。但亚当又怎么可能知道？他从未对服装表现出丝毫兴趣，不过没有兴趣当然也是一种兴趣。他肯定观察了别人都穿什么，这样他自己就可以不去穿。

泽伯被分派到的名字是塞特。亚当开的《圣经》小玩笑：塞特的意思是“被委派的”，他们两人都知道，因为《圣经》里的主要姓名和故事都像用螺丝刀般钻进了他们的脑壳里。塞特是亚当和夏娃的第三个儿子，被派来替代遭到谋杀的亚伯。但亚伯没有完全死掉，他仍有能说话的身体，从地底下大声哀嚎。所以，“塞特”是来代替离去且他人以为已经死去的泽伯。被委派，亚当的好意。真有意思。

亚当要求泽伯/塞特进入荷尔史威瑟前先测试一下新的聊天室，之后每周都要登入，表示他还行走在这个星球上。所以第二

① 一种英国民间舞蹈。

天，他绕道去灰市往伪造文件里录指纹、扫描虹膜时，随便找了家网吧，沿着亚当为他铺好的睡莲漂浮叶前进。（记到脑子里，然后销毁，便笺这样写，好像泽伯是个该死的蠢货。）

主要的网关是一个符合生态怪人胃口的挑战游戏，叫“大灭绝”，由疯癫亚当监制。是这么说的：亚当命名了存活的动物，疯癫亚当命名了死去的动物。你想玩吗？泽伯输入了亚当提供给他的代号“熊灵”和密码鞋带，就进到了游戏当中。

这款游戏似乎是“动物、植物、矿物”的变种。你需要利用对手提供的晦涩线索，识别出已经灭绝的五花八门的昆虫、鱼、植物、石龙子等。消失物种大点名。这显然非常无趣：就连“公司警”都会被这游戏催眠，再说大多数问题他们肯定也答不上来。公平地说，泽伯自己也不懂，虽然他和“助熊者”待过一段时间，那些家伙胜人一筹的领域也晦涩。你没听说过大海牛？真的？洋洋自得的小嘲讽。

玩上五分钟“大灭绝”，就能让任何自重的“公司警”抱头鼠窜，嚷嚷着找酒喝。无聊到死的游戏在伪装效果上说，几乎和呆板的凝视持平；况且他们也想象不到会有东西藏在光天化日下像这样的地方，还那么明显地为生态怪人所设。相反，他们会仔细搜索隆胸广告和如下这类网站：你都不用离开办公室里的椅子，就能在线射杀异国动物。亚当满分，泽伯想。

有没有可能是亚当自己设计了这个游戏呢？把自己的名字嵌入到监制人中？但他对动物从未表现出多少兴趣，至少不像这样。不过仔细一想，教士解读《创世记》的方式，即认为上帝创造动物就是为了取悦人类、为人类所用，因此可以随意残杀，可是不怎么受亚当待见的，这件事大家都知道。“大灭绝”会不会是亚当反教士的反暴动行为？他会不会和生态怪人厮混去了？说不定他吸食了过多残害大脑的致幻剂后，改变了信仰，与植物仙子结合了。但可能性不大：冒险吸食化学物质的是泽伯，不是亚当。但亚当显然和谁鬼混去了，因为这种东西他是不可能一个人做成的。

泽伯继续沿着小径前行。他选择“是”表示准备就绪，接着被转移到了别处。欢迎你，熊灵。你想玩普通游戏，还是来一局超级大师？根据亚当的指示，应该选第二个，泽伯点进去。

好的。请选择游戏室。那将是你和疯癫亚当的见面地点。

通往游戏室的路相当复杂，穿越各种无伤大雅的网站，通过遍布四处的像素行动，在不同坐标间蜿蜒前行。大多是广告类网站，还有一些是榜单：最可怕的十张复活节小兔照片、史上十大最恐怖电影、十大最惊悚海怪。泽伯发现一只神经错乱的紫色长毛绒小兔，一只膝盖上还坐着一个受惊的婴儿。泽伯通过小兔的龅牙找到了站点，接着看到原版电影《活死人之夜》里一张定格画面上的墓碑，最终到达腔棘鱼的眼。之后，他就来到了聊天室。

熊灵，欢迎来到疯癫亚当游戏室。您有一条新消息。

泽伯点击了“传送消息”。

你好，消息说话了。你瞧，能用。这里是下周聊天室的坐标。A.

极简主义的混蛋，泽伯想。他什么都不会告诉我。

亚当建议的服装他都买了，或者说大多都买了：圆框眼镜太难接受了，鞋子也是。他把裤子和衬衫做旧：把食物洒上去，磨破些，洗上几遍。然后，他把以往的衣物分别丢进不同的大垃圾桶，尽量擦去在粗陋的“星爆”里留下的生物踪迹。

付完“星爆”的费用——若能避免，没道理让追债人跟在你屁股后面——他穿越大陆，长途跋涉后到达旧金山。之后，他按照指示在荷尔史威瑟报到，呈上虚假文件，忍受了胖脸接待表示欢迎的小步舞曲：“嗨，伙计，你来了我很高兴，我们会让你有家的感觉。”

没有人发出嘘声。人们都知道他要来，也接受了他。一切都很顺利。

他在荷尔史威瑟被分配到住宿大楼里的一间单身公寓。设备完全不破：入口通道周围的雅致景观，屋顶上的游泳池，水暖设备、电器都能用，就是室内设计太斯巴达式、太简朴了。床是大号，好兆头。说明在西荷尔史威瑟，单身不代表禁欲。

工作的高楼里有一家咖啡馆，他拿到那里的一张磁卡，可以记录他的消费状况：每个人都有一定津贴，菜单上的东西都能买。食物是真的食物，和他在“助熊者”吃的猪食不同。饮料里有酒精，你对它也就这点指望了。

荷尔史威瑟的女人活力四射，有工作要做，没有多少时间闲聊，他估计这些姑娘也不会容忍廉价的勾搭，所以他根本也没想过要行动；然而，尽管他发过誓，在个人关系方面会很谨慎，以免被提各种问题，可他毕竟不是石头做的。已经有两个年轻的姑娘盯着他的名牌“塞特”看了，名牌在荷尔史威瑟可是时尚的象征，还有一位问他是不是新来的，因为她不记得以前见过他，不过她自己当然也是蛮新鲜的。

肩膀有没有轻微耸动，眼皮有没有颤抖着泄露了心意？玛乔丽，他看了一眼，没有在她的名牌上停留太久，那下面的乳房高耸着，但也不夸张：荷尔史威瑟院墙里，明显隆过胸的并不常见。玛乔丽塌鼻梁，棕眼睛，顺从的脸，像只小狗，通常情况下，他会行动，但既然事态如此，他说他希望能再见到她。在他的愿望清单里，这条不是最重要的，他最希望的还是不要被逮到，但这也不是最低的期望。

塞特的工作介绍上写道，他是负责日常工作的基层IT男，毫不稀罕。录入数据，使用各类枯燥却实用的软件，记录并比较荷尔史威瑟的大脑狂人们制造出的丰富小道消息和数据。荣誉的数据秘书，就是他的职位。

任务没有挑战性：他用一只手的两根手指就能比规定时间快很多地完成工作。荷尔史威瑟项目负责人不大会监工，他们只是希望录入数据不要间断。同时，他还能在荷尔史威瑟的数据库里四处搜寻而无人阻拦。他自己做了几个计算机安全测试，看看外面的侵权者有没有试着黑进来：要是真有人这么做，知道总是好的。

一开始，他并没有发现什么明显的迹象；但深入搜索后，他发觉有个东西看起来像是秘密通道。他费力穿越后，发现自己已身处荷尔史威瑟燃烧的防火墙外，之后他顺着睡莲漂浮叶进入“大灭绝”聊天室。有一条消息正等着他：需要时再用。时间不宜长。擦掉所有指纹。A. 他迅速登出，销毁路径。他需要再建一个网关，因为不管是谁在走这条通道，都有可能发现别人也来过。

他认为塞特的形象应该是个沉湎于游戏的家伙，那么就算总是登陆“大灭绝”也不会进入探子的视线。这是任务要求；但他也想玩玩游戏，试试看在工作时间瞎搞却不被指责有多容易——员工不能像这样浪费时间，或者说不能如此浪费——还想知道是不是骗人也简单。他这么做，是为了技能不至于变得生疏。

有些休闲游戏是标准配置——武器、爆炸等，但其他的是由西荷尔史威瑟的员工发布的：生态怪人和其他怪人一样怪，所以自然会设计自己的游戏。“拱肩”算是不错的一款：你可以为一种生物形式设计没有实际用处的额外特征，与性选择相关，按快进，看进化机器会胡乱造出什么东西。前额上长有公鸡类肉冠的猫，拥有大红唇的蜥蜴，左眼巨大的男人——无论女人选什么，都受欢迎，你可以支配她们对男性特征的差品味，和现实生活中一样。然后，你就能玩猎人捉猎物的游戏。超级性感的“拱肩”是会影响捕猎技能，还是会减缓逃跑速度呢？要是你的家伙不够性感，就没人会上他，你就要绝种；如果他太性感，就会被吃掉，你还是会绝种。性感对晚餐：多微妙的平衡。随机突变的软件包用一小笔钱就能购得。

“天气怪物”也不坏：你会有一个小的人形化身，性别可选，这游戏会将极端天气降临到你的小人身上，你就要看它能坚持多久。赢得的分数可以为小人购买工具：能让小人跑更快、跳更高的靴子，防闪电的衣服，洪灾和海啸时用得到的漂移木板，灌木火时捂住鼻子的湿手帕，雪崩时被埋在雪里时可以食用的能量棒。铁锹，火柴，斧子。如果你的小人活过了致命的严重泥石流，你就会获得整个工具箱，还能为下一局赢得一千分。

泽伯玩得最多的是“肠内寄生虫”——生态怪人觉得好笑的恶心午餐。这些寄生虫是真的丑，嘴边一圈倒钩，没有眼睛，你必须使用有毒药片将其摧毁，或是派上所有的纳米机器人或驱动蛋白，速度要快，不然它们就会在你的体内产下成千上万个幼虫，或是潜入你的大脑，从你的泪管出来，或是自我分解成可再生片段，将你的内脏变为腐烂的肉饼芝士堡。这些寄生虫是真实存在的吗，还是生态怪人胡编乱造的？更糟的是，他们现在会不会正在进行基因剪接，作为生物武器项目的一部分？不可能知道。

“肠内寄生虫”玩得太久会做噩梦，这点毋庸置疑，游戏目前的口号如是说。所以，从来不听话的泽伯玩得太多了，确实做了噩梦。

但这并没有影响他给游戏起化名，重制丑陋的嘴作为网关。他将代号存在锁了三次的 U 盘里保管，藏到他主管桌子抽屉最里面，放在橡皮筋、擦过鼻涕的纸巾和罕用止咳片之间。那地方都不会有人去看一眼。

骨穴

信笔一书

托比在写日志。她其实并没有精力写，但泽伯费了这么大气力给她带来这些材料，如果她不用，他一定会发现。她用的是学生时代能从杂货店里买到的那种廉价笔记本。封面上有一轮明亮的金色太阳，几朵粉色雏菊，一个小男孩和一个小女孩，小朋友会画的基本图形。当人类小孩还存在的时候——多久之前了？自从瘟疫席卷世界，好像已经过去几个世纪了。虽然还不到一年。

小男孩穿着蓝短裤、红衬衫，戴着蓝帽子；小姑娘扎着马尾辫，身着红色A字裙、蓝上衣。两人都有着蒙眬的黑眼睛，上翘的红色厚嘴唇；他们的笑容太灿烂了。

适合死亡。他们只是纸上的孩子，可现在看起来似乎已经死了，和所有真正的孩子一样。她不能再看这本子的封面了，因为她会心痛。

还是打起精神做手上的事吧。不要胡思乱想，也别闷闷不乐。一次坚持一天。

*

圣鲍勃·亨特和彩虹战士盛宴日，托比写道。时间上可能不准确——她或许出去了一两天——但也只能这样了，因为她又要怎么查证呢？口口相传的时代不再有绝对权威。不过瑞贝卡或许会知道。节日与盛宴有特别食谱。说不定她已经记在脑子里了；说不定她做了记录。

月亮：渐满的凸月。天气：没有什么不寻常。值得关注的事件：猪群集体表现出敌对情绪。泽伯外出时看到彩弹手踪迹：小猪中弹，部分被屠杀。发现一只被轮胎轧过的凉鞋，可能是亚当的线索。没有亚当一号和园丁的确切信号。

她考虑了一会儿，加了一句：吉米恢复意识了，正在康复中。秧鸡人依旧友好。

“你在做什么，哦托比？”是小黑胡子：她没听到他进来。“那些线是什么？”

“到这里来，”她说，“我不会咬你。看。我在写字：这些线就是字。我写给你看。”

她从最基本的开始。这是纸，由树制成。

树不会疼吗？不会，因为造纸的时候树已经死了——一个小谎言，但是没关系。而这是笔。里面有黑色的液体，叫墨水，但是写字不一定非要用笔。正好，她想：这些水笔很快就会用完的。

很多东西都能用来写字。你可以用接骨木果实的汁液作墨水，用鸟的羽毛作笔，你还可以用棍子在湿润的沙子上写字。这些东西都能用来写字。

“现在，”她说，“你必须要画出字母。每个字母都对应一个声音。而把这些字母放在一起，就构成了单词。你在纸上写下单词，它们就待在纸上，别人看到纸上的单词就能听到它们的声音。”

黑胡子看着她，眼睛眯着，满是疑惑和怀疑。“哦托比，但是它不会说话，”他说，“我看到你写的记号了。但它什么也没说。”

“当你读的时候，”她说，“你需要成为文字的声音。读就是把这些符号变回声音。看，我来写你的名字。”

她从笔记本后面小心地撕下一页纸，用印刷体写下：**黑胡子**。接着她清晰地念出每个字母给他听。“看到了吗？”她说，“这代表你。你的名字。”她把笔放到他手里，把他的手指绕在笔上，手把手教他：字母 B.

“你的名字就是 B 打头的，”她说，“B，发音就像蜜蜂①。一样的。”她为什么要和他说这些？这对他来说会有什么用？

“那不是我，”黑胡子皱着眉说，“也不是蜜蜂。这只是一些记号。”

“拿着这张纸去找瑞恩，”托比笑着说，“让她读，然后回来告诉我她有没有说你的名字。”

黑胡子盯着她看。他不相信她的话，但他还是拿了纸，谨慎地捏在手里，好像上面有一层隐形毒素。“你会待在这里吗？”他说，“等我回来？”

“会的，”她说，“我就在这里。”他和往常一样，还是倒退着出了门，眼睛一直在她身上，直到转过街角。

她继续写日记。还能写什么呢，除了已经记下的日常事实？故事、历史又有什么用？她都不知道在她无法预知的未来，人类还会不会存在。

泽伯和熊，她写道。*泽伯和疯癫亚当*。*泽伯和秧鸡*。这些故事都能写。但为什么要写、写给谁呢？只为她自己而写，因为那样她就有机会不停地想泽伯了？

泽伯和托比，她写下来。不过，这肯定只能作为注脚而已。

不要匆忙下结论，她告诫自己。他带着礼物来到花园。关于敏狐，你可能误解了。就算没有，又怎么样呢？抓住当下。不要关闭心门。懂得感激。

黑胡子回来了，迅速地走进房间。他拿着纸，像块火热的盾

① 蜜蜂的英语为 bee。

牌举在胸前。他的脸绽放出光彩。

“它说了，哦托比，”他说，“它说了我的名字！它把我的名字告诉瑞恩了！”

“对吧，”她说，“这就是文字。”

黑胡子点点头：现在他要抓住这些可能性。“我能留着吗？”

“当然可以，”托比说。

“再做一次给我看。用那个黑色的东西。”

后来，雨后，雨停之后，她发现他在沙地里，拿着一根棍子，纸也在边上。沙子里是他的名字。其他的孩子都在看他。所有人都在唱歌。

我究竟做了什么？她想。我打开了哪种蛆虫罐头？这些孩子的速度多么快：他们很快就能学会，然后其他人就都会了。

接下来呢？规章、教条、法律？秧鸡圣约？还要多久，他们就会有不得不遵守的古老条文，却已忘记要如何阐释？我是不是已经毁了他们？

蜂群

早餐是野葛和搜刮到的其他各类绿色蔬菜，培根，一种含有不明谷粒的古怪扁面包，蒸牛蒡。咖啡是由不同种的炙烤块根——如蒲公英、菊苣等——混合制成，里面夹杂着灰尘味儿。

他们的糖快用完了，蜂蜜也没有了。不过还有魔发羊奶。另外一只母羊——蓝色头发的——生下了一对双胞胎，一金一褐。关于炖羊肉，曾经有过一些笑话，但没有人愿意讲：屠杀长有人类头发的动物再吃掉，总归是件困难的事；尤其这种头发无论光泽还是造型能力，都太像以前的洗发水广告了。魔发羊每次晃动身子时，都像在观赏电视美发明星的靓丽背影：一头闪亮的秀发，诱惑的波浪与回旋。随时随刻，托比想，你都会觉得就要冒出产品广告语了：每天都在为头发问题而烦恼？我的头发也曾让我抓狂，可后来……我死了。

别这么阴暗，托比，不就是头发。又不是世界末日。

*

他们喝着咖啡，讨论其他食物选择。蛋白质种类不足，这点他们没有异议。瑞贝卡说，为了几只活鸡，她愿意去杀人，因为这样他们就能把鸡养在鸡舍里，就有鸡蛋了；但到哪儿去找这样的活鸡呢？海滩尽头，废弃的高塔塔顶有海鸟蛋。肯定会有，鸟儿都在那里做窝。可是谁又愿意冒险一行，穿越植被愈发繁茂的遗迹公园，径直走到海滩呢？彩弹手可能就躲在遗迹公园里，更不用说还有可能碰到一两群邪恶的巨型猪。况且他们根本别想爬上塔内台阶，到现在，台阶肯定已经非常不牢固了。

一场辩论开始了。一方摆出的事实是，秧鸡人四处随意走动，高唱复调音乐。他们会去海边的大本营：用水泥块胡乱堆成的中空建筑。他们为了防止动物侵袭，在周围撒了一圈尿，他们认为这样就能避免器官猪、狼犬兽和小山猫靠近。他们用鱼叉叉鱼给托比吃，这样她就能履行雪人-吉米的职责，给他们讲故事了。没有动物在林间小径上侵袭过秧鸡人，至少至今还没有。至于彩弹手，他们现在肯定已经走得很远了，从上次看到他们的行踪的位置就能得知。也就是那只才被杀死的小猪仔尸体。

另一方认为除了尿液屏障，移动中的秧鸡人也能让野生动物退避三舍。会不会是歌声的原因？如果是这样，那不用说也知道，正常的人类是做不到的，我们的声带可不是有机玻璃做的，或者别的什么材质，能够发出泰勒明电子琴的声音。至于彩弹手，他们现在很有可能已经折回，说不定就埋伏在最近的一处野葛丛生的角落。我们总不会谨慎过度，还是安全点好，后悔就来不及了。不值得为了几个海鸟蛋，就丢掉一两个人的性命，很有可能是绿色的，尝起来还和鱼内脏差不多。

蛋总归还是蛋，倾蛋人士说。为什么不派两个人和秧鸡人一起去呢？这样一来，人类就能因为秧鸡人的缘故免遭动物袭击，而秧鸡人也能因为疯癫亚当们的喷枪不受彩弹手侵扰。没必要把喷枪交给秧鸡人，因为你总不能教他们射击和杀人。他们没有这种能力，他们和人类在这方面不大像。

别太快下结论：这点还未得到证明，象牙喙说，“如果他们能与我们杂交，那他们就有这种能力。同一物种。如果不能，那就不是。”他倾身向前，盯着自己的咖啡杯。“还有吗？”他问瑞贝卡。

“不完全对，”海牛说，“马和驴杂交出了骡子，但骡子无法生育。我们要到下一代才能知道。”

“只够到明天了，”瑞贝卡说，“我们要去挖点蒲公英。附近的已经用完了。”

“这会是个有趣的实验，”象牙喙说，“不过当然了，我们需要姑娘们合作。”他把头礼貌地偏向敏狐。敏狐裹着一条讨人喜欢的印花床单，一束束粉色和蓝色的花打成了粉色和蓝色的蝴蝶结。

“你们看到他们那话儿了么？”敏狐说，“好过头了。如果我嘴里含着一个，我希望是头先进来。”象牙喙明显吃了一惊，撇过头，生着闷气。有的人大笑，有的皱眉。敏狐就爱对着大家讲粗话，尤其是在男人间；以展示她不只有美丽的身体，托比猜测。她什么都要。

泽伯坐在桌子另一端。他来晚了；没有参加讨论。他似乎对扁面包很感兴趣。敏狐瞄了他一眼：她是说给他听的？他没在意；不过他也不会表现出来，是吧？爱情生活专家在博客里都是这么描述办公室恋情的：心里有鬼的人，你看他们多么努力躲避对方，就知道了。

“那群家伙不需要合作，”克洛泽说，“他们见到阴……抱歉，托比，他们见到穿裙子的就上。”

“裙子！”敏狐说，又大笑起来，露出白色牙齿。“你怎么了？你看到我们当中谁穿过裙子吗？床单裹裹可不算。”她的肩膀前后摆动，像是走在时尚 T 台上。“你喜欢我的裙子吗？一直伸到我的腋窝！”

“放过他吧，他还没成年，”海牛说。克洛泽的表情很怪：是生气了，还是尴尬？瑞恩坐在他边上。他朝她不安地一笑，把手搁在她的胳膊上。她像个妻子似的朝他皱眉。

“未成年的最好玩儿了，”敏狐说，“活泼。体内尽是内腓肽。核苷酸系列又多令人羡慕，端粒还剩几英里呢。①”瑞恩瞪着她，表情冰冷。

“他成年了。”她说。敏狐笑了。

桌上的男人看到了吗？托比不知道。空气中安静的电光火石？不，可能没有。他们又不分泌孕激素。

“他们只会在特定情况下，”海牛说，“群交。女人一定要发情。”

“那对他们的女人来说没问题，”白鲸说，“她们有明显的荷尔蒙标记，视觉、嗅觉都有。而我们的女人在他们眼里则一直处在发情状态。”

“或许发情的是他们，”海牛笑着说，“只是不承认罢了。”

“问题在于：不同的物种，”白鲸说，“我觉得这种交流很没礼貌。我觉得你们不应该这样形容我们。”她的声音平静，脊背却挺得笔直。

“这只不过是客观的科学讨论。”吸蜜蜂鸟说。

“嗨，”瑞贝卡说，“我只不过想说，能有点鸡蛋就好了。”

早上的工作时间，太阳还不是太炽热。明亮的粉色野葛虫在阴影中摇荡，成群的蓝色和品红色蝴蝶在空中打闹，金色的蜜蜂在繁梅花朵上飞舞。

又轮到托比打理花园，除草、除鼻涕虫。她的来复枪斜靠在篱笆内侧：无论在哪儿，她都喜欢把枪放在伸手就能够得到的地方，因为你永远不会知道将要发生什么。她身边的植物，包括野草和栽培品种，都在繁茂地生长。她几乎可以听见它们冲破土壤，小根寻找着营养，与邻居的小根推推搡搡，叶片在空中挥洒

---

① 都是形容人年轻，生命力旺盛。

着化学物质的云雾，随风播撒。

掌管种子的圣纨妲娜·希瓦①，她今早在笔记本里写道。圣尼古拉·瓦维洛夫②，殉道者。她还写下了上帝园丁的传统祷文：愿我们关注圣纨妲娜和圣瓦维洛夫——古老种子的勇敢捍卫者。列宁格勒围城战期间，圣瓦维洛夫自始至终都在收集并保存种子，最后为暴君斯大林所害；而圣纨妲娜，这位反生物盗窃的斗士，她不知疲倦，将自己奉献给“现存蔬菜世界”，只为它们能继续多样而美好。请赐予我们您那纯净的灵魂与坚决的力量。

托比拾起了零星记忆：当她还是夏娃六号时，和园丁们在一起，去豌豆列按分配的任务重新放置鼻涕虫与蜗牛前，她和老皮拉一同念诵过这段祷文。有时，那些日子的念家情绪太过强烈与突然，会像一阵巨浪将她掀翻在地。如果那时她有一架照相机，或是一册相簿，她一定会盯着照片不放。可园丁们不相信相机这种东西，也不信纸质纪念，所以她有的只是文字。

现在再做园丁已经毫无意义了：上帝自然创造的敌人已不复存在，而动物和鸟儿——它们并没有在人类统治这个星球时灭绝——繁衍着，无人过问。更不用说植物了。

虽说我们也许并不需要这么多种植物，她剪野葛时想道。野葛藤太霸道，如今已爬到花园的篱笆上去。这东西到处都是。它不知疲惫，半天内能长出一英尺，它向上蹿，如绿色海啸般蔓延到任何东西上。吃草的魔发羊还能帮点忙，秧鸡人也会嚼着吃，瑞贝卡把它们当菠菜做成食物，可野葛的数量却几乎没有减少。

她听到有些男人想用它来做红酒，心里挺不是滋味的。她无

---

① 纨妲娜·希瓦（Vandana Shiva，1952— ），印度学者、环保积极分子、反全球化作家。

② 圣尼古拉·瓦维洛夫（Nikolai Vavilov，1887—1943），苏联时期俄罗斯植物学家、遗传学家。

法想象做出来会是什么味道——灰皮诺①混杂着捣烂的草坪收割物？皮诺维特②带着一丝堆肥味儿？可除了这些，他们这个小团体还能以任何方式沉浸在酒精里吗？酒让意识麻木，他们太脆弱了，容不得这样。他们的小群体缺乏防御。一个哨兵喝醉了，接着就是被敌方渗透，然后便是大屠杀。

“帮你找到了一个蜂群。”是泽伯的声音。他悄悄从她身后过来：她的谨慎也不过如此。

她转过身，笑着。是真心的笑吗？不完全是，因为她还是不知道关于敏狐究竟是怎么回事。敏狐和泽伯。他们在一起了，还是没有？而且如果说他只是径直而入、毫不犹豫，那她为什么还要多虑？“蜂群？”她说，“真的吗？在哪里？”

“和我去树林里吧，”他说，笑得像童话里的大灰狼，伸出一只爪子。所以，她当然抓住了他的手，原谅了有关他的一切。当下。尽管也许并没有什么需要原谅的事。

他们朝林边走去，离开泥草屋所在的空地。这地方现在确实像是空地了，尽管疯癫亚当们没有清空过什么。不过，如今植物也种进来了，他们就试着把这里弄干净，那么，可能也算清理过吧。

树底下凉快些。也更不祥：枝叶相互遮掩，挡住了光线。折断的小树枝形成一条小径，泽伯之前一定是走了这里。

“你确定这里安全吗？”托比说。她下意识地放低了声音。在空旷处，你要观察，因为你在听到捕猎者前，就会先看到他们的身影。但在树林里，你必须用耳朵听，因为这种情况下，耳朵能比眼睛更快地捕捉到敌人。

---

① 意大利北部葡萄酒名。

② 葡萄品种名。

“我刚刚才来过，侦察过了，”泽伯说。对托比而言，他太过自信了。

蜂群就在那儿，蜜蜂组成了大如西瓜的球，悬在幼嫩的悬铃木低枝上。蜂群发出轻微的嗡鸣；球的表面泛起阵阵波澜，如同清风拂过金色绒毛。

“谢谢，”托比说。她应该回到泥草屋，找个容器，用勺子挖出蜂群的正中心，这样就能捉住蜂后。那么其他蜜蜂就会跟着走了。她甚至都无需用烟熏：它们并没有在守卫蜂巢，所以不会叮人。她首先要和它们解释，她并无恶意，只是希望它们能帮助她与冥界交流。园丁时代，她的养蜂老师皮拉告诉过她，若要野蜂跟你走，这些话必须说。

“也许我应该去拿个包之类的，”她说，“它们已经在找合适的筑巢地点了，很快就会飞走。”

“你要我照看它们？”泽伯问。

“没事，”她说。她想让他陪她一起回泥草屋：她不愿一个人穿越森林。“不过，你能不能暂时不要听？把眼睛撇过去？”

“你要小便？”泽伯说，“不用在意我。”

“你知道是怎么回事。你也曾是园丁，”她说，“我要和蜜蜂说话。”这是园丁的日常工作，在外人眼里，肯定很诡异；她也依旧认为这有些古怪，因为某种程度上，她也是个局外人。

“当然，”泽伯说，“嗨，忙你的。”他转过脸，望向森林。

托比发觉自己脸红了。可她抓住床单一角，拉起来遮住头——老皮拉说必须这样，不然蜜蜂会觉得自己受到冒犯——对着嗡嗡的毛球低语。“哦蜜蜂啊，”她说，“我向你们的蜂后问好。我希望能成为她的朋友，为她和她的女儿、也就是你们准备一个安全的家，每天给你们带来新消息。愿你们可以成为我的使者，将生者的消息带给冥界所有的灵魂。现在请告诉我，你们是否愿意答应我的请求。”

她等待着。嗡鸣渐响。接着，几只侦查蜂飞下来，落在她的脸上。它们探寻着她的皮肤、鼻孔、眼角；仿佛有十来只小手指在抚摸她。如果它们蜇人，答案就是不行。如果不蜇，就是可以。她倒吸一口气，让自己平静下来。它们讨厌恐惧。

侦查蜂从她身上飞走，螺旋式地回到蜂群，与摇动的金毛会合。托比呼出一口气。

"现在可以看了，"她对泽伯说。

*

一阵噼啪，窸窸窣窣：下层灌木里有东西在朝他们靠近。托比觉得双手麻木。哦，妈的，她想。猪？狼犬兽？我们没有喷枪。我的来复枪也还在公园里。她扫视四周，找可以砸人的石头。泽伯已经捡起一根树枝。

圣狄安娜、圣弗朗西斯、圣法特·辛格·拉索①：请赐予我你们的力量与智慧。现在，请与动物对话。请他们离去，向上帝祈求食物。

但不，那不是动物。有人声：是人。园丁的祷文里没有针对人类的。彩弹手——他们不知道我们在这儿。我们应该怎么做？跑吗？不，他们已经近在咫尺。离开易受攻击的位置。如果可以。

泽伯走到她身前，用一只手把她推到后面。他定住不动。之后大笑起来。

---

① 法特·辛格·拉索（Fateh Singh Rathore，1938—2011），印度著名的老虎保护者。

骨穴

从灌木中出来的是敏狐，她拉了拉自己那条粉蓝色印花床单。身后跟着克洛泽，也在理床单，只不过他的是黑灰条纹图案，朴素些。

“嗨，托比，嗨，泽伯。”他说，语气过于自在。

“在散步吗？”敏狐说。

“捕蜂，”泽伯说。他看起来并不沮丧。所以可能是我想错了，托比想。他没想占有她，也不介意她和克洛泽在野草间摇摆。

至于克洛泽，他不是应该在追瑞恩吗？还是这次托比又想错了？

“捕蜂？真的？嗨，怎么都行，”敏狐说着大笑起来，“我们在寻找食物。找蘑菇。我们找啊找。趴下来，四脚着地，四处都看过了，可还是一个蘑菇都没见着，是吧，克洛泽？”

克洛泽摇摇头，看向地面。好像他脱了裤子被逮个正着，但他并没有穿裤子，只有一件条纹床单。

“回头见，”敏狐说，“捕蜂愉快。”她回头往泥草屋走，克洛泽紧跟其后，像有根绳子拉住他一样。

“快点，蜂后，”泽伯对托比说，“把东西拿着。我送你回去。”

要是在完美的世界，托比肯定已经准备好配有贮蜜箱和可移动巢框的朗氏蜂箱了。她应该早作准备，因为找到蜂群并非不可能的事；可是缺乏先见之明的她没能准备。除了正常的蜂箱外，她还能拿什么吸引蜜蜂呢？任何保护好的箱子，有一个进出口；足够干燥、凉爽、温暖。

瑞贝卡提供了一个捡来的泡沫塑料箱；泽伯在靠近顶部的侧面开了一个入口，又打了几个通气孔。托比和泽伯把箱子放在公园一角，四周围上石头，既作稳固之用，也增加一层保护，还立起几块厚胶合板，用小石头悬在箱底上方。这只是个非常粗略的大致蜂箱，但现在也只能这样了，或许很长时间内都得这样。危险的是，如果蜜蜂在这里安了家，托比再想移走，它们就会非常不高兴了。

托比用枕套作为临时捕蜂袋，之后，两人又跋涉回树林捉蜜蜂。她用一根长棍子快速刮动，蜂群的中心就缓缓地倒进了袋子中。最密集的部分是紧紧围在蜂后身边的蜜蜂：就像身体的心脏，用肉眼是看不见的。

他们把枕套带回公园，嗡嗡声震耳；一团散飞的蜜蜂跟在他们后面。托比小心地将蜂球转移到泡沫塑料箱，等待所有迷失方向的蜜蜂都飞出枕套。在它们参观新家时，她又等了一会儿。

托比应对蜜蜂时，总会肾上腺素飙升。事情也许会搞砸：要是哪天她身上的味道不对，就会被一群愤怒的蜜蜂围住狂蜇。有时，她觉得自己可以洗个蜜蜂浴，就像泡泡浴似的，让蜜蜂遍布全身；不过，那只是对付蜜蜂时产生的癫狂情绪，就像在高海拔或深海里会产生狂喜。要是真尝试，可就太傻了。

当蜂群都安顿好了，她合上塑料盒盖，顶上用两块石头压住。没过多久，蜜蜂就开始在出口飞进飞出，到花园的花丛里四处找花粉了。

"谢谢，"她对泽伯说；而他说，"不客气，"好像他只是十字路口的交警，而不是爱人一样。可现在是白天，她提醒自己：他在白天总有些活跃。他大步走开，转过泥草屋的一角，消失不见了；任务完成。

她遮住头。“愿你们在这里过得开心，哦蜜蜂，”她对着泡沫塑料箱说道。“作为你们新的夏娃第六，我保证尽量每天都来看你们，给你们带来新消息。”

“哦托比，我们能再写字吗？用那些记号，在纸上？”是她的小跟班，小黑胡子。他从外面爬到花园篱笆上，就吊在上面，下巴磕在胳膊上。他这么看着她有多久了？

“好的，”她说，“要不明天吧，如果你来得早的话。”

“那个盒子是什么？石头是干什么的？你在做什么呀，哦托比？”

“我在帮蜜蜂找个家。”托比说。

“它们会住在盒子里吗？你为什么让它们住在那里面？”

因为我要盗取它们的蜂蜜，托比想。“因为它们在里面就安全了。”她说。

“你刚刚是在和蜜蜂说话吗，哦托比？我听到你说话了。还是说你是在和秧鸡说话，就像雪人-吉米一样？”

“我在和蜜蜂说话，”托比说。黑胡子的脸上焕发出笑容。

“我不知道你还有这本事，”他说，“你会和羚羊的孩子说话吗？就像我们一样？可你不会唱歌呀！”

“你对着动物唱歌？”托比说，“它们喜欢音乐吗？”

这问题只会令他困惑。“音乐？”他说，“音乐是什么？”下一秒，他已经跳下篱笆，跑去找其他孩子了。

没和蜜蜂在一起、身上却带着蜜蜂的味道，并不是一件好事情，因为你会惹来麻烦的昆虫与你做伴：已经有几只绿头苍蝇想停在她身上了，还有几只黄蜂也兴致盎然。托比走去水泵那儿洗手。她搓手的时候，瑞恩和蓝莲花来找她了。

“我们有话和你说，”瑞恩说，“是阿曼达的事。我们真的很担心。”

“让她忙一点，”托比说，“我肯定没过多久她就能恢复正常了。她受到了惊吓，这种事情总要点时间。还记得你一开始是什么样吗？那时你不是也遭到了彩弹手袭击。我会给她喝点蘑菇精华液，给她点力量。”

“不，你不明白，”瑞恩说，“她怀孕了。”

托比用挂在水泵边上的毛巾擦手。她动作很慢，给自己争取些时间思考。“你确定吗？”她说。

“她尿在棍子上了，”蓝莲花说，“是阳性。那该死的东西给了张笑脸。”

“粉色的笑脸！那棍子太可恶了！好可怕！”瑞恩说着说着，哭了起来。“她不能要那个孩子，在他们那么对她之后！孩子的父亲决不能是彩弹手！”

“她四处游荡，和僵尸一样，”蓝莲花说，“她太抑郁了。她只是真的、真的很沮丧。”

“我会和她说的，”托比说。

可怜的阿曼达。谁能想到她会生下一个杀人犯的孩子？孩子的父亲是强奸她、折磨她的人？虽说就父亲而言，还有另一种可能。托比想到了喧闹的圣朱利安日那天晚上，花，歌声，还有在篝火光亮的映照下，秧鸡人那欢乐交叉着的四肢。要是阿曼达的孩子是秧鸡人呢？那有可能吗？有，除非秧鸡人是另外一种完全不同的物种。但是，如果真这样，不是会很危险吗？秧鸡人的孩子发展速度和人类不同，他们成长起来快多了。要是孩子长太大、太快，出不来怎么办？

又没有医院。连医生也没有。就设备而言，简直就像在洞穴里接生。

“她在秋千架那儿，”蓝莲花说。

阿曼达坐在一架儿童秋千上，缓缓地前后摆动。秋千不怎么适合她；秋千架离地面太近了，她的膝盖尴尬地耸起。脸颊上，两行清泪慢慢滑落。

她身边站了三个秧鸡女人，摸着她的前额、头发和肩膀。她们都在吹着呼噜。象牙色，乌木黑，金色。

“阿曼达，”托比说，“没事的。大家都会帮助你。”

“我希望我已经死了，”阿曼达说。瑞恩哭了出来，双膝跪地，胳膊环抱住阿曼达的腰。

“别这么说！”她说，“我们都走到这里了！你不能现在说放弃！”

“我希望这东西出来，”阿曼达说，“我能不能喝种毒药？你那蘑菇做的东西？”至少她还有力气，托比想。而且没错，是有植物曾被用来打掉孩子。她记得皮拉提到过各种种子和根：野胡萝卜、晚樱草。但她不确定用量：尝试这种事太冒险了。而且如果孩子是秧鸡人的，不管怎么做，那些疗法都不会有效。根据疯癫亚当们的说法，他们的生化系统完全不同。

象牙色的秧鸡女不吹呼噜了。“这个女人不再是蓝色了，”她说，“她的骨穴不再是空的了。不错。”

“她为什么要伤心，哦托比？”金色女人说，“我们骨穴满了的时候，都会很开心的。”

骨穴。他们是这么称呼的；挺美的，也准确，可现在托比只能想象到塞满了被啃咬的骨头的洞穴。阿曼达现在的感觉一定也是这样：生命之死。托比怎么做才能改善这个故事呢？可以做的并不多。把刀和绳子都藏起来，安排人二十四小时陪护。

“托比，”瑞恩说，“你就不能……”

“请试一下吧，”阿曼达说。

“不行，”托比说，“我没有那方面的知识。”园丁时代，妇产科的工作是交给马鲁什卡的产婆的，托比自己负责疾病和伤口，可蛆、膏药和水蛭在这种情况下毫无用处。“或许事情并没有你想的那么糟，”她继续说道，“父亲不一定是彩弹手。还记得那天晚上吗？圣朱利安日，篝火边上，当他们扑到……产生了文化误解。说不定是秧鸡人的孩子。”

“太棒了，”瑞恩说，“多好的选项！一个顶级罪犯，或是某种基因切割的诡异怪兽。反正她不是唯一的受害者，因为你口中的文化误解或随便你叫它什么的东西。就我所知，我肚子里也有一个弗兰肯斯坦①的孩子。我只是害怕在那棍子上撒尿。”

托比想找些话说——说些积极上进的、安抚人心的。基因不能决定全部的命运？遗传因素对抗后天养成，邪恶中也能生出善来？外层转变也要考虑在内，说不定彩弹手只是非常、非常缺乏教养？或者这么说：秧鸡人或许比我们想象的更有人性？可没有一条具有说服力，甚至对她而言。

“哦托比，别伤心了，”一个孩子的声音：黑胡子，在她边上轻轻拱着她的身子。他抓住她的手，拍打着。“羚羊会帮忙的，孩子会从骨穴里出来，阿曼达就会开心了。宝宝刚出生时，大家都会很开心的。”

① 玛丽·雪莱创作的科幻小说中的科学怪人形象。

猪仔

“抬起来，你压到我的胳膊了，”泽伯说，“怎么了？”

“我担心阿曼达，”托比说，话是没错，但不完全是这样。“她好像怀孕了。不是很开心。”

“很好啊，”泽伯说，“在我们的美丽新世界里出生的第一位小先锋。”

“有没有人和你说过，你有时很冷漠？”

“从来没有，”泽伯说，“我的心在颤抖。不过，根据事态发展来看，父亲很有可能是彩弹手，这实在太糟了。那我们只能把孩子当作小猫淹死。”

“基本没可能，”托比说，“那些秧鸡女人可喜欢小孩了。如果你伤害婴儿，对他们做残忍的事，她们会疯的。”

“女人太奇怪了，”泽伯说，“倒不是说我应付不来这样的母亲：保护欲强，喜欢搂搂抱抱什么的。”

“也可能是混种儿，半个秧鸡人，”托比说，“想想圣朱利安日欢庆活动中的那些暴民行为吧。但如果真是这样，那孩子可能会要了她的命。他们胎儿的生长速度不一样，出生时脑袋要大些，看看那些秧鸡女人手里抱着的孩子就知道了。这就意味着婴儿出生时可能会卡住。而学习剖腹产这件事，我简直连想都不敢想。甚至还不用考虑那么远，万一发生血液排斥反应怎么办？”

“象牙喙比尔或是其他人懂这些东西吗？遗传血型之类的？”

“我还没问过，”托比说。

“好的，那我们就把这一条列在危机清单上。一人怀孕。召开团体会议。可如果疯癫亚当们不知道会发生什么事，那我想也只能走一步算一步了？”

“不管怎么样都得走一步算一步，”托比说，“不能堕胎；我们这儿没人有这本事，尝试起来太过冒险。有些草药确实有用，但如果我们不知道自己在干什么，草药也可能变毒药。我们已无能为力，除非有谁在会上提出什么了不起的建议。不过，在那之前，我要先去咨询点事。”

“咨询谁？我们的大脑狂人里又没有医生。”

“我说了你不准笑。”

“保证闭嘴。说吧。”

“好吧，听起来有点儿像神经病：问皮拉。你知道的，她已经死了。”

停顿。“你预备怎么做？”

“我觉得可以去看看她，你知道吧，就在……”

“去她的圣坛？像圣人一样？”

“差不多吧。做一次‘增强冥想’。还记得我们把她埋在公园吗？她化作堆肥那天？我们扮成公园管理员的样子，挖了个洞，在……”

“嗯，我知道那地方。我还帮你偷了套绿色的管理员工作服。我们在她上面种了一株接骨木灌木。”

“是的。我就想去那里。我知道这有点儿疯狂，外部地狱世界①就会这么说。”

“你先是和蜜蜂说话，现在又想和死人交流？就连园丁都没这么过火。”

“有些人也这样的。把这当成一种隐喻。我将与我内心的皮拉接触，亚当第一就会这么说，这个问题上，他会和我意见

① 即废市。

一致。”

又是一阵停顿。“反正你不能一个人去。”

“我知道。”这次是她沉默了。

一声叹息。“好吧，宝贝，你想怎样都行。我志愿参加。我会把犀牛和谢基也叫上。我们掩护你。一支喷枪，加上你的来复枪。你觉得大约要花多久？”

“我会做短时‘增强冥想’，不想占用过多时间。”

“你指望能听到声音？说一下我心里有数。”

“我不知道会听到什么，”托比真诚地说，“很可能什么也听不到。但不管怎么说，我也要试一下。”

“这就是我喜欢你的地方，敢作敢为。”窸窸窣窣，有动静。又是一阵沉默。“还有什么困扰着你吗？”

“没有了，”托比撒了谎，“我很好。”

“你喜欢支支吾吾？”泽伯说，“我没意见。”

“支支吾吾。这词儿挺长，”托比说。

“让我来猜一下。你是在想我应该告诉你在荒野边的购物区，我和那叫什么的来着究竟怎么了。那位狐狸小姐。我有没有乱摸她，或者说她有没有乱摸我。我们有没有做过。”

托比思考片刻。她是想要自己害怕的坏消息呢，还是自己也不会相信的好消息？她已经变成黏人的弱者了吗？只知道抓住人不放？“和我说点儿更有趣的吧，”她说。

泽伯笑了。“说得好，”他说。

所以。僵局。该知道的是他，而她，则不能发现真相。他就爱玩神秘。尽管一片漆黑，她看不到他，却也能感觉到他在笑。

第二天的日出时分，他们就上路了。秃鹰停在更高、更静的树顶，展开黑色的翅膀让露水蒸发，等待上升的热气流托起身体，进而飞翔、盘旋。乌鸦一声接一声地低叫着，每次只发出一个粗噶的音节。稍小的鸟儿也活跃起来，吱吱喳喳的；粉色云霞一丝丝的，漂浮在东边的海平面，越往底部，颜色越亮，都成了金色。有些日子，天空看起来就像天堂旧画：应该有几个天使在飞，白袍子展开，像是古时候初次登场的演员的裙摆，粉色的脚趾摆出娇媚的角度，翅膀的形态违背空气动力学。没有天使，有海鸥。

遗迹公园还能认得出模样，他们沿着一条依然存在的小径前行。通向旁边的沙砾小路被藤蔓覆盖着，但野餐桌和水泥烤架还未被完全遮挡。如果这里有鬼的话，那鬼一定是欢笑的孩童。

鼓状垃圾桶都翻倒在地，盖子被掀开了。不可能是人类所为。某种东西忙活了一阵。但不会是浣鼠：制造这些垃圾桶的时候就是防浣鼠的。野餐桌附近的土里有车辙印，还很泥泞：那东西踩过，还打滚了。

主要的柏油路足够宽，遗迹公园的车能开进来，泽伯和托比运皮拉去埋葬时，用的就是这种车。已经有野草新芽在向上探了，它们施加的力量能变得非常强大：几年间，大楼会像花生似的开裂，十年后，就会变成废墟。接着，大地吞没碎片。一切都能消化，也都能被消化。园丁认为这件事值得庆祝，托比却从未消除疑虑。

犀牛拿着喷枪走在前面，谢克尔顿收尾，泽伯在中间，仔细观察身边托比的状态。他带着一把来复枪，以策安全，因为她已经喝下短时“增强冥想”合剂。庆幸的是，除了这些年她一直存着的干蘑菇外，老园丁的蘑菇床里还有些裸盖菇①的菌种。那些干蘑菇还是托比从安诺优美容中心带来的，跟了她好多年了。她把干蘑菇浸泡在水里，撒上研磨后的各类种子，又添加了少量毒蝇伞。只有一点儿而已：她不想完全失去理智，稍微有些错乱就好——肉眼可见世界与隐藏其下的世界间的窗玻璃只须轻微地晃

① 又称“神圣的蘑菇”或“幻觉蘑菇”。

动一下。效果来了：波纹已然显现，变换开始。

“嗨，你在这里做什么？”一个声音。谢克尔顿的声音沿着一条黑暗隧道朝她传过来。她转过身：是黑胡子。

“我希望和托比在一起，”他说。

“哦操，”谢克尔顿说。黑胡子笑得很开心。“还要和操①在一起，”他说。

“没关系的，”托比说，“让他一起吧。”

“再说你也阻止不了他，”泽伯说，“除非敲碎他的脑袋。虽然我能让操滚蛋。”

“拜托，”托比说，“别把他弄糊涂了。”

“你要去哪里，哦托比？”黑胡子说。

托比握住他伸向她的手。“去看一个朋友，”她说，“不过这个朋友你看不见。”黑胡子不再提问了；他只是点了点头。

泽伯看看前面，看了左边又看看右边。他自顾自地哼着歌，自托比认识他起，他就有这个习惯。这种情况通常表示他感受到了压力。

> 如今我们处在污泥里，
> 这真是太恶心，
> 所以我们没了运气，
> 因为我们不懂性……

“可是雪人-吉米认识他，”黑胡子说，“还有秧鸡。他也认识他。”他一脸喜悦，抬起头看着托比和泽伯，洋洋自得地等待他们的肯定。

---

① 秧鸡人称呼他人都是以“哦”打头，这里谢克尔顿的一句粗话（oh fuck）被黑胡子误以为是人名。

"你说得没错，兄弟，"泽伯说，"他们是认识他。他们俩都是。"

托比感觉"增强冥想"的药力上来了。泽伯的脑袋在逆光下长出一圈光晕，她认为那些肯定是分叉——他真该修一修头发，她一定要去找把剪刀——可那东西在她看来又像是从头发里辐射出的闪耀电能。一只形态拼接的蝴蝶沿着小径飘向远方，散发出光亮。当然，她还记得，蝴蝶都是会发光的，可现在，它却像煤气里的火，呈蓝热状。黑犀牛从自己的脚步里慢腾腾地浮现，仿佛土地巨人。路两边的荨麻弯成弧线，叶子上扎人的毛在光线里仿若薄纱。四周都是声响，噪音，几乎是人声：哼唧，咔哒，轻声敲打，喃喃低语的音节。

然后还有接骨木灌木，很久以前，皮拉的墓就埋在这下面。如今灌木大多了。白色的花朵如瀑布般生长出来，空气里都是馨香。它的周围在震颤：是大大小小的蜜蜂、熊蜂、蝴蝶。

"你和泽伯留在这里，"托比对黑胡子说。她松开他的手，朝前一步，在接骨木前跪了下来。

她盯着成团的花朵，想着，*皮拉*。那干瘪的老人的脸，棕色的手，温柔的笑容。曾经，一切都那样真实。消失不见了。

我知道你在这里，你有了新的躯体。我需要你帮我。

没有声音，不过却有一段空隙。一份等待。

阿曼达。她会死吗？这个孩子会要了她的命吗？我应该怎么做？

什么也没有。托比觉得自己被抛弃了。然而，说真的，她又指望什么呢？世界上没有魔法，也没有天使。一直都是孩子的把戏。

可她还是忍不住要问。*给我一条讯息。一个信号。如果你是我，你会怎么做？*

“当心，”泽伯的声音说，“别动。慢慢看。左边。”

托比转过头。路对面，近在咫尺的地方，有一头巨型猪。一头母猪带着五只小猪仔，排成一列。猪妈妈轻声地打着呼噜，小猪仔则是放声尖叫。它们粉粉的耳朵多亮多闪呀，蹄子多澄澈啊，多……

“我掩护你，”泽伯说。他慢慢地端起来复枪。

“不要开枪，”托比说。她自己的声音在她听来十分遥远，嘴巴感觉大而麻木。她的心很平静。

母猪停下来，转向侧面：完美的靶子。她用余光看着托比。五只小猪仔聚集在她的影子里，也就是乳头下，那乳头也排成一列，像马甲上的扣子。她的嘴角上扬，好像在笑，但其实她本来就长这样。一颗牙闪了一下。

小黑胡子往前走。他在阳光下是金色的，绿色眼睛发出柔和的光，他伸出双手。

“回到这里来，”泽伯说。

“等等，”托比说。如此巨大的力量。子弹都无法阻挡母猪，喷枪也难以留下痕迹。她本可以像坦克似的压倒他们。生命，生命，生命，生命，生命。一触即发，此刻。这一分，一秒，毫秒，千年，千万年。

母猪没有动。她的头还是昂起，耳朵朝前竖着。巨大的耳朵，马蹄莲。她没有往前冲的意思。小猪仔原地不动，眼睛是红紫色的莓果子。接骨木眼睛。

然后有一个声音。从哪儿来的？像是树枝间的风声，像是老鹰飞翔的动静，不，像是冰做的燕雀，像是……他妈的，托比想。我嗑药也嗑太猛了。

是黑胡子在歌唱。他那小男孩儿的声音。他那秧鸡人的声音，不属于人类。

下一秒，母猪和小猪仔就都消失了。黑胡子转过头，朝着托比笑。“她刚刚在这儿，”他说。他什么意思？

“混蛋，”谢克尔顿说，“小排骨走了。”

就这样吧，托比想。回家，冲澡，清醒过来。幻象你也都看到了。

媒介

秧鸡诞生的故事

“你还有点儿飘飘然?”泽伯问。他们朝吉米之前挂吊床的树走去，秧鸡人正在那里等着。夜幕降临：天色厚重、浓暗，较平日层次更为丰富，飞蛾的光愈发亮了，夜晚繁花的馨香也更惹人醉：短时“增强冥想”疗效颇佳。她握着泽伯的手，感觉像是粗糙的天鹅绒：像猫的舌头，温暖而柔软，轻盈却扎人。等这东西褪去，有时需要半天的时间。

“我觉得用‘飘飘然’来形容类似宗教性质的神秘体验，恐怕不大合适。”托比道。

“所以这是宗教体验?”

“或许吧。黑胡子对人们说，皮拉是披着猪皮出现的。”

“见鬼去吧！她还是素食主义者呢。她怎么可能钻进猪里去?”

“他说她披猪皮的方法就和你披熊皮一样。只不过她不会把猪杀了吃掉。”

“多浪费。”

“她还跟我说话了，黑胡子说。他说他听到了。”

“你也这么认为?”

“也不是，”托比说道，“你清楚园丁的办事方式。我在和我内部的皮拉交流，她经外化后为肉眼所见，通过大脑化学物质辅助器与宇宙波长相连；正确的理解是，这个宇宙里并不存在偶然事件。感觉印象也许是由摄入的各种精神药物‘造成’的，但并不代表那就是幻觉。门是用钥匙打开的，但是不是表示门打开后露出来的东西就不存在呢?”

“亚当第一真的对你有点儿影响，对吧？这种鬼话他能讲上几个小时。”

“我能跟上他的思路，所以这方面他是对我起了作用吧。但是要说‘信仰’，我就不确定了。虽然他也说过，‘信仰’不就是要把质疑进行到底吗?”

“是，没错。我一直不清楚他自己信多少，还是说他可以为此将手伸入火炉。他真是个狡猾的混蛋。”

“他说如果你按信仰行事，就和拥有信仰没什么差别。”

“真想找到他，”泽伯说，“就算他死了。不管怎么说，我想知道发生了什么。”

“他们以前把这称作‘闭合’，”托比说，“在有些文化中，只有当人经过体面的埋葬后，灵魂才能得以自由。”

“人类真是有趣的老东西，”泽伯说，“难道不是吗？所以，我们成了现在这样。做你的事儿吧，故事小姐。”

“我不知道能不能。今晚不行。我还有点儿晕。”

“试一下。至少露个脸。你可不想引发暴动。”

谢谢你们的鱼。

我现在不吃，因为我有重要的事要和你们说。

昨天我用闪亮的东西听秧鸡说话了。

请不要唱歌。

秧鸡说，鱼最好烧的时间长一点。要全部烧热。烧之前不要放在阳光下。也不要过夜存放。秧鸡说，那才是对待鱼最好的方式，也是雪人-吉米一直以来想要的烹鱼方式。羚羊还说了，如果轮到她的鱼孩子被食，她希望它们能以最好的方式被食。也就是说要烧透。

对，雪人-吉米感觉好些了，虽然他还在里边自己的屋里睡着。他的脚不疼了。你们能帮他吹那么久的呼噜，真是太好了。他还不能快跑，但他每天都在练习行走。瑞恩和蓝莲花也在帮他。

阿曼达太伤心了，她不能帮他。

我们现在不需要讨论她为什么伤心。

今晚我就不说故事了，因为鱼的事。以及鱼的烹调方式。而且我觉得有点儿……我觉得有点儿累了。这样一来，我戴雪人-吉米的红帽子听故事，也更困难。

我知道你们很沮丧。但我明天会给你们讲故事。你们想听什么？

泽伯的故事？还有秧鸡？

有关他们俩的故事。好，我想应该有这样的故事。或许吧。

秧鸡出生过吗？是的，我想是这样。你们觉得呢？

嗯，我不确定。可他肯定要出生的，因为他看起来像个——他看起来像人，以前的时候。那时，泽伯还认识他。所以会有故事是关于他俩的。而且里面还有皮拉。

黑胡子？你要说说秧鸡的事儿？

他不是真的从骨穴中生出来，他只是钻到人皮下面了？他像穿衣服一样披着皮？但是他体内是不一样的？他又圆又硬，就像那闪亮的东西？我明白了。

谢谢你，黑胡子。你能戴上吉米雪人的红帽子吗？我是说雪人-吉米，然后给我们讲那个故事吗？

不，帽子不会伤害你。它不会把你变成别人。不，你不会再长一层皮；你不会像我一样长出衣服。你可以保有你自己原来的皮。

没关系。你不一定非要戴红帽子。请别哭了。

“哎，真失败，”托比说，“我不知道他们害怕——怕那顶红色的旧棒球帽。”

“我自己也怕红袜子，”泽伯说，“当时我还小。就算那时，我也打心底里爱赌博。”

“对他们而言，帽子似乎是神圣的物品。就像某种禁忌。他们可以带着它四处走，但不能戴在头上。”

“老天，你能怪他们吗？那东西真是脏死了！上面肯定有虱子。”

“我是想探讨一下人类学。”

“我最近有没有跟你说过，你屁股真漂亮？”

“别把事情搞复杂了。”托比说。

“复杂是可怜鬼的另一种说法？”

“不是，”托比说，“只不过……”只不过什么？只不过她不能相信他是真心的。

“好吧，这是种褒奖。还记得吗？男人就这么夸女人。是在献殷勤——这才是人类学。就把它当作恭维。这么说定了？”

“好吧，就这么定了。”托比说。

“再来一遍。很久以前，在我们把皮拉制成堆肥的那天，我就发现你屁股很漂亮了。当你脱掉园丁女肥大的衣服，穿上公园管理员的套装。令我魂牵梦萦，真是这样。但你那时又不行。”

“其实并没有。我……”

“哎，你确实不可以呀。你是上帝全身心的纯情园丁小姐，在我看来就是这样。亚当第一全情投入的圣坛女郎。我都在想他是不是和你有一腿，说真的。我都吃醋了。”

“绝对没有，”托比说，“他从没有、从来……”

“我相信你。很多人不会。不管怎么说，我那时还和卢瑟恩在一块儿呢。”

“所以是她阻止了你？那个魅力甜心？”

一声叹息。“我是喜欢美女，这很显然。那时我还年轻嘛。

荷尔蒙的作用。男的都这样。自然奇迹。但美女又不都会喜欢我。”停顿。“无论如何，我都很忠诚。如果真的和谁在一起，绝不花心。持续的一夫一妻，你可以这么说。”

托比相信吗？她不知道。

“可后来卢瑟恩离开园丁们了。”她说。

“而你成了夏娃第六。和蜜蜂说话，测量心理轨迹。你就像一位圣母。以为你会残忍地拒绝我。荒岛鸟，”他说，用上了她在疯癫亚当聊天室里的旧代号。“那就是你。”

“而你是熊灵，”托比说，“很难找，但如果能遇到一只，就代表着好运。故事里都是这么说的，在那些熊绝迹之前。”她开始抽泣。冥想配方也有这种功效：瓦解壁垒。

“嘿。怎么啦？我说了什么不好的事了吗？”

“没有，”托比说，“我只是有些伤感了。”

那些年，你曾是我的生命线，她想说。但话并没有说出口。

年轻的秧鸡

“现在我必须得编点东西出来了，”托比说，“一则有秧鸡的故事，还得有你。秧鸡小的时候确实是认识皮拉的。我后来发现。但我该怎么形容你呢？”

“事实上，那段确实是真的，”泽伯说，“园丁还没开始的时候，我就认识他了。可他那时候哪儿是秧鸡啊，完全不是。他只是个叫格伦的小屁孩儿。”

泽伯一进西荷尔史威瑟，就学起了当地的文化基因，并尽快开始模仿他人。表现出正确的文化密码才能走上通往融合与生存的康庄大道，这样一来，哪怕教士的怪兽巨眼随时要通过公司庞大的网络搜寻他的身影，也会从他身上一掠而过。他需要的是保护色。

官方宣传版的西荷尔史威瑟前景是这样：这里是一个欢乐的大家庭，致力于追寻真理、造福于人类。太过纠结为股东增值，会被视为品味低俗，然而换个角度说，他们也提供职工选项包。所有员工都必须始终保持愉悦的心态，勤恳地完成指标，而且要像在真正的家庭里一样，不要过多地追问究竟发生了什么。

与真实家庭的相似处还有一点，那就是存在禁区。有些是概念上的，但有些完全是真实存在的。荷尔史威瑟大院外的废市就是其一，除非你拥有通行证，并获得了相应保护。IP 地址的防火墙很厚实，除非你拥有内部渠道，有些情况下是无法攻破的；所以如果你没办法黑进系统，你就要去夺原始材料。公司各种大脑狂人都遭绑架，偷渡出国——有人还说被送到敌对的公司大院去了——据说脑子中应该埋有的金银珠宝会被开采一空。

西荷尔史威瑟如此担忧并非事出无因——这就表示紧锁的门后有大事发生——栏杆已摆放到位。顶级生化怪人身上都携带着遥控报警装置，用以记录行踪，尽管这也会招致灵巧的黑客侵入，从而追踪到携带者的下落。走廊和会议室的墙上到处都贴有海报，提醒粗心大意的家伙随时都会有危险发生。**“遵守安全条例，保住你的脑袋！还有脑袋里的东西！”**或是：**“你的记忆就是我们的IP，所以为了它我们也会保护你！”**

或是：**“大脑就像草地：耕作过的更有价值。”**最后一张海报上，有人用三福记号笔写道：“多耕作些吧！再吃点粪！”所以，泽伯想，至少笑脸背后还是隐藏着非议的。

西荷尔史威瑟每周四会在大院中央公园举办烤肉派对，营造出欢乐家庭的气氛。亚当告诉过泽伯，这些活动不能错过，因为这是窃听的主要场地，可以摸到隐秘权力的蛛丝马迹。穿衣风格越休闲的人越有可能是大佬。亚当还说，泽伯会发现一些有趣的休闲活动，尤其是棋盘游戏；尽管他并没有解释为什么。

所以泽伯到达后的第一个周四，他就出现在西荷尔史威瑟的烤肉派对上了。他每样食物都尝了尝：给小孩准备的黄豆慕斯冰激凌①，给食肉者准备的排骨，给素食者准备的“大豆男孩牌”产品和“阔恩牌”素食汉堡。想吃肉又不忍杀害动物的可以吃“不流血烤肉K伙伴”——这些肉块是在实验室里用细胞制作出来的（“没有动物受伤害”），他发现，啤酒喝得足的话，也不是很难下咽。但是他得克制，因为他要保持警醒，所以就尽吃排骨了。享用猪肉无需微醺。

---

① 此处涉及的食品品牌名均根据现实品牌改变而来。

人群周边，各类古怪的运动进行得如火如荼。阳光下的槌球和滚木球，凉棚下的乒乓和桌式足球。六岁以下的孩子玩圆圈游戏，年长些的还有不同的捉人游戏。至于那些严肃、超机智、可能患有艾斯伯格症候群的大脑小狂人，阳伞下有一排电脑供他们在线玩强迫症游戏——当然是在荷尔史威瑟防火墙内——不用与对方进行眼神交流，就能挑战彼此进行格斗。

泽伯看了看都有哪些游戏：三维韦科、肠内寄生虫、天气挑战、血与玫瑰。还有蛮人顿足，这对他来说是个新游戏。

玛乔丽朝他径直走来了，两只眼睛犹如小狗一般，乞怜的笑准备就绪，下巴上一抹番茄酱更令她显得楚楚可怜。该躲起来了：她这种女人，看起来已经立桩定界，她会在男人睡着的时候偷翻他的口袋，就为揪出她的对手，她也很有可能会偷看他的邮件。尽管他可能是多虑了。不过最好还是不要冒险。

“愿意和我来一局吗？”他对身边最近的大脑小狂人说。这是个瘦削的小男孩，身着深色T恤，身边一张纸碟子上摞着一堆啃过的排骨。那杯是咖啡吗？什么时候这么小的小孩也可以喝咖啡了？孩子父母在哪儿？

小男孩抬起头来看着他，两只蒙眬的绿色大眼睛，或许还略带嘲讽。来参加这类烤肉派对，好像连小孩都要戴名牌：格伦，泽伯看到。

“当然，”小格伦说，“传统象棋？”

“与什么相对？”泽伯说。

“三维。”格伦语带漠视。如果泽伯这都不知道，他就不可能是个一流的玩家。很显然。

泽伯和秧鸡就是这样认识的。

“但就像我说的，他那时还不是秧鸡，”泽伯说，“他那时还是个小孩。还没有太多的坏事落到他头上，虽然‘没有太多’的说法总是见仁见智。”

“真的吗?”托比说,“那么久以前?”

“我会对你撒谎吗?”泽伯说。

托比想了想。“这种事不会。”她说。

泽伯慷慨且屈尊地让格伦用白子,格伦击败了他,尽管泽伯虽败犹荣。接着,他们来了一局三维韦科,泽伯赢了格伦,格伦立刻想要再来一局。这局平手。格伦看泽伯的时候似乎尊敬了些,还问他从哪儿来。

泽伯就说了几个谎,但这些谎言挺带劲儿:他添加了方向小姐和漂移世界,还有“助熊者”里的一些熊,他更名换姓,改变地点,有关死去的查克的事一概抹去了。格伦从来没有出过大院,或者说记忆里没有,所以这些故事对他来说肯定颇为神秘。虽然他尽量表现得不那么惊奇。

不管怎么说,格伦在周四的烤肉派对上开始往泽伯身边靠,午餐时分也会在一起。这并不是英雄崇拜,准确来说不是;格伦也不是想让泽伯做自己的父亲。泽伯觉得,他更像一位兄长。在西荷尔史威瑟,没有多少小孩和格伦差不多大,可以陪他玩。那些小孩也没他聪明。倒不是说格伦觉得泽伯在智力上合格了,只能说他还说得过去。尽管两人之间的交往带着些许御前演出的意味:格伦饰演王储,泽伯饰演有点儿愚笨的弄臣。

格伦到底有几岁?八岁,九岁,还是十岁?泽伯很难说清楚,因为他不愿意去回忆当他自己八岁、九岁或十岁的时候,生活是什么样子的。那时候的他,有太多时间活在了黑暗里,以这样或那样的方式。这些都要被遗忘,他也努力遗忘了。然而,当他看到那个年纪的小男孩时,他的第一反应还是要说:快走开!赶紧给我走开!第二反应就是:长强壮吧!长得非常强壮吧!如果你长得非常强壮,无论是谁,都不能再压迫你了。或者说他们的权力将没有那么大了。尽管这对鲸没有什么用，他回想道。或是老虎。或是大象。

小格伦的生命里肯定发生过某些事，或者某件事：某种在他身畔萦绕不去的东西。他的神色里有股特质，泽伯无意间照镜子时，也在自己身上瞄到过：一种谨慎、怀疑的神色，仿佛不知道哪块灌木丛、停车场或哪件家具会突然裂开，暴露出埋伏的敌人或无底的深坑。虽然格伦身上没有伤疤，没有擦伤，吃饭也没有问题，或者说泽伯并没有看出来；所以，纠缠他的东西究竟是什么呢？不是什么确定的东西，也许。更像是一种欠缺，一块真空。

几个周四过后，经过仔细观察，泽伯总结道，格伦的父母都没有很多时间陪他。也没有时间给彼此：从肢体语言来看，他们早就过了愤怒的阶段，甚至都不会偶尔生出厌烦，他们已经深陷入踊跃的仇恨。在公众场合见面，他们就用职业杀手的眼神互瞪，讲话只用单音节词，然后就赶紧走开。他俩紧闭的窗帘后，自家的炉子上，一锅怒火在熊熊燃烧：冒着泡的大锅将他们的注意力都吸了去，格伦则沦为一处脚注，或是一张交换卡。也许这个小孩被泽伯吸引的原因，和小朋友喜欢恐龙的理由无异：当你感到自己在不可控的世界遭到抛弃，拥有一个劣等的大怪兽作朋友，足以抚慰人心。

格伦的母亲是食物管理部的员工，追踪供货，制订饮食计划。格伦的父亲是中高层研究员——罕见微生物、不稳定病毒、古怪抗原和过敏性生物载体异常变体，这些东西他是专家。埃博拉病毒和马尔堡病毒是他的专长，但是他现在正在研究一种罕见的过敏反应，过敏对象是被虱蝇叮咬过的红肉。虱蝇的唾液蛋白中含有某种过敏原，格伦说。

“所以，”泽伯说道，“如果一只虱蝇的口水流到你体内，你就不能再吃牛排了，不然就会爆发荨麻疹，接着窒息至死？”

“这还算好的，”格伦说。他正处于这样的阶段：说了“好的一面”，会再加上可怖的补充信息。“这还是好的，如果是随人口传播——虱蝇的唾液蛋白被加进了如普通的阿司匹林里——那么每个人都会对红肉过敏，红肉的碳足迹很大，会导致森林资源匮乏，因为树必须得砍伐，好为畜牧业腾出空间；然后……”

“在我看来，可不是什么好事，”泽伯道，“论断是：我们是采猎者，进化过来就是要吃肉的。”

“然后产生对虱蝇唾液的致命性过敏反应。”格伦说。

“只有那些注定要从基因库里消失的人才会过敏，”泽伯说，“所以才罕见。”

格伦笑了，这对他来说很少见。“有道理。”他说。

泽伯和格伦在周四的活动上打电脑游戏时，格伦的母亲罗达有时会飘过来看，靠在泽伯的肩膀上，距离有些过近了，身体某些部位甚至还时不时地碰到他——哪里呢？乳头尖端？感觉是的，那种瘤状物。肯定不是手指。她的呼吸里有啤酒的味道，在他耳边纤细的绒毛间吹起一片涟漪。不过，她从来不会碰格伦。事实上，从没有人碰过格伦。他以某种方式造成了这样的结果：他在身边立起了隐形的禁飞区。

“你们这些家伙，”罗达会说，“你们应该出去到处跑跑。玩玩槌球。”格伦从不理会这种慈爱的干扰，泽伯也不会；格伦的母亲虽然尚未干瘪，但对他而言，也已过了最鲜活的岁月，但如果他和她困在同一个救生筏上……但他并没有，所以就忽略了她的乳头摩挲，不顾她在他耳畔传达的呼吸信号，全身心投入到血与玫瑰的血的部分：彻底根除古迦太基人口，在土地撒盐，征服比属刚果，屠杀埃及婴孩中的长子和长女。

可为什么只杀长子和长女呢？虚拟的血与玫瑰中，某些暴行要求将婴儿扔到空中，用刺刀射穿；或是扔入熔炉；还有的，是要用脑袋砸石壁，让脑浆迸裂。“我用一千个婴儿换你一座凡尔赛宫和一间林肯纪念堂。”他对格伦说。

“不可能，”格伦说，“除非你把广岛放进来。”

“太荒唐了！你要让这些婴儿痛苦地死去吗？”

“他们又不是真的婴儿。只是游戏而已。所以他们死了，就能保住印加帝国。还有那些超酷的黄金艺术。”

“那就和婴儿们吻别吧，”泽伯说，“你真是个没心肝的小杂种，是不是？啪嗒。就这样。没了。对了，我要用变牌百搭的分兑现，炸掉林肯纪念堂。”

“我才不在意，”格伦说，“我还有凡尔赛宫，还有印加帝国。不管，反正婴儿太多了。产生的碳足迹也大。”

“你们这些家伙太可怕了。”罗达说着抓了抓自己。泽伯能听到指甲在他背后刮动，就像猫爪在毛毡上滑动。他好奇她抓的是身体的哪个部分，接着努力不再去想。就算他唯一信赖的朋友没有上他不值得信赖的母亲，格伦的问题也够多了。

不知不觉间，泽伯已经在给小格伦进行编码方面的课外辅导了，就是说——从实际的角度——也在教他如何当黑客。这孩子生来就是这块料，他终于因泽伯了解他不知道的事而惊叹了，这小家伙的理解能力就像变魔法。拥有那样的才华，精雕细琢后，交之通往帝国的钥匙——芝麻开门，后门，捷径——不是很诱人吗？极为诱人。所以泽伯就这么做了。看这孩子吸收一切，很有趣，谁又能预见后果呢？有趣的事通常都是如此。

泽伯道出了编码与做黑客的秘密，作为回报，格伦也分享了自己的隐私。比如，他在母亲房间床头的台灯里藏了窃听器，也就是说泽伯知道了罗达正在和一个叫皮特的中高层管理人上床，时间通常就在午餐前。

“我爸不知道，”格伦说。他考虑了一下，用那双神秘的绿眼睛盯着泽伯。“你觉得我应该告诉他吗？”

“也许你就不该听那恶心东西。”泽伯说。

格伦冷冷地瞪了他一眼。“为什么不能听？”

“因为那种东西只能大人听。”泽伯说，自己听来都觉得刻板无趣。

“你像我这么大也会听的。”格伦说，泽伯无力反驳，他只需一毫秒的犹豫，就会去听，假如他有这机会和技术。渴望地，贪婪地，无须多虑。

可另一方面，要是这事关乎他父母，他可能就不会偷听了。哪怕现在，他一想到教士在特雷迪上面荡起荡落，哼哼唧唧，他就浑身不自在。特雷迪肯定搽着沁香的乳液和润滑油，看起来如同一只塞得过满的粉色绸缎枕。

格洛伯式进攻

“现在该说我和皮拉认识的经过了。”泽伯说。

“皮拉在西荷尔史威瑟究竟是做什么的?”托比说，“在大院里帮公司工作?”

可她知道答案。许多园丁都是从公司大院开始的，很多疯癫亚当也是。学生物科学的人还能上哪儿工作呢?如果你想找一份研究员的工作，你就得去公司上班，因为钱都在那儿。但这样你就自然而然地要专注在他们感兴趣的项目上，而不是自己感兴趣的。能让他们感兴趣的都是要能盈利的商业产品。

泽伯第一次见到皮拉是在周四的一次烤肉派对上。他之前没有在那儿见过她。高层人士不大会参加每周的排骨宴:那都是给年轻人准备的，他们可能想随便勾搭些异性，或是交流绯闻，抑或收集情报，而皮拉已经过了这个阶段。后来泽伯才发现，原来皮拉已经是相当高层的领导了。

可她那周四出现了。泽伯一开始看到她时，她正在场外和格伦下棋。身段小，年纪偏大，黑发中夹杂着银丝。这个组合很诡异——几近衰老的女士和年轻傲慢的小男孩——诡异的组合让他兴致盎然。

他悠闲地荡到他们边上，站在格伦身后。他看了会儿棋，尽量不议论棋局。双方都没有明显的优势。老女士落棋稍快，镇定自若，格伦则作沉思状。她让他费脑筋。

“后走 h5。”泽伯最后说。格伦这次下黑子。泽伯不知他是在虚张声势，还是两人是通过抛硬币决定谁下白子的。

“不觉得。”格伦说话的时候没有抬头，移动骑士拦截——泽伯现在明白了——可能将军。老女人朝泽伯笑了笑，眼部挤着皱纹、皮肤黝黑、森林侏儒的那类笑，意思既可能是我喜欢你，也可能是你当心点。

“你的朋友是哪位？”她对格伦说。

格伦朝着泽伯皱眉，这表示他对这局没信心。“这位是塞特，”他说，“这位是皮拉。该你了。”

“你好。”泽伯说，点了点头。

“幸会。”皮拉说。“救得好，”她对格伦说。

“待会儿聊。”泽伯和格伦说。他晃到旁边吃了些“不流血烤肉K伙伴”——他越来越爱吃了，虽然仍是人造口感——最后来了个甜筒冰淇淋，仿树莓口味。

他舔着甜筒望向场地，给看到的所有女人打分。玩一玩总无伤大雅。分值从一到十。没有十分的（等一下！），两个八分（稍微有所保留），几个五分（如果没有别的选择了），肯定有一些三分的（你们得报答我），还有个不幸的两分（好好报答我！）——这时，他感到有一只手搭在了他的胳膊上。

“别这么惊讶嘛，塞特。”一句低语。他低下头：是小个头的皮拉，胡桃色的脸。她在跟他搭讪吗？肯定不是，不过要当真如此，从礼貌的角度来说，这可是个微妙的时刻：如何才能以别人可以接受的方式拒绝？

“你的鞋带散了。”她说。

泽伯注视着她。他的鞋没有鞋带，穿脱方便。

“欢迎来到疯癫亚当，泽伯。”她笑着说。

泽伯咳出了一口冰淇淋。“操！”他道。不过他并没有慌，还记得声音要轻点。亚当和他那白痴的鞋带暗号。谁能记得？

“没事的，”皮拉说，“我认识你哥哥。是我帮忙把你弄来的。

装得无聊些，就当我们在闲聊。”她又朝他笑起来。“下周四的烤肉派对再见。我们也该下盘棋。”说完，她就静静地飘到槌球场地了。她仪态万方：泽伯觉着她是个瑜伽狂热爱好者。那样的身姿让他自己倍感邋遢。

他很想上网，兜兜转转后进入大灭绝疯癫亚当聊天室，问亚当这女人是谁，但他知道这么做有欠慎重。网络世界里，话越少越好，哪怕你认为自己的空间很安全。网络就是这样的——网而已，尽是网眼，只等你掉进去；就算有无坚不摧的算法、密码、指纹识别，尽管他们声称在不停修复，依旧是这样。

可他们还能多指望什么呢？由他这样的码农掌管密钥，泄露是必然的。工资太低，所以小偷小摸、窥探、告密、高价卖出情报的诱惑是极大的。然而，惩罚也愈发极端，算是某种程度上的对冲吧。网络小贼越来越职业，和他在里约合作过的队友一样。现在很少有人会纯粹为了恶作剧去做黑客，甚至都不会提出抗议。在黑客传奇的黄金时代里，他们确实这样，但如今，戴着复古的无名面具的中年男子只能在昏暗陈腐的网络一隅独自怀旧，若有似无。

抗议又有什么用呢？公司已经开始成立私人情报服务公司，抢夺武器使用权；每个月都会出台新的武器法，美其名曰“保护大众”。老式示威游行的政治已经死亡。你可以神不知鬼不觉地报复个人，如教士，但凡涉及群体、挥动标语、打砸店铺的，都会膝盖中枪。逐渐所有人都知道了。

他吃完甜筒，塌鼻子的玛乔丽来邀请他玩槌球，他说他木球玩不好，装出受伤的样子，就躲过了她，朝格伦逛过去，那小子还坐在原地，死盯着棋盘。他又摆好棋子，和自己下。“谁赢了？”泽伯问。

“我差点就赢了，”格伦说，“她用了格洛伯式进攻。我毫无准备。”

“她在这儿究竟是干什么的？”泽伯问，“她负责什么吗？”

格伦笑了。他就喜欢知道泽伯不知道的东西。“蘑菇。真菌。霉菌。想和我来一盘吗？”

“明天吧，”泽伯说，“吃太多了，脑子反应迟钝。”

格伦抬头朝他咧嘴笑。“胆小鬼。”他说。

“可能就是懒。你怎么会认识她的？”泽伯说。

格伦盯着他看的时间有点儿太长了，眼神也有点儿太狠了：绿色猫眼。“我说过了。她和我爸是同事。他是她们团队的。不管怎么说，她也是围棋俱乐部的。我五岁开始就和她下棋了。她还不算太笨。”

这是他目前为止对人的最高评价。

媒介

第二个周四的烤肉派对上没有看到格伦。好几天都没有看见他了。他没有在咖啡馆附近鬼鬼祟祟，也没有让泽伯在电脑上教他几招黑客戏法。他隐身了。

他病了吗？逃跑了吗？泽伯只能想到这两种可能性，并把逃跑排除了：这孩子也太小了，不会跑的，再说，没有通行证还想走出西荷尔史威瑟，这也太困难了。虽说他最近才学了密码技巧，兴许也能伪造一张。

还有一种可能：这小机灵鬼在数码世界伪装起来了。他闯入了公司某个神圣不可侵犯的数据库，盗取了信息，没什么别的目的，因为他不可能牵扯进和中国灰市的阴暗交易，也不会和更可怕的——如阿尔巴尼亚人，他们现在可是怒不可遏——扯上关系，不然他会被抓起来的。抓起来后，就会进到哪儿的一间审问室，脑袋被翻个底朝天。经历过这种事的人，眼睛上方的破布能裹上一年。他们会对一个小孩儿这样吗？是的。他们会。

他真希望事实不是如此：如果真这样，他自己会非常愧疚，因为这表示他不是个好老师。“第一条规矩，”他强调过，“别被抓。”可这种事，有时说起来比做起来容易。他在编码这件精工细活上马虎了吗？他告诉过这孩子哪些捷径过时了吗？他错过了几个“绕行”的标志——那些嗅迹意味着这路上不止他和格伦两人，不是他以为自己创造的偷猎者丛林小径吗？

尽管泽伯担心得很，他也没有去问老师，甚至没有问格伦那对马虎失责的父母格伦到底怎么样了。他要低调，不能引起他人注意。

泽伯再次检视烤肉派对上的人群。还是没有格伦的身影。但皮拉在，坐在场边的树底下，研究眼前的棋盘。他又像往常那样闲荡过去，但求自己的样子还算随意。

“想来一局吗?”他说。

皮拉抬眼看他。“当然。”她笑着说。泽伯坐下了。

“我们掷骰子决定谁下白子吧。”皮拉说。

“我喜欢下黑子。”泽伯说。

“听说了，”皮拉说，“很好。”

她开局，公式化地使用了皇后的兵，泽伯决定选用皇后的印第安式防御。“格伦在哪?”他问。

“事态不妙，”她答道，“专心下棋。格伦的父亲死了。格伦自然很伤心。公司警的官员告诉他是自杀。”

“老天，”泽伯说，“什么时候的事?”

“两天前。”皮拉说，移动了皇后的骑士。泽伯移动了主教，放下不动。这样她要发展中心就费劲了。“但问题不是什么时候，而是怎么死的。他是在立交桥上被推下去的。”

“他老婆推的?”泽伯问，罗达乳头压在他背部的触感尚在，他也还记得她床头灯里藏着窃听器。这问题有些开玩笑的意味——他该感到羞愧的。有时，这种东西会像爆米花似的从他嘴里蹦出来。然而，这问题也很严肃：格伦的父亲可能已经发现了罗达的午餐插曲，一起散步谈这事儿，又想多些私人空间，就出了荷尔史威瑟围墙，决定沿立交桥漫步，顺便看看来往车流，然后可能吵了一架，格伦的母亲或许就将孩子的父亲从栏杆上翻下去了，他自己是没法设防的……

皮拉看着他。等他的神志清醒过来，很可能是这样。

“好，我收回，”他说，“不是她。”

“他发现他们在荷尔史威瑟里面做的事了，”皮拉说，“他发现这件事不仅不合乎职业标准，甚至对公众健康有害，所以还是不道德的。他威胁要将此事公之于众；或者也不是公众，因为媒体可能会不愿意碰。可如果他跑去敌对公司，尤其是国外的，消息一旦被他们利用，后果不堪设想。”

“他在你的研究团队里，是吧？”泽伯说。他努力跟上她的话，结果就无暇顾及棋局了。

“隶属我们，”皮拉说着干掉他的一个兵。“他告诉我了，现在我告诉你。”

“为什么？”泽伯说。

“我被调职了，”皮拉说，“去荷尔史威瑟总部，东边。至少我希望是去那儿，也许更糟。他们可能觉得我兴致不高，或是不够忠诚。你必须得离开这儿。我一被调职，就没法保证你的安全了。用你的骑士拿下我的主教。”

“这可不大好，”泽伯说，“打开门让……”

“让你拿就拿，”她平静地说，“攥在手里。我还有一个，顶替盒子里的。没人会知道丢了一个主教。”

泽伯把主教藏在手里。他在漂移世界就学过这招了。他轻巧地将棋子滑入袖中。

“我要怎么做？”他说。皮拉走了，他就一个人了。

“帮忙送走，”她说，“我会给你一张伪造的一日通行证，编个故事给你用；他们会问你在废市是做什么的。你一旦离开西荷尔史威瑟大院，就会有新的身份。带着主教。有一家性爱夜总会，叫“鳞尾”，你可以上网查。去最近的一家，暗号是甜腻，他们会让你进去的。你把主教放在那儿，那是一个容器，他们知道怎么打开。”

“送给谁？”泽伯说，“再说了，里面究竟是什么？他们又是谁？”

“维克托们。”皮拉说。

“什么意思?”泽伯说,“数学向量?”

“生物媒介。装生物体的媒介。这些媒介被放在维他命药片状的其他媒介里;药片分三种:白、红、黑。药片再放在另一种媒介,即主教里。被另一种媒介,你,带着。”

“药片里是什么?”泽伯问,“脑轻松?编码芯片?”

“当然不是。最好别问,”皮拉说,“不过不管做什么,你都不要吃。如果发现有人跟踪你,就把主教塞进下水道。”

“格伦呢?”泽伯说。

“将死。”皮拉说,放倒他的国王。她起身,笑着。“格伦会没事的,”她说,“他不知道他们杀了他父亲。他还不知道。或者说没有直接听说。但他很聪明。”

“你的意思是他会想到。”泽伯说。

“我希望他发现得不要太快,”皮拉说,“他还太小,不适合听这样坏的消息。他可能没法装作不知道,不像你。”

“我有时候是真不知道,”泽伯说,“就像现在,我去哪儿换身份?我怎么拿通行证?”

“进到疯癫亚当聊天室,会有一整套文件等着你。还要打乱网关,不能在这些电脑上留下痕迹。”

“我脸上的毛发需不需要换个颜色?”泽伯问,想让气氛明朗些。“配合我的新身份?要不要穿傻里傻气的裤子?”

皮拉笑了。“这段时间我的寻呼机都是关着的,”她说,“烧烤日我们可以这么干,只要我们在他们的视线范围内。我现在要再开机。别再说你不希望被别人偷听到的话了。一路顺风。”

鳞尾

泽伯从桌子抽屉里重新拿出之前藏着的U盘，摘下像藤壶般粘在上面的止咳片，在电脑上激活“肠道寄生虫”，从可怕的瞎眼虫那贪食的胃中滑过，再搭乘睡莲漂浮叶，进入疯癫亚当聊天室。不出所料，有一个指导文件夹等着他，虽然谁留下了这个东西无从所知。他打开文件，消化了内容，匆匆回头拂去他来时的踪迹。接着，他用脚碾碎U盘，准确来说，他是把U盘放在了床脚下，跳上床，蹦跶了好几次，将碎片分散在不同厕所冲掉。它们自己是没办法轻易冲下去的，又是金属又是塑料，但如果你把它们放在……

“没事，”托比说，“我明白。”

泽伯的新名字叫赫克托。媒介赫克托，他想。有些人幽默感真差①，不过也情有可原，他觉得不是皮拉：她这人没什么幽默细胞。

当然，他激活赫克托的身份，必须要出了西荷尔史威瑟大院才行，必须远离安保摄像机。在那之前，他还是塞特，一个小码农，困在数据条目的战舰中，身着怪咖专属的棕色灯芯绒裤。不说别的，他打赌新身份能给他条好点儿的裤子穿。据说废市有一套衣服正在等着他，被藏在了大垃圾桶里，他希望不要有什么流浪汉、疯子或被解雇的中层管理者在他到达之前乱翻。

人们为他的塞特人格编造的故事是，他被派到一家名叫安诺

① 赫克托（Hector）和媒介（Vector）押韵。

优的公司提供维修服务。安诺优是荷尔史威瑟可疑的分支，专营美容及疗养心灵。健康与美丽如一根脐带上连着的魅惑双胞胎，吟唱着她们永恒的诱惑之歌。为了获得健康及美貌，愿意斥巨资的人不在少数。

荷尔史威瑟的产品——维生素补充剂、非处方止痛药、针对特定疾病的高端药物、勃起障碍的药物等——喜欢添加科学描述，商标爱用拉丁名。而安诺优则是从迷信巫术的拜月教人，以及满是食虫椿象、人迹罕至的热带雨林中那些萨满教巫医的晦涩秘密里汲取灵感。但泽伯明白两者的兴趣有重合之处。如果你疼，感到不舒服，并因此变丑，就吃荷尔史威瑟的这个；如果你丑，疼，为此感到不适，就吃安诺优的那个。

泽伯穿上新洗过的棕色灯芯绒裤，算是为任务作准备。他根据自己稍显杂乱的塞特人格，重新调整了脸部表情，对着浴室镜子里的自己挤眉弄眼。“你完蛋了，”他对着自己的脸说。他不会介意和塞特分开，因为这个身份本来就是亚当硬加在他身上的，带着一股“我是老大我懂更多”的专横之气。他希望能见到亚当本人，哪怕只是为了这件事斥责他一通。“你他妈的知道那裤子让我受了多少罪吗?”他或许会这么说。

塞特该走了。他朝前门的方向缓步而去，通行证拿在手里，喃喃自语道：

> 嗨吼，嗨吼，
> 傻瓜工作我来咯，
> 这儿一个乡巴佬，那儿一个乡巴佬，
> 嗨吼，嗨吼，嗨吼，嗨吼！

现在要想到塞特的身份是初级代码维修员。他被派去调查安诺优网站，看看它是怎么被玩弄的。有人——或许是某个突然发迹的少年黑客，就像他小时候一样——更换了线上图片，这样，当你点击提升心情、改善肤色的产品时，一堆紫褐色与橙色的昆虫动画就会以极快的速度啮咬他们，接着爆炸，四肢扭曲，直冒黄烟。很傻，但富有画面感。

西荷尔史威瑟自然不希望由体系内的人来处理这故障：此事虽然看似简单，却可能是陷阱，设计者也许就在等人介入，这样他们就能挤入荷尔史威瑟的防火墙，盗取他们珍贵的IP地址。所以，一定要有人亲自去安诺优：派个小喽啰——由于废市尽是黑帮，是危险之地——某个可以牺牲的小角色。就是塞特了，不过他们至少还提供了一辆荷尔史威瑟的车，配上司机。没人会闲得没事抓塞特去做大脑开掘：他又不是核心人员。但还是要当心。

安诺优没想揪出黑客，或是追究背后原因：那样太贵了。他们只想修好防火墙。自己的人没本事做。故事就是这样编的，对泽伯而言，不是非常可信。可那时，安诺优还是个廉价公司——那时还不如现在奢华，公园美容中心还没造起来——所以IT部门不算顶级，或许连二流、三流都不算：脑子特好使的都被更有钱的公司抢走了。他们更像是六等。显然嘛，因为他们失败了。

不过，他们要等上好一阵了，泽伯想，因为他要在一个小时内变身为赫克托，塞特就消失了。他带着象棋主教，放在宽大的灯芯绒裤子口袋里。以防万一，他把左手也插在口袋里，如果被人看到，会以为他在自慰。他模仿得很节制，就怕车里有监控，这是有可能的。还是手淫吧，比做叛徒、走私犯好。

安诺优坐落在废市边灰市里的一块肮脏地皮上。所以要是在街上看到“秘密汉堡”的小摊翻倒在地、挡住去路，红色酱料填满了骚乱的大场面，尖叫声和喇叭声萦绕四周，空中肉饼横飞，也不会觉得奇怪。泽伯的司机也倚靠在喇叭上，他还算聪明，没有把窗户摇下来扯着嗓子吼。

不过，你还没来得及说“变戏法”，车就被十来个“亚洲共融体”劫持了。他们中肯定有人手拿电子锁按钮，和荷尔史威瑟的车密码匹配，因为车锁按钮已经弹上来了。眨眼间，他们已经将扭动着嚎叫的司机逐到车外，开始脱他的鞋、扒他的衣服，就好像他是玉米棒子芯。废市黑帮速度极快，非常专业，这点你不得不承认。他们拿到车钥匙，掉头，离弦的箭一般逃跑了。直接卖车或拆成部件再卖，看哪种钱多。

这时轮到泽伯了。这都是事先付过钱的：“亚洲共融体”肮脏，但便宜，小活儿也愿意接。首先确保司机的视线被挡住了——一定是这样，他现在整个脑袋都覆盖着红色酱料——泽伯冲出后门，青蛙似的沿着临街小巷而去，转过街角，再转一次，接着第三次，到达与指定大垃圾桶约会的地点。

棕色灯芯绒裤子扔进去，总算解脱了，有些年岁的牛仔裤取出来，还有搭好的配饰。黑色皮夹克，写着“器官捐赠者，免费试用我”的黑色T恤，反光墨镜，前面画着大小适中的红色骷髅的棒球帽。可以直接扣上的金色牙套，假胡子，刚吃过薄荷糖的假笑，这样，媒介赫克托就准备好去闲逛了。他一直小心地把象棋主教握在手里，以保安全。现在他把棋子放进皮衣内口袋，拉上拉链。

他赶忙出发了，但看起来并不着急：最好表现得无所事事，或是没干什么好事，但具体是什么坏事又不清楚的样子。

他要去的“鳞尾”在更深入废市内部的地方。如果他是穿着怪咖衣服过来的，或许就得好好防卫个人领域了，从头皮、鼻子到蛋蛋。可事实上他只不过被几个人眯眼打量了一番而已。值得干一架吗？没劲，是他们的判决。所以他就一路无碍地闲逛下去。

就在前面：霓虹灯写着“**成人娱乐**”，下标是“专为识货的绅士准备”。照片里是身着紧身绿色鳞片的漂亮小妞，爬行动物似的扒在地上，她们当中大多做过隆胸手术，有的造型扭曲，表示她们没有脊柱。有个女人能用两腿钩住自己的脖子，从某方面看是很新奇，但具体哪方面又捉摸不清。还有蟒蛇三月，绕在一位炽热的眼镜蛇女郎肩膀上，那姑娘坐在高空秋千上摇摆着，长得像极了卡特里娜·呜呜，漂浮世界里可爱的驯蛇人，他经常帮着一锯为二。

甚至都没有年长很多。所以她还在这行做。像以往一样。

现在是白天：没有顾客进来。他回想那硬加在自己头上的荒唐密码。甜腻。这个词要怎么用才能像个句子？“你今天看起来很甜腻？”可能会招来一个巴掌或一个拳头，要看他是跟谁说的了。“今天的天气好甜腻。”“关掉那甜腻的音乐。”“别他妈的这么甜腻了！”听起来都不对。

他按了门铃。门厚得像银行金库，上面有一大堆金属。一只眼睛透过猫眼盯着他看。锁咔哒一声，门开了，壮汉，和他块头一样大，只不过是黑人。光头，黑色西装，墨镜。“干吗？”他说。

“听说你有几个甜腻的姑娘，”泽伯说，“就爱拍你马屁。”

那男子从墨镜里面瞪他。“再来一遍？”他说，泽伯照做了。“甜腻的姑娘，”那男子说，嘴里咬着这个词，好像在舔甜甜圈的洞。“拍你马屁。”他的嘴角上扬。“赞。没错。进来。”关门前，他看了眼街上。锁又咔哒一下。“你想见她。”他说。

走廊铺着紫色地毯，沿着走，上楼梯：打烊时分的“快乐工厂”，太悲伤了。这种甜心商店里的气味意味着虚假的放荡，意味着孤独，意味着付了钱才能被爱。

那男子对着耳机说了几句，那东西肯定很小，因为泽伯看不见它在哪儿。或许藏在一颗牙里：有人已经在用了，虽然如果牙齿被打飞了，你吞进肚子里，到头来就有可能是屁眼在说话了。

里面有扇门标的是“头儿办公室，也是身体办公室”，商标是条闪亮的眨眼绿蛇，广告语是“我们灵活”。

“进来。”大个子又说了一句——他词汇量不大——泽伯就进去了。

这房间算是个办公室吧，配有大量视频屏幕，一些塞得过满的昂贵家具，想彰显身份又被噤声，还有一个迷你吧。泽伯满含柔情地看着吧台——说不定有啤酒，奔来跑去、装腔作势可把他渴坏了——但现在不是时候。

房间里有两个人，都陷在椅子里。一个是卡特里娜·呜呜。她没穿蛇服：只套了件写着“婊子三号”的宽松运动衫，黑色紧身牛仔裤，一双能让高跷舞者摔断腿的银色细高跟鞋。她朝泽伯微笑，是她在舞台上发出嘶嘶声时保持的专业笑法。“好久不见。”她说。

“也没那么久，”泽伯说，“你看起来还是这么易上手又难放下。”

她笑了。泽伯不得不承认他渴望进入她的鳞状内衣——那种小男孩的希冀还没有消退——但他此时不能只想着那种事儿，因为房间里的另一个人是亚当。他穿着一件土耳其长袍似的傻玩意，就像拾破烂的蠢蛋为了演一场关于麻风病的舞台剧才硬拼凑出来的。

“操，”泽伯说，“你这件调皮的睡衣哪儿搞来的?”最好不要表现得很惊讶：这会让亚当占上风，他不配。

“我看到你这件雅致的T恤了，”亚当说，“适合你。标语不错，亲爱的兄弟。”

“这地方被窃听了吗?”泽伯说。再来一句亲爱的兄弟，他就要击倒他。不，他不会的。他从来都不忍心打那家伙，不会用全力：亚当太不像凡人了。

“当然，”卡特里娜·呜呜说，“但我们把所有东西都关了，托这地方的福。”

“我应该相信吗?”

“她是关掉了,”亚当说。“动动脑子。她不会希望自己的地盘留有我们的足迹。她帮了我们一个大忙。多谢,”他对卡特里娜说,“我们不会很久的。”她踩着细高跟走出房间,稍有些趔趄,回眸一笑:这次不是嘶嘶时的笑。她显然喜欢亚当,虽然他穿了件长袍。“过会儿会有点吃的,如果你们需要,”她说,“在姑娘儿们的茶室。我要去换衣服了,表演快开始了。”

亚当等她关上门。“你做到了,”他说,“很好。”

“我不会谢你,”泽伯说,“就因为那条书呆子的棕色裤子,我可能就被人处以私刑了。”实际上,知道亚当还活着他很高兴,但他不会直接承认。“穿着那种鬼东西,我看起来就像个他妈的傻逼。”他又来了一句,直冒脏话。

亚当忽略了这部分。“带来了吗?”他说。

“我觉得你指的是这鬼棋子。”泽伯说着递给亚当。亚当一扭,头就掉下来了。他把主教倒过来:出来六枚药片:红、白、黑各两枚。亚当看着药,接着放回主教,重新安上头。

“谢谢,”他说,“我们必须找个非常安全的地方存放这东西。”

“这是什么?”

“纯粹的邪恶,”亚当说,“如果皮拉没错。不过这纯粹的邪恶很有价值,也非常机密。格伦的父亲就是因为这个才死的。”

“这药是干什么的?”泽伯说,“超级性药还是啥?”

“比那聪明多了,”亚当说,“他们在用维他命添加剂和非处方止痛片作为疾病媒介,治疗这些病的方法掌握在他们手里。不管白色药片里的是什么,现在都已经正式展开了。随意发放,所以就不会有人怀疑哪儿是特殊投放点。他们到处赚钱:维他命,接着是药,后来病重了住院还收钱。是这样,因为治疗的药也很贵。把受害人的钱吸入公司口袋,这计划非常完美。”

“所以是白色药片。那红色和黑色的呢？”

“我们不清楚，”亚当说，“它们是实验性质的。可能是其他病，可能是加速配方。我们都不知道要用什么方法才能安全地找到答案。”

泽伯明白了。“这事很大，”他说，“我在想要多少大脑狂人才想出了这么个东西。”

“是荷尔史威瑟里指定的很小一群人，”亚当说，“上头人的指示。格伦的父亲被他们利用了。他以为他们是在研究治疗癌症的目标媒介。当他意识到事情真相、整体规模，就无法继续了。他不小心透露给了皮拉，之后……”

“妈的，”泽伯说，“他们把她也杀了？”

“没有，”亚当说，“他们都不知道她知情，至少我们希望如此。她刚被调到中部荷尔史威瑟，在东海岸。”

“介意我喝杯啤酒吗？”泽伯说。他没等回答。“所以，现在你们有了这东西，”喝下一大口清爽的酒后，他说，“接下来呢？你们要到灰市上去卖？外国公司会出大价钱。”

“不，”亚当说，“我们不能这么做。这严重违反我们的原则。我们现在在这个世界上唯一能做的，就是要搞清楚什么该避免。有可能的话，我们会提醒别人注意维他命添加剂，可是，如果我们公开，别人就不会相信我们了。只会被当作神经病，接着遭遇不幸的意外。媒体是公司掌控的，这你知道，任何独立的机构也只是名义上独立。所以我们要把药片藏起来，等能安全分析时，再拿出来。”

“我们是谁？”泽伯说。

“你不知道就不会乱说，”亚当说，“对所有人都更安全，包括你。”

泽伯和蛇女的故事

“我该怎么向他们解释这一切呢？”托比说，“‘鳞尾’的姑娘，打扮成蛇的样子？”

“你可以直接省略。”

“我觉得不行。必须说。听起来挺合适，一个女人同时又是一条蛇。与冥想相符，无论那动物发生了什么，那头母猪。它……她好像真的在和我交流。还有黑胡子……”

“你觉得那东西是半人类？猪女？你还真信啊。”咯咯的一声笑。

“不，不完全是这样，但是……”

“你喝的药剂里放了太多佩奥特碱片①吧。还是你放了什么别的东西。”

“也许吧。你说的肯定不会错了。”

故事从托比的脑子里兀自流淌出来。她好像不用思考，也不用安排情节发展。她没有控制权；她只是在聆听。真神奇，几个植物分子就能让大脑产生这种反应，还持续这么久。

*

这是泽伯和蛇女的故事。蛇女一开始没有出现在故事里，她们是后来才出现的。重要的事要到故事后面才出来，不过开头也

---

① 用佩奥特掌提取的致幻剂。

会有。中间亦是如此。

可故事的开头我已经讲过了，所以现在要说中间的部分。而泽伯在有关泽伯的故事的中间部分。他是自己故事的主角。

故事的这部分，我不在；还没到我的部分。但是，我在等，在遥远的未来等待。我在等泽伯的故事来与我的故事会合。托比的故事。我正处于这则故事当中，与你们一起。

在接骨木灌木丛生活、通过蜜蜂与我们对话的皮拉曾经是个老女人的模样。她给了泽伯一个特殊的重要物品，告诉他一定要好好保管——一个很小的东西，像颗种子。你如果吃下去这个种子，就会生病。但是混沌中的坏人告诉其他人，这种子会让他们开心。只有皮拉、泽伯和为数不多的几个人知道真相。

坏人为什么要这么做？因为钱。钱和性一样无形。他们以为钱是他们的帮手；他们认为钱比性更有用。可是他们错了。钱不是助手。你需要钱的时候，钱就消失了。但性很忠诚。

所以泽伯拿了种子，走出门去，因为如果坏人知道东西在他手里，他们就会去追他，抢走种子，对他做非常可怕的事。于是，他走得匆忙，不过看不大出来，他说，哦操蛋，操蛋就从空中飞来了，速度很快，你叫他的时候，都会这样；他告诉泽伯要怎么去蛇女的家。蛇女打开门，让他进去了。

蛇女就是……你们见过蛇，也见过女人。蛇女两者都是。她们和鸟女、花女住在一起。她们把泽伯藏在一个巨大的……一个非常大的……蛤壳里。不，是沙发。或者说，她们是把他藏进了一个非常大的、巨型的……花朵里。一朵尤为明亮的花，上面有灯。

是的，一朵点亮的花。没人会在花里找泽伯。

而泽伯的兄弟亚当也在花里。那很赞。能见一面，他们俩都很高兴，因为亚当是泽伯的帮手，泽伯也是亚当的帮手。

蛇女有时会咬人，但她们没有咬泽伯。她们喜欢他，给他调制了一种特别的饮料，叫香槟鸡尾酒，还为他跳了一支特殊的舞。扭来扭去的舞，毕竟她们也是蛇。

她们非常善良。因为羚羊就是这么把她们造出来的。而她们是她的孩子，因为她们带有蛇性。所以她们就和秧鸡没什么关系，或者说没有太大关系。

蛇女让泽伯睡在一张大床上，床很闪，是绿色的。她们说操蛋也能睡在里面，空间很大。

泽伯说了声谢谢，因为蛇女对他太好了，对他隐形的帮手也很好。她们让他感觉好多了。

不，她们没有在他身上吹呼噜。蛇不会吹呼噜。可她们……她们会盘绕。是的，她们就是这么做的：绕在一起。还有收缩，她们也这样了。蛇的肌肉很适合收缩。

而泽伯非常、非常疲惫，所以他立刻就睡着了。于是蛇女、鸟女和花女就照顾了他，确保他睡着时不会有灾祸降临到他身上。她们说就算坏人来了，她们也会保护他，把他藏起来。

坏人真的来了。不过，这就是故事的下一个部分了。

现在，我也非常、非常疲惫。我要去睡觉了。

晚安。

当要讲下一个故事时，她就会这么说。

小猪

灵魂导师

去皮拉的接骨木灌木丛的第二天早上，托比还是能感受到“增强冥想”药剂的作用。世界比应该有的模样要更亮些，色彩与形状的柔光也更为透明。她披上一件中性色调的床单——舒缓的浅蓝色，没有图案——在水泵边快速地洗了一把脸，顺利来到早餐桌旁。

其他人似乎都吃完离开了。白莎草和蓝莲花在洗盘子。

“我想应该还剩一些。”蓝莲花说。

“是什么？”托比问。

“火腿和野葛片。”白莎草说。

托比一整夜都在做梦：关于小猪的梦。天真的小猪，可爱的小猪，比实际见到的胖些，更干净，也没那么凶残。飞翔的小猪是粉色的，长着蜻蜓薄纱般的白色翅膀；说外国话的小猪；甚至还有唱歌的小猪，排成行腾跃着，像是古老的动画电影或是失控音乐剧里的那样。壁纸小猪，不断重现，与藤条纠缠。小猪们都很欢乐，没有小猪死去。

在已经被抹去的过往文明里，她曾经是一份子，那里的人喜欢描绘带有人类特征的动物。毛绒绒的熊手拿情人爱心，柔软，适合拥抱。可爱的小狮子惹人怜爱。讨喜的企鹅会跳舞。再久远一些：亮闪闪的逗趣小粉猪，后背还有投币口：你到古玩店就能看到了。

一整晚都是跳华尔兹的小猪，现在，她已经吃不下火腿了。何况还有昨天发生的事：母猪和她说的话还萦绕不去，尽管她无法用语言表达。那更像是一道波浪。水流，电流。一段亚音速长波。大脑化学物质紊乱。或者，用园丁费洛的话来说，谁需要电视？他守夜和增强冥想的次数或许太多了。

“我想还是不吃了，”托比说，“热过的菜不大好。我还是去喝点咖啡吧。”

“你还好吗？”白莎草说。

“我没事。”托比说。她沿着小径朝厨房地区走去，很是小心，卵石泛起涟漪、逐渐消失的地方她都躲开了。瑞贝卡正在喝咖啡替代品。小黑胡子和她在一块儿，懒散地摊在地上刻字。他拿着托比的铅笔，还偷了她的笔记本。但说“偷”是没用的：秧鸡人似乎没有私人财产的概念。

“你没醒，”他说，没有责怪的意思。“晚上走得太远了。”

“你看到这个了吗？”瑞贝卡说，“这孩子太赞了。”

“你在写什么？”托比说。

“我在写名字，哦托比。”黑胡子说。当然，他是在写名字。托比。泽伯。秧鸟。瑞贝咔。令羊①。雪人-吉米。

“他在收集名字，”瑞贝卡说，“接下来是谁？”她问黑胡子。

“接下来我要写阿曼达，”黑胡子庄重地说，“还有瑞恩。这样她们就能和我说话了。”他从地上爬起来，一溜烟跑了，还抓着托比的笔记本和铅笔。我要怎么从他那儿要回来呢？她琢磨着。

“亲爱的，你看起来好累，”瑞贝卡对她说，“昨晚很辛苦？”

“我做过头了，”托比说，“增强冥想药剂里的蘑菇放太多了。”

“那很危险，”瑞贝卡说，“多喝点水。我帮你泡些红花草和松树茶。”

---

① 这几个名字拼写有误，中文作相应处理。

“我昨天看到了一头巨型猪，”托比说，“一头母猪，还有一群猪仔。”

“越多越好，”瑞贝卡说，“只要我们还有喷枪。培根快吃完了。”

“不是，等一下，”托比说，“它——她看我的眼神很奇怪。我有种预感，她知道我射死了她丈夫。在安诺优的时候。”

“天哪，你真是嗑了不少蘑菇，”瑞贝卡说，“我有一次还和自己的乳罩对话呢。所以，她快疯了，因为……抱歉，我实在无法说出丈夫这两个字！那是头猪啊，我的天！”

“她是不高兴，”托比说，“但比起发疯，她还是更伤心吧，我觉得。”

“它们比一般的猪聪明，就算没有增强冥想剂，”瑞贝卡说，“这点是肯定的。对了，吉米今天来吃了早饭。不用再为他端病人餐了。状态还不错，但他想让你再帮他仔细检查一下脚。”

吉米现在有自己的小房间了，是新的，原来的泥草屋终于扩建完毕。墙壁闻起来仍有些潮湿的霉味，但有一扇窗，比原来屋里的大，不仅安上了纱窗，还挂起了卡通鱼的印花窗帘，甚是活泼。鱼小姐长着弯弯的大嘴和长长的睫毛，鱼先生弹着吉他，边上有条章鱼打着非洲小手鼓。以托比现在的状态，看到这样一幅景致并不是最好的选择。

“那些东西哪儿来的？”她问吉米。吉米正坐在床沿，脚搁在地上。他的腿还是很瘦弱，需要再次长出肌肉。“那些窗帘？”

“谁知道呢？”吉米说，“瑞恩、沃库拉——我是说蓝莲花。她们觉得我需要些欢快的室内设计。这里就像学前班。”他的床罩还是印着童谣《嘿，滴答，滴答》的那条。

“你要我帮你看看脚？”她说。

“是的。很痒。我快疯了。我只是希望不要有蛆留在里面了。”

“就算真在里面，现在也该挖地道出来了。”托比说。

“真是谢谢你啊。”吉米说。他脚上的伤疤是红色的，但已经结了痂。托比检查了一下：没有发热症状，也没有炎症。

“是正常的，”她说，“我说痒。我会给你点药。”一种膏药：凤仙花、松叶藻、红花草，她想。最容易找到的可能是松叶藻。

“我听说你看到一头基因猪了，”吉米说，“还和你说话了。”

“谁告诉你的？”托比说。

“秧鸡人啊，还能是谁？”吉米说，“他们是我的广播。那个小孩，黑胡子，好像把故事都告诉他们了。他们觉得你不该杀那头公猪，但他们已经原谅你了，因为有可能是羚羊说你可以这么做的。你知道那些猪有人类的脑部额前皮层组织吗？是事实。我应该知道的，我和它们一起长大的。”

“秧鸡人是怎么知道的？”托比小心地问，“我杀了头公猪？”

“器官母猪告诉黑胡子的。别这么看我，我只不过传达个消息。而且根据瑞恩的说法，我这段时间产生了幻觉，所以呀，评价现实，我不是最佳人选。”他朝她撇嘴笑笑。

“我能坐吗？”她说。

“坐吧，大家不都坐的，”吉米说，“那群该死的秧鸡人想来就来。他们还想多知道点秧鸡的鬼事。他们还以为我是他的灵魂导师呢，说他会通过腕表和我对话，操。当然，这他妈的是我自己的问题，毕竟是我编的。”

“你是怎么和他们说的？”托比问，“关于秧鸡。”

“我让他们去问你。”吉米说。

“我？”托比说。

“你现在是专家了。我要睡一会儿。”

“不，真的，他们总说你……他们说你认识秧鸡，见过面。当他还活着的时候。”

“所以我要拿一等奖?”吉米酸笑一声。

“说明你有一定权威,”托比说,“在他们眼里。”

“那种权威是在一群……妈的,我昏成这样,都想不到一个奇妙的比喻。蛤。牡蛎。渡渡鸟。我要说的是。因为,我累了。我的导师灵感已经用光了。和你说实话,他们刚才把我累坏了。我再也不想考虑秧鸡的事了,再也不想。也不要再去听他有多好、多善良、多全能,他是怎么在蛋里造出他们,又如何甜蜜地只为了他们把其他所有人都从这个星球上抹除,羚羊如何掌管所有动物,以猫头鹰的形象四处飞行,尽管你看不见她,她就在那里,永远能听到他们的声音……诸如此类无休无止的小道消息。”

“就我理解,”托比说,“你就是这么和他们说的。对他们而言,这如同福音。”

“我知道这是我他妈的告诉他们的啊!”吉米说,“他们想知道基本的东西,就像他们是从哪儿来的,那些正在腐烂的死人是怎么回事。我总得告诉他们点什么。”

“所以你编了个好故事,”托比说,“所以我们要进行加工。倒不是说所有细节我都掌握了。”

“随便,”吉米说,“交给你了。就像你现在这么做就好。你可以添油加醋,滔滔不绝,他们会照单全收。我听说他们这些天是泽伯的粉丝。情节不用变,能站得住脚。只要保证他们不会发现这一切都是骗人的诡计就行了。”

“你也太会指派人了,”托比说,“把所有东西都推到我头上。”

“嗯,我没有否定,”吉米说,“我道歉。虽然根据他们的说法,这件事你很擅长。选择权在你,你随时可以让他们滚开。”

“你知道我们是被攻击的对象吧,在某种意义上。”托比说。

“彩弹手。知道。瑞恩告诉过我。”他说,清醒点儿了。

“所以我们不能让他们自己随便乱跑。他们很可能会被杀掉。”

吉米思考片刻。“所以，然后呢?”

“你要帮我，”托比说，“我们要把故事编好。我一直被蒙在鼓里。”

“秧鸡这件事上，没有别的可能，”吉米阴郁地说，“欢迎加入我的难题。他割了她的喉咙，你知道吗?优秀、善良的秧鸡。她是那么美，她……原以为我能分担。但我射死了那个混蛋。”

“谁的喉咙?”托比问，“你射死了谁?”但吉米的脸现在已经埋在手里了，他的肩膀在颤抖。

小猪

托比不知道该怎么做。是要像母亲安慰性地拥抱他，假设她有这本事的话，还是说这样会让吉米觉得受到冒犯了呢？学护士们欢快地说一句“抬起头来”，或是软弱地踮起脚逃跑？

还没等她拿定主意，黑胡子就跑进了房间。他格外兴奋。“他们来了！他们来了！”他说。几乎是叫喊，这对秧鸡人来说很罕见：就连小孩子也不乱嚷嚷。

“谁？”她问，“是坏人吗？”她把来复枪放哪儿了？冥想就这点不好：你都忘了合理的攻击方式。

“他们！来了！来了。”他说着去拽她的手，然后又去扯她的床单。“是那些猪。超级多！”

吉米抬起头。“器官猪。哦操蛋。”他说。

黑胡子很高兴。“是的！谢谢你叫他的名字，雪人-吉米！我们需要他的帮助，”他说，“猪有一头死的。”

“一头死的什么？”托比问，但他已经跑到门外去了。

*

疯癫亚当们放下了手上各式各样的活，正从泥草屋的篱笆后面进来，有的还带了武器：斧头、耙子、铁锹。

克洛泽肯定是带魔发羊吃草去了，现在正沿着小径赶回来。海牛拿着喷枪和他在一起。

“他们从西边过来了。”克洛泽说。魔发羊围在他身边。

“他们……很诡异。他们在行进，就像猪的游行。”

秧鸡人聚拢到秋千架边上。他们好像一点儿也不怕，小声交谈着，之后开始西行，好像是要去小路上迎接，无论过来的是什么东西。几个女人和他们一起去了：玛丽·安托瓦内特①、索杰纳·特鲁思②，还有另外两位。其他的则留在孩子身边，聚到一起，静静地站着，尽管并没有人要求他们这么做。

“让她们回来！”吉米说，他现在已经加入疯癫亚当的队伍中了。“那群东西会撕碎他们的！”

“你不能要求他们做任何事。”敏狐说，手里拿着一把花园里的干草叉，不知怎的，动作有些尴尬。

“犀牛，”泽伯说着递过来另一把喷枪。“别乱开枪，”他对海牛说，“会伤到秧鸡人的。只要猪没有冲过来，就不要开火。”

“简直毛骨悚然。”瑞恩受到了惊吓。她现在站到了吉米边上，抓着他的胳膊。“阿曼达呢？”

“在睡觉。”蓝莲花说，她站在吉米另一边。

“何止毛骨悚然，”吉米说，“器官猪非常狡猾。他们有战略的。有一次差点把我包围。”

“托比。我们需要你的来复枪，”泽伯说，“如果它们分成两队，我们就到它们后面去。如果它们在前面分散了我们的注意，会很快就从篱笆下面拱过来的。这样它们就能双面夹击了。”

托比跑回房间，出来的时候拿着她那把老的儒格迪尔菲尔德卡宾枪，这时，那群巨型器官猪已经行进到泥草屋篱笆前的空地了。

它们一共有五十头，应该说是五十头成年猪：好几只母猪还

---

① 玛丽·安托瓦内特（Marie Antoinette，1755—1793），早年为奥地利女大公，后为法国王后。

② 索杰纳·特鲁思（Sojourner Truth，c. 1797—1883），美国著名妇女权益运动领袖。

带着一窝小猪，跟在她们边上小跑。猪群中央是两头并排的公猪，背上横放着什么，似乎是花的模子——花和叶。

什么东西？托比想。和平攻势？猪婚礼？圣坛背壁装饰画？

最大的猪打头阵；它们看起来很紧张，总这样那样地顶鼻子上的湿圆盘，吸入空气。

它们富有光泽，粉红中透点灰，身形丰满肥硕，呈流线型，就像大只的噩梦鼻涕虫；但这鼻涕虫长着牙，至少公猪是这样。突然前冲，用那些致命的短弯刀往上那么一钩，你就会像鱼似的被挖出内脏。很快，它们就会逼近秧鸡人，到时候就算用喷枪直接射击，也无法阻挡它们的攻击势头了。

猪与猪之间在低声呼噜着。如果它们是人，托比想，你会以为是人群在呢喃。肯定是在交流信息；但谁知道那信息是什么。是“我们好怕”？还是“我们讨厌他们”？抑或是非常简单的“啊呜啊呜”？

犀牛和海牛就驻扎在篱笆里。他们已经放低了喷枪。托比认为最好把她的来复枪藏起来；她把枪搁在身边，用自己的一层床单裹着。没必要提醒它们她杀猪的伟大功绩，尽管它们或许并不需要提醒。

黑胡子已经离开其他的秧鸡孩子，贴到托比身上。“别怕，哦托比，”他说，“你害怕吗？”

“是的，我怕。”她说，虽然没有吉米怕，她心里又加了一句，因为我有枪，而他没有。“它们不止一次攻击过我们的花园，”她说，“我们杀了一些，出于自卫。”她不安地想到了随后的烤猪、培根和排骨。“我们还把它们煮成汤，”她说，“把它们变成了臭骨头。”

“是的，臭骨头，”黑胡子若有所思。“很多臭骨头。我看过它们在厨房附近出没。”

“所以，它们不是我们的朋友，”托比说，“把你变成臭骨头的人不会是朋友。”

黑胡子思考了一下，然后抬起头来看她，温柔地笑了。“别害怕，哦托比，”他说，“它们既是羚羊的孩子也是秧鸡的孩子。它们说过今天不会伤害你。等着看吧。”托比远没有这么自信，但她还是低下头朝着他笑了。

秧鸡人的前进代表队已与器官猪会合，现在和它们一起往回走。器官猪行进时，剩下的秧鸡人静静地等在秋千架边。

现在，拿破仑·波拿巴和其他六个男人走上前来：看起来是要进行撒尿游行。没错，他们正排成一行尿尿。小心对准，带着尊敬的心尿，但还是撒尿。结束了，各自后退一步。三只好奇的小猪跑到前面来，在地上嗅了嗅，就又尖叫着回到母亲身边。

“就是这样，”黑胡子说，“看到了吗？是安全的。”

秧鸡人退到尿液分界线之后，站成半圆形。他们开始唱歌了。器官猪群分到两边，那对公猪缓缓走向前。之后，它们各自滚向一边，身上背着的用鲜花覆盖的担子滚落到地上。它们再次站起身，用嘴和蹄子把一部分花移到边上。

是一头死了的小猪。很小的一只，喉咙被割了。前蹄用绳子紧紧捆住。血还是鲜红的，从脖子上裂开的伤口中渗出来。没有其他伤痕。

现在，猪群全都散开，站成半圆形的队列，中央是——什么呢？棺材？灵车？花，叶——这是一场葬礼。托比还记得她在安诺优美容中心射死的那头公猪——当她回去收集尸体上的蛆时，上面撒着蕨类叶片和树叶。她那时还以为是大象所为。它们会这么做的。当爱人死去。

“糟了，”吉米说，“但愿不是我们的人做了那头小肥猪。”

“我觉得不是。”托比说。不然她肯定会有所耳闻。会有人聊应该怎么烧。

扛着小猪的两头公猪已经走到尿液那条线上。亚伯拉罕·林肯和索杰纳·特鲁思站在线的另一边。他们跪下身，就和器官猪一般高了：头对头。秧鸡人不唱歌了。沉默。接着，秧鸡人又唱了起来。

“这是在干吗？”托比说。

“他们在对话，哦托比，”黑胡子说，“它们在寻求帮助。它们想要阻止那些人。那些杀了它们猪宝宝的人。”他深吸一口气。“两只猪宝宝——一只是用你们举着的棍子杀死的，另一只是用刀。这些猪想让凶手去死。”

“它们寻求帮助的对象是……”她不能说*秧鸡人*，他们不是这么自称的。“它们需要你们帮忙？”

“不是的，哦托比，”黑胡子说，“它们需要你帮。”

“我？”托比说。

“你们所有人。所有站在篱笆后面、有两层皮的人。它们希望你们用上自己的棍子，它们知道你们是怎么杀人的，在身体上打洞，血就出来了。它们希望你们在三个坏人身上打洞。要见血。”他看上去有些不适：这么做对他而言不容易。托比想拥抱他，但那就太傲慢了：他已经选择了这项职责。

“你说三个人？”托比问，“不是只有两个吗？”

“那群猪说有三个，”黑胡子说，“它们闻到了三个人。”

“这可不太妙，”泽伯说，“他们找了个新手。”他和黑犀牛交换眼神，表情严肃。

“胜算也变了。”犀牛说。

“它们希望你们把那些人打出血，”黑胡子说，“让三个人身上有洞，流血。”

“我们，”托比说，“它们希望我们来做。”

“是的，”黑胡子说，“有两层皮的人。”

“那它们干吗不和我们说？”托比说，“为什么要和你们说？”

哦，她想。当然了。我们太笨了，不懂它们的话。所以非要有翻译不可。

“它们和我们说更容易，”黑胡子直说了，“作为回报，如果你们杀了那三个坏人，它们就不会跑到你们的花园偷吃了。也不会吃你们，”他认真地加了一句。“就算你们死了，也不会吃。另外，它们还有一点要求，那就是你们不能再在它们身上打洞、让它们流血，把它们做成臭骨头汤，在烟里吊起来，或是煎着吃了。不能再这样。”

“告诉它们成交。”泽伯说。

“加上蜜蜂和蜂蜜，”托比说，“那也不行。”

“请问，托比，成交是什么？”黑胡子说。

“成交就是说，我们答应它们的请求，会帮它们的，”托比说，“我们有共同的愿望。”

“那它们会很开心的，”黑胡子说，“它们想明天就去抓坏人，或是后天。你们一定要带上棍子，打洞。”

似乎是谈成了一些事情。站着的器官猪原先都把耳朵竖到前面，扬起鼻子，好像是在嗅字词，现在则已经转过身往西边走了，回到它们来的地方。它们把撒着花的小猪仔留在了地上。

“等一下，”托比对黑胡子说，“它们忘了它们的……”她差点就说它们的孩子。“它们忘了这只小的。”

“小的是给你们的，哦托比，”黑胡子说，“是礼物。它已经死了。它们也致过哀了。”

“但我们已经答应不再吃它们了。”托比说。

“不能杀了吃，确实。但它们说的是不能你们自己杀。所以这只是可以的。它们说你们可以吃，也可以不吃，随便。不然，它们自己也会吃的。”

真是奇怪的葬礼仪式，托比想。在爱人身上撒满花，默哀，再把尸体吃了。回收得真彻底。就连亚当和园丁都没这么过分。

交涉

秧鸡人已经散开，去秋千架那儿啃野葛藤了，同时还在轻声交谈。死掉的小猪仔躺在地上，苍蝇停在尸体上，疯癫亚当们围成一圈，对着它绞尽脑汁的样子仿佛是在验尸。

“所以你们觉得是那群混蛋杀了它?”谢克尔顿说。

“可能吧，”海牛说，“但它没有被吊在树上。通常想要放干血的话，会这么做。”

“猪和我们的蓝伙伴们说，就是在路上发现的，”克洛泽说，“光天化日之下。”

“你们觉得这会不会是给我们的信号?”吸蜜蜂鸟说。

“有点像是挑战，”谢克尔顿说，“好像是要和我们决斗。”

“说不定绳子就是这个意思。上次这绳子是捆在他们身上的。”瑞恩说。

“不是吧，”克洛泽说，“干吗要用一头小猪仔做这种事?”

“或许是在说下次就轮到你们了。或者是看我们能做到什么地步。这些彩弹手可是干过三次的老兵啊，别忘了。彩弹手作风：让你抓狂。”谢克尔顿说。

“没错，”犀牛说，“他们现在是真想要我们的东西。肯定是电池不够了，所以很急迫。”

“他们会想办法在晚上偷袭的，”谢克尔顿说，“放哨的人力要加倍。”

“最好检查一下篱笆，”犀牛说，“临时用的，还不是很牢固。”

“他们可能有工具，”泽伯说，“从五金店拿的。刀、电线剪之类的。”他走开了，绕过泥草屋的一角，犀牛跟在后面。

“也许不是彩弹手杀的。可能是我们不知道的人。”象牙喙比尔说。

“说不定是秧鸡人，”吉米说，“嗨，开玩笑而已，我知道他们永远不会这么做。”

“别说这么绝对的话，”象牙喙比尔说，“他们的脑子比秧鸡想要的更善变。在创建期，他们就已经做出些出乎意料的事了。”

“也许就是我们当中的人，”敏狐说，“想吃香肠了。”

一圈人中响起了不安又愧疚的笑。紧接着的是沉默。“所以呢。接下来怎么办？”象牙喙比尔说。

“接下来，是烧还是不烧？”瑞贝卡说，“小乳猪？”

“哦，我不能，”瑞恩说，“就像吃小宝宝。”阿曼达开始哭了。

“我亲爱的小姐，你怎么了？”象牙喙比尔说。

“我很抱歉，”瑞恩说，“我不该提到小宝宝这个词。”

“好吧，摊牌，”瑞贝卡说，“不知道阿曼达怀孕的人请举手。”

“看来只有我一个对妇产情况处于无知状态，”象牙喙比尔说，“可能这种亲密的女性题材对我这双年老力衰的耳朵不大合适。”

“也可能是你没在听。”敏狐说。

“好，那现在都明白了，”瑞贝卡说，“现在我们就把话敞开说吧，按我们在园丁时代的说法……瑞恩，你真的要这么做？”

瑞恩深吸一口气。“我也怀孕了。”她说着开始抽鼻子。“我在棍子上尿了。变粉了，给了我个笑脸……哦上帝。”蓝莲花拍拍她。克洛泽朝她走了一步，停住了。

“三人好做伴，”敏狐说，“算上我。肚子里有了孩子。子宫里怀了胎儿。车里装了一窝小猪。”至少她很开心，托比心想。

可孩子是谁的呢?

又是一段沉默。“我认为猜测毫无意义,”象牙喙比尔非常不认可地说,“去揣测这些……这些将要出生的各式各样的小孩的父亲是谁。”

“是没什么意义,”敏狐说,“至少对我来说没意思。我一直在做基因进化方面的实验。适者繁殖。把我当成皮式培养皿。”

“我认为这是很不负责任的做法。”象牙喙比尔说。

“我并不觉得这和您有什么关系。”敏狐说。

“嘿!”瑞贝卡说,“该是什么就是什么!”

“对于阿曼达,可能是秧鸡人,”托比说,“就那晚发生的事来看……那晚我们把她带回来……这是最有可能的情况。瑞恩很有可能也是这样。”

“反正不会是彩弹手,”瑞恩说,“我说我。我知道不是。”

“你是怎么知道的?”克洛泽说。

“我不想再重复那些血淋淋的细节,”瑞恩说,“因为你们会觉得我分享得太多了。是女孩子的事。我们会算日子。这就是诀窍。”

“我肯定能排除彩弹手,”敏狐说,“我肚子里的。我还能排除其他几个人。”男人中没有一个看彼此。克洛泽想笑,忍住了。

“还有秧鸡人?”托比说,努力让声音不夹杂感情。谁在她的清单上?肯定有克洛泽,还有谁呢?有很多人吗?到头来,泽伯可能也是其一;如果真是这样,很快就会有一个小泽伯了。那她自己应该怎么办?假装没有注意到?织婴儿穿的衣服?郁郁寡欢?前两个选择比较好,但她不知道自己能不能做到。

“我确实和大蓝人有过一两段插曲,”敏狐说,“没有人看的时候,机会也不多,这里的每个人都太喜欢窥探了。很有活力,但我应该也不想养成习惯。没有多少前戏。但粉色的笑脸不会骗人的,我肚子很快就会大起来。问题是,肚子里的是什么呢?”

“我想很快就会知道了。”谢克尔顿说。

泽伯和黑犀牛检查完篱笆回来了。“这地方很难成为堡垒，”泽伯说，“问题是——如果我们抓人时把武器都带走，那泥草屋里的人就都手无寸铁了。”

“这可能正是他们期待的，”犀牛说，“从前方引诱我们，再从后方潜入。和女人瞎搞。”

“我们不只是包裹，”敏狐说，“我们能回击！你们可以给我们留两把喷枪。”

“那就祝你好运吧。”犀牛说。

“我们去捉拿那伙人时，这里的人都要撤离，”克洛泽说，“一个人都不能留在这里。魔发羊也带走。要是我们都在一起，那些人就很难偷袭了。”

“但要一举摧毁我们也更容易，”泽伯说，“我们所有人都在一起，能跑多快？”

“我不要跑，”瑞贝卡说，“我需要提醒你们，这里有三位孕妇。”

“三个？”泽伯说。

“瑞恩和敏狐。”瑞贝卡说。

“什么时候的事？”

“你们检查篱笆的时候，她们已经告诉其他人了。”瑞贝卡说。

“夜里被精灵上了。”吉米说。

“不好笑，吉米。”蓝莲花说。

“关键是，跑对她们不好。”瑞贝卡说。

“所以，我们没办法按交易所说的做了？我们不能和猪军一起作战了？”谢克尔顿说，“它们要独自行动？”

“它们不能这么做，”吉米说，“它们是他妈的能置人于死地，但就是不会爬楼梯。如果那群猪追着彩弹手到了城里，他们只需要爬上一层楼，往下射击就好了。器官猪就会全军覆没。”

“克洛泽说得没错，我们都要转移，”托比说，“到更安全的地方去，要有能上锁的门。”

“比如哪里？”瑞贝卡说。

“我们可以回安诺优美容中心去，”托比说，“我在那里躲了几个月，还有点儿基本食物。”或许还有一些种子，她想：我可以把种子收集起来，用在花园里。还有子弹，她在那儿留了一些。

“他们有真正的床，”瑞恩说，“还有毛巾。”

“还有坚固的门。”托比说。

“说不定可行，”泽伯说，“投票？”

没有人反对。

“现在我们必须准备起来了。”胜郎说。

“首先我们要把小猪仔埋起来，”托比说，“应该这样。在这种情形下。”

于是，他们照做了。

撤退

他们用了一天时间才整理就绪。要带的东西很多：做饭的基本食材、白天穿的换洗床单、防水密封胶带、绳子。手电筒、头灯：大多都还有电。当然，还有喷枪。托比的来复枪。以及任何尖头工具，因为你不会想让刀、镐这类东西落入敌人手中。

"尽量轻装上阵，"泽伯告诉他们，"如果一切顺利，我们几天后就回来了。"

"不然这个地方就可能被烧为平地。"犀牛说。

"所以如果是真的需要的东西，就带上。"胜郎说。

托比担心她的蜂巢。它们会平安无事吗？谁会攻击它们呢？她没看到熊，器官猪也答应了不会碰蜜蜂，至少她是这么相信的。狼犬兽喜欢蜂蜜吗？不，它们是肉食动物。浣鼠有可能，但它们敌不过愤怒的蜂巢。

她罩住头，和蜂巢说话，这是她每天早上的例行日程，都要虔诚地完成。"早安，蜜蜂。我为你们和蜂后带来了消息。明天我要暂时离开，所以会有几天我都不能来和你们说话了。我们自己的巢遭到了威胁，正处于危险之中，必须打击攻击我们的人，如果是你们，也会这么做的。要坚定，多收集点花粉，如果有需要，保卫你们的蜂巢。请将这条消息带给皮拉，代表我们向她强大的灵魂求助。"

蜜蜂在泡沫塑料盒的洞口飞进飞出。它们似乎挺喜欢待在花园里。有几只蜜蜂过来研究她。它们研究她的花样床单，不满意，又飞到她脸上。是的，它们认识她。它们触碰她的唇，收集她的字词，带着消息飞走了，消失在黑暗中。穿过这个世界与紧接其下的隐形世界间的薄膜。那里有皮拉，还是一脸娴静的微笑，沿着长廊行走，周围闪耀着隐形的光。

现在，托比，她自言自语。会说话的猪，能交流的死人，装啤酒的泡沫塑料盒里的地下世界。你没有嗑药，你甚至都没病。你真的毫无借口。

秧鸡人饶有兴致地观看着临行前的准备工作。孩子们在厨房周边晃悠，用绿色的大眼睛盯着瑞贝卡，与她的烟熏培根和狼犬肉干保持一定距离。

秧鸡人似乎不是非常理解疯癫亚当们为什么要搬家，不过他们已经说得很清楚了，他们也要去。

“我们会帮雪人-吉米的，”他们说，“我们会帮泽伯的，我们会帮克洛泽的，他是我们的朋友，我们必须帮他尿得更好。”“我们会帮托比的，她会给我们讲故事。”“秧鸡想让我们去”，之类的。他们自己没有东西，所以不需要拿；但他们想拿其他的。“我来带这个，这口锅。”“我来带这个，这个上了发条的收音机，它是干吗用的？”“我来带这个尖的，这把刀。”“这是厕所草纸，我来拿。”

“我们来抬雪人-吉米。”三人组宣布，但吉米说他能走。

黑胡子阔步走进托比的房间，“我要把字带上，”他神气地说，“还有笔。这些我来带，去那儿就都有了。”

他把托比的日记看成两人的共有财产，这没问题，托比想，因为这样她就能跟踪他写字的进展了。尽管有时从他手里拿回日记自己写有点困难，而他又要被时刻提醒在雨天不能把日记留在外面。到目前为止，他大多时候是在写人名，但也喜欢写“谢谢”和“晚安”。“秧鸟 晚安 好 坏 泽伯 托比 令羊 谢谢你”是很典型的一条记录。也许过几天她就能更了解他心灵的运作方式了，虽然截至目前还没有发现什么令人炫目的东西。

第二天，天刚亮，他们就从泥草屋的大院出发了，离开长着生命之树的小公园。这就是场“出埃及记”，远离文明，按情况看就是如此。

来了两只器官猪护送；其他的在安诺优美容中心见，黑胡子说。他拿了托比的望远镜，已经学会使用方法了。每隔一会儿，他就走到边上，举起望远镜，对焦。“乌鸦，”他宣布。“秃鹫。”秧鸡女人温柔地笑了。“哦黑胡子，没有那眼睛管也能看见呀，”他们说。于是，他也跟着笑了。

犀牛和胜郎同器官猪走在前面，后面跟着克洛泽和魔发羊群。有些羊背上驮着包裹，这对它们而言很新鲜，但它们好像并不在意。魔发羊长着人类的头发，或直或弯，鼓鼓的包裹压在上面，看起来就像长了腿的先锋派帽子。

谢克尔顿和瑞恩、阿曼达、敏狐走在队列中央，大多数女秧鸡人都走在这三位女士身边，被她们身上的怀孕气息吸引。秧鸡人发出咕咕的声音，微笑、大笑、拍击、敲打。敏狐似乎觉得这很烦人，但阿曼达在笑。

剩下的疯癫亚当团员跟在后面，之后是男秧鸡人，泽伯收尾。

托比走在女秧鸡人旁边，来复枪时刻准备着。自从上次和瑞恩一起来找阿曼达，她好像已经很久没有走这条路了。瑞恩肯定也记得那些日子：她落到队伍后面，和托比一起走，手挽着托比空着的左胳膊。“谢谢你让我进去，”她说，“在安诺优的时候。还有蛆的事。如果没有你照顾我，我肯定已经死了。你救了我的命。”

你也救了我，托比想。要不是瑞恩碰巧出现，她要怎么办？等啊等，被孤身一人关在安诺优，直到发疯，或是年老色衰。

他们一直沿着横穿遗迹公园的那条路走，径直往西北挺进。经过皮拉的接骨木灌木丛，蝴蝶和蜜蜂缭绕，一只魔发羊走过时咬了满满一口。

这时，他们已经到达东边的门房——墨西哥及美国的粉色复古风——面前就是围住安诺优地盘的高篱笆。“我们来过这里，”瑞恩说，“那个男人就在里面。彩弹手，最坏的那个。”

“是的。”托比说。她的宿敌布兰克。患有坏疽，但还是杀心不死。

“你杀了他，对吗？”瑞恩说。她肯定那时就知道了。

“应该说我让他进入了另一种生存面，”托比说。园丁时代就是这么说的。“他本来就时日不多，只会死得更痛苦。不管怎么说，也是都市流血控制的要求。”第一条规矩：通过确保自己不流血来控制杀戮。

她用伞形毒菌和罂粟给他下了药：无痛的解脱，他都不配。之后，她把他拖到围了一圈白石头的装饰植物上，作为赠予野生生物的礼物。伞形毒菌的剂量会不会太大，吃了他的都会被毒死呢？她不希望这样：她希望秃鹫好好的。

沉重的锻铁门敞得大开。她们离开时，托比是用绳子捆好关紧的，但绳子已经被咬开。两只器官猪小跑在前，嗅着通往门房的小径。探寻着进去。它们又出来了，跑到黑胡子旁边。压低的呼噜声，眼对眼凝视。

“它们说三个男人来过这儿。但现在已经不在了。”他说。

“它们确定吗？”托比问，“之前有个人来过这儿，一个坏人。它们指的不是他？”

“哦，不是，”黑胡子说，“它们知道那个人。死了，在花上。一开始它们想吃他，但他体内有蘑菇，所以就没吃。”

托比去检查装饰花床。原先由矮牵牛花摆出“欢迎来到安诺优”的字样，如今却杂草丛生。杂草的下面是一只靴子吗？她没兴趣深究。

她之前把布兰克的刀和尸体放在一起的。那刀不错：锋利。但疯癫亚当们还有别的刀。她只希望彩弹手没有回来拿；但他们一定也还有别的刀具。

*

现在他们已经在安诺优的领地内了，走大路，虽然还有条林间小道：托比和瑞恩之前走过，为了掩人耳目。她们就是在那儿碰到了被彩弹手杀害的奥提斯，肾脏被取了出来，尸体挂在树上。

他肯定还在那儿，托比想。他们应该去找他，剪断绳子放他下来，好好地埋葬。他的兄弟谢克尔顿和克洛泽会很欢迎。一场真正的仪式，在尸体上种下他自己的那棵树，他便能化为化肥。让他回归到小树根的清净平和、土地的温润分解中去。但现在时机不对。

狗在树林深处嚎叫。他们停下来听。“如果那群东西摇着尾巴跑过来，你就要开枪，”吉米说，“是狼犬兽，很邪恶的。”

“弹药有限，”犀牛说，“除非我们找到更多。”

“它们现在不会攻击我们，”胜郎说，“人太多了，还有两只器官猪。”

“它们中的大多数已经被我们杀死了。”谢克尔顿说。

他们经过一辆烧坏的吉普，接着是一辆烧成灰烬的太阳能汽车，再下来是一辆撞烂的小型面包车，粉色，带有安诺优标志：想亲吻的唇、眨巴着的眼。

“别往里看，”泽伯说，他已经看过了。“不大美观。”

现在到了美容中心的大楼前，纯粉色，还屹立着：没有人烧毁它。

器官猪的大部队正在外面漫无目的地乱转，可能是想踩烂有机厨房花园，这里曾一度是客户瘦身色拉的装饰菜来源。托比还记得洪水后，她独自一人待在这花园里，想种些可以吃的植物，就此生存下去。如今，这里已是烂土。

至少她没锁门。

阴影，霉菌。她过去的自我，没有形体，在没有镜子的长廊徘徊。她在玻璃上罩了毛巾，遮住自己的倒影。

“进来吧，”她对大家说，“舒服点儿。”

安诺优堡垒

安诺优令秧鸡人着迷。他们小心地沿着长廊走，弯腰去碰光滑锃亮的地板。他们将托比挂在镜子上的粉色毛巾掀起来，瞅见里面的人，看看镜子后面；等他们意识到那人就是自己，便摸了摸头发，笑了，让镜子里的人也跟着笑。他们谨慎地坐到卧室的床上，再站起来。到了健身房，孩子们在蹦蹦床上跳跃，咯咯地笑。洗手间里，他们闻了闻粉色的肥皂。粉色肥皂还有很多。

"这是蛋吗?"他们问。发问的也有可能是小孩子。他们依稀记得有个地方和这里差不多，有高墙，也有光滑的地板。"这里就是蛋吗？创造我们的地方?""不，蛋不一样。""蛋很远，比这里远多了。""秧鸡在蛋里，羚羊也在，他们又不在这里。""我们能去蛋吗?""我们现在不想去蛋，太黑了。""蛋里也有这样粉色的东西吗？闻起来像花一样、可以吃的东西?""那不是植物，是肥皂。我们不吃肥皂。"诸如此类。

至少他们没唱歌，托比想。他们一路上也没有怎么唱。他们一直在观察，在聆听。他们好像知道危险迫近。

幸好房顶没漏，托比很高兴：这就意味着尽管床会有些霉味，但还能睡。作为实际意义上的女主人，她分配了房间。她自己选了双人房。安诺优共有三间，为夫妻或类似关系的人入住而准备，虽然这种可能性微乎其微。入住之后，就能一起做脸部美容、清洗、微调与修饰。然而，这种服务并不受欢迎，至少在异性情侣间是这样——女人通常都希望自己私下做这些调整，然后破茧成蝶，香气袭人地以倾城容颜颠倒众生。托比以前在这里工作，她了解。她还知道当这些女人花了一大笔钱后，发现容貌并没有很大改观，将会有多沮丧。

她把东西放到衣橱里，虽然也没什么。一副用旧的望远镜：她在泥草屋用得不多，因为那里没什么远景可看，而现在则是必需品。她的来复枪和弹药。她在安诺优藏了一盒子弹，现在可以作为补给。要是子弹没了，来复枪也就没了用处，除非她能学会制造火药。

她把自己的牙刷放在房间配套的洗手间里。她其实不用费心从泥草屋带牙刷过来：安诺优牙刷很多，都是粉色的；而且在储藏室还有一整架迷你牙刷，专供安诺优顾客使用。迷你牙刷分为两种：樱花有机牙刷，可进行生物降解，内含防止齿菌斑的微生物；还有“黑夜之吻”多彩闪亮增强牙刷。

第二种声称能让你的整张嘴在黑暗中发亮。托比从未试过，有些女人却强烈推荐。她在想，要是泽伯碰到一张脱离身体的会发光的嘴，会作何反应。然而，今晚不适合实验：她要到屋顶放哨，闪亮的嘴只会让狙击手瞄得更准。

她以前的日记；出于类似修女般的悔过感，她从之前躺着的按摩床上收集来了。日记就在这儿，写在安诺优的预约簿里，上面还有亲吻的唇和眨巴的眼。她记录下了园丁日、节日与庆典、月相；每日发生的事，如果确有事件发生。写字帮助她保持心智正常。之后，等时间再度开始，真实的人进入，她就能弃之而去。如今，日记是来自过去的一声呢喃。

这就是写字的意义吗？你的鬼魂发出的声音，倘若鬼魂真能发声？如果确是这样，她为什么要教小黑胡子写字？显然，不会写字的秧鸡人更开心。

她将日记滑入梳妆台抽屉。将来有空她想读一遍，可眼下并没有时间。

马桶里还有水，外加许多死苍蝇。她冲了水：屋顶上的集水桶肯定还能用，这可真是件幸事。粉色的厕纸还有很多，纸上还压了花瓣。之前安诺优做过厕纸实验，有些并不成功，纸内含有的植物性物质，产生了未曾料到的过敏反应。

然而，她需要张贴一张沸水公告。有些人看到水真的从水龙头里出来，说不定会欣喜若狂。

*

洗完脸，套上勤杂橱里干净的连身服后，托比再次回归大部队。主门廊里正在进行一场激烈的讨论：魔发羊晚上要怎么办？宽敞的安诺优草坪上，杂草已经长到了大腿处，白天放牧将不成问题，可一旦夜幕降临，就必须有个地方让它们躲避，免受侵袭：也许会有狮羊出没。克洛泽极力推荐健身房：他和魔发羊已经产生了感情，是真为它们担心。海牛指出地板很滑，魔发羊可能滑倒摔断腿，更别说还有羊屎要考虑。托比则建议厨房花园：有篱笆，且大多完好无损——器官猪是钻洞进来的，但这些缺口很快就可以补上。然后屋顶上放哨的人可以帮忙盯着羊群，一旦叫声异常就上报。

不过，秧鸡人要睡在哪儿呢？它们不喜欢睡在大楼里，想睡在草地上，那里还有很多叶子可以吃。然而，彩弹手还逍遥法外，或许仍处于猎捕状态，所以草坪是不可能的。

“去屋顶吧，”托比说，“如果他们想吃零食，那里有些花架。”所以就这么决定了。

* * *

下午的雷暴来了又去。雷暴一停，器官猪就跑去游泳池玩水了；虽然池子里长了水藻和水草，还有一群活泼的青蛙，也阻挡不了它们的兴致。器官猪在水浅的一侧池边堆上各类设备，成功地解决了进出游泳池的问题：折叠椅充当坡道，用于立足。小猪仔喜爱泼水，乱叫；大一些的公猪和母猪则稍微游一下，就躺在池边，沉浸在围观猪宝宝的喜悦之中。托比不知道猪是不是也会晒伤。

晚餐很随意，但样式奢华，主餐厅的圆桌铺上了粉色桌布。搜索食物的小分队已经把草坪翻了个底朝天，所以野菜色拉的分量极大。瑞贝卡找到了一小瓶未开封的橄榄油，便制作了经典的法式调料。蒸马齿苋，煮得半熟的牛蒡根，狼犬肉干，魔发羊奶。厨房里还残留着一罐糖，所以他们每人都吃了一茶匙作为甜点。托比已经吃不惯糖了：浓烈的甜味像刀片一样划过她的脑壳。

现在已是柔和的傍晚，夕阳西沉。蟋蟀发着颤音，鸟儿回巢，两栖动物在游泳池里或呱呱或如橡皮筋般“嘣”地叫唤。托比想找个东西把自己裹起来：放哨的屋顶会挺冷的。

当她用粉色床单绑身子的时候，小黑胡子偷偷进到她的房间。他看到镜子里的自己，笑了，朝自己挥挥手，跳了一小段舞。一结束，他便说出了要传达的消息：“器官猪说，三个坏人过来了。”

“到哪儿了？”托比说，心跳加快。

“花那边，树后面。它们能闻到。”

“它们不能靠太近，”托比说，“坏人可能有喷枪。就是会打洞的棍子。血会出来。”

“器官猪知道。”黑胡子说。

托比爬上楼梯，到了屋顶，望远镜在脖子上，来复枪挂身上，时刻准备着。有一些秧鸡人已经在屋顶上了，满怀期待地等着。泽伯也在，倚在栏杆上。

“你可真粉啊，”他说，“这颜色适合你。剪影也是。米其林轮胎？”

“你非要这么混账？”

“不是故意的，”他说，“乌鸦太吵了。”它们叫得还真齐。呱呱呱地在森林那边的尽头。托比举起望远镜：什么也看不到。

“可能是只猫头鹰。”她说。

“有可能。”泽伯说。

“器官猪一直说有三个人。不是两个。”

“要是它们错了，我倒会很惊讶。”泽伯说。

“你觉得有可能是亚当吗？”托比说。

“还记得你是怎么说希望的？”泽伯说，“你说希望可能会害了你。所以我就试着不抱希望。”

树枝间有个轻盈的东西一闪而过。是脸吗？又不见了。

“最糟糕的，”托比说，“是等待。”

黑胡子拽了拽她的床单。“哦托比，”他说，“来吧！我们该听你讲故事了。我们把红帽子都带来了。”

开往克里奥金涅斯的火车

两个蛋和思考的故事

谢谢。你们能记得带红帽子过来，我很高兴。

还有鱼。准确来说，这不是鱼，更像一只青蛙。不过你们是在水里抓的，而我们离海洋又很远，所以我相信秧鸡会理解的，也会知道让你们一直跑到海里去捉鱼，实在太远了。

谢谢你们拜托瑞贝卡把青蛙烧好了。秧鸡告诉过我，不用全吃，咬一口就行了。

好了。

是的，青蛙……鱼体内有骨头。臭骨头。所以我要吐出来。可我们现在不用讨论臭骨头的事。

明天是很重要的一天。明天，我们所有拥有两层皮肤的人都必须完成秧鸡开始了的工作——清除混沌。这项工作叫做“大重组”，完成后就是“大空白”。

然而，这只是秧鸡工作的一部分。另一部分则是他创造了你们。他用海滩上的珊瑚做成你们的骨头，珊瑚和骨头一样白，但是不臭。又用芒果做成你们的肉体，芒果又甜又软。这一切都是在巨大的蛋里完成的，在那里，他还有几个助手。雪人-吉米是他的朋友——他也在蛋里。

羚羊也在那里。有时，她是女人的样子，绿眼睛和你们的一样，有时，她又是猫头鹰的模样。然后，她在巨大的蛋里下了两个小一点的猫头鹰蛋。较小的猫头鹰蛋里全是动物、鸟和鱼——全都是她的孩子。是的，还有蜜蜂。蝴蝶也是。蚂蚁，没错。虫子——很多虫子。蛇。青蛙。蛆。浣鼠，小山猫，魔发羊，器官猪。

谢谢，不过我觉得我们没有必要都列出来。

因为我们一整晚都会在这里。

我们就说羚羊造了很多孩子吧。每个都有独特的美。

是的，能在她下的较小的猫头鹰蛋里造出这么多孩子，她非常善良。可能蚊子要除外。

她下的另一个蛋里都是词语。然而，那个蛋比有动物的蛋先孵出来。你们太饿了，就吃了很多词；这就是你们腹中有词语的原因。秧鸡以为你们把所有的词都吃了，于是动物就没的吃了，所以它们不会说话。可秧鸡错了。秧鸡也不是每件事都对的。

因为他没注意的时候，有些词从蛋里掉到了地上，一些落入水里，一些被风吹在空中。可是没有人看见。不过，动物、鸟、鱼看到了，就吃进了肚子。那些词语的类别不同，所以人类有时很难理解动物的话。它们把词咬得太碎了。

器官猪——就是那些猪——比别的动物吃的词都要多。你们知道它们贪吃。所以猪的思考能力很强。

羚羊还造了一种新东西，叫唱歌。她把这项技能给了你们，因为她爱鸟，想让你们也能那样唱。可秧鸡不想让你们唱歌。他很担心。他认为，如果你们能像鸟一样唱歌，就会忘记如何说人话，也就不会记得他、理解他的工作：他费了多大劲才造了你们。

羚羊说，你们只能忍住艰辛。因为如果这些人不会唱歌，那他们就会像……他们就什么也不是了，和石头一样。

*忍住艰辛*的意思就是……我们下次再说吧。

现在，我要说故事的另一部分了，也就是羚羊为什么决定制造“大空白”。

有很长时间，秧鸡都在思考。他想啊想。他没有对任何人透露过他全部的想法，但他告诉了雪人-吉米一些，泽伯一些，皮拉一些，羚羊一些。

他是这么想的：

混沌时期的人是不会长见识的。他们不明白他们在对海洋、天空、植物、动物做什么。他们不明白他们在杀害它们，最后也会杀害自己。他们人数众多，无论知情与否，每个人都在杀害。你若要他们停下来，他们也不会听你的。

所以，现在能做的事只剩下一件。要么在还有地球，还有树花鸟鱼和其他东西的时候，消灭掉他们当中的大多数，要么就等一切都没有了，大家同归于尽。因为如果那些都不在了，那就真的什么也没有了。连人也是。

可是，你不应该再给他们一次机会吗？他自问。不行，他回答，因为已经给过他们第二次机会了。给过他们太多次机会了。就是现在。

所以，秧鸡制造了一些味道很好的小种子；吃了之后，一开始能让人非常开心。但之后会病得很重，分解，继而死亡。他把种子撒在世界各地。

羚羊帮着播撒，因为她能像猫头鹰般飞翔。鸟女、蛇女和花女也伸出援手。虽然她们只知道开心的部分，并不知道死亡的结果。这是因为秧鸡没有把一切都告诉她们。

于是，"大重组"就这么发生了。羚羊与秧鸡离开了蛋，飞上天。不过，雪人-吉米留了下来，照看你们，避免坏事发生在你们身上，帮助你们，和你们说秧鸡的故事。还有羚羊的故事。

你们可以待会儿再唱歌。

现在，我们必须都去睡觉，因为我们明天要很早就起床。我们中的一些人要去找三个坏人。泽伯会去，还有犀牛、海牛、克洛泽、谢克尔顿。雪人-吉米。对，还有许多器官猪。小猪不去，猪妈妈也不去。

但是，你们要留在这里，和瑞贝卡、阿曼达和瑞恩一起。以及敏狐、蓝莲花。你们要把门关紧，不能让任何人进来，无论是谁。除非是你们认识的。

不要害怕。

是的，我也要去找坏人。黑胡子也会去，他要帮我们和器官猪对话。

是的，我们会回来的。我希望我们能回来。

希望就是说你很想要某样东西，但你不确定你要的事会不会发生。

现在，我要道晚安了。

晚安。

墨镜

“我就是在这里等你的，”托比说，“无水洪灾的时候。在这屋顶上。我一直都盼着你随时从那树林里走出来。”

秧鸡人在他们身边静静地睡着。他们真是毫无戒备，托比想。他们从不知道真正的恐惧为何物。也许他们永远都不会知道。

“所以你以为我没死？”泽伯说。

“我就指望着你，”托比说，“我想的是，要是有谁能在经历了那些之后活下来，只能是你。不过，有些日子，我是会跟自己说你已经死了。我称之为‘现实主义’。可其他时候，我在等待。”

“值得吗？”泽伯说。黑暗中的隐身笑容。

“你丧失信心了？还用问吗？”

“是啊，有点儿，”泽伯说，“曾经以为我是上帝的礼物，但这种想法会渐渐褪去。园丁时代第一次认识你，我就知道你比我聪明，在蘑菇、药剂这些方面。”

“但你鬼点子多。”托比说。

“同意。但有时聪明反被聪明误。我刚说到哪儿了？”

“你和蛇女住一起，”托比说，“在‘鳞尾’。一个人待着，睁着眼，手插在口袋里，嘴巴紧闭。”

“没错。”

他们让泽伯在夜总会当保安。这伪装不错。他剃了头，身着黑西装，戴墨镜，满嘴金牙。瓷漆领带夹品味颇佳，以食尾蛇为形：这是古老的图案，代表重生，亚当说。虽然你要是骗泽伯，他也不会知道。

他将自己那把西洋芹似的胡子按照废市保镖当时流行的样式重整，要用到一种极窄的剃刀，以便在一层浅胡碴上刻出十字式样，出来的效果像是长毛的华夫饼。他也是在那个时候听从了亚当的建议，改变了耳朵轮廓。亚当说，他们在识别身份时越来越多地用到耳朵，要是泽伯自己改，假如有人查，他们就无法将之与泽伯以往的照片匹配，挺好。真正的整形工作是托了卡特里娜·呜呜的福，她认识些一流的肉体雕刻家。泽伯选的耳朵形状顶端有些尖，耳垂那块肉向下坠。

“现在别看，”他说，“后来我又做了几次。不过那时，我有段时间倒真有点儿像淘气的活佛。”

“你在我眼里就是这形象。”托比说。

泽伯的工作就是站在吧台附近，不能笑得太夸张，但也不很吓人：只是若有似无地存在着。他的搭档是个大块头的黑人男子，那时叫杰伯戴厄，加入疯癫亚当后，变成了黑犀牛。泽伯和杰伯，泽伯在脑子里就是这么联系他俩的。

虽然他在“鳞尾”也不叫泽伯或媒介赫克托。他还有个名字，烟熏。烟熏熊，就像所谓的“森林服务”以前的吉祥物。这名字很合适。“只有**你**能预防野火。”标语是这么说的。他的任务就是“预防野火”。

要是顾客有要脾气的迹象：怒目圆睁或眉头紧锁，言语不干净，不合时宜地拉扯夜总会装饰，如羽毛、鳞片或花瓣状织物，像大猩猩似的晃动罐装啤酒，意味着将有泡沫流交会，继而扔罐头、砸瓶子、抡拳头，泽伯和杰伯就会介入。他们便从若有似无的被动存在，转为果断精准的主动干预，目标是顺畅干净地把攻击者带出去，以免引发全员争斗。因而，反应即时是必需，当然，你也不想造成顾客不必要的不快：被揍的人里不大会有回头客。

而且，越来越多的客户是公司高层，那些家伙喜欢到废市贫民窟一游，虽然并不会玩得太过火、危及生命。只要能感觉有些叛逆，有点炫酷，性方面没问题就好。“鳞尾”口碑不错，是个能让你喝醉放肆的干净体面之地。你也可以把生意上的伙伴带来，作为复杂点的贿赂方式，还不用怕暴露。

所以，在解决矛盾时，轻描淡写就极为重要。最好的方法是友好地把胳膊随意搭在那蠢蛋肩膀上，对着耳朵温暖低吼：“店内特殊招待，只为阁下一人。老板的一点心意。”听到能免费拿东西，自然喜出望外，加上狂饮后遗症，无疑已有些许脑死亡迹象，这家伙就会吐着舌头，被乖乖地领着绕过几条走廊，转过几个墙角。再被迎进用羽毛装饰的大房间，里面有绿绸缎的床罩，以及无形的视频监控。两位蛇女将为之柔情宽衣，她们的本事就是连念精算报告都会让人以为是火热A片。而泽伯和杰伯则站在正好看不见的中间位置，确保这家伙不会闹事。

接着，鸡尾酒杯装着耀眼的饮料进来了，或橙或紫或蓝，取决于点了什么，上面还搭着一颗绿樱桃，里面插着条绿色塑料蛇。手动送酒的会是踩着高跷的兰花、栀子花、火烈鸟、荧光蓝的蜥蜴，全身闪着亮片、LED小灯泡以及鳞片、花瓣或羽毛，乳房硕大，舔着嘴唇笑。“痒痒小帅哥，”这幻象会说，或是带有类似效果的词。“喝下啦！”哪个血气方刚的人科动物能拒绝这种请求？神秘液体一饮而尽，很快，这位自封的雄性领导者就会做起美梦，雇来的帮手几乎不会伤到分毫。

这位被选中的人会在十小时后醒来，确信自己刚刚度过了人生最美妙的时光。肯定是这样，泽伯说，因为大脑感知的一切经历都是真实的，不对吗？就算并没有在所谓的三维现实时间发生。

此类做法在公司管理层行得通，这些人碰到废市奸诈的民风，也只能算是天真易骗。泽伯在漂浮世界就了解了这类人：到了城里，晚上就出来寻刺激，急着获取他们误以为是阅历的东西。他们在公司大院过着被呵护的日子，出入的法庭、州议会大厦和宗教机构都有专人保护。碰到墙外的事，他们轻信。别人给的酷爱饮料，多么轻易就喝下，上床——事实上是绿绸缎床单——速度多迅速，睡觉多轻柔，醒来多愉悦。想到这些，真令人动容。

但是在“鳞尾”逐渐出现另一种顾客：不那么讨喜，怒火无法轻易转移。被仇恨点燃，火中淬炼，执意屠杀、砸玻璃器皿。此类情况较难办，需全方位警戒。

“我说的是彩弹手，你应该已经猜到了，”泽伯说，“那时，彩弹游戏才刚出现。”

彩弹场在当时属严重违法，就像斗鸡、屠杀、食用濒危物种。不过，也和这些行为一样，彩弹不但存在于公众视线外，还得以发展。观众座位为上流人士预留，他们喜欢看拼死决斗，观赏其中展现出的技能、狡诈、无情和食人属性：就是形象化的公司生活。大笔资金已经通过豪赌在人手间流转。所以，公司是在间接地支付设施维护费，并供养彩弹玩家；若被抓，场地及服务提供者则要直接赔钱，涉及争夺地盘，有时还要搭上性命。

这样的安排适合公司警——那时处于发展成型阶段——因为这样就会有丰盈的敲诈材料，供公司警牢牢把握社会命脉——仍可称之为社会的东西里被人们视为支柱的产业。

如果你已经被关进普通牢房，可以选做彩弹手：和牢友对打，消灭他们，赢得大奖，比如出狱，获得自由之身，得到一份废市里灰市执法人的活儿。到处享有特权。当然，一旦你选择加入彩弹游戏，不赢就是死。这也是观看比赛如此有趣的原因所在。存活下来的人都要懂得欺诈，令对手方寸大乱，残忍得无可匹敌：

把挖出的眼睛吃下去是派对喜爱的把戏之一。总之，你要做好准备挥刀斩自己最好的朋友，再切成片。

一旦从彩弹工作中毕业，彩弹老手在废市内部及高层将拥有显赫地位，以前的古罗马斗士肯定也是这样。公司里的妻子会付钱和他们上床，公司里的丈夫则会邀请他们共进晚餐，享受惊艳友人的刺激，围观他们砸烂香槟细酒杯。不过，现场都会有安保人员，以免事态发展到真要失控的局面。这种场合下，小打小闹是可以的，但无法掌控的大混乱则不行。

成了灰市名人后，彩弹老手像被注足了“我赢了”的荷尔蒙，自以为任何人都不是他们的对手，若有机会给烟熏熊泽伯这样大个儿、结实的保全一拳，则甚为欢迎。杰伯警告过泽伯，决不能拒绝彩弹手：操起棍子击你的肾，随手拿起什么就敲你头骨，掐你脖子，直到你的眼睛从耳朵里弹出来。

怎么辨认他们呢？脸部伤疤。空洞的表情：他们的人类镜像神经元①有些已经丢了，同理心模块也大幅消失：普通人看到痛苦的孩子会蹙眉，而这些家伙则会假笑。据杰伯的说法，对迹象的反应要快，因为如果你面对的是个变态，还是知道为妙。不然，可能你还没来得及说“脖子断了”，他们就已经毁了一位才女，这种事的代价很大：高空秋千舞者可不是小钱请得来的，她们能悬在人群上空三十厘米处，表演富有艺术感的脱衣舞。而且，还会有人利用蟒蛇将对方勒到将死状态，以提升高潮快感。彩弹老手也许会觉得咬下蟒蛇头在展示雄性力量方面无与伦比，就算被中途打断，损伤的蟒蛇也将难以替代。

“鳞尾”会对彩弹手身份文件定期进行更新，里面含有完整的脸部照片和耳朵轮廓。这些是卡特里娜·呜呜用鬼知道什么交

---

① 指动物在执行某个行为及观察其他个体执行同一行为时都发放冲动的神经元。

易卡片通过某个隐蔽的后门渠道获得的。她肯定是认识彩弹管理层的人，那人想得到她能提供或隐藏的东西。废市深处，喜好和忌讳是最受人们尊重的流通手段。

“先出手，卑鄙点，是我们对付那群彩弹混蛋的准则，”泽伯说，“一旦他们焦躁起来，就动手。有时，我们会在他们的饮料里兑烈酒，但有时我们则将他们永久清除，因为如果我们不这么做，他们就会回来复仇。不过，我们处理尸体都很小心。他们可能还有手下。”

“你们对尸体做了什么？”托比说。

“这么说吧，废市深处对浓缩蛋白包一直有需求，不是用来取乐，就是为了利润或宠物食物。可在过去，早期的时候，公司警还没决定令彩弹游戏合法化、在电视上播出，失控的彩弹手并不多，因此处理尸体不是常事。更像一种即兴发挥。”

“你说的好像休闲娱乐，”托比说，“不管他们做了什么，毕竟还是人啊。”

“嗯啊，嗯啊，我知道，骂我，我们是坏人。可话说回来，除非你手上已经有好几条人命了，不然也不会成为彩弹手。

“讲这些事的目的是，我们这些酒吧安保，像杰伯和我，并不是不知道掺到饮料里的东西是看个人兴趣的。有时候，我们自己也会兑饮料。”

强力鸡尾酒

这段时间，白色象棋主教一直都藏在安全的地方，和里面的六枚神秘药丸一起等待指示。只有泽伯自己、卡特里娜·呜呜和亚当知道这东西在哪。

东西藏得很聪明，就在人们眼皮底下，这计谋是泽伯学的古老把戏：显眼处最隐身。酒吧后面的玻璃架上摆着各式各样的瓶塞钻、坚果钳，还有裸女形状的盐和胡椒瓶子。这些东西摆放的造型太妙了：腿张开，瓶塞钻就出来了；腿张开，就能把坚果放进去，腿合上，坚果就夹碎了；腿张开，脑袋就转开了，盐或者胡椒就会下来。笑声四溢。

这些身着绿色珐琅鳞片的铁娘子里，有一个空间是用来放盐的，白主教就藏在里面。她的头还歪着，盐也依旧会从她的大腿中间出来，但酒保被告知这个瓶子不牢——没人会希望转到一半，他那咸咸的性玩具的头就掉下来了——所以如果要用盐，就去拿别的。这样的机会不多，但有人喜欢在啤酒或是吧台零食上撒盐。

泽伯会时刻关注着装有白主教的绿鳞女郎。他觉得这是他欠皮拉的。不过，他对选择的位置还是提心吊胆。万一有人趁他不在，拿了那东西四处耍玩，发现药片了怎么办？万一他们以为那些五彩的小椭圆体是脑轻松，只想取一两粒试试又怎么办？泽伯并不知道这些药片会对人产生何种影响，所以上述的可能性令他惊慌。

亚当则冷静非凡，他认为除非没有盐了，不然不会有人去看盐瓶子里装了什么。“虽然我不知道自己为什么会说‘非凡’，”

泽伯说，“因为他一直都是个冷静的小混球。”

“他也住那儿吗？”托比问，“住在‘鳞尾’？”她没法想象。亚当第一整天待在那儿干什么呢？周围都是些带有异域风情的舞者，身着非比寻常的时尚物件。她认识他时——以前他是亚当第一——他默默地反对着女性的虚荣，不喜欢女性服装花里胡哨、炫耀卖弄，也看不上乳沟和大腿。可是，他不可能在“鳞尾”施行他的园丁宗教，也不大可能说服里面的员工简单生活。那些女人肯定花了大价钱美甲，就算“鳞尾”有地方种菜，她们也不会忍受非得挖掘、翻找、转移鼻涕虫和蜗牛的要求：夜间活动的小姐不会在白天除草。

“没有，他不住‘鳞尾’，”泽伯说，“或者说不长住。他来了就走。对他来说，这地方就像避难所。”

“你知道他不在那儿的时候都在做什么吗？”托比问。

“学东西，”泽伯说，“跟踪正在发生的事。关注凶兆。将不忠之人收入麾下。说服他人改变信仰。他已经获得了伟大的见解，或者随便你怎么称呼：上帝如闪电般将一则信息敲入他的头骨顶部。*保护好我挚爱、我尤为满意的物种*，诸如此类：你知道这些空谈的。我自己从未得到过这样的消息，但好像亚当有过。

“在那之前，他一直都在召集上帝园丁。他甚至想过用从教士那儿黑到的不法收入买下废市贫民窟里带屋顶的大楼，作为悬崖伊甸园。皮拉也从荷尔史威瑟给他派送秘密人手；她已经在考虑加入他的悬崖伊甸园了。不过，那时我还毫不知情。”

“皮拉？”托比问，“可她不可能是夏娃第一！她也太老了！”托比一直在想夏娃第一：亚当是亚当第一，但从未有人提到过还有个夏娃。

“不哦，不是她。”泽伯说。

亚当正在追踪的发展中的故事，有一则关乎的是他们共同的父亲：瑞夫。他在岩石圣油教挪用公款的丑闻东窗事发之后，人们悲剧地发现他的第一任妻子费内菈被埋在了岩石花园，再来，他的第二任妻子特雷迪发表了和盘托出的回忆录，绯闻震天。在这一系列令人愉快的混乱后，整件事逐渐平息了。

是有一场审判，没错，但证据不足以定罪，至少陪审团是这么裁决的。特雷迪拿着回忆录赚来的稿酬，到加勒比海的一座小岛上度假去了。有人说，是和一个墨西哥-得克萨斯草坪维护专家一道去的，后来被人发现，这女人在月光下冲动裸泳后，还在激浪里沐浴。退浪多危险啊，当地警方表示。她定是被浪拽了下去，脑袋磕在岩石上了。她的同伴，无论是谁，已经消失了。能理解，因为他可能成为众人责怪的对象；尽管有传闻称，他可能也是花钱请来的。

所以，特雷迪无法在审判时作证，没有了她，又有什么可以证明呢？费内菈的尸骨已经在地里埋了太长时间：谁都可能是罪魁祸首。无名男子，通常是移民，总会手拿铁锹在城里的富裕地段游走，看到容易轻信他人、喜爱园艺的天真女子，就会敲她们的脑袋，用园艺手套塞住她们的嘴。就算她们闷声尖叫，就算身上尽是屋顶长生花，更别说还有羊耳石蚕、绒毛卷耳和其他抗旱的多汁植物，他们也会在盆栽棚子里尽情享用她们的肉体。爱好景观美化的女屋主都知道这种隐患是存在的。

至于他挪用的大笔公款，这点是毋庸置疑的，瑞夫采取了经测有效的应对方案：公开承认那是种诱惑，接着讲述自己没能抵抗住诱惑有多么罪恶，再进一步描述发现罪恶的过程，虽然苦涩，但由于他心中有愧，也就避免了进一步堕落，最后则是卑躬屈膝、涕泪俱下地请求上帝和人类，尤其是岩石圣油教的教友原谅。没错，他被赦免了，洗净了身上的污渍，准备从头开始。因为谁能在这样一位明显有悔过之心的人面前收回自己的宽恕之意呢？

“他现在逍遥法外了，”亚当说，“免受指控，官复原职。圣油公司的同仁帮他逃脱了惩罚。”

“混球，”泽伯说，“一群混球。”

“他会来捉我们的，现在又能拿到现金，”亚当说，“他在圣油公司的朋友会出钱的。所以要留神。”

“没错，”泽伯说，“世界需要更多神。”他很久以前就爱开这个玩笑，曾经逗乐了亚当，不算大笑，更像微笑，但那次他没有笑。

一天晚上，泽伯一身烟熏熊装备在“鳞尾”酒吧附近转悠，墨镜、黑西装、蛇形领针，面无表情，不笑，也不皱眉，听着嘴里的假金牙打战。这时，他听到前门一个家伙说的话，站得稍微直了些。

这次不是提醒要当心彩弹手。正好相反。

“金字塔顶层，四个人，进来了，”声音说，“三个圣油公司的，一个圣油教的。新闻里的那个牧师。”

泽伯感到肾上腺素在他的血管里喷涌。肯定是瑞夫。这个揍小孩、弑妻的变态施虐狂会不会认出他？他看了下附近能够到的地方有哪些东西可以扔，万一需要呢。如果听到有人叫“抓住那男的”，或是类似的戏剧性场面，他就会抛出几个细长的雕花玻璃瓶，然后撒腿狂奔。他的肌肉紧绷，都抽搐了。

他们进来了，心情跟过节似的，瞧他们说着笑话，哈哈大笑，互拍肩背——修饰过的，更像试探性的轻拍，公司上层允许这样，此类身体语言是假装称兄道弟的主要阶段。他们正准备喝香槟，聊八卦，做一切符合他们身份的事。小费将会很丰厚，假如他们都能准备好的话。如果不能赠予那些帮助你寻求自我膨胀感的人一笔显示自身优越感的钞票来招摇过市，干吗还要做个有钱人呢？

公司高层能做的一件酷事就是直接走过“鳞尾”雇用的安保

苦力，当他们不存在——为什么要和护栏进行眼神交流呢？——泽伯说，这种风格可能从人们学会说“罗马皇帝”的时候就开始了。这样一来，泽伯就很幸运，因为瑞夫连瞥都不瞥他一眼。倒不是说如果瑞夫看了，就能透过泽伯毛茸茸的脸部华夫、深色墨镜、光头和尖耳朵等特征认出他。可瑞夫根本不在意。不过，泽伯看着他，越看越不喜欢眼前这幅景象。

球形水晶灯转啊转，在顾客和演员身上投下点点灯光。放着音乐，是张复古探戈唱片。五位身着亮片的鳞女在高空秋千上扭动身体，乳头指向地面，身体弯成C形，两条腿搁在头两侧。她们的笑容在黑光中闪烁。泽伯退到吧台玻璃柜处，抓住装有主教的绿女郎的阴部，滑到自己袖子里。“去尿尿，”他和搭档杰伯说，“帮我掩护。”

一进厕所，他就扭开主教，取出三枚魔豆：白的、红的、黑的。他舔了舔手指上的盐，把药片塞进夹克前口袋，之后回到岗位，缓缓地将鳞片女郎放回柜子上，一声不响。不会有人注意到她刚刚不在。

瑞夫的四人组在重温旧日美好时光。这是一场庆祝活动，泽伯揣测：最有可能的原因是瑞夫又过起了在他们眼里他之前的正常生活。滑溜溜的小可爱在给他们猛灌酒，头上的秋千舞者则在柔弱无骨地扭动缠绕。她们做做这个，再做做那个，但从不会表演绝活：“鳞尾”可豪华多了，要是想看全场下流表演，得加钱。以示礼貌，人们得展现出欣赏与饥渴。体操类的罪恶伪装不是教士的菜，因为没人受罪，不过他会演戏，还是骗过了众人。他的笑容像是打过肉毒杆菌，仿佛是精神创伤后遗症。

卡特里娜·呜呜来到吧台。今晚，她打扮成一朵兰花，是丰盈的桃色，用薰衣草色提亮。蟒蛇三月搭在她的脖子和一边的裸肩上。

“他们为自己的伙伴点了特别招待，”她和酒保说，“伊甸之味。”

“多加点龙舌兰?”招待说。

“所有东西都放进去,”卡特里娜说,“我会和姑娘们说。”

特别招待包括一间私人房间,里面有羽毛,有绿绸缎床罩,有三位爬行鳞女,她们会满足你所有的突发奇想。伊甸之味则是强力鸡尾酒,保证能搅乱思绪,给你带来最大程度的幸福感。一旦吞下这东西,顾客将会抵达一个只属于自己的奇幻世界。泽伯尝过“鳞尾”出售的一些饮品,但从未碰过伊甸之味。可能产生的幻觉令他害怕。

酒就放在柜台上。深橘色,发出微微的嘶嘶声,穿过一颗黑樱桃的搅酒棒上绕着一条塑料蛇。绿色的蛇生气勃勃,大眼睛,涂了唇膏的嘴在微笑。

泽伯理应抵制住自己的邪恶冲动。这件事他做得太鲁莽了,他坦率承认。但你只能活一遭,他告诉自己,而瑞夫这一遭可能已经活过了。泽伯想,到底要在他的酒里放哪枚药片:白的,红的,还是黑的。可为什么要这么吝啬呢?他自责道。为什么不全放进去?

“好伙伴,干杯。”“疯狂一把吧!”“和他们拼了!”“喝死他们!”这样的场合还需要讲此类古老的套话吗?看来还要。瑞夫被人拍着肩膀,招待他的是一波轻柔的应允,接着,他被带到三位柔软的蛇女处接受特殊招待。他们四个都在咯咯笑:回想这一幕,令人毛骨悚然。

泽伯想寻个借口,离开吧台岗位,溜进视频监控室,和几个“鳞尾”安保人员一起监视私密的羽毛房,以防事故发生。他不知道那些药片会产生何种效果。是会让人病入膏肓吗?如果是这样,会以何种方式?也许效果要很长时间才显现:可能一天、一周或一个月后才奏效。不过,如果药效更迅速,他显然极想亲眼围观。

然而，要是真这么做，就表示他是罪魁祸首。所以，他就克制地候着，尽管紧绷，竖着耳朵，自顾自地哼着“扬基歌”：

我爹地就爱揍小孩，
比做爱还爱，
我希望他每个毛孔都流血，
吃光他所有的饼干片。

重复太多遍之后，牙齿间产生了些许静电：有其他人在前面和守门人讲话。似是过了很久，其实并没有，卡特里娜·呜呜从通向私人房间的门里走来。她努力装作轻松，高跟鞋笃笃的声音却紧急。

“我需要你到后台来。”她朝他喃喃。

“我在吧台站岗呢。”他说，假装不情愿。

“我会把前面的莫迪斯叫进来。他替你。赶紧来！”

“姑娘们没事吧？”他在拖延：如果瑞夫发生了不好的事，他希望那事就这么继续下去。

“没事。但她们都很怕。紧急情况！”

“男的疯了？”他说。他们有时是会疯：伊甸之味的效果并不总能预测。

“更糟，”她说，“把杰伯也叫上。”

树莓慕斯

羽毛房里像是台风过境：这儿一只袜子，那儿一只鞋，不明物的污渍，四处都是破败的羽毛。墙角的那一摊肯定是瑞夫，用绿缎床单罩着呢。那底下渗出一掌长的红色泡沫，就像一条患了顽疾的舌头。

“怎么了?”泽伯无辜地问。戴墨镜很难真正显得清白——他在镜子里试过——所以他把墨镜摘了。

“我让姑娘们去洗澡了，”卡特里娜·呜呜说，“她们太伤心了！一分钟前，她们还在……”

“剥虾仁。”泽伯说。这是员工间的黑话，意思是从衣服、尤指内裤里捣出那东西来。这活儿讲艺术，就像万事万物都有艺术可言，鳞女们道。或者说技艺。缓缓地解扣子，长时间魅惑地拉下拉链。让时间静止。把他看作一盒巧克力，好吃极了。“好吃极了。”泽伯大声道。他吓坏了：药片在教士身上的效果比他想象得糟多了。他没真想让他死。

“是的，好吧，庆幸的是她们还没做到那一步，因为他，好吧，他只是溶解了，根据监控室的录像显示。她们从没见过这种状况。树莓慕斯，她们这样形容。”

“天哪，”杰伯说，他拎起床单一角。“我们需要吸水器，这下面就像一片腐烂的池塘。他怎么了?”

“姑娘们说他就这么开始变成泡沫了，”卡特里娜说，“当然，还有尖叫。一开始。还撕羽毛——那些都坏了，必须销毁，太浪费了。接着，就不是尖叫，而是汩汩的流水声。我好担心啊!”

她话说轻了：更像是害怕。

“他融化了。肯定是他吃了什么。”泽伯说。他是当笑话说的；或者说他希望别人误以为这是个笑话。

卡特里娜没有笑。“哦，我不这么想，”她说，“虽然你说得没错，可能是因为食物里有什么东西。但不会是在这里吃的，不可能！绝对是一种新型细菌。似乎是食肉菌，只是速度如此之迅猛！万一真的会传染呢？”

“他会是从哪儿沾上的呢？”杰伯说，“我们的姑娘都是清白的。”

“从门把手上？”泽伯说。又一个蹩脚的笑话。闭嘴，蠢货，他和自己说。

“还好我们的姑娘都穿着生物体膜，”卡特里娜说，“一定要全部烧掉。不过没有什么——从那东西出来的没有什么——无论那是什么，都没有碰到身体套。”

泽伯的牙齿上接到一个打来的电话：是亚当。他什么时候有牙齿连线特权了？泽伯想。

“我听说发生了意外。”亚当说。他声音细长、遥远。

“你的声音居然会出现在我脑子里，真他妈诡异，”泽伯说，“你听起来像火星人。”

“显然，”亚当说，“不过你现在的首要问题不是这个。我听说死掉的那个人是我们共同的父亲。”

“你听说得没错，”泽伯说，“可是是谁告诉你的？”

他已经走到房间一角，这样他们的对话就是半隐蔽的了，也是为他人考虑：听一个人和自己的牙齿对话也挺烦躁的。卡特里娜在房间另一角打内部电话，召唤“鳞尾”清洁队过来，他们肯定会被吓死。据说在特殊招待期间，年龄稍大的男人身上发生过类似的事——强力鸡尾酒对于机能下降的体质来说太过强劲——但也不是非常类似。通常是中风或心脏病发。此类化作泡沫的情况倒是史无前例。

“卡特里娜打电话给我的。很自然的事,”亚当说,“她要让我始终在状况内。”

“她知道他是我们的……”

“不完全是这样。她知道我对有关公司、尤其是圣油公司账簿的事都有点兴趣,所以她就告诉我有四个人预约,其中三位顾客还为第四个人准备了特别的惊喜礼物。之后,她把前门自动拍下的大头照发给我,我当然一眼就认出了他。我那时已经到这儿了,就走到前门,万一需要我帮忙。我现在已经到吧台了;就在玻璃柜边上,这里摆着新奇的瓶塞钻和盐瓶子。”

“哦,”泽伯道,“好。”这句话加得蹩脚。

“你用的是哪一个?”

“什么哪一个?”泽伯说。

“别装无辜了,”亚当说,“我会数数。六减三等于三。白的、红的,还是黑的?”

“全部。”泽伯说。停顿。

“太糟了,”亚当说,“这样我们更不知道每枚药片里的是什么了。稍微控制下变量更好。”

“你是不是要告诉我,我他妈的是个愚蠢的傻蛋,”泽伯说,“居然做出他妈的这么傻逼的蠢事?不过你应该不会用这么多词,我猜。”

“你挺会发挥的,”亚当说,“但事态原本说不定会更糟糕。结果,幸好他没认出你。”

“等一下,”泽伯说,“你知道他进门了?你没有提醒我?”

“我就指望着你能见机行事,”亚当说,“我的信任没有白费。”

泽伯愤慨了:他那狡猾的混账哥哥给他设了局,妈的!不过,他也相信了泽伯,认为他有本事应对任何可能发生的混乱,所以在愤慨之外，他也觉得特别温暖，被保护了。这场合不适合说“谢谢”，所以他说：“你这天杀的机灵鬼!”

“挺后悔的，”亚当说，“我真的后悔。但我要指出，结果就是，那个男的已经永远与我们无关了。现在，这很关键：让他们尽可能收集他——这东西。放到克里奥金涅斯‘冰冻篮子’里——卡特里娜手上总会为与克里奥金涅斯有联系的顾客备一些。整个身体模型比只有头好。‘鳞尾’有许多青春不再的顾客会这样安排。协议是，如果他们发生了——克里奥金涅斯称之为‘生命暂停事件’——而且提到这些生命暂停的人时，请避免使用‘死亡’一词，克里奥金涅斯员工就是这样的，因为你很快就会成为他们当中某个人的替身。如果发生此类生命暂停事件，顾客将会被立刻冰冻，用船运往克里奥金涅斯。克里奥金涅斯一旦研制出相应的生物技术，就会激活这些人。”

“那时猪都会飞了，”泽伯说，“但愿卡特里娜的冰块托盘足够大。”

“如果需要，也能用桶，”亚当说，“我们得获取他——我们需要把这废水送到东海岸皮拉的伪装小组手里。”

“皮拉的什么?”

“伪装小组，我们的朋友，”亚当说，“他们白天在生物科技公司工作：器官公司、荷尔史威瑟总部、复原精华，甚至克里奥金涅斯。但他们晚上会帮我们干活，‘伪装’是生物学术语，比如毛毛虫的伪装性。”

“你什么时候和毛毛虫这么熟了?”泽伯说，“你是不是在疯癫亚当灭绝游戏里玩‘叫出死虫子名字’的游戏，玩坏脑子了啊?”亚当推翻了他。

“伪装小组会查明药片成分。不知有没有分解。但愿不会随空气传播；我们现在还觉得不可能，不然那个房间里的人应该已经被传染了。这东西好像速度极快，要是感染的话，症状应该已经出来了。按情况推断，我们认为是接触传染。不要碰到任何……任何残余物。”

也不要把我的手指伸到那黏糊糊的东西里，再插进我的屁眼里，泽伯想。“我又不是他妈的傻瓜。”他大声道。

“那就说到做到。我知道你可以，”亚当说，“封闭子弹列车见，带上‘冰冻篮子’。”

“我们要去哪儿？”泽伯说，“你也要来？”可是泽伯已经挂了，或是下线了；反正就是你在牙齿另一头会做的事。

清理小队来了，他们身着塑料薄膜，戴着面罩，正在把教士吸进搪瓷小桶，再倒入可密封、可冰冻的金属长颈瓶。这时，泽伯正前去变身为更干净、更可爱的烟熏熊。他扔掉注定要焚烧的黑色套装，快速地冲了个抗菌强身澡——“鳞尾”用的同款——肥皂抹脸，清洁腋窝，棉签掏尖耳朵。

我要把那教士洗出脑袋，
因为他不仅死了，还变红了，
他红红又黏黏，真是好事情，
因为爹地我完蛋了，你也是，
哔哔滴嘟的嘟的嘟的嘟！

他跳了会儿二步舞，又扭了扭屁股。他喜欢在洗澡时唱歌，尤其当危险迫近。

又是一条河，穿上一件新的黑西装时，他又唱了起来。那条无聊的河！又有颗臼齿，又有颗臼齿要剔啦。

然后，他就继续干活了，在卡特里娜·呜呜身后站岗。卡特里娜现在穿成一串水果，苹果状的一边乳房上绣着一嘴诱人的牙印。她正在和蟒蛇三月向圣油公司的三位行政官员传达这一令人痛心的消息。卡特里娜已经先为每个人点了冰冻代基里酒①，店家请客，还有一盘迷你炸鱼条、豌豆荚真好吃扇贝——屁股没拽，标签这么写，泽伯知道，是因为他在厨房偷吃过——美食家假日肉汁乳酪薯条和从未网捞油炸虾仁——实验室养殖的一种新型拼接物。

“你们的朋友很不幸，生命暂停了，”她对圣油公司的行政官员说，“全套祝福对组织而言太累人。不过你们都知道，他曾经——抱歉，他现在和克里奥金涅斯有一项合约——全身，不仅是头部——所以一切都好。对于你们暂时的损失，我感到很抱歉。”

“我之前还不知道，”一个长官说，“有合约一事。我还以为你们会戴克里奥金涅斯手链之类的东西；我从没见过他戴。”

“一些绅士不愿公开自己有可能生命暂停，”卡特里娜平静地说，“他们选择文身，位置隐蔽，且极为私密。当然，在这里，我们对这样的文身心知肚明，普通的生意伙伴可能不会像我们这样。”这女人还有一点值得称羡，泽伯想着，尽量不低头偷看她的苹果正面：她是一流骗子。他自己不可能做得比她好。

“有道理。”最高级的长官道。

“不管怎么说，我们及时发现了这个事实，”卡特里娜说，“因为你们也知道，必须立刻采取行动，才能保证有效。幸好我们和克里奥金涅斯有一项快速通道顶级白金协定，他们派训练过的人手始终处于待命状态。你们的朋友已经在‘冰冻篮子’里了，基本上可以马上送往东海岸克里奥金涅斯总部。”

“我们不能见见他吗？”第二个长官问。

---

① 一种由糖、柠檬汁和朗姆酒掺和的鸡尾酒，得名于古巴产朗姆酒的城镇。

“‘冰冻篮子’一旦封闭、抽真空后——你们的朋友就是如此——再打开就会前功尽弃，”卡特里娜笑着说，“我可以提供一份克里奥金涅斯认可证明给你们。还要再来一杯代基里吗？”

“妈的，”第三位长官说，“我们要怎么和他的疯子教会说？在一家宝贝商店摔倒，就这么完蛋了？这种说法不会太受欢迎。”

“同意。”卡特里娜说，这次语气稍显冷淡。在她看来，“鳞尾”远不止宝贝商店那么简单：这是一次全身心的审美体验，网站上的广告语如是说。“但‘鳞尾’在处理这种事情上的谨慎是有名的。这也是为什么像你们这样的绅士会首选我们。在我们这里，你们得到了物超所值的服务，还包括一个优良的掩护身份。”

“有什么好想法吗？”第二个长官说。他已经把从未网捞虾仁吃光了，现在开始吃扇贝。死亡会令某些人产生饥饿感。

“深入废市和贫困儿童相处时染上了病毒性肺炎，这会是我的第一选择，”卡特里娜说，“这么说的人很多。但我们有自己培训过的公关人员协助你们。”

“谢谢，女士，”第三位长官说，他眯着微微泛红的眼睛盯着她。“您帮了我们很多。”

“我很荣幸，”卡特里娜说着，面带柔和的微笑，身子前倾，让对方握住她的手，亲吻她的指尖，暴露了足够的上身地盘，但不至于太过火。“随时为您服务。”

“这姑娘啊，”泽伯说，“她用一根大拇指就能管理任意一家高级公司。”

托比又感到了熟悉的嫉妒触须在她的心上缠绕、纠结。“所以你有没有过？”她问。

“有没有过什么，宝贝？”

“有没有进过她的鳞片内衣？”

“这是我一辈子都会后悔的事，”泽伯说，“但并没有。我甚至都没有试过。手一直放在口袋里，握得紧紧的。下巴同样紧锁。克制自己真不容易，不过赤裸裸的事实就是如此：我摸都没摸一下。都没抛过媚眼。”

“因为?”

“一，她是我在‘鳞尾’的上司。和女上司在地上滚来滚去可不精明。会让他们困扰。”

“哦，拜托，”托比说，“你又不是活在二十世纪!”

“是啊，是啊，我是头有性别歧视的猪，行了吧，但事实如此。荷尔蒙过剩会影响效率。我见过——女上司柔情万种，向圆头猛男下达命令时变得极其诡异，那些男人于是丧失理智，大脑无法思考，被上司折腾得像火热的浣鼠般咆哮，如将死的兔子般尖叫。这样会改变权力等级。‘上我，上我，帮我写演讲稿，帮我买咖啡，你被炒了。’会这样。”他停顿了一下。“另外。”

“另外什么?”她希望能听到卡特里娜·呜呜身上令人作呕的方面，当然，她是没见过卡特里娜，而后者99.999%已经死了，但嫉妒跨越一切界线。也许她膝盖外翻，有口臭，或者音乐品味奇差。就算说她脸上有颗痘痘也是种安慰。

“另外，”泽伯说，“亚当爱她。毫无疑问。我不能在他的金鱼池里偷猎。他曾是——现在也是我的弟弟。他是我的家人。凡事有界限。”

“你在开玩笑吧!”托比说，“亚当第一？爱？卡特里娜·呜呜?”

“她就是夏娃第一。”泽伯说。

开往克里奥金涅斯的火车

“真叫人难以置信，”托比说，“你怎么知道的？”

泽伯不语。会是一个令人心痛的故事吗？有可能：既然过去已经被如此暴力、如此无法挽救地割断，关于过去的故事大多都带有悲痛的元素。

不过，在人类历史上，这显然不是首次。还有多少人曾经站在这个地方？被遗弃，一切烟消云散。死尸如雪蒸发为烟；精心装扮的心爱的家似空空如也的蚁冢般坍塌。他们的骨头变回钙；夜晚捕食者搜寻他们分解了的肉体——如今已变身为蚱蜢和老鼠。

月亮升起来了，几乎是满月。猫头鹰好运了；兔子倒霉了。兔子总爱在月光下嬉戏，冒险地，却性感地，脑袋里的荷尔蒙嗡嗡作响。远处的草地里就有一对，跳跃着，闪烁着微微泛绿的光。有些人曾经以为月亮上有一只巨大的兔子：他们能清晰地辨别出它的耳朵。其他人认为是一张笑脸，还有人则认为那是一位拿着篮子的老妇人。一百年，十年，或一年后，等秧鸡人有空研究占星学了，他们会怎么想呢？他们有机会的，或者没有。

不过，月亮是要渐满还是渐缺呢？她对月亮时间的把握没有园丁时代灵敏了。她曾多少次在月满之时监督守夜人？一次又一次地思索，为什么有亚当第一，却没有夏娃第一，甚至连提都没有提过。现在，她就要知道答案了。

“想象一下，”泽伯说，“亚当和我在封闭子弹列车上待了三天。清空瑞夫的银行账户后，我只见过他两次，之后就分道扬镳了：一次是在快布奇诺店里，一次是在‘鳞尾’的密室。没有时间深究。所以，我自然会问他一些事情。”

泽伯不得不牺牲他的脸部华夫，虽然保持这个样子很费事，要雕出多茬的迷你方格，但他现在已经挺喜欢这个造型。他用刮胡刀把胡碴刮掉：只剩下一撮山羊胡。他新长了些头发——公司早期的魔发胶粘产品，有些假——饶有光泽的香槟棕。

还好他可以戴顶傻不拉几的帽子，遮掩掉过于虚假的效果。这帽子是以前在克里奥金涅斯做“殡仪员副手”时要戴的，尽管现在叫“暂时无生命照管员”。这帽子是改造过的头巾，让人联想到魔法师和魔仆。颜色偏红，前面有火焰设计。

“永恒燃烧着的生命火焰，是吧?”泽伯说，“他们把这三流魔法表演的头巾给我看时，我说，‘你他妈是开玩笑吧！我才不要在头上戴个煮熟的土豆呢!’但之后，我发现了它的美。有了它，还有其他配套装饰——睡衣似的紫色东西，或许是空手道的概念吧，还把克里奥金涅斯的标志粘在前面——没人会误会，我就是个找不到其他工作的大个子笨蛋。带着‘冰冻篮子’坐火车——多可怜啊?‘如果你出现在别人想不到的地方，’老把戏这么说，‘你就是隐形的。’”

亚当的装束和泽伯一样，但看上去甚至更傻。所以这至少是点儿安慰。话说回来，又有谁会看见他们呢?他们被锁在克里奥金涅斯特殊车厢里，“冰冻篮子”嵌在自己单独的发生器里，能使温度保持在零度以下。克里奥金涅斯自恃安保措施极佳：对于那些热爱自身碳结构的人而言，偷盗DNA，更别说还有人窃取其他更大的肢体，总是个隐患：在那些圈子里，爱因斯坦脑部失窃事件尚在记忆中。

所以，会有一个全副武装的保安和所有带着“冰冻篮子”的乘客同行，站在门边，猎枪在手。在克里奥金涅斯真正的任务里，这个人会是日益扩张的稳固的公司警戒员，本该配有一支喷枪。但是既然这项行动本身就是假的，此角色就由“鳞尾”的一位管理者莫迪斯扮演。他看起来就像做这个的：粗犷，明亮的眼睛仿佛闪耀的黑甲虫，笑容如坠落的岩石般公允无私。

然而，他的武器不是真的：伪装小组可以模仿服饰，但没办法仿造那种三重安保的可移动科技。所以喷枪只是制作精巧的塑料仿冒品，涂了一层泡沫材料。这完全没有关系，除非有人靠得足够近，能被一拳击中。

可他们为什么要这么做呢？就其他人而言，这只不过是例行公事，越快解决越好。或者应该说是将生命暂停事件的主人公从生命此岸运送一趟来回，再回到生命此岸。这话很拗口，但克里奥金涅斯就喜欢这种迂回的废话。考虑到他们从事的生意，也没办法：他们最好的两种营销助手就是易骗性和毫无根据的希冀。

“这是我最诡异的一次旅程了，”泽伯说，“穿得跟个阿拉丁似的，和我的弟弟坐在上锁的火车车厢里，他头上戴着半个压烂的南瓜，我们俩中间的“冰冻篮子”里装着以原汁汤形式存在着的我们的父亲。虽然我们把骨头和牙齿也放进去了。那些不会溶解。在‘鳞尾’，他们讨论过骨组织要怎么处理——在废市深处，人体骨骼能卖个不错的价钱，手艺人雕刻的人体珠宝很潮：叫‘骨头首饰’。不过，亚当和卡特里娜，以及我必须承认的谦逊的自己，还是驳斥了那些兴致淼然的家伙。因为就算你把那些东西煮了，也不会知道还有哪些细菌残余。迄今为止，我们对此一无所知。”

纸篮子，穗篮子，绿黄相间的冰篮子①，泽伯唱道。

亚当拿出一本小笔记本，一支铅笔，写道：谨言慎行，我们

---

① 英文中类似《丢手绢》的童谣，原文 basket 改为 fraket，tisket 和 tasket 都为生造词。

很可能被窃听了。

亚当用手遮着给泽伯看，然后擦掉，又写：而且，拜托别唱了。令人非常气愤。

泽伯示意要小笔记本。亚当稍稍迟疑片刻，递给了他。泽伯写道：操+滚。接着又在下面写：操你，滚蛋。然后：你睡到女人了没？

亚当看到，脸红了。看到他脸红可真新鲜：泽伯从没见过这种事。亚当皮肤白，你几乎可以看到他的毛细血管。他写道：和你无关。

泽伯写：哈哈，是卡吗？付钱了没？因为他早就在猜到了亚当心向何方。

亚当写：我拒绝这样讨论那位女士。她帮助我们的事情时倾尽全力。

泽伯应当写：什么事情？这样他就能知道更多了。但他写的是：哈哈，也就是说我一击入穴得分了:D!! 至少你不是同性恋!:D:D

亚当写：你粗鄙不堪。

泽伯写：我就是这样！别放心上，我尊敬真爱。他画了一颗心，一朵花。他差点加了一句：就算她开了家高级口活儿店，但他想想还是算了：亚当现在气鼓鼓的，说不定就会不能自已，生平第一次扇人、给泽伯一耳光。接着就会发生一场不得体的混战，争夺两人液化的父亲遗体，这对泽伯不是好事，因为他永远不会忍心击倒亚当，真不行；所以他就不得不让这苍白的小屁孩揍他。

亚当看似平静——或许是心和花的缘故——但还是有些激动。他把所有写过字的笔记本纸揉成团，再撕成碎片，走到垃圾桶旁，泽伯猜，他是在那儿把碎片冲到轨道上了。就算有哪个多事的小密探把所有碎片收集起来，粘好，也不会发现什么感兴趣的东西。只是一些没有营养的脏话，照看“冰冻篮子”的人若想在听付钱的顾客说话之余消磨时间，可能就会这么做。

剩下的旅程在安静中度过。亚当双臂交叉，眉头紧蹙，但脸上一副伪善的表情。泽伯则轻声哼歌。大陆在窗外如拉链般撕开，抛在后面。

在东海岸那端，迎接克里奥金涅斯专用车厢的是皮拉，她扮成僵硬的、或者说生命暂停顾客的家属，还有三位，泽伯猜，应该是伪装小组的成员。

“你认识其中两位，”泽伯说，“胜郎和海牛。第三位是我们失去了的姑娘。秧鸡在设计秧鸡人时，挖了疯癫亚当来做天塘项目的大脑苦力，那个女孩想跑，我只能猜测，她跨过天桥，被汽车轮胎碾压成泥了。不过，这一切尚未发生。”

皮拉流了几滴鳄鱼的眼泪，用手帕擦了擦，只是为了防止周围设有迷你无人机或是间谍装置。接着，她谨慎地看着“冰冻篮子”被装上一辆修长的车。克里奥金涅斯从不称之为“灵车”：它们是“连通生命运输车”。颜色如煮熟的土豆，门上是永恒燃烧着的生命火焰，极活泼：不会有任何暗色破坏节日气氛。

于是，“冰冻篮子”里的教士就这样进入了连通生命运输车，前往极为安全的生物采样单位——不在克里奥金涅斯，他们没有这种设备，而是在荷尔史威瑟总部。皮拉也进去了，泽伯跟上。莫迪斯将换身衣服，前往当地的“鳞尾”，他们需要一位更加严厉的管理者。

亚当则要换上愈发古怪的街头服饰，动身前往废市深处，做他亚当要做的事，无论那是什么。他已经把白主教从女孩盐瓶子的咸味空穴里拿出来，交给了皮拉：伪装小组想仔细检查药片成分，而且他们想，总算有设备能防止他们被传染了。

泽伯又有了一个新身份，皮拉已经为他准备好了：他就将被安插在荷尔史威瑟总部。

“帮我个忙吧。”皮拉向他们保证，连通生命运输车已经全面清扫过，里面没有间谍装置后，泽伯就对皮拉说，“为我和瑞夫做个 DNA 比对吧。就是‘冰冻篮子’里那家伙。”他小时候总认为瑞夫不是他的亲生父亲，这一观点从未动摇过，而这注定是他找到答案的最后一次机会。

皮拉说没问题。他临时用一张纸巾在自己的脸颊上刮了点样本，递给皮拉，皮拉小心地放进一个小塑料口袋，里面还有个东西看似干瘪的精灵耳朵，颜色发黄，外表褶皱。

“那是什么?”他问她。他想说：“那他妈的是啥?”但和皮拉站这么近，说脏话不大好。“来自外太空的小妖精?”

“是鸡油菌，”她说，“一种蘑菇。能吃的品种，不要和假鸡油菌混淆。”

“所以说，我检验出来的 DNA 会不会是真菌?”

皮拉笑了。“可能性不大。”她说。

“好的，”泽伯说，“告诉亚当。”

唯一的问题是，后来那晚他在斯巴达式但可以接受的荷尔史威瑟宿舍里慢慢入睡时想到，唯一的问题是如果皮拉做了 DNA 比对，发现瑞夫不是他父亲，那么亚当也就不是他弟弟了。亚当和他没有任何关系。没有血缘关系。

因此：

费内菈 + 教士 = 亚当。

特雷迪 + 未知精子捐赠者 = 泽伯。

= 没有共同的 DNA。

如果事实是这样，他真的想知道吗?

晶玫瑰

泽伯在荷尔史威瑟总部的新职位是一级消毒人员。他拿到一条骇人的绿色工装裤，上面印有荷尔史威瑟标志，前面还有个闪耀的超大橘色字母D；他戴了个发罩，以免自己脱落的毛囊弄脏了上司的办公区域；一个鼻部过滤锥形罩，戴起来就像头卡通猪；以及用不完的防护手套和鞋，防水，纳米级生物体也无法穿透；最重要的是，一把私人钥匙。

不过，只能开管理人员的办公室：实验室打不开。实验室在另一幢大楼里。而你永远无法知道手指灵活的罗宾汉一旦得到地下神秘者泄露给他们的几行登录密码，就能在深夜，当所有良民都在别人床上睡得香甜时，从没人照看的电脑中挖出什么样的情报。荷尔史威瑟的配偶公寓漏洞颇多。

曾几何时，泽伯所在消毒人员的职位还叫“清洁工”，再之前，“门房”，再往前，“女用”；不过这已经是二十一世纪了，他们给这个职位也加了点纳米生物体的意识。为了配得上这名号，泽伯理应已经通过一项严苛的安全检查，因为哪家敌对公司——说不定还是从国外来的——不会想将自己的键盘海盗扮成小职员，派来抢夺能够得到的情报呢？

为了做个称职的消毒人员，泽伯也应该上过训练课了。课上尽是更新版的现代社会的胡言乱语，告诉你细菌或许藏身何处，以及如何让它们丧失意识。不用说，他没上过；但他开始前，皮拉已经教过他精华版了。

当然，人们都说细菌通常会附着在厕所坐垫、地板、水池和门把手上。但电梯按钮、电话话筒和电脑键盘上也有。所以他必须再擦走廊地板之类的地方，以及在地毯吸尘之余，用抗菌布抹掉细菌，再用死光斩草除根。地毯吸尘通常是在毛绒更多的办公室进行，日常机器人或许会有遗漏。那群家伙总是来回滚动，靠到墙上的电源插座，帮自己插上插头，充电，之后再急匆匆地出发，发出哔哔声，这样你就不会被它们绊倒。这感觉就像在布满大螃蟹的海滩巡逻。当一层楼只有他一个人时，他会把机器人踢到墙角，或是将其倒置，只为了看看它们多快就能复原。

除了新衣服，他也有了个新名字：霍雷肖。

“霍雷肖？”托比说。

“这名字可不是为了逗人笑，”泽伯说，“有人觉得一个从墙下偷溜进来的半合法得克萨斯-墨西哥家庭，若是希望自己的儿子能闯出一番天地，就会给他取这个名字。他们觉得我长得有点像得克萨斯-墨西哥人，或者是拥有那种 DNA 的混血。确实是这样，不久之后我就发现了。”

“哦，”托比说，“皮拉做过 DNA 比对了。”

“你说对了，”泽伯说，“虽然我得到消息还花了些时间。她不能被人看到和我在一起，因为她怎么会认识我的呢？不管怎么说，我们上不同的班次，不得不打破常规见面。所以在给她细胞样本时，我们就定了个应急代号。

“在那之前不久，我还在克里奥金涅斯列车上时，她就在整理我的消毒人员身份，安插到系统里，那时她就已经知道我要打扫她实验室所在走廊尽头的女洗手间了。我是晚班——那个时段的消毒人员都是男的，他们不希望发生猥亵和尖叫事件，两性共存的空间，这种事是有可能发生的。所以天黑以后，我就负责那层。左手起第二间，就是我要注意的。”

“她在厕所水箱里留了纸条？”

“没这么明显。那些厕所水箱有人定期检查；只有业余的才会把重要的东西藏在里面。放东西的是那些洗手间里会有的方形容器，不会冲掉的。不过，不是纸条，纸条太容易泄露信息了。”

“所以，是个信号？”托比在想会是什么样的东西。一个代表开心，两个代表忧愁？不过，一个、两个什么呢？

“是呀。那东西放在厕所也不会奇怪，但也并不常见。核，是她的决定。”

“核①？什么意思？”托比试图想象，是腋窝，还是地上的坑？“像桃核之类的？”她猜测。

“没错。可能是谁吃午饭时留下的。有些女秘书会做这种事——她们坐在洗手间里，想清静下。我确实在那些盒子里看到过没吃完的三明治。在荷尔史威瑟，时间很紧张的，职位越高，越紧张，所以人们喜欢偷偷喘口气。”

“果核的选项是什么？”托比问，“怎么表示有和没有？”皮拉的思维方式一直令她着迷：她不可能随意选择水果。

“桃核代表没有：和瑞夫没有血缘关系。枣核代表有：运气有些糟，瑞夫是你的父亲，知道了就哭吧，因为你至少有一半精神变态的血统。”

桃核对托比来说好理解：在园丁中间，桃子是被当做伊甸园里生命之树的候选之一的。倒不是说园丁鄙视枣子，或是其他没有喷过化学药物的水果。

“荷尔史威瑟肯定有办法获取价格高昂的水果。我还以为那时候由于蜜蜂数量大幅减少，桃子和苹果产量也骤降呢。还有梅子，”她加了一句，“以及柑橘类水果。”

“荷尔史威瑟赚了好多钱，”泽伯说，“一大笔钱，都是从维他命药片和医药产业获利的。所以他们买得起网络授粉的进口产品。这是在荷尔史威瑟工作的特权之一，新鲜水果。当然，只有

① 原文为Pits，英语中的多义词。

高层能够享用。”

“你看到的是哪个?”托比说，“我说果核。”

“桃子。两个桃核。她强调了。”

“你作何感想?”托比问。

“过分残害了昂贵水果?”泽伯说。他在逃避情绪。

“发现你父亲其实不是你父亲，”托比耐心地说，“你肯定会有点感觉。”

“好吧。我的感觉是，我就知道，”泽伯说，“我总希望自己是对的，谁不是呢? 而且，我也不那么愧疚了，你明白吧，把他变成泡沫，杀死了他。”

“你感到过愧疚?”托比说，“就算他曾是你的父亲，他也是多么……”

“是啊，我懂。不过，我还是有些愧疚的。血浓于血缘。是会让我有些烦恼的。缺憾是亚当那边。我心情不是太好：突然间，他就和我没关系了。我是说，基因层面没有关系。”

“你告诉他了吗?”托比问。

“没有。就我而言，我是把他当弟弟看的。心意相通。我们有很多共同点。”

“我马上要讲的东西，宝贝你可能不大爱听。”泽伯说。

“因为和卢瑟恩有关?”托比说。泽伯不笨。他肯定已经怀疑很久了，她对卢瑟恩是什么感觉。在园丁时代，他的同居人。恼人的卢瑟恩，逃避共同的除草责任，在女性缝纫小组开小差，因找借口过于频繁而饱受头痛之苦，占有泽伯的抱怨鬼，瑞恩疏忽大意的母亲。性感的卢瑟恩曾是荷尔史威瑟公司的居民，嫁给了一个高级怪咖。卢瑟恩，这个浪漫的空想家，和邋遢的泽伯私奔了，就因为她看过太多电影，里面的漂亮女人都是这么做的。

在卢瑟恩眼里，泽伯对她怀有难以遏制、绵绵无尽的欲望，都要发疯了。那时，泽伯正在履行他做园丁的职责，栽种着晶玫瑰，看到了安诺优里身着粉色睡衣的她，结果欲火焚身，混乱不已，当时，就在那里，在那被露水打湿的晨间草地上，和她疯狂做了爱。这个故事，早在园丁时代，托比就已经从卢瑟恩口中听过太多遍，每听一次，都更讨厌一点。如果她倚在栏杆上，吐一口痰，她可能就会正好吐在泽伯和卢瑟恩第一次滚草地的地方。或就在那附近。

“没错，”泽伯说，“卢瑟恩。这就是我生命中接下来发生的事。我可以跳过，如果你希望这样。”

“不用，”托比说，“我从没听你讲过。但卢瑟恩跟我说过晶玫瑰的花瓣。你如何把花瓣撒在她颤抖的身体上，之类的。”她想尽量让自己的话听不出醋意，但很难。有没有人在她颤抖的身体上撒过晶玫瑰的花瓣呢？甚至有没有人想过？没有。她缺乏撒花瓣的气质。她会破坏了那个时刻——“你拿着那些傻花瓣干吗呢？”或者，她会大笑，这是致命的。现在，她需要闭嘴，把评论吞回肚子里，不然，她就听不到故事了。

“是的，没错，我自然而然地就撒花瓣了，我以前是表演魔术的，”泽伯说，“能分散注意力。不过她和你说的有些东西很可能是真的。”

然而，泽伯和卢瑟恩第一次见面不是在安诺优，而是在泽伯应该打扫的女洗手间，准确地说，是正在打扫的洗手间。他翻着金属盒里的一片狼藉，找果核，无论是桃核还是枣核。他什么都还没找到。那时，皮拉还没有拿到瑞夫 DNA 的配对结果，或者说是她还没有收集到需要的果核。所以，他从左起第二个小间出来，空着手，没拿果核。这时候进到女洗手间的，正是卢瑟恩。

“午夜时分？”托比说。

“是啊。她到这里来干什么呢？我自问。她要么和我一样，是个罗宾汉，那么她就真的不大灵活，在不该出现的地方被人逮个正着。或者说，她是来和荷尔史威瑟的长官偷情的，那人给了她进大楼的钥匙，这样他们就能在他理应在办公室加班、她在健身房的时候，在他那华丽的地毯上扭动。尽管连加班和健身都有点晚了。"

"或者她两个都是，"托比说，"偷情和罗宾汉，都是。"

"是啊。两者结合得很好：都能为另一个提供借口。哦不，我没偷东西，我只是背叛了我丈夫。哦不，我没偷情，我只是在偷东西。可显然是第一种情况。不可能有错。"

泽伯从隔间出来时，戴着防护手套，来自外星球的锥形鼻桶，卢瑟恩看到时尖叫出声。在他看来，这不是她那晚第一次叫：她双颊绯红，娇喘连连，你可以说她衣冠不整。或者该说没有扣扣子。或者，如果你想象力好，衣衫凌乱。不用说，她那时非常吸引人。

哦，不用说，托比想。

"你在女士洗手间干什么？"卢瑟恩语带指责。首要规则：被逮到，先指责。她说的是女士，不是女。本身就是一条线索。

"关于什么的线索？"托比说。

"她的性格。她有支座情节。她希望站在上面。女士比女高一级。"

泽伯把鼻锥推到额头上：现在的他看起来像一头愚钝的犀牛。"我是消毒人员，一级。"他添加得威严，却有些傲慢。要是一个美丽的姑娘刚和别的男人上过床，是会勾起男人的傲气的：伤了他的自尊。"你在这大楼里又在做什么？"他反责。他看到了婚戒。啊哈，他想。被困的母狮。无聊生活里需要假日调剂。

"我有点工作要做完。"卢瑟恩在撒谎，她已经尽量做到可信了。"我出现在这里是完全合理的。我有通行证。"泽伯原本可以质问她，但他钦慕这样一位能将"合理"用在如此虚假背景下的女人。所以，他没有押着她去见保安。如果见了，势必要通过其配偶进行检查，对情人产生不良影响，最终，事后一想，几乎可以肯定的是，泽伯他自己也会被解雇。于是，他就放了她一马。

“对，好吧，不好意思。”他卑怯谦恭，勉强令人满意。

“现在，如果你不介意的话，这里是女士洗手间，我想有些私人空间，霍雷肖。”她说着，抚摸起他的名牌。她死死盯进他的眼睛里。这代表着祈求——*不要告发我*——也是一种承诺：*有一天，我终会是你的*。倒不是说她会信守承诺。

把戏耍得不错，泽伯出去的时候想。

因此，当他和卢瑟恩第二次相遇时，晨光熹微，遗迹公园中央，刚刚完工的安诺优美容中心的清新草坪上，她赤着脚，身上半裹着轻盈的粉色睡衣，他手执阴茎状铁锹，以及一丛晶玫瑰，她认出了他。她还记得他一度是霍雷肖，可现在又神秘地成了“阿塔什”，安诺优土地管理员的名牌上这样写道。

“你之前在荷尔史威瑟，”她说，“可你不是……”所以，自然而然地，他吻了她，热烈，无法扼制的激情。因为她不可能在亲吻的同时说话。

“自然而然地，”托比说，“你应该是谁？*阿塔什*是什么？”

“伊朗人，”泽伯说，“祖父母是移民。有什么不好？二十世纪末，很多这样的人过来。只要我不碰到其他伊朗人，就是安全的。不然，他们就会开始问我家谱类的东西，还有你一家是从哪儿来的。虽然说我已经把所有身份都记全了，以防万一。我有一个不错的背景故事——里面有足够的失踪和残暴事件，用以应对任何时间或地点冲突。”

“所以卢瑟恩遇到了阿塔什，怀疑他实际上是霍雷肖，”托比说，“或者相反。”她希望尽快跳过伤人的部分：运气好的话，卢瑟恩不厌其烦地和托比描述的火热的、无法自持的做爱和撒花瓣，就不会再被提起。

"是的。那样不大好，因为我是不得已才从荷尔史威瑟火速消失的。有台电脑里装了警报，等我发现的时候已经太晚了。电脑里能显示有人来过。我一触发警报，就意识到了，他们会开始搜查当时是谁在大楼里，那么我就暴露了。我利用疯癫亚当聊天室，请求紧急支援，这些密码找到了亚当。他有个熟人，能把我安插到安诺优做园丁。尽管我们俩都明白，这只是权宜之计，我必须尽快前行。"

"所以说，她知道，你也知道她知道，她更知道你知道她知道，"托比说，"就在草坪相遇的时刻。"

"没错。我有两个选择：杀人或诱惑。我选择了更吸引人的。"

"明白了，"托比说，"换我也会这么做。"他这么说，好像诱惑只是便宜之举，但他们俩都知道不止这么简单。轻盈的粉色睡衣就是他们这么做的借口本身。卢瑟恩在有的方面真是倒霉，泽伯说。虽然她在别的方面很走运，因为你无法否认她——

"你可以跳过这一段。"托比说。

"好的，精简版：她令我疯狂，且不只一个方面。不过，我在洗手间没有出卖她，所以，只要我对她足够体贴，她就要还我的人情。然后，她就迷上我了，其他的你都知道了：只能和这个神秘男子私奔，初次见面时，那男人还戴着猪鼻子。

"我带着她在废市内部兜兜转转，她一开始觉得浪漫。值得庆幸的是，没有一个公司警对她的失踪感兴趣，因为她没有窃取任何IP。人妻是会仅仅因为无聊就逃离大院的，这并非闻所未闻。公司警认为此类叛逃是私人的事，倘若在他们眼里还有事情算是私人的。他们对此不大关心，丈夫没动怒就更是如此。卢瑟恩的丈夫好像就没有发脾气。

"问题是，卢瑟恩把瑞恩也带上了。可爱的小姑娘，我喜欢她。但废市深处对她而言太危险了。那样的小孩子走在路上，哪怕有大人陪，也可能被抓去做雏妓。一场废市恶棍混战，‘秘密汉堡’红色酱料抛掷着，翻倒的小摊或太阳能汽车——也就是说，喇叭乱鸣的大误导——等你回过神，孩子已经不见了。我不能冒这个险。”

泽伯对耳朵、指纹和瞳孔做了些变动——他们现在应该已经知道他在荷尔史威瑟的电脑上没干什么好事，应该在找他了——然后……

“然后你们三个就出现在了上帝花园，”托比说，“我记得；我一开始就怀疑你在那里要做什么。你没能融入其他人。”

“你的意思是我没有发那什么誓，也没有喝生命万灵药？上帝爱你，也爱蚜虫？”

“差不多吧。”

“不。我是没有。但亚当还是得忍着我，是不是？他是我弟弟。”

伊甸之崖

“那个时候，亚当的生态疯人秀已经开始了，”泽伯说，“就在伊甸之崖屋顶花园。你在。胜郎、瑞贝卡也在。奴埃拉——我在想她后来怎么样了？马鲁什卡的产婆，还有其他人。费洛。他太惨了。”

“疯人秀?”托比说，“这可不大友好。上帝的园丁们显然不止如此。”

“是啊，没错，”泽伯说，“这我承认。但废市贫民窟里的家伙都叫它疯人秀。也蛮好：在那种地方，被看成糊涂无害的穷光蛋，最好。亚当没有反驳这种观点；事实上，他还挺欢迎。身着古怪回收员简单却吸睛的服饰在废市闲逛，身后跟着吟诵赞美诗的合唱团，然后在秘密汉堡小摊前传道，要人们热爱有蹄动物。街上的人判定，只有智障才会这么做。”

“如果他没有那么做，我就不可能在这里，”托比说，“一场街头争斗中，他和园丁的孩子们捉住了我。那时，我正在‘秘密汉堡’工作——被困住了，老板对我有意思。”

“你的朋友布兰克，”泽伯说，“据我回忆，是第三次彩弹老手。”

“是的。他感兴趣的姑娘最后都死了，我就是清单上的下一个。他已经处在暴力阶段，一心要杀人；你能感觉得到。所以，我欠亚当很多——我一直认识的亚当第一。无论是不是疯人秀。”她自卫地说。

“别误解，”泽伯说，“他是我弟弟。我们想法不一，他有自己的做事方式，我也有我自己的，但那不是一回事。”

“你没有提到皮拉。”托比想把话题扯开，不再谈亚当第一。听到对他的批评，她感到不大舒服。“她也在那儿。在伊甸之崖。”

“是呀，荷尔史威瑟终于超出她的忍耐极限了。她一直把内部消息传递给亚当，这对他很有用——他想知道谁可能从公司潜逃，来到善良的阵营一侧，自然也就是他这一边。可她说她不能再待在那儿了。由于公司警接管了所谓的法律与秩序一职，公司有权铲除、捣烂、清理任何东西，只要他们愿意。他们的赚钱瘾对她有害，引用她的话，那是在毒害她的灵魂。”

“伪装人士帮她编了一个假身份，能让她在消失后也不招来追踪者：她不幸地中风了，于是立即被装入‘冰冻篮子’运往克里奥金涅斯，接着，一眨眼，她就来到废市租屋楼顶，穿着布袋子，调制药剂。”

“还有种蘑菇，教我蛆的知识，养蜂。她很擅长，”托比说得有些悲哀。“有说服力。她让我和蜜蜂说话。也是我告诉蜜蜂她的死讯的。”

“是啊。我都记得。不过，她没有胡说，”泽伯说，“一定程度上，那一整套故事她都信。这也是为什么她愿意在荷尔史威瑟冒险。还记得格伦的爸爸发生什么事了吗？她也有可能和他一样，从立交桥上翻下去。如果他们捉到了她，尤其是如果捉到她的时候，她身上还有白主教和三枚药片。”

“那些东西一直在她那儿？”托比说，“我以为她会找人分析。在亚当给她之后。”

“她认为这样做太危险，”泽伯说，“不能让任何人打开，放出里面的东西，无论那是什么。他们不知道要如何处理掉那些东西。所以，只要她还在荷尔史威瑟总部，主教就也在那儿。她离开，就带出来了。她自己手工雕刻了一副象棋，把药片放到了白主教里。你和我是用她的那副棋下的，在我恢复的时候。替亚当在废市跑腿的时候，我被划伤了。”

托比脑中有一幅景象：朦胧的午后，泽伯站在阴影里。他的胳膊。她自己的手，摇动着承载死亡的白主教。那时，她还不知道，有这么严重。

“你总下黑棋，”她说，“皮拉死了之后，那主教怎么样了？”

“她的遗嘱是把主教以及一封密封信托付给格伦。他小的时候，那会儿还在西荷尔史威瑟，她教过他下棋。不过，她去世时，格伦的母亲和一起鬼混的男人——所谓的皮特舅舅——结婚了，他们就升级到了荷尔史威瑟总部。皮拉通过伪装人士和格伦保持联系，帮她安排癌症检查的也是格伦，检查结果是她得了绝症。”

“信里写的是什么？”

“信是密封的。怎么打开主教，我猜。我本来可以偷的，但亚当管得紧。”

“所以亚当把那副棋和里面的药片移交了？给了格伦——给了秧鸡？他只是一个少年啊。”

“皮拉说他早熟，亚当也觉得应当尊重皮拉的遗愿。”

“你呢？那时我还不是夏娃，但你是委员会成员。他们会讨论那样重要的事如何做决定。你肯定有自己的想法。你是个亚当——亚当第七。”

“其他人同意亚当第一的想法。我觉得这想法不好。如果那孩子在不知道药效的情况下，在别人身上实验呢？就像我这样。”

“他后来肯定试过，”托比说，“自己加了些东西进去。那肯定是喜福多药片的核心：当你体验了狂喜之后的东西。”

“是啊，”泽伯说，“我觉得你说得没错。”

“你觉得皮拉知不知道他拿那些细菌或病毒或随便什么东西做什么了？”她问，“最终？”她记得皮拉褶皱的小脸，她的和善，她的平静，她的力量。但在这之下，一直藏着坚定的决心。不能称之为卑下或邪恶。宿命感吧，也许。

“我们这么说吧，”泽伯说，“所有真正的园丁都认为人类早就该来一场人口暴跌了。不管怎么样，都会发生，早些发生可能还更好。”

“但你不是真正的园丁。”

“皮拉以为我是，因为我守过夜。我和亚当第一之间的协定就包括我必须有个名号，亚当第七那种：他说这样能传达出所需要的权威感，用他的话说。提升地位。要成为亚当，就要经历守夜。看看你的灵魂动物怎么样了。”

“我做过，”托比说，“会说话的土豆植物，深度群星。”

“是啊，就那种。我不知道老皮拉在增强剂里混了什么，但药效极强。”

“你看到什么了？”

停顿。“那只熊。我走出荒原时，杀了吃掉的那只熊。”

“它有没有给你消息？”托比说。她自己的灵魂动物是个谜。

“准确地说没有。但我明白了那熊一直在我心里。它甚至都没生我气，看起来挺友好的。和自己的神经元瞎搞可真神奇。”

泽伯一成为亚当第七后，就能安排自己、卢瑟恩和小瑞恩成为上帝园丁当中真正的成员。他们融合得不大好。瑞恩想念大院和她的父亲，而卢瑟恩对指甲油太感兴趣了，无法成为女园丁。她在准备植物的投入上是零，还讨厌指定的服装——宽松的深色裙子，围裙。泽伯应该会慢慢知道她不可能一直按要求做。

泽伯自己对重置鼻涕虫和蜗牛，以及制作肥皂、打扫厨房没兴趣，所以他和亚当就自己的职责达成一致。他教孩子们生存技巧，如何玩都市流血控制——即从高处围观街头争斗。当园丁人数增加，规模扩大，在不同城市建立分支，他就当起了情报员，在不同团体间跑腿。园丁不允许使用手机这类科技产物；也就是说，除了泽伯偷偷升级过的、只供他一人使用的电脑，他还安装了窃听软件，用来窥探公司警，并用防火墙保护阴阳。

当亚当的情报员有一定优势——他不在家，所以就不用听卢瑟恩抱怨。但也有劣势——他不在家，卢瑟恩就有更多抱怨的理由。她喜欢念叨他不愿做出承诺：比如，他为什么就没有和她一起走一遍上帝园丁的结伴仪式呢？

“也就是两个人一起跳过篝火，所有人围成一圈，看你们交换绿树枝，之后，大摆某种神圣筵席，”泽伯说，“她是真想我和她这么做一遍。我说，就我而言，这只是一种毫无意义的空洞符号。她就怪我羞辱她。”

“如果毫无意义，你为什么不做呢？”托比说，“她可能就会满意了。开心多了。”

“很有可能，”泽伯说，“我只是不想。我讨厌别人逼我。”

“她说得没错，你是不愿意下承诺。”托比说。

“我想也是。不管怎么样，她把我甩了。回到大院，把瑞恩也带走了。然后，我就想让园丁更激进，一切就这么展开了。”

“那时，我已经不在那儿了，”托比说，“布兰克从彩弹场出来了，追踪我的下落。我对园丁不利。你帮我换了身份。”

“练习了几年。”他叹气。“你走了以后，事态严重了。对公司警而言，上帝园丁规模太大、太成功了。在他们看来，我们是在酝酿一场抗议运动。

“亚当让那些从生物公司逃出来的人都到花园来，那里被他用作庇护所，他们慢慢就发现了；于是，公司警就花钱请废市暴民袭击我们。亚当第一自己是和平主义者，他不能容忍花园武器化。我原本可以帮他把玩具土豆枪改装成高效短程榴霰弹喷射器，但他连听都不要听。对他来说，这太不圣洁了。”

“你是在说笑。”托比说。

“只是这么一说。无论发生了什么问题，他都不可能成为攻击的一方，至少不是直接攻击。还记得么，他是长子；瑞夫一早就掌控了他，那时我们俩都还不知道这个杀人不眨眼的老混蛋实际上是这样一个骗子。一直跟着亚当的，是那颗一定要行善的心。比好还要好，上帝就会爱他了。我猜他也要去干瑞夫的那码事，不过是要好好做——瑞夫假装的一切，他都要付诸行动。这要求过高了。”

“但那东西你一点没继承到。”

“确实没有，我发现。我是邪恶的孩子，记得吧？我摆脱了行善的枷锁。亚当就指望着这个：他不可能用自己的双手把瑞夫变成树莓苏打。他只是把我放到了那个处境里。就算这样，他也备受愧疚烦扰：不管喜欢与否，瑞夫都是他父亲，要尊敬你的父母，诸如此类，哪怕其中一个把另一个埋在了岩石花园。他感觉他应该有宽恕之心。他经常自虐，亚当真是这样。卡特里娜·呜呜离他而去之后，就更糟了。”

“她和别人跑了？”

“没这么好。公司决定接管性交易：这行业太过暴利。他们收买了一些政客，令交易合法化，成立‘性市场’，强制这行所有人都加入。卡特里娜一开始是去表演的，但之后他们想执行一些政策，她无法接受。他们称之为‘组织政策’。她有所顾忌，就成了麻烦。他们把蟒蛇也解决了。”

“啊，”托比说，“抱歉。”

“我也是，”泽伯说，“但亚当不止抱歉。他悲哀，他衰退了。他身上的某种东西消失了。我觉得他是梦想着把卡特里娜安插到花园里来的。倒不是说可行。他偏爱的衣橱不对。”

“太伤感了。”托比说。

“是啊。没错。我应该多体谅他一些。但我挑事了。”

“哦，”托比说，“只有你吗？”

“可能我们俩都有错。但不存在任何规则。我说他就像瑞夫，真的，只不过把瑞夫的内心表现出来了，就像反穿袜子：他们俩都不在乎其他人。他说我有犯罪倾向，所以无法理解和平主义和内心平静。我说他什么也不做，就是和毁了这个星球的权势同流合污，尤其是圣油公司和岩石圣油教。他说我没有信仰，造物主会适时清理地球，很可能那个时刻就要到了，而那些认同创世说，并热爱造物的人是不会毁灭的。我说这种看法很自私。他说我就爱听地球上的权力呢喃，我只是想要成为众人关注的对象，就像我小时候一直喜欢越界，是一个道理。”他又叹了一口气。

“然后呢？”托比说。

“然后我就疯了。所以就说了些我希望永远不会说出口的话。”停顿。托比等着。“我说他不是我真弟弟，基因上不是。他和我没有关系。”又是停顿。“他一开始不相信我的话。我拿出证据，告诉他皮拉做了测试。他就崩溃了。”

“哦，”托比说，“我很抱歉。”

“我一说出口就后悔了，但说出去的话无法收回。之后，我们试图修补，掩盖。但事态恶化。我们不得不分道扬镳。”

“胜郎和你一起走了，”托比说，她知道这是事实。“瑞贝卡。黑犀牛。谢克尔顿，克洛泽，欧茨。”

“一开始是阿曼达，”泽伯说，“不过，她出去了。接着，新人加入。象牙喙比尔，蓝莲花，白莎草。全部。”

“还有敏狐。”托比说。

“是啊。还有她。我们以为格伦——我们以为秧鸡是我们的内部人员，通过疯癫亚当聊天室给我们提供信息。不过一直以来，他都在给我们设套，这样就能把我们拽进天塘，替他嫁接人。”

“以及帮他混合瘟疫病毒？”托比说。

“这个我没听说，”泽伯说，“那都是他自己做的。”

“以创建他的完美世界。”托比说。

“不是完美，”泽伯说，“他不会这么说。更多的是一种重启。他以自己的方式成功了。直到现在。”

“他没料到会有彩弹手。”托比说。

“他应该想到的。或者和他们类似的东西。”泽伯说。

森林深处极静。一个秧鸡孩子在睡梦中微微吟唱着。游泳池边，器官猪在做梦，像喷烟圈似的轻轻打着呼噜。远处，有个东西在叫唤：一只小山猫？

凉风习习，叶子做着自己的事，即沙沙作响，月亮在天空走过，朝下一个月相移动，记录着时间。

“你应该睡一会儿。”泽伯说。

“我们俩都该睡，”托比说，“我们会需要能量的。”

“你休息会儿吧——两个站岗，两个休息。真希望我能年轻二十岁，”泽伯说，“倒不是彩弹手们身材有多好，你一定会这么想。天知道他们都吃些什么。”

“器官猪足够健壮。”托比说。

“它们无法扣动扳机，”泽伯说。他停顿了。“如果我们俩明天都能安然度过，或许我们应该做那码篝火的事。加上绿树枝。”

托比笑了。“我记得你说过那只是毫无意义的空洞符号。”

“就算是毫无意义的空洞符号，有时也会有意义的，”泽伯说，“你在拒绝我？”

“没有，”托比说，“你怎么会这么想？”

“我怕最糟的情况发生。”泽伯说。

“那是最糟的情况吗？我拒绝你？”

“男人敏感的时候，就不要再逼他了。”

“我只是很难相信你是认真的。”托比说。

托比叹了一口气。“睡一会儿吧，宝贝。我们过会儿再说。明天就要到了。”

蛋壳

集会

东边，桃红色的雾霭。天破晓，起初，如此清爽、柔和，太阳还不是一团火热的光亮。乌鸦飞出巢，互相呼应。*呱！呱呱！*它们在说些什么？*当心！当心！*或者：*马上就是派对时间啦！*哪里有战争，哪里就有乌鸦，这些腐肉迷。还有渡鸦，这些战鸟，这些眼珠贪食者。还有秃鹫，往昔的圣鸟，腐烂物的古老鉴赏家。

别再病态地自白了，托比告诫自己。需要的是积极面对未来的态度。吹喇叭就是这个目的，击鼓、行进乐也是。我们无坚不摧，这种音乐告诉士兵。他们不得不相信那些骗人的旋律，谁能在没有它们的情况下英勇赴死呢？身披熊皮的狂暴武士据说在战斗前会用北部的致幻菌麻醉自己：比如毒蝇鹅膏菌，在园丁时代，皮拉是这么说的。*蘑菇实践史，仅供高年级学生选修。*

或许我应该在水瓶里加烈酒，她想。荼毒你的大脑，然后昂首阔步，杀人。或被杀。

她站着，解开粉色床单，颤抖。结露了：湿气在她的头发、睫毛上凝成水珠。她的脚麻了。来复枪在原来的位置，伸手可及；双筒望远镜也是。

泽伯已经起来了，正倚在栏杆上。“我昨晚睡着了，”她对他说，“不是看守的料。抱歉。”

“我也是，”他说，“没关系，要是有事，器官猪也会响警报的。”

“响？”她说，笑了一下。

“你真是太较真了。好吧，呼噜警报。我们的猪肉伙计蛮忙的。”

托比看向他看的地方：远方、下面。器官猪已经踏平了草地，美容中心大楼四周，只要有高杂草和灌木的地方，都夷平了。五头稍大的还在工作，只要比脚踝高的地方就都要踩一踩、滚一滚。

“没人会偷袭它们，这是肯定的，”泽伯说，“机灵的混蛋，知道伪装。”托比发现，它们在中间距离处留了一丛树叶。她通过望远镜窥向那里。就安诺优花园的问题，她曾和器官猪因抢夺地盘发生过争斗，那块树叶标记的一定是她杀死的公猪遗体。奇怪的是，它们没有吞食尸体，尽管它们好像很情愿吃死去的小猪。在它们中间，就此类问题会不会存在等级？母猪吃猪仔，但没有人能吃公猪？接下来是什么呢，纪念雕像？

“晶玫瑰的事真是太糟了。”她说。

“是啊，我自己种的。不过他们会种回去的。那鬼东西只要长起来，和野葛一样难除。”

“不过秧鸡人早饭要吃什么呢？”托比说，“现在树叶也没有了。我们不能让它们乱晃悠，跑到树林边上。”

“器官猪也想到了，”泽伯说，“看，游泳池旁边。”

显然，那儿有一堆新鲜饲料。一定是器官猪收集起来的，因为旁边没有人。

“真周到。”托比说。

“娘的，它们真机智。”泽伯说。“说到这个。”他指了指。

托比抬高望远镜。三头中等体形的器官猪，两头斑点状，一头几乎全黑，正从北面欢快地跳跃而来。这队一丝不苟地踏平草地的巨型推土猪滚着立起，蹦跳着出去迎接它们。有些打着呼噜，有些用鼻子拱土。所有耳朵都向前竖着，所有尾巴都蜷曲着、转着圈：反正它们不害怕也不生气。

“我好奇它们在说些什么。”托比问。

"我们会知道的，"泽伯说，"等它们该死的准备好告诉我们。虽然我们会用喷枪，他们肯定会觉得我们蠢得跟木桩子一样。可它们是将军。我敢打赌，它们连策略都想好了。"

瑞贝卡肯定正在四周翻翻找找，拾些零碎。早餐吃的是泡在魔发羊奶里加过糖的黄豆小食。附加菜是犒劳自己的一茶匙鳄梨果肉黄油。如今的安诺优美容中心喜欢听起来很像食物的化妆品：巧克力慕斯面霜，柠檬蛋白磨砂面膜。还有各种身体乳，必需脂肪含量丰厚。

"那东西还有？"托比说，"我敢肯定我都吃光了。"

"放在厨房里的，藏在一个烧汤的大砂锅里，"瑞贝卡说，"可能是你自己放进去的，然后忘记了。你在这儿工作那么长时间，肯定在这大楼的某个地方藏了个阿勒山①秘窖。"

"是的，但那是在储藏室里，"托比说，"四处都放一点。装在结肠清洗剂的大包装里作掩护。我不可能把我自己的储备落在厨房；或许是有人发现了。很有可能是哪个员工藏的。他们以前试过——和安诺优高级员工调调情，再到废市的灰市上去卖。但我每两周都会清点库存，通常能捉到他们。"

倒不是说她会上报：帮忙是不会给你加班费的。为什么要毁了一条生命呢？

午饭结束后，他们在主门厅集合，之前粉色水果为主的欢迎饮料，无论加不加酒精，就是在这里端给登门的顾客的。疯癫亚当们都在，之前的上帝园丁也是。有一头公猪也来了，小黑胡子就在它旁边。其他的秧鸡人还在外面的泳池边咀嚼那堆早餐饲料。剩下的器官猪也是，同样在大嚼特嚼。

---

①《圣经》里，大洪水后诺亚方舟就停在这里。

"那么，"泽伯说，"这就是我们站着的地方。我们知道敌人前进的方向。一共有三个敌人，不是两个。猪——器官猪——肯定这一点。它们没有看清那些人的长相——巡逻猪要保证不会被发现，不然就有被射杀的风险——但它们跟踪到了他们的下落。"

"有多远?"胜郎说。

"足够远。他们抢在我们前面了。不过，对我们有利的一点是，器官猪说他们不能走很快，因为有一个人瘸了腿。拖着一只脚。是这样吧?"他对黑胡子说，黑胡子点点头。

"一只臭脚。"他说。

"这是好消息。坏消息是他们在往复原精华大院这边来。最有可能的情况是要去天塘。"

"哦操，"吉米说，"喷枪和电池！他们会发现的！"

"觉得他们是来拿这些的?"泽伯说，"抱歉。这问题真傻。我们不可能知道他们有何企图。"

"如果他们不只是四处转悠，我们可以假设他们有个目的，"胜郎说，"第三个人——可能在指导他们。"

"我们要拦截他们，"犀牛说，"不能让他们到这里来。否则他们会备好武器，长时间如此。"

"而我们用不了多久，就没了，"谢克尔顿说，"我们的电池已经快不行了。"

"所以，唯一的问题是，"泽伯说，"谁和我们去，谁留在这里。有的是显而易见的。犀牛、胜郎、谢克尔顿、克洛泽、海牛、吸蜜蜂鸟，一起去。当然，还有托比。所有怀孕的女人，留下来。瑞恩、阿曼达、敏狐。还有谁肚子里有孩子的……还有谁要说明吗?"

"性别角色真该死。"敏狐说。

那你就别再拿性别说事，托比想。

"同意，"泽伯说，"但现在这是现实。我们不能在进行……

进行到一半的时候，有人毫无预警地血崩。这没必要。白莎草?”

“她是和平主义者，”阿曼达出人意料地说，“而蓝莲花，你知道的，痉挛。”

“那就留下来。还有谁残疾的，或者害怕的?”

“我想去，”瑞贝卡说，“而且我肯定没怀孕。”

“你能跟上吗?”泽伯说，“这是下一个问题。坦诚些。你可能给自己和他人带来危险。彩弹老手可不是瞎混混的。他们只有三个人，却致命。这个活可不是胆小怕事的人做得来的。”

“好吧，划掉我，”瑞贝卡说，“自知之明，身材走样，举手。更别说怕事了。我留在这里。”

“我也是。”白鲸说。

“还有我。”塔摩洛水牛说。

“还有我，”象牙喙比尔说，“在人的一生中，会有这样一个时刻，无论他的灵魂多么灵巧，作为实体的躯壳却有了局限。更不用说还有膝盖了。而在这个问题上……”

“好。黑胡子也和我们去。我们用得上他：他好像对器官猪想要传达的内容很确定。”

“不行，”托比说，“他应该留在这里。他只是个孩子。”她想，如果黑胡子被杀了，她将无法容忍自己，尤其是那些彩弹手抓到他后会动用的手段。“而涉及到人的时候，他不会怕，或者说他的怕都不现实。他也许会径直跑到空处，处于交火之中。或者被抓为人质。那时又会发生什么呢?”

“是啊，但我无法想象，如果没有他，我们要怎么办，”泽伯说，“他是我们和猪交流的唯一联络人，而猪又必不可少。我们不得不冒险。”

黑胡子自己也在听着这番对话。“别担心，哦托比，”他说，“我得去，猪也说了。羚羊会需要我的，还有操蛋。我已经叫了操蛋了，他现在正飞过来。等着看吧。”托比无法反驳：她自己看不到羚羊，或是帮忙的操蛋，她也无法理解器官猪。在黑胡子的世界里，她又盲又聋。

“如果他们用一根棍子指着你，”她对他说，“那些人，你必须躺到地上。或是到树后头去。如果有树的话。或者到墙后面。”

“好的，谢谢，哦托比。”他礼貌地说。这对他显然是老消息了。

“那好，”泽伯说，“我们都清楚了吗？”

“我也去。”吉米说。所有人都看着他：他们已经默认他要留下。他还是瘦得跟树枝似的，苍白如马勃菌。

“你确定吗？”托比说，“你的脚怎么样了？”

“没事。我能走。我必须去。”

“我觉得这不大明智。”泽伯说。

“明智，”吉米说。他咧嘴笑了笑。“从没被指责过这宗罪。不过如果我们是要去天塘，那我就必须去。”

“因为？”泽伯问。

“因为羚羊在那儿。”尴尬的沉默：这太疯狂了。吉米看了看四周的圈子，紧张地微笑。“好吧，我没疯，我知道她死了。可你们需要我。”他说。

“为什么？”胜郎说，“不是为了冒犯你，但……”

“因为我已经回去过那里了。洪水之后。”吉米说。

“所以？”泽伯说，语气平淡。“怀旧？”托比猜了下这平淡的意思：让这个脑残的呆子离我远点。

吉米坚定立场。“所以，我知道东西都在哪儿。比如电池。还有喷枪：喷枪也藏了一处。”

泽伯叹气。“好吧，”他说，“但如果你落下了，我们就必须送你回去。在非人种的护送下。”

“你的意思是那些凶残的猪，”吉米说，“不稀奇：他们觉得我是废物。别提护送的事了。我能跟上。”

出击

托比换上了美容中心的田径服，还把枕套撕开，套在头上防晒。运动衫上有丰唇和媚眼实在太糟了——不是很适合军人——粉色也很糟，会把她变成靶子。可是在安诺优没有卡其布。

她检查了来复枪，把多余的子弹塞到粉色的美容中心手袋里。安诺优还有些后面带毛绒小球的棉质短袜：她穿上一双，又带了一双。如果泽伯对她的穿戴发表言论，她很有可能会想揍他。

她在主门厅分发水瓶，瓶子里装满了瑞贝卡之前在瑞恩和阿曼达帮助下煮开的水。安诺优美容中心强调，在健身房运动时，要保证供水充足，所以有足够的塑料瓶。疯癫亚当们从泥草屋带了些能量棒和野葛片过来。“能量棒足够支撑我们了，也不至于太多，令我们疲倦，”泽伯说，“留点待会儿再吃吧。”他看了眼托比，她那带着丰唇的粉色装扮。

“你是要去哪里试镜吗?”他说。

“很活泼。”吉米说。

“像摇滚明星，”犀牛说，“有那么点味道。”

“不错的伪装。”谢克尔顿说。

“他们会以为你是木槿的。”克洛泽说。

“这是一把来复枪，”托比说，“这里只有我知道怎么用。所以给我闭嘴。”他们都笑了。

然后，他们出发了。

三头侦察猪打头阵，在地上嗅来嗅去。两侧另外各有两头充当侍从，用湿润的鼻子圆盘探测空气。气味雷达，托比想。远在我们迟钝的感觉之外，有哪些颤动被它们捕捉到了呢？它们的嗅觉可与游隼的视觉相媲美。

六头年纪稍小的器官猪——也就一岁多——在侦察猪、侍从和更老、更重的器官猪先头部队间传递消息：若是荷枪实弹的车，它们就是坦克部队。体型虽大，这些小猪跑得惊人地快。现在，它们在匀速跑，好储存体力：步态更像马拉松，而非短跑。呼噜声不大，也没有尖叫：就像长征中的士兵，要节省呼吸。它们尾巴蜷曲，却不动，粉色耳朵朝前翘着。朝阳点亮的小猪，几乎和抓着红色爱心状糖果盒的情人节小猪无异，让人想抱一抱、笑嘻嘻的可爱卡通猪，插丘比特翅膀的那种：如果这只小猪能飞，它会把我的爱带给你！

可也只是像而已。这些猪没在笑。

假如我们举了一面旗子，托比想，上面会是什么？

一开始，行进是简单的。他们穿过草地平坦的部分，地里还有些手袋、靴子和骨头探出来，标志着瘟疫受害者倒下的位置。如果这些东西被杂草遮住了，准会绊倒行进者，但它们在显眼处，人们也就能轻松避开。

魔发羊已经散开，在远处放牧的草地边界吃草。五头年轻的器官猪被派去看着，履行职责的它们似乎不大认真，因为它们嗅不到一丝危险的气息。三头在植物间四处拱，一头在一块湿润的泥地里翻滚，第五头在打瞌睡。倘若有一头狮羊攻击，这五只会是它的对手吗？毫无疑问。一对狮羊呢？甚至也行。不过在狮羊靠近之前，这些小家伙应该已经驱拢整个魔发羊群，带领它们小跑到美容中心了。

离开草地后，行进队伍走上了通向北方的路，也就意味着他们要穿过森林。森林就位于安诺优地盘的边缘，还遮住了美容中心周边的篱笆。北边的门房空无一人：里面和四周都没有生命的痕迹，除了有一只浣鼠在走道上晒太阳。他们靠近时，它站起身，却懒得跑开。那些动物太过友好：要是到了严酷些的世界，它们早就变成帽子了。

接下来的城市街道就有些难辨方向了。撞毁后被遗弃的车辆堵塞了人行道，路面尽是些碎玻璃和弯金属。野葛藤已然长驱直入，在破碎的形状上罩上一层柔软的绿色羽毛。器官猪优雅地选着路，以免弄伤自己的蹄子；人类有厚实的鞋。尽管如此，他们还是要小心地走，时不时瞥瞥下面。

托比早就预料到黑胡子走在路上可能遇到问题，这些碎片和锋利的边缘。没错，他的脚上有一层特别厚的皮肤，走土地、沙地、甚至小碎石路都没问题；但保险起见，托比在疯癫亚当们搜集来的鞋子堆里翻出一双赫尔墨斯·特里斯墨吉斯忒斯多功能运动鞋。一开始，他对于要把这种东西安到自己的脚上很是担心——会不会疼，会不会粘在脚上，能不能脱下来？可是托比展示给他看要怎么穿鞋，再怎么脱，还说，如果他的脚被尖锐的东西割破了，他就不能再走下去了，那么该由谁来告诉他们器官猪在想什么呢？于是，练习了几次后，他答应穿上。这双鞋缝上了一对绿翅膀，还有灯，每走一步就会闪一下——电池还没有用完——现在穿上鞋的他，好像有点高兴过头了。

他走到大部队前面，听侦察猪做情报汇报，如果可以称之为听的话：不管他是怎么做的，反正是在接收信息。显然，目前为止，他还没有获得任何值得传达的消息。他时不时地回头看看，找泽伯，也在看托比。他的头又开始活泼地摆动了，肯定意味着“一切都好”。或者也许只是“我看到你们了”，或“我在这里”，甚至是“看我的鞋子多酷！”，也不是没有这种可能。他那高音调的清晰歌声通过空气以一阵阵短促的片段传到她的耳朵里：秧鸡人世界的莫尔斯密码。

旁边的器官猪会不时抬头看看人类同盟，但它们在想些什么就只能靠猜了。和它们相比，直立行走的人肯定显得很迟钝。它们生气了吗？焦虑吗？不耐烦吗？有武器补给开心吗？无疑，都有，因为这些器官猪有人类脑部组织，所以能同时玩转不同的矛盾体。

它们似乎给每个持枪者安排了三名保镖。保镖们不会靠近，不会赶人也不会颐指气使，但它们会保持在距离对象两码的范围内，耳朵警惕地旋转。没带喷枪的疯癫亚当每人配有一头器官猪。吉米则有五头。它们知道他很虚弱吗？到目前为止，他没有掉队，不过他开始流汗了。

托比走得慢了些，落到后面看看他的情况。她把水杯递给他：他好像已经把自己的水喝完了。全部的八头器官猪——三头她的，五头他的——调换位置，围住他俩。

“猪肉长城，”吉米说，“培根部队。火腿重甲步兵。”

“重甲步兵？”托比说。

“希腊的东西，”吉米说，“市民军队的部署方式。相互交叠的盾牌形成的一面墙。我在一本书里读到的。”他有些喘不过气。

“或许那是一种荣誉守卫，”托比说，“你还好吗？”

“这些东西让我紧张，”吉米说，“我们怎么知道他们不是在把我们带迷路，然后他们就能设下埋伏，吞掉我们的内脏？”

“我们是不知道，”托比说，“不过我觉得可能性不大。他们原本就有机会这么做的。”

“奥卡姆剃刀。”吉米说。咳嗽一声。

“什么？”托比说。

“秧鸡的习惯，”吉米伤心地说，“给你两种可能，你会选择最简单的。秧鸡会说，选‘最优雅的’。那个混蛋。”

“奥卡姆是谁?”托比说。他走路是有点一瘸一拐吗?

“一种和尚,”吉米说,“或者教士。或者也可能是一头聪明的猪。奥卡·火腿①。”他笑了。“抱歉。烂笑话。”

他们静静地走了一两个街区。然后,吉米道:“在生活的刀片上滑下。”

“什么?”托比说。她想摸摸他的前额。他是不是发烧了?

“这是句俗语,”吉米说,“意思是你疯了。另外,你还可能把自己的蛋切掉。”他的脚跛得更厉害了。

“你的脚没事吧?”托比问。没有回答:他顽强地向前挪着步子。“也许你该回去。”她说。

“绝不可能。”吉米说。

一幢半倾覆的公寓掉下的碎石挡住了前方的去路。里面发生过一场火灾——最可能的原因是电路短路,泽伯说,侦察猪发现偏离路线时,泽伯停下了行进的部队。空气中仍留有燃烧的味道。器官猪不喜欢:有几头哼哼起来。

吉米坐到地上。

“怎么了?”泽伯对托比说。

“他的脚又不行了,”托比说,“或是别的什么事。”

“所以,我们要把他送回美容中心。”

“他不肯走。”托比说。

吉米的五头器官猪正嗅着他,但都保有一定距离,以示尊敬。一头走向前,嗅他的脚。现在,有两头在拱他,一边一头。

“走开!”吉米说,“它们想干吗?”

“黑胡子,请来一下。”吉米说着招呼他过来。他和器官猪挤作一团。静静地交流,接着是一串音符。

① 奥卡姆 Occam 发音同 Occ Ham。Occ 含义不明,Ham 为火腿之意。

“雪人-吉米必须骑上来，”黑胡子说，“它们说他的……”有一个词托比没有听清，像是一声呼噜，一句咕哝。“它们说他的那部分很强壮。中间部分是壮的，但脚虚弱。它们要抬他。”

一头器官猪踏步向前，不是最肥的那头。她在吉米的身边弯下身子。

“它们要我做什么？”吉米说。

“拜托，哦雪人-吉米，”黑胡子说，“它们说你必须俯在它们背上，抓住耳朵。另外两头猪会在你旁边，以防你掉下来。”

“这也太傻了，”吉米说，“我会滑下来的！”

“这是你唯一的选择，”泽伯说，“骑上去，不然就留在这里。”

吉米一就位，泽伯就说：“那绳子还有吗？或许会有帮助。”

吉米被像个包裹似的绑在器官猪上，他们全都再次出发。“所以，它的名字是舞者，腾跃者，还是什么？”吉米说，“你觉得我该拍拍它吗？”

“拍吧，哦雪人-吉米，谢谢，”黑胡子说，“猪儿们告诉我，挠挠耳朵后面挺好的。”

后来讲述这个故事的时候，托比喜欢说背着雪人-吉米的器官猪像风一般飞驰。对于一个倒下的荷枪实弹的同伴，就应该这样说，尤其是一头履行了如此要职的猪：正是因为它，托比才绝非偶然地捡回一条命。因为如果器官猪没有运送雪人-吉米，托比今晚会有机会坐在它们中间，戴着红帽子讲故事吗？不，她不会。她会在接骨木灌木丛下分解，会拥有另一种形态。真会是一种非常不同的样貌，托比私下里会这么揣度。

所以，在她的故事里，提到的器官猪像风一般飞驰。

故事挺难说的，因为飞驰器官猪的名字，托比发不出来，她没法模仿那种极似咕哝的原音。不过，秧鸡人组成的听众中，好像没有人真的在意，尽管他们小小地笑话了她一下。孩子们编了个游戏，其中一个扮演飞驰如风的英勇器官猪，表情决绝，另一个小家伙扮演雪人-吉米，同样表情决绝，贴在它的背上。

她的背上。器官猪不是物体。这点她需要弄清楚。聊表敬意。

这时，事态已有些许不同。载着吉米的器官猪前进得不大顺利，它的背又圆又滑。吉米颠得上上下下，随时有滑下来的危险，先是歪向一边，接着又是另一边。这时，两边的器官猪会用嘴猛地向前顶一下他的腋下，他总会疯狂地叫起来，因为痒。

“老天，你能不能让他闭嘴?”泽伯说，“我们还不如吹风笛呢。”

“他忍不住，”托比说，“这是条件反射。”

“要是我敲他脑袋，也会是条件反射。”泽伯说。

“他们也许知道我们要来了，”托比说，“他们可能看到了侦察猪。”

带领他们的是器官猪，但发号施令的是吉米。“我们还在废市当中，”他说。“我记得这里。”接着：“我们要到无人之地了，空荡的缓冲区，下面就是大院。”

然后：“要到主要安保环形区了。”过了一会儿：“那边，克里奥金涅斯。接下来，侏儒魔仆。看那个该死的亮灯的精灵标志！太阳能肯定还在运作。”

然后：“重要的来了。复原精华大院。”墙上停着乌鸦：四只，不，五只。一只乌鸦，代表忧愁，皮拉说过；两只及以上，代表保护者，或术士，自己决定。两只乌鸦起身，在头上旋转，审视他们。

复原大院的门敞着。里头，死寂的屋子，死寂的商城，死寂的实验室，一切皆死寂。破布，遗弃的太阳能汽车。

“老天保佑，多亏了这些猪，”吉米说，“没有它们，简直大海捞针。这地方就是个迷宫。”

但器官猪对这条路很确信。它们稳步向前，毫不犹豫地小跑。转过一个街角，再一个转角。

“就在那儿，”吉米说，“正前方。天塘大门。”

蛋壳

秧鸡自己是天塘项目的策划人。除了复原围墙外，周边还有一圈严密的安保区。里面是一个公园，种植着各类热带嫁接植物，能随微环境进行调节，对干旱及暴雨环境同样适应。中间都是天塘的穹顶，严控气候，封锁空气，如无坚不摧的蛋壳，供养着秧鸡的宝贝，他那勇敢的新人类。穹顶正中是他放置的人工生态系统，就在这里，奇怪而完美的秧鸡人诞生了，开启生命，张口呼吸。

他们来到外周大门，停下侦察。据器官猪的说法，两侧的门房里都没有人：他们静止的尾巴和耳朵给出这样的信号。

泽伯示意稍事休息：他们需要积蓄能量。人类拿起水瓶，每人吃了半块能量棒。器官猪找到一棵鳄梨芒果树，吞食着被风吹落的果子，橘黄色的椭圆果实在它们嘴里变成果酱，肥硕的种子被碾碎。发酵的甜味充盈着空气。

我希望他们不要喝醉，托比想。那可不好，醉醺醺的器官猪。“你还好吗?”她问吉米。

“我记得这个地方，”吉米说，“每个细节。该死。真希望我什么也不记得。”

他们前方是穿过森林的一条路。未经修剪的树枝伸入道路上方的光廊，投机的杂草从边缘向路面推进，叛逆的藤蔓悬在上空。穹顶的曲线从膨胀泡沫般的植被间升起，仿若吃下镇静药的患者那半闭的白色眼睛。曾经，这里一定光鲜闪耀，这个穹顶；就像一轮满月，或是充满希冀的日出，只是没有金光。如今，这里一片荒芜。不仅如此，它如同陷阱：因为谁知道这里面藏了什么，又有什么藏在里面呢？

不过，这只是因为我们知道一些事情，托比想。对无知的旁观者而言，这幅场景本身不会指向死亡。

“哦托比！”黑胡子说，“瞧！是蛋！秧鸡制造我们的蛋！”

“你记得吗？”托比说。

“我不知道，”黑胡子说，“不大记得。里面长着树。下雨，但不打雷。羚羊每天都来看我们。她教会我们许多东西。以前的我们很开心。”

“现在可能不大一样了，”托比说。

“羚羊不在那儿，”黑胡子说，“她飞出去了，因为雪人-吉米生病的时候，她想帮他，是这样吗？”

“是的，我想她一定是这样。”托比说。

年轻的侦察器官猪已经被派去前方探察，看能不能嗅到路边有无埋伏。现在，它们沿着铺满落叶的沥青路飞奔回来。它们的耳朵在后面，尾巴在身后伸直了：警戒事态。

年长的猪把挖掘队伍留在掉落的鳄梨芒果间；黑胡子跑到它们边上；迅速的拥抱。疯癫亚当们聚在四周。“怎么了？”泽伯问。

“它们说坏人在蛋附近，”黑胡子说，“三个人。一个用绳子绑着。他的脸上有白羽毛。”

“他穿着什么？”托比问。比如，是那种像亚当第一总爱穿的土耳其长袍吗？不过这要怎么问呢？她调整了语言：“他有第二层皮肤吗？”

“妈的，”吉米说，“不能让他们靠近紧急储备室！他们会拿走所有的喷枪的！那样我们就完蛋了。”

“是的，他有两层皮肤，和你一样，”黑胡子说，“只不过不是粉色的。是不同颜色。很脏。他脚上只有一个这个。一只鞋。”

“我们要怎么做?”犀牛说,“我们没办法走得很快。”

“我们派一些猪,”泽伯说,“跑得快一点的。他们可以从树林里走。”

“然后呢?”犀牛说,“它们不能把守正门。那群家伙有一把喷枪。我们不知道他们的电池还有多少电。”

“我们不能让器官猪像桶中老鼠般被射杀,”托比说,“吉米。从天塘入口进,储藏室在哪里?”

“有两扇门,一层空气密闭门,还有一层内门。两个门都开着,我故意的。你沿着左侧的长廊走,右转,再左转。那群该死的猪要进到那个房间,从里面抵住这扇门,不让门打开。”

“好的,我们要怎么和它们说?”泽伯说,“托比?”

“左右很难说,”托比说,“我觉得秧鸡人不懂这些。”

“好好想,”泽伯说,“时间紧迫。”

“黑胡子?”托比说,“这是一张蛋的图,如果你从上面往下看。”她用棍子在土里画了一个圆。“你看到了吗?”

黑胡子看着圆,点头,不是很确定。我们命悬一线,托比想。“好的,”她说,虚假的真心。“你可以和猪伙计们说吗?告诉它们要快跑。五头从树林里过。它们需要跑过坏人,进入蛋。接着,它们需要到这里”——她用棍子划着路线——“再进这里。对吗?”她问吉米。

“没错,”吉米说。

“它们要把门关上。它们需要抵在上面,不能让坏人进到房间里,”托比说。“你能都和它们说吗?”

黑胡子看起来困惑。“那些人为什么要到蛋里去呢?”他问,“蛋是用来创造的。他们已经造好了。”

“他们想去找杀人的东西,”托比说,“能打洞的棍子。”

“但蛋是好的。里面没有杀人的东西。”

“现在有了,”托比说,“我们必须抓紧时间。你能告诉它们吗？”

“我会试一试的，”黑胡子说。他跪在地上。两头最大的器官猪低下巨大的脑袋，凑在他的脸两旁。他的脖子边就有一根白色的牙。托比颤抖着。他开始唱歌，并用她的棍子在沙子里跟踪托比的记号。器官猪在记号上嗅着。哦不，托比想。这样不行。它们以为这是吃的东西。

但接着器官猪抬起鼻子，走到伙伴中间。轻微的呼噜声，尾巴不停摆动。犹疑不决？

五头中等大小的猪脱离群体，小跑出发，两头在路左侧，三头在右侧。下层灌木将它们吞没。

“它们好像明白了。”犀牛说。泽伯微笑着。

“好样的，”他对托比说，“就知道你有本事。”

“它们要到蛋去，”黑胡子说，“它们说它们不会离那些男人太近。它们会小心棍子状的东西，会弄出血的那种。”

“但愿它们能成功，”泽伯说，“我们走吧。”

“不是很远，”吉米说，“不管怎么说，他们不可能从窗户射我们，因为没有窗户。”他虚弱地笑了。

“泽伯？”他们沿着路出发后，托比说。“第三个人？我不确定，但我觉得是亚当第一。”

“是的，我知道，”泽伯说，“我也想了一段时间。”

“我们怎么才能把他救回来？”

“他们会想拿他做交易，”泽伯说。

“换什么？”

“喷枪，如果猪拦住了他们。还有其他东西。”

“比如呢？”

“比如你，”泽伯说，“如果我是他们，我就会这么做。”

没错，托比想。他们会想报复。

天塘就在他们眼前。一切皆寂静。密封门开着。三头小猪进去，又出来了。“他们在里面，那些人，”黑胡子说，“但在很里面，不在门边。”

“我要先进去，”吉米说，“就一会儿。”托比紧随其后。

密封舱的地上躺着两具毁坏的骷髅。尸骨定是被啮咬过，杂乱地铺陈，显然是动物所为。腐烂的破布，一只粉色与红色的小拖鞋。

吉米跪倒在地；用手捂住脸。托比搭上他的肩。“我们现在得走了，”她说，但他的回应是，“离我远点！”

一具头骨的黑色长发上系着一条脏兮兮的粉色丝带：头发腐烂得非常慢，园丁总这么说。吉米解下蝴蝶结，在指尖缠绕。“秧鸡。哦上帝啊，”他说，“你这个混蛋，秧鸡！你为什么非要杀了她！”

泽伯现在站在托比边上。“也许她本来就病了，”他对吉米说，“也许他离了她无法生活。起来，我们要进去了。”

“哦操，别跟我说这些鬼套话！”吉米说。

“我们可以先让他待在这里，他会安全的；我们进去吧，”托比说，“我们要确保他们进不去储藏室。”

其他人就在门外——疯癫亚当们和器官猪大部队。“怎么了？”犀牛说。

小黑胡子拽着她的手。“请问，哦托比，套话是什么？”她说。

托比都不知道她回答了什么，因为真相在侵袭着他：羚羊和秧鸡是这些骷髅。他听到吉米说的话了；他懂了。他抬起恐惧的脸，对着她：她看出了突然的沦陷、崩裂、伤害。

“哦托比，这是羚羊吗？这是秧鸡吗？”他说，“雪人-吉米说的！可这些是臭骨头啊，它们是很多的臭骨头！羚羊和秧鸡一定是很美的！就像故事！他们不可能是臭骨头！”他哭起来，好像心就要碎了。

托比跪下，环抱住他，抱紧他。该说什么呢？怎么安慰他呢？面对着绝望的痛苦时。

战斗的故事

托比今晚不能说故事。她太伤心了，因为死者。那些在战斗中死去的。所以，我会试着给你们讲这个故事。如果可以，我会以正确的方式讲述。

首先，我把红帽子戴到头上，雪人-吉米的帽子。上面的标记——瞧，是一个声音，在说：**红**。还在说：**袜子**。

袜子是秧鸡使用的特殊的词。我们不知道它是什么意思。托比也不知道。也许我们以后会知道。

不过，瞧——红帽子在我头上，我不疼。我没有长出一层新的皮肤，我有自己的皮肤，一样的。我可以把帽子摘下来，我也可以再戴上。它没有粘在我的头上。

现在，我要吃鱼了。我们不吃鱼，或是臭骨头；我们不吃这些。吃鱼是件困难的事。但我必须吃。秧鸡为我们做了很多困难的事，当他在地球上还是人形的时候。他为我们扫除混沌，还……

你们不一定要唱歌。

……他还做了许多其他困难的事，所以我会试着吃下这条臭骨头鱼，虽然很难。鱼是烧熟了的，很小。也许我把鱼放到嘴里再拿出来，对秧鸡来说也足够了。

好了。

抱歉，我发出了病人的呻吟。

请把鱼拿走，扔到森林里。蚂蚁会开心的。蛆会开心的。秃鹫会开心的。

是的，鱼很难吃。味道跟臭骨头似的，或是死骨头。我得嚼很多树叶才能去掉那个味道。不过，如果我不做这件有臭味的难事，我就没办法听到秧鸡在和我说的故事，再说给你们听了。雪人-吉米就是这样的，托比也是。吃鱼的难事，臭骨头的味道——都是必须做的事。先是坏事，才有故事。

谢谢你们为我吹呼噜。我现在不那么难受了。

战斗的故事是这样的。它讲述的是，正当秧鸡扫除混沌中的人，为我们制造了一个美好又安全的地方居住时，泽伯、托比、雪人-吉米和其他两层皮肤的人，是如何与猪伙计一道清理掉坏人的。

泽伯、托比、雪人-吉米和其他两层皮肤的人，以及猪伙计之所以要清理掉坏人，是因为如果他们不这么做，我们的住所就永远无法安定。坏人就会用刀，像杀死猪宝贝一样杀死我们。或是拿棍子打洞，让鲜血直流。这就是原因所在。

托比告诉我这个原因。原因很恰当。

而猪伙计之所以帮他们，是因为它们不想再让自己的猪宝贝被刀屠杀。或是被棍子打死。或是以其他任何一种方式，比如用绳子，宰掉。

猪伙计的嗅觉一流。我们能比两层皮肤的嗅得好，但猪伙计比我们还会嗅。所以它们伸出援手，嗅到坏人的足迹，告诉我们他们的去向。还帮助追赶他们。

我也在那里，所以我能告诉其他人猪伙计在说什么。我脚上穿了鞋子。你们看那些鞋子，在这儿呢，看到吗？鞋子上有灯，还有翅膀。它们是秧鸡给的特殊东西，能有它们，我很感激，于是我说，谢谢你。不过，除非有危险，必须清除其他坏人，我是不用穿的。所以，我现在脚上就没穿。但我把它们放在身边，因为它们是故事的一部分。

可是，那次，我在脚上穿上这双鞋，我们走了很长的路，走到大楼所在的地方，我们没有去，是因为楼可能会倒塌。可是，那次我去了，我看到了很多东西。

我看到了混沌时期留下的东西，很多。我看到了空大楼，很多。我看到了空皮肤，很多。我看到金属和玻璃东西，很多。猪伙计扛着雪人-吉米。

接着，猪伙计用鼻子跟踪坏人，它们知道他们去哪里了。坏人进了蛋里，尽管蛋是应该用来创造的，而非残杀。也有一些猪伙计进了蛋里，进到摆放杀人东西的房间，所以坏人没能拿到那些东西。所以，坏人跑了，他们躲在蛋里，躲在蛋的走廊里。一开始，我们看不见他们。

蛋很黑，没有光，以前就是这样。我们在蛋里的时候能看得见，我指的不是那种黑。蛋有一种黑暗的感觉。一种黑暗的气味。

雪人-吉米走进蛋里的第一条门廊，他看到一堆臭骨头，又一堆臭骨头，全混在一起，他非常伤心，他双膝跪地，哭起来。托比想为他吹呼噜，可是他说："离我远点!"

接着，他从一堆臭骨头之一的头发上拿下一段粉色的缠绕着的东西，他抓在手里，说："羚羊。哦上帝。"然后，他说："你这个混蛋！秧鸡！你为什么非要杀了她!"

托比和泽伯也在那里。泽伯说："也许她本来就病了。也许他离了她无法生活。"雪人-吉米就说："哦操，别跟我说这些鬼套话!"

我对托比说："套话是什么?"托比说，这个词是人们想不到别的话说的时候，帮着度过难关的词。我希望操能快点飞来解救雪人-吉米，因为他遇到了很大的麻烦。

我也遇到了很大的麻烦，因为雪人-吉米说这些骨堆是羚羊和秧鸡。我有种很不好的感觉，我害怕。我说："哦托比，这是羚羊吗？这是秧鸡吗？可这些是臭骨头啊，它们是很多的臭骨头！羚羊和秧鸡一定是很美的！就像故事！他们不可能是臭骨头！”我哭了，因为他们死了，死得彻彻底底，分崩离析。

可是，托比说骨堆不再是真正的羚羊和秧鸡了，它们只是空壳，就像蛋壳。

而蛋不是真正的蛋，不是故事里的那种。只是个蛋壳，就像鸟孵出来后，剩下的破碎的蛋壳。而我们自己就像鸟一样，所以我们不再需要破碎的蛋壳了，是不是？

羚羊和秧鸡现在有了不同的样貌，不是死者，他们美好而善良。还漂亮。就像我们从故事里听到的那样。

所以，我感觉好些了。

请暂且不要歌唱。

之后，我们径直进入蛋里。那里不亮，但也不暗，因为阳光透过蛋壳射进来。黑暗的感觉却弥漫在空气里的每个角落。接着，他们开始了一场战斗。战斗的意思是，有些人希望清除其他人，而其他人也想清除掉他们。

我们没有战斗。我们不吃鱼。我们不吃臭骨头。秧鸡就是这样创造我们的。是的，美好而善良的秧鸡。

可是秧鸡创造了两层皮肤的人，所以他们会进行战斗。他把猪伙计也造成那样。它们用牙战斗，其他人用可以捣出洞让血流出来的棍子战斗。他们生来就是这样。

我不知道秧鸡为什么要这么创造他们。

猪伙计追赶坏人。它们追着他们跑过走廊，一直追到蛋的中心，那里有很多死的树。和我们被造出来的时候不一样：那时，树有很多叶子，还有美丽的水，还会下雨，星星在天空闪耀。可是现在，没有星星，只有屋顶。

猪伙计后来告诉了我，它们追坏人都追到了哪些地方。托比不让我和它们去，因为她说我可能会被打出洞、流血，或者会被坏人抓住，那就更糟了。所以，我没能看到发生的一切，但是，有人尖叫，猪伙计在叫唤，叫得我耳朵疼。猪伙计叫的时候，声音非常、非常响。

还有奔跑的声音，穿着鞋的脚步声。接着，就是一片寂静，思考发生时，就会这样：想到坏人，想到泽伯，想到托比和犀牛。他们希望猪伙计追坏人时，能经过他们所在的位置，这样他们就能用棍子在他们身上打洞，可是，事实没能如愿。蛋里的走廊太多、太多了。

一个猪伙计来告诉我，在走廊里被追的只有两个坏人。但是进到蛋里的有三个。而第三个人在我们头上：它们能闻到。他在我们上面，可他们不知在哪里。

于是，我告诉了泽伯和托比，泽伯说："他们把亚当藏在二楼的什么地方了。楼梯在哪里?"雪人-吉米说，四个地方有防火楼梯。托比就说："你能带我们去吗?"雪人-吉米说："所以，你们从一个楼道上去，他们从另一个下来，跑掉，然后呢?"泽伯就说："混蛋。"

有三头猪伙计在走廊里追坏人的时候受伤了，一头倒下了，没有再起来。是那头背雪人-吉米的。我看到了战斗的那部分，我发出病人的声音。我哭了。

然后，两个坏人跑上几层楼梯。楼梯是——之后我会告诉你们楼梯是什么。可是猪伙计不能爬楼梯。等到坏人爬到顶时，我们就看不见他们了。

泽伯、托比和其他两层皮肤的人让我告诉猪伙计，找其他有楼梯的地方，如果坏人想下来，就尖叫。接着，他们从外面带木头进来了，他们生火，产生烟。烟就顺着楼梯上去了。他们用布罩住脸，在坏人跑上去的楼梯下面等着，等到烟太多了——烟非常多，我看到了，我咳嗽了！——两个坏人来到楼梯顶部，他们把第三个人推到前面，抓住他的胳膊，一人一边。他的手上有绳子。而且他只有一只鞋。在他的脚上。不过，那只鞋没有翅膀，也没有灯。和这里的鞋不一样，我脚上这双。

托比说："亚当!"

那个人就开始说些什么，一个坏人打了他，脸上有短羽毛的那个。然后，有长羽毛的坏人说："让我们过去，不然他就要遭殃。"我不知道他会怎么样。

于是，泽伯说："好，通过，放他过来。"另一个坏人说："把那婊子扔进来，我们还要喷枪。让那群蠢猪滚开!"

可是，手上有绳子的亚当摇头，意思是不行。接着，他挣脱他们抓着他的上臂，往前跳，倒下了，从楼梯滚了下来。一个坏人用棍子在他身上打了一个洞。

泽伯往前跑向亚当，托比举起枪样的东西，瞄准，发出一声响，在亚当身上打洞的男人掉了棍子；他倒下了，按住腿，叫起来。

托比想跑去楼梯底部帮泽伯照看亚当，而雪人-吉米却用一只手抓着她的第二层粉丝皮肤，不让她去。雪人-吉米还把我往他身后推，但我还是能看见。

另一个坏人半躲在墙后，可他的头和一只胳膊在外面，他现在有了棍子，他对准托比。可是，雪人-吉米看到了，他飞快地跑到她前面，洞就打到他身上了。他也倒下了，血流出来，他没有起来。

然后，泽伯用了他的棍子东西，第二个男人掉了他自己的棍子东西，握住自己的胳膊。他也叫了。我用手罩住耳朵，因为太痛苦了。我伤得太深。

犀牛、谢克尔顿和其他两层皮肤的人上楼了，捉到那两个人，用绳子捆起来，推下楼梯。不过，泽伯和托比还有亚当在一起，还有雪人-吉米。他们悲伤。

我们都出了蛋，烟从里面冒出来，还有火焰。我们很快地走离蛋。里面传出一些很响的噪音。

泽伯背着亚当，亚当很瘦、苍白；亚当还在呼吸。泽伯说："我找到你了，好兄弟。你会没事的。"但是他的脸都湿了。

亚当说："我会没事的。为我祈祷吧。"他朝泽伯笑笑，说："别担心。我时日不多。种棵好树。"

我对托比说："哦托比，好兄弟是谁？这是亚当，那是他的名字，你是这么说的。"

托比说，好兄弟是兄弟的另一种说法，因为亚当是泽伯的兄弟。

可在那之后，亚当停止了呼吸。

*

那是夜晚，我们慢慢地走回去，猪伙计抬着坏人，因为他们身上有洞，还有绳子。猪伙计因为逝者而生气，他们想把牙伸进那些人体内，在他们身上翻滚，踩他们，可是，泽伯说时候未到。

雪人-吉米和亚当也被抬着，还有死掉的猪。深夜，我们抵达孩子们所在的大楼，还有母亲，魔发羊，猪妈妈、猪宝宝，和其他两层皮肤的人——瑞恩、阿曼达、敏狐、象牙喙比尔、瑞贝卡，和其他人。他们来迎接我们，所有人都说了很多事情，比如"我好担心""发生了什么？"和"哦上帝！"。

而我们，秧鸡的孩子，我们一起唱歌。

我们那晚就在那里睡了，吃了东西。所有参与战斗的人都很累。他们小声说着话，仔细地看着死去的亚当，说他之所以死，不是因为秧鸡创造了那粒扫除混沌的种子，而是因为有血流出来的洞。他们说，无论如何，他没有因为秧鸡那粒种子而死，已经够仁慈了。

我会再问托比仁慈是什么。她现在很累，在睡觉。

他们用粉色床单裹住亚当，头下放了一枚粉色枕头，他们很安静，且悲伤。一些猪伙计到泳池游泳了，他们很喜欢这样。

第二天，我们走到这里，泥草屋。猪伙计用带着花的树枝扛起亚当，还有死去的猪。抬后者更难，因为她大且重。

它们也以同样的方式抬起雪人-吉米，尽管他没有死，我们开始走的时候，还没有。瑞恩走在他边上，握着他的手哭，因为她是他的朋友；克洛泽走在她的另一边，帮她。

可是雪人-吉米在他的脑子行进着，像之前躺在吊床里，我们给他吹呼噜时一样，去到很远、很远的地方。但是这一次，他走得太远了，不能再回来。

羚羊在那里陪他，她在帮他。我听到在他走得太远、看不见、停止呼吸之前，对她说了些什么。现在，他和羚羊在一起。还有秧鸡。

这就是战斗的故事。

现在我们可以歌唱了。

月亮时间

审判

第二天上午，他们举行了一场审判。

他们围坐在餐桌边，或者应该说，是疯癫亚当们和上帝园丁们坐下了。器官猪横躺在草地和鹅卵石上；秧鸡人在附近吃草，嘴里永远嚼着满满一口树叶，尽数吞下。

囚犯本人不在场。他们无须出现：他们的行为毋庸置疑。审判只关乎判决。

“所以，我们在这里是要决定他们的命运，”泽伯说，“没在火热的交战中射死他们，真是不走运，但既然如此，我们就必须作出冷血的抉择。现在就投票，还是需要讨论一下？”

托比说：“他们是普通囚犯吗？还是战俘？因为是不一样的，不是吗？”她觉得必须以某种方式为他们申援，可为什么呢？只是因为他们没有律师？

“灵魂死亡的神经垃圾，怎么样？”瑞贝卡说。

“人类同胞，”白莎草说，“尽管我发现这本身并不能算是种辩护。”

“他们杀了我们的兄弟。”谢克尔顿说。

“吃垃圾的混球。”克洛泽说。

“强奸犯、杀人魔。”阿曼达说。

“他们对着吉米开枪。”瑞恩说着，开始哭。阿曼达用一只胳膊环绕住她，给了她一个拥抱。她自己没有哭：她目光严峻，像是自己的木刻。她会成为不错的行刑者，托比想。

“谁在乎我们怎么叫他们，”犀牛说，“只要不是人。”

很难选出一个标签，托比想：在臭名昭著的彩弹场走过三遭，已经把他们身上任何的修饰标签都剥夺了，无法用言语形容。三次彩弹幸存者，早就如人们所知，不再具有太多人性了。

“上面这些我都赞同，”泽伯说，“现在，我们继续吧。”

白莎草开始半心半意地为他们求情。“我们无法下判决，”她说道，“显然，他们之所以邪恶，是因为前半生别人对他们造了孽。考虑到大脑的可塑性，以及他们的行为受到了残忍经历的影响，我们如何知道他们对自己的行为有多少控制力呢?”

“你他妈的是在开玩笑吗?”谢克尔顿说，“他们吃掉了我小弟弟的肾脏啊！他们把他当成魔发羊般对待！我真想拔掉他们所有的牙！从他们的屁眼里拔出来。”他加了一句，也许并不必要。

“我们别动气，”泽伯说，“控制下怒火。我们都有控诉的理由。虽然有些人理由更多。”他看上去衰老了，托比想。衰老了，严酷了。找到亚当，再失去他，已经拖垮了他。我们都在哀悼：甚至还有器官猪。它们的尾巴耷拉着，耳朵虚弱；它们用鼻子拱着彼此，相互慰藉。

“对于这种纯粹哲学性和实际的决定，我们不应该争吵，”象牙喙比尔说，“问题是，我们有没有设施用于矫正行为的看守行为，或者，另一方面，有没有理论来支持……”

“现在不是诡辩的时候。”泽伯说。

“任何情况下，取人性命都是要受到指摘的，”白莎草说，“我们不能任凭自己的道德标准沉沦，只是因为——”

“只是因为人类中的大多数已被移除，余下的生存者很难获取足够的太阳能点亮一盏灯吗?”谢克尔顿说，“所以，你希望让这两个垃圾把你的脑浆敲出来?”

“我不明白你为何充满敌意，”白莎草说，“亚当第一会希望从宽处理的。”

“也许他错了，”阿曼达说，“你不在，你不知道他们对我们做了什么。你不知道他们是什么样的人。”

“虽然剩下的真正的人类只有几个，”象牙喙比尔说，“或许我们就不应该浪费越发稀罕的人类DNA。就算所提及的个体必须铲除，或许他们的……他们的生殖液体应该，事实如此，被吸取出来，从而提供基因多样性。对内的基因库必须避免。”

“你自己避免吧，”敏狐说，“就我个人而言，和那两个腐烂的褥疮发生关系，只为了获取他们酸臭的DNA，光是想想就让我作呕。”

“你不需要和他们上床的，不用如此，”象牙喙比尔说，“我们可以用火鸡滴油器。”

“你自己用吧，”敏狐粗鲁地说，“男人总在告诉女人要怎么对待自己的仔宫。抱歉，自己的子宫①。”

“我宁愿割腕，也不让那该死的生殖液体再靠近我，”阿曼达说，“事情已经够糟了。我怎么知道自己的孩子不会是他们的？”

“不管怎么说，拥有这样畸形基因的孩子肯定会变成魔鬼，”瑞恩说，“母亲也无法爱它。哦，抱歉。”她对阿曼达说。

“没事的，”阿曼达说，“如果孩子是他们的，我会交给白莎草，她会爱它的。或者让器官猪吃掉；它们会喜欢的。”

“我们可以试着改造，”白莎草平静地说，“让他们融入群体，晚上待在安全的地方，让他们帮忙。有时，当人们觉得自己能有所贡献，真能产生变化，在……”

“看看身边，”泽伯说，“看到社工了吗？看到监狱了吗？”

“贡献什么？”阿曼达说，“你想让他们负责日托班？”

“他们会将其余所有人置于险境。”胜郎说。

“除了在地下挖个洞，没有别的安全的地方装他们了。”谢克尔顿说。

---

① 前一处敏狐用了“子宫”复数的错误拼写，后一处做了纠正。

"投票。"泽伯说。

他们用鹅卵石投票：黑色代表死亡，白色代表从宽处理。有种考古的感觉。古老的象征系统如影随形，托比用吉米的红帽子收集鹅卵石时想。只有一颗白色鹅卵石。

器官猪通过它们的老大集体投票，黑胡子担当翻译官。"它们都说死亡，"他告诉托比，"但它们不要吃那些人。它们不想让那些人成为它们的一部分。"

其余的秧鸡人很困惑。他们显然不明白投票是什么意思，或者审判，或者为什么要把鹅卵石放到雪人-吉米的帽子里。托比告诉他们，这是秧鸡的事。

审判的故事

两个坏人被绳子绑着，晚上就放在一间屋子里。我们能感觉得到，绳子勒疼他们了，让他们既伤心，也气愤。但是，我们没有像之前那样松开绳子。托比不允许我们这样做，因为这样只会让更多人死去。我们还告诉孩子们不要靠太近，因为坏人可能会咬他们。

我们给他们汤喝，里面有根臭骨头。

早上，举行了审判。你们都看到了。在桌边。说了很多话。猪伙计也在。

或许，我们过会儿就能理解了，这个审判。

审判过后，所有的猪伙计都下到海滩上了。托比也和它们一起去了，带着她的枪东西，我们不能碰。泽伯也去了。还有阿曼达和瑞恩。克洛泽和谢克尔顿。但我们没有去，秧鸡的孩子们，因为托比说会伤害到我们。

过了一会儿，他们都回来了，两个坏人没有。他们看上去疲惫，却更平静了。

托比说，现在坏人不会再伤害我们了。猪伙计说，它们的猪宝宝们现在也安全了。它们还说，尽管战斗已经结束，它们会遵守和托比与泽伯的约定，它们不会攻击或食用任何有两层皮肤的人，它们也不会再挖他们的花园了，或是偷吃蜂蜜。

托比告诉我要和它们说的话，是这样的：我们同意遵守协定。你们、你们的孩子、你们孩子的孩子都再也不会变成汤里的臭骨头。或是火腿，她加了一句。或是培根。

瑞贝卡说：运气真差。

克洛泽说：它们在说什么，操他妈的怎么回事？托比说：注意你的语言，对他来说很难理解。

我告诉克洛泽现在不用叫操，因为我们现在没有遇到麻烦，无需他来帮助。托比说：没错，他不喜欢被叫来处理琐碎的事。泽伯咳嗽了一声。

猪伙计走了之后，托比和我们说，两个坏人被海水冲走了。就像秧鸡冲刷了混沌，他们也别冲刷了。所以，现在一切都干净多了。

是的，美好又善良的秧鸡。

请不要歌唱。

因为你们唱歌的时候，我就听不到秧鸡要我传达什么了，而且当我们歌唱他的时候，他就不能说故事了，因为他必须听那歌声。

所以，这就是审判的故事。这是秧鸡的事。我们之间不一定要进行审判。只有两层皮肤的人和猪伙计必须进行审判。

这是件好事，因为我不喜欢审判。

谢谢。晚安。

仪式

刺胞盛宴，托比写道。凸月渐圆。

刺胞亚门包含水母、珊瑚、海葵和水螅。园丁考虑周全——盛宴和节日清单上不会落下任何门或属——虽然有的庆祝活动比其他的诡异。比如，肠道寄生虫节就令人印象深刻，尽管你不会称之为愉悦身心。

不过，刺胞盛宴则尤为美丽。有水母状的纸灯笼，还有从垃圾堆里捡到的东西制作而成的各类装饰。用过的气球和膨胀的橡胶手套用绳子的细线以富有创意的方式加以利用，圆形的洗碗刷经修饰后变成了海葵，水螅则是用透明的塑料三明治袋子巧妙塑造的。

孩子们会用沙海螂装饰自己，温柔地舞动双臂，来一小段水母舞。有一年，他们策划并表演了一出戏，冗长极了，讲述的是水母的生命周期，效果不大理想。*首先，我是个蛋，然后，我长啊长，现在，我是个水母，又绿又粉又蓝。*虽然当葡萄牙僧帽水母上场时，本该可以有些戏剧性的：*我漂到这里，我漂到那里，我的触角微不可见，但不要缠上我，不然我会置你于死地。*

瑞恩帮过那场戏吗？托比揣摩。阿曼达呢？那首歌，抓个小一点的孩子演条鱼，被蜇至死——这些都是阿曼达的特征；或者说是那些日子里废市街头版的阿曼达，自从丢弃掉两个邪恶的彩弹手，她似乎重获新生。

“自从丢弃掉两个邪恶的彩弹手，”她写道。丢弃二字让他们听起来就像垃圾似的，比如丢弃垃圾。她不知这类辱骂符不符合她当初夏娃第六的身份，觉得不配，但还是算了。

“自从丢弃掉两个邪恶的彩弹手，瑞恩、谢克尔顿、阿曼达、克洛泽和我沿着安诺优森林小径往回走。我们来到被彩弹手割喉的奥克斯上吊的树边。他所剩不多——乌鸦在消化他，上帝知道剩下的故事——但谢克尔顿爬上树，砍断绳子，他和克洛泽收拾起他们年轻弟弟的尸骨，用床单裹起。

“接下来，是变成堆肥的时间了。器官猪希望帮我们把亚当和吉米扛到那里，以示友情和物种间的合作。它们收集了更多的花和蕨类植物，摆在他们的身体上。然后，我们列队走向那里。秧鸡人一路歌唱。”

她加了一句：“……这对神经多少是种挑战。”不过，一想到黑胡子在写字方面大有进展，说不定哪天就能看懂她的日记，她就把这句话删掉了。

“一小段讨论后，器官猪明白我们并不希望吃亚当和吉米，也不会希望器官猪吃。它们同意了。它们在这类事上的规矩似乎挺复杂：死去的猪仔由怀孕的母亲吃，为成长中的婴儿提供蛋白质，但成年猪，尤其是有名望的成年猪，则被献给公共生态系统。而其他的种类，则随意食用了。

“阿曼达补充了一点，她认为吉米的生命周期里不应该包括在猪粪里变形这一步，但黑胡子没有翻译这句评论。奥克斯所剩无多，他的情况不足以成为问题。

“我们把他们三个埋在皮拉旁边，每人身上都种了一棵树。为了吉米，瑞恩、阿曼达和蓝莲花去了一趟植物园，到了一个叫‘世界水果’的区域——在器官猪的带领下，它们当然知道在哪里，它们那么爱吃水果——选择了肯塔基咖啡树，这种树的叶子是心形的，结出的果子能被制成咖啡替代物。我们当中的很多人会对此感到满意，因为烤根茎咖啡已经让人有些腻味了。

“至于奥克斯，克洛泽和谢克尔顿选择了橡树，因为橡树①和他的名字呼应。器官猪对此很开心，因为以后就会有橡树果子了。

“至于亚当第一，泽伯作为最近的亲属，拥有选择权。他选了当地的欧洲苹果，多少有些《圣经》意味，他说，也合适。结出的苹果还能做成美味的果冻，这会令亚当满意：园丁们虽然明白象征主义，在这类事情上还是更实际。

“器官猪有自己的葬礼仪式。它们没有埋葬死去的器官猪，而是把她放在公园野餐桌边的一块空地上。它们在她的身上堆满花朵和树枝，静静地站着，尾巴下垂。然后，秧鸡人歌唱。”

*

“哦托比，你一直在写些什么呀？”黑胡子说，他已经进到她在泥草屋的小隔间了——不请自来，和往常一样——现在正站在她手肘边。他用那双大而发亮的、神秘的绿眼睛盯着她的脸。

秧鸡是怎么造出那双眼睛的？它们怎么能像那样从内部发亮的？或者说，呈现出发亮的样貌。肯定是有发亮的特征，也许是从一种深海生物那儿来的。她经常会想这个问题。

“我在写故事，”她说，“关于你、我、器官猪和所有人的故事。我在写我们是怎么把雪人-吉米和亚当第一放到地底下的，还有奥克斯，这样羚羊就能把他们变成树的形状。那很幸福，对吗？”

“是的，是很幸福。你的眼睛怎么了，哦托比？你在哭吗？”黑胡子说。他摸摸她的眉。

---

① 橡树英语中为oak，与Oates谐音。

“我只是有点累了，”托比说，“我的眼睛也累了。写作会让眼睛疲劳。”

“我来帮你吹呼噜。”黑胡子说。

秧鸡人中，小小孩是不吹呼噜的。黑胡子长得快——他们确实长得快，这些孩子——不过，他已经长到可以吹呼噜的年纪了吗？显然如此：他的双手已经搭上她的前额，秧鸡人吹呼噜时的迷你汽车声充盈着空气。她从未被吹过呼噜：很舒服，她不得不承认。

“好了，”黑胡子说，“讲故事不容易，写故事肯定更难。哦托比，如果你太累了，下次我来写。我来做你的帮手。”

“谢谢，”托比说，“真好。”

黑胡子笑了，就像天破晓了。

月亮时间

苔藓-蕨类节。弦月渐缺。

我是黑胡子，这是我帮助托比写下的声音。如果你看到我写的这些字，你就能听到我（我是黑火子①）在你们的脑袋里，和你们说话。字就是这样。不过，猪伙计不写字，也能做到这点。有时，我们，秧鸡的孩子，也可以。两层皮肤的人不行。

今天，托比说苔藓就是蕨类。我说，如果是蕨类，那我必须写蕨类。托比说，它有两个名字，就像雪人-吉米。所以，我就写苔藓-蕨类。这样。

今天，我们做了雪人-吉米的画像，还有亚当。我们不认识亚当，但我们为泽伯和托比做了画像，也为认识他的其他人做。做雪人-吉米时，我们用了海滩上的拖把，还用了罐子盖和一些鹅卵石，还有其他东西。但没有用红帽子，因为我们要留着说故事。

做亚当时，我们用找到的布皮肤做了两只胳膊，用白色塑料袋做了头，还用到了海鸥不再需要的羽毛，和海滩上的一些蓝色玻璃，因为他的眼睛是蓝色的。

我们以前做过一次雪人-吉米，为了叫他回来，也确实把他叫回来了。这些画这次不能再把雪人-吉米和亚当叫回来了，但能让泽伯、托比、瑞恩和阿曼达好受一些。所以，我们才做了这些画。他们喜欢画。

---

① 原文为 Blackbord，与 Blackbeard（黑胡子）有出入。

谢谢。晚安。

圣莫德·巴洛[1]新鲜水盛宴。新月。

泽伯在从亚当之死中慢慢恢复。他和其他人在扩建泥草屋，因为他们很快会需要一间育婴房。孕期比往常快许多，女性大多认为三个孩子都会是秧鸡混种。

花园进展顺利。魔发羊群在扩大——新增三只，一只蓝毛，一只红发，一只金色——尽管有一只魔发羊被狮羊吃了。狮羊的数量似乎也在增加。

“一个秧鸡人报告说，看到了熊一样的东西，”托比写道，“这不奇怪。也许我们应该派人守着蜂巢？现在有两个蜂巢了，因为拿到了另一个。

“鹿在繁殖：作为动物蛋白来源，可以接受。它们比猪肉瘦多了，虽然没有那么好吃。鹿肉无法做成上等培根。但瑞贝卡说，鹿肉更健康。”

裸子植物节。满月。

托比犯了个错，她向其他人宣布，这是上帝园丁的裸子植物节。关于体操运动员和精液[2]的恶俗笑话就出来了，甚至还拿男秧鸡人开玩笑。有一个笑话是泽伯说的，是个好兆头。也许，他哀悼的时间已经要结束了。

又安装了三个可以用的太阳能设备。原先的一台不能用了。

---

① 加拿大作家，与托尼·克拉克（Tony Clarke）合著《水资源战争》（*Blue Gold*）。

② 裸子植物（gymnosperm）的英文单词类似 gymnast 和 sperm。

一个紫色生态马桶也出问题了。谢克尔顿和克洛泽试过造炭：结果喜乐参半。犀牛、胜郎和海牛去海边钓鱼了。象牙喙比尔在设计科拉科尔小艇。

两头年轻的器官猪——基本就是小猪仔——在花园篱笆下刨土，被抓到偷吃根茎植物，尤其是胡萝卜和甜菜根。疯癫亚当放弃了对器官猪的警惕，以为它们会遵守协定。成年猪确实遵守了，但各种青年猪还是要逾矩。

召开会议。器官猪派出三头成年猪组成的代表团，看起来既尴尬又气愤，被自己的年轻人蒙羞的成年人通常这样。黑胡子充当翻译。

这种事不会再发生了，器官猪说。少年犯事猪受到威胁，说它们会突然变成培根或汤骨头，这似乎达到了理想效果。

圣盖伊克利鹿婆婆节。新月。

蜜蜂产量颇丰：第一场蜂蜜大丰收已经发生了。白莎草建立了音乐冥想小组，许多秧鸡人都喜欢。白鲸在帮她。塔摩洛水牛在进行羊奶酪实验，软硬皆试；还有酸奶。育婴房已然完工，时间刚刚好。很快，三个宝宝就要降生了，虽然敏狐声称她怀的是双胞胎。人们还讨论了摇篮。

“黑胡子现在有自己的日记了，”托比写道，“我给了一支他自己的钢笔，还有一支铅笔。我想知道他在写什么，但我不想窥探。他现在和克洛泽一般高了。已经有变蓝的迹象；很快，他就会长大成人。为什么这会让我忧伤？”

圣花园马车盛宴。

这是我的声音，你们脑子里听到的声音是我，黑胡子的。这叫阅读。这是我自己的书，新的，给我写字用的。不是托比写的。

今天，托比和泽伯做了件奇怪的事。他们跳过一小团篝火，然后，托比给了泽伯一根绿树枝，泽伯也给了托比一根绿树枝。然后，他们亲吻了彼此。所有两层皮肤的人都在看，他们欢呼。

我（黑胡子）说："哦托比，你为什么这样?"

托比说："这是我们的风俗。表示我们爱彼此。"

我（黑胡子）说："可不管怎样，你们都爱彼此。"

托比说："这不好解释。"阿曼达说："因为这样能让他们开心。"黑胡子（我是黑火子黑胡子）不明白。不过，令他们开心或不开心的东西真奇怪。

很快，黑虎子①就要迎来他的第一次交配了。等下一个女生变蓝，他也会变得非常蓝，还会去采花；说不定就能选中他。他（我，黑胡子）问托比，绿树枝是不是也是差不多的意思，就像我们送出的花一样，被选中，然后我们歌唱；她说是的，差不多。所以，现在我就有些明白了。

谢谢。晚安。

栎属节。器官猪盛宴。满月。

"我擅自做主，把器官猪也加到园丁盛宴的日常历法里来了，"托比写道，"为了纪念它们，也应该有一天是以它们命名的。我把它们放到栎属节里，橡树日。我觉得合适，因为橡果。"

阿耳特弥斯盛宴，动物情妇。满月。

过去两周里，三个孩子都出生了。或者应该说四个，因为敏

---

① Blackbeard 错写成 Blacbeard。

狐生下了一对双胞胎，龙凤胎。两个孩子都有秧鸡人的绿眼睛，对托比而言，总算放了心；她不需要和小泽伯们争论了。她用一张印花床单给他们做了四顶小太阳帽。女秧鸡人觉得有趣：这些帽子要做什么？她们自己的宝宝是不会晒伤的。

阿曼达的宝宝幸好也是秧鸡人，而不是彩弹手的：绿色的大眼睛不会错的。生产不容易，托比和瑞贝卡不得不进行外阴切开术。托比不想用太多罂粟，怕伤害新生儿；所以就会疼。托比怕阿曼达会拒绝这个孩子，但她没有。她好像还挺喜欢。

瑞恩的宝宝也是绿眼睛的秧鸡混种儿。这些孩子还会遗传到什么特征呢？他们会不会生来不招昆虫，或是有独特的声道结构，会吹呼噜，像秧鸡人一样歌唱？他们的性周期和秧鸡人一样吗？疯癫亚当的餐桌上经常讨论此类问题。

三位母亲和四个孩子都挺好，女秧鸡人一直在，吹呼噜，照顾孩子，带礼物过来。礼物是野葛叶和海滩上的闪亮玻璃片，但她们是出于好心。

现在，蓝莲花自己也怀孕了，尽管她声称孩子父亲不是秧鸡人：她选了海牛。不去海滩钓鱼，或是外出猎鹿时，他很照顾她。

克洛泽和瑞恩似乎想一起照顾瑞恩的孩子。谢克尔顿在协助阿曼达，象牙喙比尔说，他愿意充当敏狐那对双胞胎的冒牌父亲。“我们得齐心协力，”他说，“因为这是人类的未来。”

“随便，”敏狐说，但对于他的帮助，她忍了。

“泽伯、犀牛和我决定冒险去一趟药店，”托比写道，“争取搜刮几袋一次性尿布回来。不过，还有必要吗？秧鸡宝宝就没这么麻烦。”

观音-羚羊和根茎-根盛宴。满月。

托比说，观音就像羚羊。她说根茎就像根。所以我（黑胡子）把那些东西写下来了。

生下来的孩子，名字是这样的：

瑞恩的宝宝叫吉米亚当。就像雪人-吉米，也像亚当。瑞恩说她想让这个世界上的人还能说到吉米的名字，希望还有吉米活着；她希望亚当的名字也这样。

阿曼达的宝宝叫皮拉瑞恩。就像皮拉，和蜜蜂住在接骨木灌木丛里；也像瑞恩，她是阿曼达非常好的朋友和助手，不顾艰难险阻，她说。我（黑胡子）会问托比，不顾艰难险阻是什么意思。

敏狐的宝宝叫骨髓和延髓。骨髓是女孩，延髓是男孩。敏狐说，这些名字不好理解。是关于脑子里的东西的。

四个宝宝都让我们非常开心。

我（黑胡子）进行了他的第一次交配，和莎拉莱西，她选了他的花，所以他比所有人都高兴。很快，又会有一个宝宝诞生，莎拉莱西已经告诉我们了，因为他（黑胡子）和其他三位四个宝宝的父亲跳交配舞时，跳得很好。

还有他们的歌唱。

谢谢。晚安。

书

书

这本是托比和我们生活在一起时做的书。瞧，我在展示给你们看。她在书页上写下这些字，书页是用纸制成的。她写下了这些字，用叫做笔的棍子、叫做墨水的黑色液体记下了这些词，她把书页的一边粘在一起，就成了书。瞧，我在展示给你们看。这就是书，这就是书页，这就是字。

我小的时候，她还告诉我，黑胡子，要怎么在书页上用笔写这些字。她告诉我怎么把记号变回声音，这样，当我看书页，读字的时候，听到的就是托比的声音了。当我大声说出这些词的时候，你们也能听到托比的声音。

请不要歌唱。

书里，她写下了秧鸡的话，还有羚羊的话，以及他们俩如何一起制造了我们，还有这个供我们居住的安全又美丽的世界。

书里有泽伯的话，还有他弟弟亚当的话；泽伯吃了一头熊的话；他如何变成了我们的保护人，对抗做邪恶、害人的事的坏人；泽伯的助手们的话，皮拉、犀牛、卡特里娜·呜呜、蟒蛇三月和所有的疯癫亚当；雪人-吉米的话，他一开始就在，即秧鸡制造我们的时候，他还带领我们离开蛋，到了这个更好的地方。

还有操蛋的话，尽管这些话不是很长。瞧，关于操蛋，只有一页纸。

是的，我知道，我们遇到困难的时候，他会飞来帮助我们。他是秧鸡派来的，我们为了纪念秧鸡，会说他的名字。但在这里，并没有很多关于他的东西。

现在，请先不要歌唱。

托比也记下了关于阿曼达、瑞恩、敏狐，我们挚爱的三位羚羊母亲的话，她们向我们展示了我们和两层皮肤的人都是人，也都是帮手，虽然我们天赋不一，有的会变蓝，有的不会。

所以托比说我们必须心怀敬意，碰到与蓝有关的问题，永远要先问，看一个姑娘是真的蓝了，还是仅仅闻起来蓝。

托比告诉我，万一没有塑料笔或铅笔了，我要怎么做；因为她能预见未来，在混沌之城的大楼里，可能会再也找不到水笔、铅笔和纸，曾经，它们在那里生长。

她教我如何用鸟的羽毛做笔，虽然我们也用坏伞的伞骨做了几支。

伞是混沌时代留下来的。人们撑伞，以防被雨淋湿。

我不知道他们为什么这么做。

托比告诉我如何用墨水制造印记。墨水是用胡桃壳混着醋和盐制成的；这种墨水是棕色的。不同颜色的墨水可以用浆果制成，我们用皮拉灵魂进驻的接骨木果实做了紫色墨水，我们就用这种墨水写皮拉的话。托比教我如何用植物做更多的纸。

托比还要我们当心我们写的这本书。她说纸不能潮，不然字会消溶，就再也听不见了，霉菌会在上面生长，书就变黑了，碎了，不见了。她说，我们还要做另外一本书，和第一本写一样的字。每当有一个人知道了写字、纸、钢笔、墨水和阅读的事，那个人也要写相同的书，里面有相同的字。所以，我们就永远都有的读了。

她说，在书的结尾，我们要再加几页，附在书上，把托比走后可能发生的事写下来，这样，我们可能就会知道秧鸡、羚羊、我们的保护人泽伯和他的弟弟亚当、托比、皮拉和三位挚爱的羚羊母亲的所有事了。还能知道我们自己，知道蛋，我们最初诞生的地方。

我把所有关于书、纸、写字的事都告诉吉米亚当、皮拉瑞恩、骨髓和延髓了，他们是瑞恩、阿曼达和敏狐，我们三位挚爱的羚羊母亲的孩子。

他们想学，虽然很难。不过，他们学这些事，是为了帮助我们大家。托比说，有一天，我也会不在我们中间，去到托比和泽伯已经去的地方。那时，吉米亚当、皮拉瑞恩、骨髓和延髓就能把这些东西交给更年轻的一代。

现在，我已经加上了这些话，把托比不再把字写到书里之后的事记了下来。我这么做了，这样我们就都能认识她，还能知道我们是怎么来的。

我写的这些字，叫做托比的故事。

托比的故事

我戴上了雪人-吉米的红帽子。看到了吗？在我头上。我把鱼放到了嘴巴里，又拿了出来。现在，该听故事了，我会把写在这本书末的托比的故事，读给你们听。

一天，泽伯踏上了前往南方的旅程。他去那里，是因为他在猎鹿的时候，看到了高耸的烟。那不是森林着火的烟，而是稀薄的烟。他观察了几天，烟没有变大也没有变小，始终如一。不过，后来有一天，烟靠近了。又过了一天，烟更近了。

所以，泽伯对我们说，可能有其他人——秧鸡还没有清理混沌时，即混沌时代前的人。可是，他们会是好人，还是会伤害我们的残忍的坏人？没有办法知道。但是，在找到问题的答案前，他不希望那些人离我们太近。如果答案是他们是好人，那么我们就能帮助他们，他们也会帮助我们。可如果他们不好，那么他就不会让他们靠近我们、伤害我们，会把他们清理干净。

亚伯拉罕·林肯、阿尔伯特·爱因斯坦、索杰纳·特鲁思和拿破仑想和他一起去，做帮手；我，黑胡子，也想去，因为我不再是个孩子了，而是个成年人，蓝色，强壮。但是，泽伯说可能会太严酷，即将发生的事。我们不大清楚严酷是什么意思。泽伯说，他希望我们永远都不用知道。托比说，我们应该留下来，因为可能会有一场战斗；如果我们去了的话，回不来，其他人就会很伤心。托比又说，她问过羚羊，还有皮拉的灵魂，她们都说我们应该留下，不要和泽伯去。所以，我们就没去。

泽伯带上了黑犀牛和胜郎。海牛、吸蜜蜂鸟、谢克尔顿和克洛泽也想去，但泽伯说他们需要留下，因为他们还有孩子要保护。托比也必须留下，拿着我们不能碰的枪东西。所以，他们也没去。泽伯说，他们只是去侦察一下，看一看；如果是坏消息，他会放火，再放一把火，我们就能看到烟，就能派更多人去帮助他们，我们还能告诉猪伙计，不过，我们得先找到它们，因为它们走来走去的。

我们等了很长时间，可是泽伯没有回来。谢克尔顿带了我们的三个蓝人去看，那高耸稀薄的烟是否还在。他们回来了，告诉我们烟不在了。也就是说放烟的人不是好家伙，我们的保护人泽伯肯定临时作战，以确保那些人不会再向我们逼近。然而，他没有回来，他一定也战死沙场，黑犀牛、胜郎也是。

听到这个消息后，托比哭了。

然后，我们都很悲伤。可是，托比比谁都要伤心，因为泽伯走了。尽管我们为她吹呼噜，她也没有再开心起来。

然后，她越来越瘦，萎缩了；几个月后，她说，她患上了销蚀性疾病，在体内吞噬她。吹呼噜无法治愈，用蛆或其他她知道的东西，都没用；病越来越重，很快，她就将无法行走。我们说，她想去哪儿，我们都能背着她去，她笑了，说，谢谢。

然后，她把我们一个一个地叫过去，道晚安，她很久以前就教过我们。这是用来表达希望，希望其他人能睡好，免遭噩梦袭扰。我们也对她说晚安。我们为她歌唱。

然后，托比拿出她的帆布背包，粉色的，很旧；她往里面放了一罐罂粟，还有一罐让我们永远也别碰的蘑菇。她缓缓地走进森林，拄着拐杖，让我们不要跟着。

她去了哪里，我不能在这里写，因为我不知道。有人说，她一个人死了，被秃鹫吃了。猪伙计说的。其他人说，她被羚羊带走了，到了晚上，她会变成猫头鹰的模样在森林飞翔。还有人说，她和皮拉在一起，她的灵魂在接骨木灌木丛里。

还有人说，她去找泽伯了，他是熊的模样，她也变成了熊，今天就和他在一起。这是最好的答案，因为是最开心的；我写下了。我还写了别的答案。但我的字写得小了些。

托比走的时候，三位挚爱的羚羊母亲哭得很伤心。我们也哭了，为她们吹呼噜，过了一会儿，她们感觉好些了。瑞恩说，明天又是新的一天，我们说，我们不懂那是什么意思，阿曼达说，不用在意，因为不重要。蓝莲花说，那代表希望。

然后，敏狐告诉我们，她又怀孕了，很快就会有新的宝宝了。四位父亲是亚伯拉罕·林肯、拿破仑、毕加索和我，黑胡子；能被选中进行那次交配，我非常开心。敏狐说，如果是个女孩子，她要叫她托比。那代表希望。

托比的故事就这样结束了。我写进了这本书。我把我的名字——黑胡子——写在这里，就像小时候托比第一次教我的那样。它的意思是，写下这些字的人，是我。

谢谢。

现在，我们歌唱。

图书在版编目(CIP)数据

疯癫亚当/(加)阿特伍德(Atwood, M.)著;赵奕,
陈晓菲译. —上海:上海译文出版社,2016.10
(阿特伍德文集)
书名原文:Maddaddam
ISBN 978-7-5327-7245-2

Ⅰ.①疯… Ⅱ.①阿… ②赵… ③陈… Ⅲ.①长篇小说—加
拿大—现代 Ⅳ.①I711.45

中国版本图书馆 CIP 数据核字(2016)第 051685 号

图字:09-2013-802 号

疯癫亚当
[加拿大] 玛·阿特伍德 著 赵 奕 陈晓菲 译
策划编辑/黄昱宁 责任编辑/杨懿晶 装帧设计/丁威静

上海世纪出版股份有限公司
译文出版社出版
网址:www.yiwen.com.cn
上海世纪出版股份有限公司发行中心发行
200001 上海福建中路 193 号 www.ewen.co
上海信老印刷厂印刷

开本 890×1240 1/32 印张 13.5 插页 2 字数 217,000
2016 年 10 月第 1 版 2016 年 10 月第 1 次印刷
印数:0,001—5,000 册

ISBN 978-7-5327-7245-2/I·4407
定价:55.00 元